보트 위의
파수꾼

보트 위의
파수꾼

세라 콜린스 호넨버거 장편소설 | 이은선 옮김

창비

차 례

자신들이 벌이는 모험에 동참하라고
끊임없이 나를 부추겼던 남자 형제들에게 바친다.

1장

　홀든 콜필드를 맨 처음 만났을 때만 해도 나는 내가 죽을병에 걸린 줄 몰랐다. 홀든은 나보다 훨씬 멋진데, 그로 살아가는 심정을 그러한 식으로 소개하다니 마음에 든다. 솔직하다. 진짜 같다. 여러분에게는 그의 이야기가 훨씬 흥미진진하겠지만, 나는 여기서 내 이야기를 하려고 한다. 어쩌면 이것이 내 살아생전 마지막 일이 될 수도 있겠다.

　나는 어쩌다 홀든과 엮이게 됐을까? 대부분 들어 본 적도 없는 책들이 장황하게 나열된 10학년 필독 도서 목록에 『호밀밭의 파수꾼』이 들어 있다. 에식스 군립 도서관에는 『호밀밭의 파수꾼』이 네 권 있다. 모서리는 나달나달하고, 표지는 빛이 바랬다. 이전에 그 책을 읽은 사람들이 많은 모양이다. 내 시선을 사로잡은 것은 앞표지였다. 별것 아닌 양 평범한 적갈색 바탕에 노란색으로 조그맣게 적힌 글씨. 홀든 특유의 문장을 읽노라면 그가 무슨 생각을 하는지 들리는 듯하다. 그 친구의 목소리가 어찌나 또렷하게 머릿속을 울리는지 황당할 정도다.

내가 횡설수설하더라도 이해해 주기 바란다. 내가 이런 쪽으로 경험이 별로 없는 데다 시간이 없어서 그렇다. 병원에서 말하길 그렇다고 하기 때문이다.

대니얼 솔스티스 랜던, 이것이 조만간 흙으로 돌아갈 내 이름이다. 성서에 등장하는 이름이건만 우리 부모님은 절대 그렇다고 인정하지 않는다. 우리 부모님의 열렬한 관심사는 신이 아니라 위대한 우주다. 솔스티스는 바로 우리 부모님의 히피 시절에서 유래한 이름이다.● 우리 부모님은 아직도 히피로 살고 있건만 이것 역시 인정하지 않는다. 내가 생각하기에 우리 부모님은 꼬맹이, 약자의 이미지가 마음에 들어서 대니얼이라는 이름을 선택하지 않았나 싶다. 솔직히 고백하자면 내 이름의 진짜 의미를 알려 준 건 작년에 사귀고 싶었지만 용기가 없어서 데이트 신청을 못 했던 여자아이다. 캐시 존스. 그녀는 대니얼이 '신의 심판을 받는 자'라는 뜻이라고 했다. 이 얼마나 가혹한 기준인가.

● 솔스티스(Solstice)는 하지와 동지를 뜻하는 단어로 히피 문화의 특징인 자연주의와 관련 있다.

병에 걸리면 딱 그런 신세가 된다. 식당에 가면 6학년 여자아이들이 뚫어져라 쳐다보고 점심때 내가 앉았던 의자를 놓고 싸움을 벌이든지 나랑 똑같은 껌을 씹겠다고 우기는 중학교 연극 속 주인공과 비슷한 신세가 된다. 우리가 사는 버지니아에서는 지금도 6학년부터 9학년까지를 한학교에서 가르친다. 엄마는 교육 이론에서 10학년은 되어야 사춘기 소년 소녀들이 진정된다고 하니 용솟음치는 호르몬을 한데 모아서 관리하는 게 낫다고 한다. 내가 보기에는 진을 빼려는 수법이다. 6학년생들과 사 년을 함께 지내면 누구라도 진이 빠지게 되어 있다. 선생님들은 분명 죽을 맛일 것이다.

지난해 겨울, 백혈병에 대해 몰랐을 때 나는 뮤지컬 「사운드 오브 뮤직」에서 폰 트랩 대령 역할을 맡았다. 당시만 해도 내게 쏠리는 관심에 개의치 않았다. 6학년생들이 떼를 지어 내 뒤를 졸졸 쫓아다녀도 기분이 으쓱했다. 최소한 나를 좋아해 주는 누군가가 있다는 뜻이었으니까. 게다가 나는 운이 좋았다. 독창이 한 곡뿐이었고, 착한 사람 역할이었고, 머리사 베넷에게 입을 맞출 수 있었다. 연습과 실제 공연을 합해 스물두 번이나. 형은 옆에서 부추긴다고 아무한테나 입을 맞추는 9학년생이 어디 있겠느냐며 즐기라고 했다.

키스는 둘째치고 각광받는 인생은 생각보다 복잡하다. 머리사에게 입을 맞추던 때만 해도 사람들이 내 주변의 모든 걸 시시콜콜 알지 못하길 바라는 날이 올 줄은 몰랐건만. 병에 걸리면 모든 사람들이 등 뒤에서 수군거린다. 초콜릿 한 봉지를 나눠 먹듯 섬뜩한 정보를 여기서 저기로 옮긴다. 하지만 착각은 금물인 게, 그렇다고 나와 알고 지내고 싶어 하는 것은 아니다. 심지어 말도 걸지 않는다.

내가 홀든에게 감탄하는 건 그 대문이기도 하다. 그가 그 비싼 사립 학교에서 퇴학당했다는 사실을 만인이 알고 있다. 선생님들, 교장 선생님, 심지어 룸메이트 스트래드레이터를 비롯한 기숙사의 모든 친구들까지 왜 퇴학을 막아야 하는지 이러쿵저러쿵한다. 자기들 생각을 전하지 못해 안달이다. 그런데도 우리의 친구 홀든은 아랑곳하지 않는다. 물론 그들이 상관할 문제가 아니기 때문에 그런 태도를 보였을 것이다. 그들은 홀든이 존중하는 사람이 아니니까. 하지만 내 생각에는, 어느 고등학교에 입학하느냐가 궁극적으로는 중요하지 않다는 것을 이미 알아차렸기 때문에 그럴 수 있었던 게 아닐까 싶다.

나와 그 병에 대해 모르는 사람이 없는 현실을 받아들이려고 아무리 애써도, 백혈병은 차원이 다르다. 죽음은 궁극적인 문제다. 그렇기에 중요하다. 그런데 나는 할 수 있는 게 아무것도 없다.

2장

"대니얼, 최전방으로." 아빠가 부르는 소리다.

기말 성적표가 나온 지도 한참 지났고 이번 주 내내 아무 규칙도 어기지 않았는데, 무슨 이유로 권위적인 아버지 모드가 발동됐는지 모를 일이다.

우리 아빠는 누구든지 좋아할 수밖에 없는 위인이다. 수염을 기르고 샌들을 신은 모습이 꼭 영화 「러브 버그」에서 튀어나온 사람 같다. 심지어 엄청난 잘못을 저지를 때조차 밉지 않고 살짝 안쓰럽게 느껴진다. 아빠의 '절친' 예닐곱 명이 베트남에서 목숨을 잃었다. 그 뒤로 아빠의 인생은 세상을 떠난 친구들에게 바쳐졌다. 아빠는 반경 320킬로미터 이내에서 반전 시위가 열릴 때마다 꼬박꼬박 참석한다. 섣달그믐마다 절친의 가족에게 전화를 걸어 그들을 잊지 않았음을 알린다. 우리 집에서는 지 아이 조 피겨와 차량과 용품이 절대 금물이다. 심지어 친구들 장난감을 가지고 노는 것조차 금기 사항이었다. 아빠는 어릴 적 다친 고막 때문에 징집을 면했지만, 신체검사를 통과했더라면 캐나다로 가 버렸을 거라고 잊을 만하면 강조한다. 아무나 붙잡고 이렇게 말한다. "늙기도 전에 귀가 먹어서" 그렇게 되었노라고, 그게 무슨 배꼽 빠지는 농담이라도 되는 것처럼 이야기한다.

아버지들은, 최소한 내 친구의 아버지들은 우스갯소리에 목숨을 건다. 마치 아버지라면 이래야 한다고 규정한 만화 속 주인공 같다. 그들이 흉측한 털북숭이 개 이야기를 몇 번씩 반복해도 다들 아무 소리 안 하는 것은 아버지들이란 원래 그렇기 때문이다. 그것이 사랑스러운 습관이기 때문이다. 남자들은 첫아이가 생기자마자 무원죄 잉태* 하듯 우스갯소리에 대한 집착이 생긴다. 자기의 농담을 재미있어하는 사람이 아무도 없어도 개의치 않는다. 부인들이 한목소리로 "여보, 그 이야기는 제발 그만해."라고 해도 아랑곳하지 않는다.

나와 맥 페트리아노, 그리고 잠자리에서까지 스리피스 정장을 고집하지 않을까 싶은 주 상원 의원 밑에서 태어난 레너드 요웰은

---

* 성모 마리아는 예수를 잉태하는 순간부터 원죄의 영향을 받지 않았다는 가톨릭의 교리.

아버지들의 농담이 시작될 때마다 일제히 움찔한다. 두 친구의 아버지는 정상이고 우리 아빠는 다 늙은 히피이지만, 하는 농담마다 변변찮기는 마찬가지다.

군대 용어도 아버지들의 전유물이다. 레너드의 아버지는 "즉시 대기."와 "쉬어!"를 입에 달고 산다. 요월 의원이야 기라성 같은 베트남 영웅이니 군대 용어가 워낙 잘 어울린다. 그런데 우리 아빠가 그런 식으로 말하면 매번 놀랍다. 우리 아빠로 말할 것 같으면 반전 운동에 워낙 열심이지 않은가. 어떤 전쟁이건 반대하지 않는가. 우리 동네 교육 위원회, 게슈타포* 비슷한 이민 반대 전략, 팔레스타인 분쟁, 심지어 형제간의 경쟁까지. 아빠는 자타가 공인하는 평화주의자이다. 그런데 믿음직하고 진지한 성격이 허락하는 한도 내에서 그렇다.

아빠는 채식주의자이기도 하다. 그리고 재활용이 가장 사랑하는 취미이다. 하우스보트 생활을 하며 일일이 설거지하려니 골치 아프지만 그래도 우리 가족은 절대 일회용 접시를 쓰지 않는다. 온수는 어쩌다 한 번 누릴 수 있는 호사이고, 물이 부족한 경우가 다반사임에도 말이다. 그래도 우리 아빠는 단점보다 장점이 많다. 내가 원하는 영화는 뭐든 함께 보고 넥타이를 거부한다. 실크 가운을 즐겨 입고 근질거리는 손을 어쩌지 못하며 스킨십을 좋아하는 홀

---

* 독재 체제 강화가 목적이었던 나치스 독일 정권의 비밀 국가 경찰.

든의 영어 선생님 앤톨리니와는 전혀 다르다. 홀든에게 우리 아빠의 침대 겸용 소파를 내주었다면 냉큼 자리 잡았을 것이다.

솔직히 고백하건대 아프기 전까지 내 인생은 지루했다. 정말로 완벽하게 지루했다. 누구라도 중간에 책장을 덮을 정도였다. 학교 그리고 여름 방학, 여름 방학 그리고 학교, 거의 항상 덥고 버지니아에서도 더운 축에 속하는 우리 마을. 내 인생에 비하면 택시를 타고 뉴욕을 돌아다닌 홀든의 여행기가 흥미진진하다. 심지어 내 남동생의 축구 스케줄이 더 흥미진진하다. 솔직히 나는 신체 접촉성 스포츠를 좋아하지 않는데, 닉은 자기 팀의 스타이자 열세 살의 멋진 최후방 수비수다. 배가 아파서 인정하기 싫을 정도다. 상대팀에게 물을 먹인 게 몇 번인지 모른다. 그 팀이 얼마나 녀석에게 의지하는지, 녀석이 어째서 없어서는 안 될 선수인지 누가 봐도 한눈에 알 수 있다.

형은 버지니아 대학교 1학년생인데, 그렇게 여자 친구가 많은 사람은 본 적이 없다. 홀든의 표현을 빌리자면 초고도로 전형적인 남자 대학생인데 워낙 잘나가서 이제는 나랑 어울릴 일이 별로 없다.

형의 이름은 조, 조지프 아이즈 랜던이다. 우리 부모님이 형의 이름도 망쳐 놓았지만, 솔스티스에 비하면 아이즈(Ides)는 양반이다.• 게다가 아이즈 정도면 사람들이 본명이라 믿어 줄 테니 나처럼 당황할 일이 없다. 내가 하듯이 고국에서 살던 시절부터 집안

대대로 이어져 내려온 이름이라는 둥 거짓말로 둘러대지 않아도 된다. 이 거짓말도 캐시 존스에게서 얻은 덤인데, 그녀는 같이 가자는 뜻인 줄도 모르게 우물쭈물 추수 감사제 댄스파티 이야기를 꺼냈던 나를 기억조차 하지 못할 것이다.

우리 엄마처럼 이름이라면 사족을 못 쓰는 사람들을 위해 자세히 설명하자면 닉, 즉 니컬러스는 '민중의 승리'라는 뜻이다. 우리 엄마의 기본 철학이랄까. 엄마가 어쩌다 셋째를 낳고 소심해져서 우리 조상 중에 유일하게 버지니아 출신인 마셜 할아버지의 이름을 가운데 이름으로 선택했는지 모를 일이다. 하지만 닉에게는 잘 어울린다. 니콜러스 마셜 랜던, 정치하는 사람의 이름 같지 않은가. 녀석은 분명 세상을 바꿀 것이다. 그런 역할에 걸맞은 이름이니까. 게다가 그럴 만한 기운도 있고.

아빠가 불렀을 때 나는 하우스보트 앞쪽 선실에 있는 2층 침대의 위층에 누워 있었다. 하우스보트는 정말 끝내준다. 평범한 동시에 복고풍이다. 부모님이 두 달 전, 정부 주최 경매에서 사들인 매물이다. 일종의 무조건 반사였다. 내가 그 병에 걸렸다는 소식을 접하고 일주일인가도 지나지 않아 내린 결정이었으니까. 형이 '니르바나'라는 이름을 지어서 붙였다. 부모님은 말장난을 이해하는

● 솔스티스와 아이즈 모두 영미권에서 특이한 이름이다.

척 그 이름에 토를 달지 않았다.* 석가모니의 연장선상에서 해석한 결과였을지도 모르지만, 아무튼 그 이름이 입에 붙었다. 우리 부모님이 하우스보트처럼 큰 물건을 구입하기는 처음이었다. 두 분에 따르면 환경 오염의 원흉이지만 안타까운 세태에 의해 필수품이 되어 버린 자가용은 열외였다.

두 분은 BK(비포 키즈, 즉 아이를 낳기 전)에 해당되는 오래전, 열렬하게 사랑을 나누던 시절에 대학 공부를 그만두고 해먹을 만들었다. 그러고는 엄마가 둘만의 공동체라고 표현한 곳에서 살았다. 두 분은 젊은 시절의 감상에 젖을 때면 형이 태어나기 전까지 그곳에서 얼마나 근사한 파티를 벌였고, 어떤 식으로 흙과 더불어 지냈는지 들려주곤 한다. 그곳을 떠나 학업을 마치고 일자리를 얻기 전까지 어떤 식으로 살았는지. 그런데 그렇게 열심히 일했어도 집을 살 수 있을 만큼 돈을 모으지는 못했다.

부모님은 그 부분에 대해서는 말을 아낀다. 소유는 자본주의 앞에 머리를 조아리는 행위라는 게 두 분의 입장이다. 셋방살이를 해야 우주와 더욱 교감을 나눌 수 있는 걸까.

보통은 자신의 상황을 합리화하기 위해 그런 이야기를 지어내는 사람을 대하면 부아가 치밀지 모르겠지만, 나는 별로 신경 쓰지 않는다. 설탕 때문에 이가 썩는다며 아이들의 친구 손에 들린 탄산

---

* 니르바나(Nirvana)는 열반, 즉 진리를 깨달은 승려의 죽음을 뜻한다.

음료까지 빼앗는 몇몇 부모님과 다르게 우리 부모님은 자신의 생각을 모든 이에게 강요하지 않기 때문이다. 들고 있던 탄산음료를 빼앗기면 얼마나 당황스러운지 모른다. 게다가 그들은 어째서 탄산음료 한 캔을 줄이면 아이를 살릴 수 있다고 생각하는 것이며, 무슨 권리로 마시는 음료수를 바꾸라고 가르치려 드는 걸까?

아무튼 우리 부모님은 공동체를 떠난 이래 여러 셋집을 전전했다. 심지어 어떤 집은 기억조차 나지 않는다. 하우스보트 이전에 살았던 집은 배선에 문제가 있어서 텔레비전 없이 지내는 좋은 핑계가 됐다. 책을 읽고 싶으면 촛불을 켜야 했다. 우리 부모님은 그런 생활을 좋아했다. 자연으로의 회귀라나. 그러게 내가 뭐랬는가.

내 병으로 인해 소유에 대한 우리 부모님의 태도가 바뀌었다. 많은 것에 대한 태도가 바뀌었다. 우리 부모님은 하우스보트 생활로 세균을 차단할 수 있다고 믿어 의심치 않는다. 걱정할 것 없다고. 다르다그.

나는 제대로 이해했는지 확인하느라 요약 참고서까지 훑어가며 『호밀밭의 파수꾼』을 여러 번 읽었다. 마음 내키는 대로 어디로든 떠나는 홀든의 생활 방식이 마음에 든다. 도시가 됐건 호텔이 됐건 결심하면 당장 출발이라니 정말 끝내준다.

나는 다음 주면 10학년이 되는데 — 에식스카운티 고등학교로 진학하는 등 엄청난 변화가 펼쳐질 것이다 — 지금까지 리치먼드

보다 큰 도시는 가 본 적이 없다. 우리 부모님이 자연으로의 회귀를 온몸으로 환영하는 성격이다 보니 웬만하면 그런 데를 데리고 다니지 않는다.

홀든은 도시 중의 도시라고 할 수 있는 뉴욕에서 도망칠까 고민한다. 그런데 무언가에 발목이 잡혀 고민을 접는다. 그게 무엇일까? 두려움은 아닐 것이다. 그는 두려움이라는 걸 모르는 친구다. 처음 보는 여자들한테 말도 걸고, 으리으리한 호텔 프런트 데스크로 당당하게 걸어가지 않는가. 놀라워라. 나는 아무 도시나 골라서 돈을 챙겨 들고 혼자 떠날 수 있을까? 택시 기사에게 근처를 한 바퀴 돌아 달라고 하고, 술집에서 처음 만난 여자에게 춤을 신청할 수 있을까?

나는 계속 자문해 본다. 홀든은 왜 그런 짓을 할까? 어쩌면 그런 짓을 저지를 수 있는 사람이 되고 싶은 건지 모른다. 아니면 명문교 펜시에서 쫓겨난 충격을 극복하고 집으로 돌아갈 방법을 여기저기서 찾는 중일 수도 있다. 그를 기다리는 여동생 피비가 실망하는 것도 싫고, 오빠가 거짓말했다고 오해하는 것도 싫으니까. 가뜩이나 집 생각이 홀든의 머릿속을 떠나지 않게 된 것도 죽은 동생 앨리 때문이 아니던가. 그는 뭐가 됐건 거짓이라면 신물이 났고, 자신이 어떤 사람인지 파악하려고 열심히 애쓰는 것도 그 때문이다. 부모님이라면, 자기 자신이라면 신물이 나기 때문이다.

대놓고 말은 안 하지만, 자기 때문에 죄다 엉망이 됐다는 걸 홀든도 알 것이다. 모를 수가 없다. 그가 맡은 임무에 충실했더라면, 그놈의 보고서를 썼더라면 퇴학당하는 일은 없었을 것이다. 책임을 인정해야 어른이라고 할 수 있는 건데. 다음부터는 그러지 말아야 한다. 이런, 내가 우리 아빠 같은 소리를 하고 있네.

하지만 학교의 권력에 반박하지 않는 걸 보면 홀든도 전부 알고 있다. 군소리 없이 떠난 게 어떤 면에서는 현실을 인정한 것이라고 볼 수 있다. 잘못을 인정한 게 아니라 자신이 애초부터 그곳에 어울리지 않았음을 인정한 것이다. 여기에 이르면 그가 왜 공부를 하지 않았는지 궁금해진다. 그는 공부하지 않으면 무슨 일이 벌어질지 모르지 않았다. 펜시 이전 학교에서도 겪은 일이었다. 그러니까 뭔가 다른 이유, 뭔가 더 심오한 이유가 있다. 자신이 있어야 할 곳을 알아내려는 노력 때문이었다고 할까.

내가 알아야 할 무언가를 홀든이 알고 있는 듯한 느낌이 든다. 이런 이야기는 아무한테도 한 적이 없다. 『호밀밭의 파수꾼』은 내년 필독 도서인데 벌써 읽었다는 것 자체가 좀 이상하지 않은가. 형은 그래도 괜찮다고, 『호밀밭의 파수꾼』으로 말할 것 같으면 독특하고 대학교에 입학한 이래 숙제로 읽은 그 어떤 책보다 나은 작품이라고 했다. 심지어 크리스마스 연휴 때 집에 내려오면 같이 이야기를 나누어 보자는 말까지 했다. 그 책에 대해서 내가 어떻게 생각하는지 정말 궁금하기라도 한 듯이.

홀든의 가장 큰 장점은 허튼소리 없이 생각하는 대로 말한다는 것이다. 나도 그렇게 말할 수 있으면 좋겠다. 그런데 나는 생각하는 속도가 그 정도로 빠르지 못하다. 상대방이 나를 바보 같다거나 솔직하지 못하다고 여기지는 않을까 걱정하느라 정신이 없다. 홀든은 아주 쉽게 대처한다. 나 같으면 폭발할 텐데, 모욕을 당해도 어깨를 으쓱하고 그냥 받아들인다. 심지어 충고하려 드는 어른들의 말까지 예의 바르게 귀담아듣는다. 이름이 스펜서인가 하는 그 선생의 말도. 그리고 자신의 수제자가 화를 자초하고 있다고 믿어 의심치 않는 앤톨리니 선생의 말도. 홀든은 그들의 심기를 건드리지 않도록 살짝 양보하지만, 그들의 게임 속으로 빨려 들어가지는 않는다. 그리고 그들의 설득에 넘어가 자신의 생각을 포기하지도 않는다. 모든 사람들이 홀든처럼 이해하지 못하는 것에 대해 솔직히 인정하면 좀 더 쉽게 이 세상을 살아갈 수 있을 텐데.

그 병에 걸리면서 한 번도 생각해 본 적 없던 것들을 생각하게 됐지만, 내가 무언가를 하거나 무언가에 반응할 때 왜 그렇게 하는지는 잘 모르겠다. 내가 뭘 원하는지 혹은 어떤 기분인지 알 것 같을 때마다 뭔가가 달라지는 바람에 제대로 파악이 안 된다. 내 말과 행동들의 대부분이 나 자신도 알 수 없는 수수께끼다. 홀든도 이런 상황을 맞닥뜨리지만 잘 헤쳐 나간다. 정말로 잘 헤쳐 나간다. 나에게는 그가 필요하다.

남들은 우리 가족이 다섯 명이나 되니까 나와 대화할 만한 상대가 있을 거라고 생각할지 모르겠다. 그런데 안타깝게도 그렇지가 않다. 형은 집에 머무는 시간이 거의 없다. 닉은 전력 질주밖에 모른다. 한자리에 진득하니 앉아서 남의 말에 귀를 기울이는 성격이 못 된다. 게다가 우리 형제들은 나와 생각도 다르고 감정도 다르다. 그들에게는 그들만의 성전(聖戰)이 있다. 인간이라면 누구나 그렇지 않은가.

재미있는 게, 남들은 가족이라면 서로를 속속들이 이해할 거라고 생각한다. 유전자를 공유하거나 집 안 공기를 함께 마시면 저절로 그렇게 되기라도 하는 것처럼. 하지만 가족들이 일상을 멈추고 왜 그러느냐고 물어봐 주기만을 기다려서는 절대 대화의 기회를 잡을 수 없다.

섬너 할머니는 우리가 평범한 사내아이가 아니라 유목민이라도 되는 양 "내 말 잘 들어라, 이 집시들아."라고 말하곤 했다. 할머니에게 손자라고는 우리 셋밖에 없는데도 말이다. 나는 우리 셋이 함께 방랑하는 듯한 느낌이 마음에 들었기 때문에 신경 쓰지 않았다. 희한하게 색칠한 포장마차 뒤에 냄비를 매달고, 특이한 앵무새에 염소에 누가 어느 집 아이인지 모를 정도로 많은 아이들을 거느리고 유랑하는 옛이야기 속 대규모 집시 무리 같지 않은가. 겉보기에는 뒤죽박죽 같을지 몰라도 그들은 항상 마음을 맞춰 한방향으로 이동한다. 그리고 서로가 서로를 보완한다. 나머지 세상을 상대로 작당이라도 하듯이.

어렸을 때는 늘 그럴 줄 알았다. 어딜 가든 형과 닉이 함께할 줄 알았다. 오로지 형제라는 이유로 내가 부탁하지 않아도 그럴 줄 알았다. 이제 내가 떠나고, 우리 셋이 다 같이 해야 마땅한 일을 둘이서 하게 될 형과 동생을 생각하면 미칠 것 같다. 하다못해 내가 죽은 뒤에 둘이서 옛이야기를 나눌 형과 동생을 생각해도 그렇다. 죽은 동생 앨리 이야기를 하지 않는 홀든을 보면 대화 상대가 사라진 걸 얼마나 아쉬워하는지 알 수 있다. 랜던 삼 형제끼리 우리만 아는 우스갯소리를 주고받고, 실제 세상은 어쩌고저쩌고 강의를 늘어놓는 형을 놀려 먹고, 살아 있다는 데 흥분하는 닉을 보며 원기를 충전해야 하는데.

할머니가 우리더러 집시라고 했을 때, 나는 형과 닉이 제 갈 길로 떠난 뒤 줄줄이 낳은 내 아이들에게, 내 팀원들에게 할머니처럼 말하는 나의 모습을 상상할 수 있었다. 그것은 시시한 일상을 짜릿한 모험처럼 바꾸는 방법이다. 나를 비웃는 맥 페트리아노의 목소리가 들리는 듯하다. "어서 와요, 메리 포핀스."● 사실은 그런 게 아니다. 나는 동화를 꿈꾸는 빙충이가 아니다. 특히 요즘 들어서 남의 감정을 온전히 이해하는 사람은 아무도 없다는 생각이 든다. 하지만 다 함께 뭉치면 하기 싫은 일이나 학교나 인생 때문에 맥 빠질 걱정은 없다는 것. 내가 불현듯 깨달은 게 그거다. 아니, 깨달

● 영국 작가 파멜라 린던 트래버스가 쓴 '메리 포핀스' 시리즈의 주인공. 아이들과 기상천외한 모험을 펼치는 완벽한 유모이자 마법사이다.

았던 게 그거다. 이제는 그런 생각을 하며 잠을 설칠 만한 여유도 없지만.

아빠가 커뮤니케이션 강연에서 할머니의 명언을 살짝 바꾸어 '집시'가 아니라 '내 말 잘 들어라.'를 강조하며 세계 평화를 위한 해결책으로 제시하는 걸 보아도 나는 왈가왈부하지 않는다. 사실 중간에 낀 아이는 별로 발언권이 없다. 형은 집으로 내려오면 모든 대화를 장악한다. 이건 누구나 예상했던 상황일 것이다. 맏이가 엄마와 아빠가 저지르는 시행착오의 희생양이 되기 십상이라는 것은 육아의 기본 중 기본이다. 형은 닉과 나를 위해 모든 장벽을 깨부수어야 하는 선봉장이다. 그래서 자기가 먼저 발언할 권리가 있다고 생각하는 것 같다.

행운아 닉은 요리조리 헤쳐 나가는 재주가 있다. 하면 안 된다는 소리를 들어도 당황하지 않는다. 남들의 관심이 다른 데로 쏠릴 때까지 기다렸다가 하고 싶은 대로 한다. 녀석과 피비 콜필드는 그런 식이다.

따라서 어떻게 보면 그 병으로 인해 서로 공평해졌다고 할 수 있다. 이제는 그들이 내 말을 들어야 하니까.

홀든도 똑같은 시도를 한다. 자신을 진지하게 대해 주는 사람을 찾으려고 한다. 물론 이유는 나와 전혀 다르다. 홀든이 자신이 그렇게 행동하는 이유를 알고는 있는지, 비록 이유에 대해서 별생각

없을지라도 그런 시도에 담긴 의미를 알고는 있는지, 그건 잘 모르겠다. 하지만 그와 나는 생각할 때 비슷한 구석이 많다. 실제로 나이도 같다. 그도 나처럼 앞으로 무엇을 해야 할지 전혀 모르지만, 우리 둘 사이에는 한 가지 엄청난 차이점이 있다. 그에게는 앞으로도 고민할 날들이 무궁무진하다는 것이다.

그러니 그를 미워하지 않기란 쉽지 않다. 닉과 형도 마찬가지다. 그들은 살날이 많다. 어쩌면 전 세계를 돌아다니고, 제짝을 만날 때까지 몇몇 여자들과 살을 섞고, 신종 자동차를 개발하고, 사업을 하고, 그 외 무엇이든 할 수 있을지 모른다. 철모르던 시절에 저지른 실수를 바로잡을 시간도 있다.

나는 지금까지 한 일들과 앞으로 십 개월 아니면 십이 개월 동안 하게 될 일들이 전부다. 하지를 뜻하는 내 이름에 걸맞게 그 어느 때보다 높다란 높이뛰기 막대가 우뚝 서 있는 셈이다. 가끔 자는 시간도 아껴야 하지 않나 생각할 때도 있다. 병에 걸리기 전에 계획했던 일들을 모조리 해치울 만한 시간이 없으니 말이다.

이십오 년에서 삼십 년 전, 우리 부모님이 45회전 LP 음반을 장만하고 파자마 파티 때 아무라도 담배를 들고 오길 바라는 10대 소년 소녀였던 그 시절에는 어린아이들만 백혈병에 걸렸다. 여러분도 포스터 속 대머리 아이들을 본 적 있을 것이다. 누구라도 본 적 있을 것이다. 대머리로 웃고 있는 귀여운 아이들. 그런데 포스터 주인공은 해마다 바뀐다. 거기에는 이유가 있다.

백혈병이 내게 들이닥쳤을 무렵, 모든 병원은 온갖 연령대의 암 환자들로 넘쳐 났다. 백혈병에 걸린 10대는 전혀 특별할 게 없는 존재였다. 내가 그냥 백혈병이라고 하면 엄마는 AML 혹은 급성 골수성 백혈병이라고 번번이 바로잡아 준다. 공식 명칭을 알면 내가 살날이 일 년밖에 안 남았다는 사실을 받아들이기 쉬워질 거라고 생각하는 걸까?

격식과는 거리가 먼 삶을 살아온 엄마가 왜 그러는지 모르겠지만, 다른 사람들 앞에서도 정확한 의학 용어를 고집한다. 희한하게 들릴지 몰라도 일종의 보호책이다. 엄마의 아들이 암처럼 흔한 병으로 쓰러질 리 없다는 것이다.

3장

　나는 새 천 년이 찾아왔다 지나간 허 여름에 이 글을 쓰고 있다. 정말로 김새는 노릇이다. Y2K●는 내가 본 중에 가장 엄청난 실패작이다. 특히 나를 비롯해 어느 누구도 앞으로 펼쳐질 백 년에 큰 기대를 걸지 않는다. 크로아티아는 세르비아를 학살하고, 러시아는 체르노빌 원전을 터뜨려 놓고 자기 잘못이 아니라고 잡아떼고, 사담 후세인은 계속 사롱인지 뭔지 사막에서 타 죽지 않으려고 머리에 쓰는 그 물건을 두른 방식이 마음에 안 든다며 사람들을 죽여서 도랑에 묻고 있으니 말이다.

● 연도의 마지막 두 자리만을 인식하는 컴퓨터가 1900년과 2000년을 같은 해로 인식하여 생기는 대혼란을 말한다. 2000년으로 접어들 무렵에 큰 화제를 모았다.

Y2K의 좋은 점이 딱 하나 있다면 미래에 대해 고민할 필요가 없어졌다는 것이다. 이상적인 미래 말이다. 지구가 멸망할 거라고 생각했던 사람들, 은행은 마비되고 주식 시장이 붕괴돼서 빈털터리가 될 거라고 생각했던 사람들, 테러리스트들이 세상을 지배할 거라고 생각했던 사람들은 하나같이 새로운 시각으로 자신의 삶을 조명할 수밖에 없게 됐다. 우리 학교에서는 지난가을에 전 학급이 그 주제로 글을 썼다. 그래서 사람들이 그 병에 걸린 소감을 물으면 나는 이렇게 대답한다. "개인적인 차원이라는 것만 다를 뿐, Y2K랑 똑같아요."

솔직히 고백하건대 홀든에 비하면 내 인생은 단순하다. 이 빌어먹을 세상과 비교해도 그렇다. 어른들은 좋은 일이라고 하겠지만, 내가 그렇게 어리석지는 않다. 홀든도 마찬가지다. 어른들은 복잡한 걸 싫어한다. 복잡해야 뭐든 재미있어지는데도 말이다.

자, 그럼 이제 백혈병의 진상에 대해 밝혀 볼까. 거의 하루 종일 몸 상태가 엉망이다. 천하에 쓸모없는 인간이 된다. 적어도 닉의 주장에 따르면 그렇다. 작년 여름처럼 축구 연습을 같이 해 주지 않는다고 그런 소리를 한다. 아파서 그런 게 아니라 이제는 그렇게 놀 만한 나이가 아니라고 아무리 설명해도 소용없다. 게다가 잠도 많아진다.

잠을 자면 망각할 수 있기 때문에 좋다. 그런데 문제는, 자고 일어나도 여전히 기운이 없다는 것이다. 그리고 망각도 그리 오래가지 않는다. 정말 삐쩍 마르고 체력이 약해진다. 맥의 말로는 내가 믹 재거처럼 보이기 시작했다고 한다. 너무 피곤해서 단체 활동에도 참여하지 못한다. 친구의 부모님들이 나를 머리에 이가 있는 아이처럼 대하기 시작한다. 그들의 질문에 대답하려니 신물이 난다. 어깨를 토닥이는 그들의 손을 물어뜯고 싶은 마음을 달래며 애써 미소를 지으려니 넌더리가 난다.

의사들은 동그랗게 둘러앉아 어떤 방법이 효과가 있고, 어떤 방법이 효과가 없을지 정말 모르겠다는 듯이 고개를 젓는다. 그런 다음 모든 암 환자들에게 하는 말을 반복한다. 화학 요법을 받아야 한다고, 방사선 치료를 받아야 한다고. 그게 무슨 뜻인지 누구라도 아는 것처럼. 그게 얼른 붙잡아야 할 솜사탕이나 롤러코스터 무료 탑승권이라도 되는 것처럼.

「메이오 의료원으로 무단이탈한 스타워즈」, 이런 SF 영화 속 등장인물이 된 기분이다. 지금까지 한 번도 들어 본 적 없는 네 음절짜리 단어들이 그들의 입에서 끊임없이 흘러나온다. 그 번드르르하고 화끈한 첨단 기술에 대해 들으면 희망이 생긴다. 머지않은 언젠가, 금속 터널을 지나면 빌어먹을 불가사리처럼 헌 몸이 깨끗하고 완전한 새 몸으로 재생될지 모른다는 희망이.

의사들은 환자가 그런 허황된 이야기를 믿어 주길 바란다. 환자 입장에서도 얼마나 마음이 동하는지 모른다.

실제로 어떤 식인지 이 자리에서 공개하자면 병원 측에서는 맨 먼저 병에 걸렸다고 알린다. 나 참. 그거야 내 몸 상태를 미루어 보았을 때 짐작이 가고도 남는 일인데. 그런 다음 병원에 있는 모든 기계를 한 번씩 거치게 한다. 가끔 한 병원으로 끝나지 않는 경우도 있다. 그들은 엄청나게 긴 바늘로 온갖 희한한 부위에서 샘플을 채취하고 온몸을 구석구석 촬영한 뒤 반경 160킬로미터 이내에서 근무하는 모든 의사, 간호사들과 그 사진을 공유한다. 프라이버시? 하! 척척박사인 그들은 프라이버시 따위 안중에도 없다. 그다음에는? 그다음에는 그들의 지시에 따라 집으로 돌아가는데, 몸 상태는 여전히 엉망이다.

부모님은 밤이면 밤마다 뭔가를 집어 던지며 옥신각신한다. 몇 주 동안 그런다. 날이 갈수록 점점 더 화를 낸다. 나는 날이 갈수록 점점 더 상태가 안 좋아진다. 그런 나를 보며 부모님은 점점 더 화를 낸다. 그러다 어느 날 눈을 떴을 때 이게 영화가 아니라 실제 상황이라는 깨달음이 찾아오면 이번에는 내가 화가 난다. 그런데도 숙제를 하고 옷을 주워 입어야 한다.

우리 부모님 같은 경우에는 의사들을 믿지 않는다. 대규모 악덕 제약 회사와 연결된 기업 조직의 일부분이기 때문이다. 잘난 정부와 한통속이기 때문이다. 그래서 우리 부모님은 그들의 충고를 거부하고, 안데스 산맥이나 유카탄 반도에 사는 무명의 전문가들에게 자연 치유법에 대해 물었다. 그 결과 나는 좀처럼 구하기 힘든 오리알에 보이즌베리를 섞어서 으깬 퓌레를 먹는다.

백혈병은 정말 짜증 난다.

하지만 나는 지금 너무 앞서 나가고 있다. 자기에 관한 부분을 생략하면 홀든이 골을 낼 것이다. 재미있는 부분들을 생략해도 그렇고. 나는 홀든 덕분에 재미있는 부분이 없는 책은 가짜라는 걸 알게 됐다. 사람들이 서로 불쾌하게 굴거나 안 좋은 일이 생기더라도 실제 인생에는 재미있는 부분들이 있지 않은가. 9학년 때 영어를 가르쳤던 스트랫퍼드메인스 선생님이 지금까지 쓴 내 글을 읽고 뭐라고 할지 안 들어도 뻔하다. 안다, 나도 안다. 스트랫퍼드메인스라고 하면 옛날 흑백 영화에 나오는 영국의 어느 마을처럼 들린다는 것을. 하지만 우리가 그 선생님을 '스텝포드헤인스'라고 불렀던 건 화장이 워낙 완벽한 데다 날마다 스타킹에 치마를 입고 다녔기 때문이다. 우리 중학교에서 바지를 입지 않는 유일한 선생님이었다. 헤인스* 팬티스타킹 광고 모델을 해도 될 만큼 각선미가 끝내줬다.

만약 그 선생님이 이 글의 편집자라면 서술은 줄이고 더 많은 걸 드러내야 된다고 했을 것이다. 나도 더 열심히 노력하겠지만, 기본적인 이야기는 해야 하지 않겠는가. 그냥 이런저런 사실들을

●미국의 의류 회사. 스타킹 등의 상품이 유명하다.

있는 그대로 전하는 게 훨씬 쉽다. 그러다 보면 결국에는 모든 진실을 공개하게 될 것이다. "나는 범죄자가 아닙니다."라고 했던, 미국사 시간에 지겹도록 공부했던 아주 이상하게 배배 꼬인 그 닉슨처럼.

아빠가 큰 소리로 부르자 나는 시디플레이어와 연결된 이어폰을 뺀다. 우리 부모님은 흙으로 돌아가자는 사고방식을 귀 따갑도록 주입하지만 준현대적인 장치로 음악을 듣는 것까지 금지하지는 않는다. 우리 엄마는 전자레인지에서 나오는 전자파와 뇌가 죽은 신세대 비디오 게임 중독자들을 병적으로 혐오하지만 이것만큼은 예외다. 플러그만 꽂으면 되는 게임기가 아니라 음악을 허락하는 것이기는 하지만. 플라스틱 블라인드 틈새로 아빠가 입고 있는 제퍼슨 에어플레인* 티셔츠의 줄무늬가 보인다. 부모님에게는 그들만의 음악이 있었다. 우리에게는 우리만의 음악이 있다. 전혀 새로운 의미의 공정 거래랄까.

아빠는 우리가 래퍼해넉 강에서 갈라져 나온 어느 지류의 모래톱에 정박해 있는 게 아니라 파나마 운하를 향해 절반쯤 항해한 것처럼 갑판으로 나와 수평선을 살피고 있다. 사실 우리는 맨 마지막에 빌렸던 셋집과 같은 동네에 살고 있다. 집만 하우스보트로 달

● 1965년에 결성된 미국의 록 밴드.

라졌을 뿐이다.

나는 무릎을 꿇고 침대 밑에서 카고 반바지를 찾는다. 오늘은 살짝 어지럽기만 할 뿐, 몸 상태가 제법 괜찮다. 생각 없이 벌떡 일어나 앉았다가는 아침에 먹은 걸 게울 수도 있다. 가뜩이나 배까지 흔들리니 더 조심해야 한다. 안 그래도 그 병 때문에 이성을 잃은 부모님에게 그런 걸로 투덜거릴 수도 없고 유감스러울 따름이다.

래퍼해넉 강은 여기보다 송전선 너머 하류가 더 넓은 희한한 강이다. 우리는 지난번 허리케인 때 보트를 잃은 부모님 친구의 부두에 주로 배를 묶어 둔다. 호스킨스 강가에 닻을 내리고 있으면 악천후를 몰고 오는 북풍을 피할 수 있다. 360번 도로에 놓인 다리가 보일락 말락 한다. 그 다리는 전환점이기도 하다. 바닷물이 끝나고 민물이 시작되는 지점에 놓여 있기 때문이다.

중류인 이곳에서는 언뜻 강물이 느릿느릿 흐르는 듯이 보인다. 직접 몸을 담가야 물살이 느껴진다. 까딱 잘못했다가는 어배너까지 떠내려갈 수도 있는데—운이 나쁘면 영국까지 갈 수도!—바닷물이라 빠져 죽을 일은 없다. 배가 고파서 죽으면 모를까.

이쯤에서 우리 학교의 몇몇 녀석들이 떠오르면서 짜증이 난다. 일부 어른 역시 마찬가지다. 놀랍게도 그들은 한평생 이 마을에 살았으면서 강물이 어디로 흘러가는지 관심도 없고, 체서피크 만을 지나 대서양으로 유입되는지 지도를 찾아보지도 않는다. 나는 개인적으로 세상에 대한 관심이 상당히 중요하다고 생각한다. 나는 예전부터 버드 제독* 같은 사람이 돼서 새로운 땅을 탐험하고 싶었다. 그게 내가 세상에 기여할 수 있는 방법이라고 생각했다.

맥과 나는 알제리나 타히티 같은 이국적인 나라를 들먹이며 어디에서부터 탐험을 시작하면 좋을지 계획을 세우곤 했다. 어떤 물품을 들고 갈지 목록도 작성했다. 심지어 봉화를 피우고 부싯돌로 불을 붙이는 연습까지 했다. 그때는 어려서 미지의 땅이 다 없어진 걸 몰랐다. 어쩌면 그렇게 멍청했던지. 하지만 괜찮다. 예전에는 그 생각을 하면 우울해졌지만 지금은……. 어차피 시간도 없으니 연연할 만한 일이 못 된다.

다리 아래, 강어귀 맞은편의 북쪽 강가에는 초록이 거의 끝없이 펼쳐져 있다. 빛이 바래기는 했지만 그래도 초록색이다. 야생 동식물 보호 구역이라 집은 없다. 연방법상 그렇다. 초록색이 갈색 강물과 선명한 대조를 이룬다. 여름에 강가나 보트 위에 누워서 실눈을 뜨면 정글에 성큼 다가간 듯한 착각에 젖을 수 있다. 영화 「지옥의 묵시록」처럼. 누워서 보트를 타는 건 맥이 몇 년 전에 고안한 놀이인데, 우리가 하우스보트로 이사하면서 더 훌륭해졌다. 녀석은 그런 식으로 심리적인 반전이 있는 놀이를 좋아한다. 어찌나 열정적이신지.

형이 대학교로 떠난 이래 내 가장 친한 친구는 맥이다. 그전에는

---

* 남극 대륙을 탐험한 미국의 탐험가.

같이 시간을 보내는 사이에 불과했다. 아무리 형과 절친한 친구처럼 지낸대도 늘 붙어 다닐 수는 없는 법이다. 그리고 동생들은 아주 귀찮은 존재다. 맥도 동생이 있다. 이름이 로저인데, 별명은 꽁생원이다.

맥과 내가 초등학교에 입학했을 때 우리 가족은 저넷 드라이브에서 살았다. '소멸한' 호스킨스 강 정박지와 같은 도로에 있는 어느 공터 안으로 쑥 들어간 집이었다. 소멸하다. 참 근사한 표현 아닌가? 어감이 정확하게 와 닿는다. 나중에 닉이 중생을 구제하는 명연설을 하면서 나를 두고 이렇게 말할지 모른다. "소멸한 나의 형제여, 편히 잠들길." 가족 중에 세상을 떠난 사람이 있으면 세간의 동정표를 많이 얻을 수 있다. 케네디 가문을 봐도 그렇지 않은가.

페트리아노 일가는 17번 도로의 달터인 모텔 뒤편 막다른 흙길에서 산다. 예나 지금이나 죽 그렇다. 객의 아버지는 우리 군에서 사용하는 스쿨버스 차고를 운영한다. 그는 내가 지금까지 만난 사람 중에서 가장 하품 나는 인물로 타의 추종을 불허한다. 친구의 아버지로는 괜찮지만 말이라는 걸 하는 경우가 거의 없고, 어쩌다 하더라도 맥의 어머니가 했던 말을 재탕하는 수준이다. 방 치워라. 오늘은 10시에 교회 갈 거다. 이번에는 네가 식탁을 치울 차례다. 그러니 맥이 엉뚱해질 수밖에. 자기 아버지처럼 되지 않으려면 얼마나 열심히 노력해야겠는가.

맥은 재미있고 장난기가 심하며 한 번에 아이디어가 100개씩 번

뜩인다. 가끔 커브를 너무 빨리 돈 모형 기차처럼 살짝 균형을 잃을 때도 있다. 발상이 엉뚱하기 이를 데 없다. 마치 시간을 두고 꼼꼼히 생각하기 싫어하는 사람 같다. 그래서 우리가 죽이 맞는 거다. 주로 녀석이 내 말대로 하는데, 내가 모험을 즐기는 성격이 아니라서 그렇다.

예전에는 녀석이 툭하면 걸어서 우리 집으로 놀러 왔다. 끊임없이 반복되는 아버지의 대사를 피하기 위해서였을 것이다. 만약 우리 아빠가 그렇게 자기 생각이라고는 조금도 없는 사람이었다면 나도 미쳐 버렸을 것이다. 우리가 하우스보트로 이사한 뒤로는, 페트리아노 아저씨가 쓰레기장에서 주워 온 낡아 빠진 2인용 카약을 타고 공용 선착장에서 출발한다. 카약을 갈대밭에 내팽개쳐도 아무도 신경 쓰지 않는다. 누가 에식스 군 아니랄까 봐.

페트리아노 아저씨에게 한 가지 장점이 있다면 그 점이다. 폐품 마니아라는 것. 아저씨에게는 쓰레기장이 노다지다. 그럴 때 보면 꼭 블러드하운드 같다. 아저씨와 맥과 함께 쓰레기 더미 옆을 지나가면 세상에서 가장 놀라운 경험을 할 수 있다. 언뜻 보면 들고 가기는커녕 쳐다볼 만한 가치도 없을 만큼 부러지고 구부러진 고철 더미와 나무 더미다. 그런데 페트리아노 아저씨는 걸음을 멈추고 고개를 살짝 모로 꼰다. 그러고는 한 발로 무더기를 이쪽저쪽으로 헤친다. 맥은 원래 쉴 새 없이 지껄이는 타입이라 무슨 일이 벌어지고 있는지 알아차리지도 못한다. 하지만 페트리아노 아저씨가 허리를 굽히고 손을 내밀면 맥도 이야기를 멈춘다. 페트리아노 아저씨의 손끝에서 뭔가 놀라운 보물이 모습을 드러내리라는 것을 알기 때문이다. 장난감 총, 멀쩡한 사슬톱, 플러그만 갈면 되는 VCR. 페트리아노 아저씨가 이런 물건들을 찾아낸다.

우리 아빠는 쓰레기 더미 속에서 자기 발도 못 찾을 사람이다. 항상 뭔가를 생각하지만, 실제 세상과 연결하는 고리가 이리저리 뒤틀린 호스 비슷하다. 거의 언제나 콸콸콸 아니면 졸졸졸이고 보일러 온수처럼 안정적인 상태는 어쩌다 한 번이다.

나는 지금까지 매해 여름마다 맥과 둘이서 정박지의 텅 빈 건물과 강에 버려진 보트에서 시간을 때운 것 같다. 어렸을 때는 맥이 지어낸 이야기로 연극 놀이를 했다. 우리 아빠가 없는 틈을 타서 정글 전투를 시작한 곳도 거기였다.

우리 아빠는 베트콩이나 베트남이라는 단어를 지나가다 듣기라도 하면 당장 워싱턴의 거짓말쟁이와 권력에 굶주린 군부를 주제로 판에 박힌 연설을 시작한다. 부모님이 우리에게 이 나라의 수도를 구경시켜 주지 않은 것도 그 때문이다. 부패의 온상지라는 것이다.

초등학교 때 친구들은 아무리 좁아드 우리 집에서 하룻밤 자고 가는 걸 좋아했다. 밤새도록 놀아도 부모님이 아무 말 하지 않기 때문이었다. 우리 엄마 아빠는 안 된다고 하는 경우가 거의 없었다. 맥과 부모님 덕분에 내 어린 시절은 훌륭한 추억들로 가득하다. 한밤중의 해적 놀이와 캠프파이어, 소멸한 정박지의 부두에 누워 별빛 아래에서 잠을 청한 나날들. 나쁘지 않았다. 그리운 과거를 추억하는 어느 할아버지 같았다면 미안하다. 내가 그 시절 이야기를 꺼낸 것은 그래야 지금은 얼마나 달라졌는지 비교할 수 있기 때문이다.

초등학교 때부터 고등학교에 들어가기 전까지는 시간이 아주 더디게 흘렀다. 흘러내리는 진흙처럼. 그전에는 몰랐지만 올여름 들어 시간이 쏜살같이 느껴지면서 알게 됐다. 하지만 돌이켜 보면 그 현상은 병에 걸리기 전부터 시작돼 점점 빨라지고 있다. 우리 부모님은 여러 사소한 안건들을 놓고 부모님이 다투는 경우가 더 잦아졌는데 대부분 돈이 문제다. 보트는 점점 부서지고 있다. 엄마는 잠을 잘 못 잔다. 예전과 달리 피곤해서 빨래를 널거나 빵을 굽거나 하지 못한다. 하우스보트 배터리나 등유로는 돌릴 수도 없는데 빨래 건조기를 사고 싶어 한다.

엄마가 가전제품에 군침을 흘린 적이 없었기에 아빠는 혼란스러워한다. 엄마가 이런 이야기를 꺼내면 아빠는 배신자라고 한다. 그러면 엄마는 지금까지 비가 오나 눈이 오나 바구니를 들고 나가 빨래를 넌 게 몇 년인데 너무하는 거 아니냐며 고함을 지른다. 엄마는 세균과 내 병 때문에 자신이 편집증 환자처럼 구는 거라고 말하고 싶지만, 그러면 원치도 않은 백혈병에 걸린 나를 탓하는 듯이 들릴까 봐 차마 그러지 못하는 것이다.

이런 상황 때문에 부모님은 내가 받고 싶은 선물에 관심을 기울이지 못한다. 나는 차를 사고 싶지만 4월은 되어야 면허증을 딸 수 있다. 6월이면 죽을 텐데. 내가 보기에도 현명한 투자가 아니다.

올여름 두 분의 싸움에 내가 끼어든 적이 있었다. 병원에서 부모님에게 통보한 소식, 즉 내가 이 빌어먹을 병에 걸렸다는 소식을 듣기 전이었다.

"차는 안 사 주셔도 돼요." 내가 말했다. "도시로 이사해서 홀든처럼 택시 타고 다니면 되니까."

"너한테 홀든이라는 친구가 있는 줄 몰랐네?" 엄마는 뭣 땜에 아빠와 싸웠는지 잊어버렸다. 엄마는 스파게티 소스를 직접 만든 참이었다. 엄마는 먹거리의 완벽한 외관을 위해 첨가되는 농약과 오물을 피하려고 그런 일을 벌인다. 누구라도 알겠지만 '완벽'은 어리석은 발상이다. 실제 세상은 완벽할 수 없는 법이다. 인간들을 보라. 아담과 이브에서부터 시작된 그들을 보라. 현실은 사과다. 인간들을 상대할 때 '완벽'을 기대하면 안 된다. 그렇지 않으면 10대 임신과 아동 학대, 에이즈 같은 질병을 무슨 수로 설명할 수 있겠는가. 아니면 백혈병을 무슨 수로 설명할 수 있겠는가.

다시 자동차 문제로 돌아가서. 엄마는 무염식에 광분하던 중이라 토마토 껍질까지 손수 벗겼다. (소금이 안 들어간 음식을 먹으면 정말이지 구역질이 난다. 하지만 엄다 앞에서 그런 소리는 절대 금물이다.) 엄마는 통조림 채소에 든 스금을 먹으면 20대의 혈관이 60대처럼 변할 수 있다는 기사를 읽은 참이었다.

"하룻밤 새?" 아빠가 놀렸지만, 엄마는 통조림 토마토를 노숙자 쉼터에 기증해 버렸다.

닉은 진짜 이탈리아 사람처럼 국수를 한 가닥씩 후루룩 빨아 먹고 있었다. 빨간 방울이 사방으로 튀었다. 그 때문에 심란해진 엄마는 점점이 떨어진 소스를 행주로 닦느라 나한테 질문했다는 사실조차 잊어버렸다.

"사실 배가 안 고파요." 나는 화제를 바꾸어야 했다. 홀든이 누구인지 설명하기가 난감했다. 내가 필독 도서를 미리 읽는다는 사실을 아는 사람은 형밖에 없었다.

엄마는 고함을 지르고 싶어 하는 얼굴이었다. "그래도 먹어." 엄마가 고함치지는 않았지만 어찌나 목소리가 우렁찬지 닉마저 깨작거리던 것을 멈추었다.

아침이나 점심으로 땅콩버터와 젤리를 바른 샌드위치를 먹은 게 몇 년인데, 언제 그랬느냐는 식이었다. 엄마에 따르면 땅콩버터는 세상에서 가장 훌륭한 음식이었고, 그 평가만큼은 우리도 동의하는 바였다. 적어도 예전에는 그랬다. 그런데 그즈음에는 몸무게가 삼 주 만에 4.5킬로그램이나 빠져서 나도 어디가 잘못된 게 아닐까 의심하기 시작한 참이었다.

"홀든이라고?" 아빠가 물었다. "에식스 군의 다른 집이라면 모를까, 우리 집에서는 소설 속 주인공을 흉내 내서 아이들 이름을 짓는 그런 짓은 하지 않지." 아빠는 말다툼을 잊은 채 엄마의 어깨에 팔을 두르고 꼭 끌어안으며 느닷없이 다정한 분위기를 연출했다. 서로 용기를 북돋우려고 할 때 어른들은 늘 그러지 않는가.

아빠가 홀든의 산전수전을 한낱 소설로 일축하다니 화가 났다. 그토록 고통스러운 시기를 견딘 인물이건만. 그런 아이가 홀든 하나도 아니건만. 어째서 어른들은 항상 아이들의 감정을 하찮게, 대수롭지 않게 생각할까?

작년에 우리 중학교에서 한 남자아이가 목매달아 죽은 일이 있었다. 성적을 높이라는 아버지의 말 때문에 직전 학기 성적표에 아버지의 서명을 위조한 아이였다. 그런데 그다음 학기에는 한 과목에서 낙제를 받고 말았다. 학교에서 학부모 상담 날짜를 잡자 아이는 진실이 밝혀지겠다고 짐작한 것이다. 학부모와 선생님들은 무슨 일인지 전혀 모르겠다는 듯 당황스러워했지만, 우리는 아버지의 기대에 못 미친 그 아이가 어떤 심정이었을지, 아무것도 바꿀수 없을 때 느꼈을 그 좌절감을 이해할 수 있었다.

홀든도 마찬가지다. 그는 어린애가 아니다. 초코바를 달라고 칭얼거리는 것도 아니다. 이 세상을 이해하기도 힘든데, 세상을 망쳐 놓은 어른들의 어이없는 모습을 이해하려니 얼마나 더 힘들겠는가. 그들은 성적이 중요하다고 주장하면서 실제로는 뭘 배우거나 말거나 관심도 없다. 앞으로 그들이 만든 난장판을 피해 가며 일하거나 세상을 고쳐야 할지도 모른다는 생각이 들면 우리가 얼마나 겁이 나는지, 그들은 절대 알지 못한다.

부모님의 말다툼이 끝나서 뛸 듯이 기쁘지 않았더라면 나는 아빠에게 소설 운운한 것에 대해 해명을 요구했을 것이다. 어른들이 아이들은 세상을 모른다며 비웃으면 정말 싫다. 우리가 그들보다 늦게 태어난 걸 어쩌란 말인가.

게다가 아빠는 홀든 발언 이후에 웃는 얼굴로 계속 엄마의 어깨를 주무르고 있었다. 나를 의식조차 하지 않았다. 엄마 아빠는 요즘 들어 전처럼 스킨십을 자주 하지 않았다. 홀든 발언을 걸고넘어져서 이런 분위기에 찬물을 끼얹고 싶지 않았다.

아빠가 엄마의 어깨 위로 고개를 기울여 서로 머리를 맞댔다. "우리가 그 책 읽었을 때 생각나? 놀런 선생님의 인문학 시간이었잖아. 당신이랑 제일 친했던 로즈가 그걸 읽고 뉴욕으로 도망치기로 결심했고."

"로즈 펠티에가 얼마나 부러웠는지 몰라."

아빠는 당혹스럽다는 듯이 입술을 삐죽거렸다. "당신도 뉴욕 가고 싶었어?"

엄마는 고개를 저었다. "걔네 삼촌이 인도에서 구슬 달린 조끼를 사다 줬고, 늘 루이스 머리랑 나란히 맨 뒷줄에 앉았거든."

"그 친구, 귀요미였는데."

귀요미? 나는 끙 소리를 냈다. 당신이 무슨 소리를 하고 있는지 안 들리는 걸까?

하지만 솔직히 말하면 두 분이 나의 존재를 잊어 줘서 기뻤다. 무슨 짓을 하고 무슨 말을 하건 사사건건 이목이 쏠리면 얼마나 피곤한지 모른다. 닉은 그 틈을 타서 스파게티를 쓰레기통에 쓸어 넣었다. 그러고는 엄마 아빠가 뭐라고 하기는커녕 알아차리기도 전에 밖으로 나가 선실 벽에 대고 공을 찼다. 나도 슬그머니 자리에서 일어나 접시를 치우려고 고개를 돌렸더니 두 분은 입을 맞추고 있었다. 그러게 내가 아빠를 소개하면서 뭐랬는가.

테이프를 돌려 8월 말.

"대니얼." 내가 바로 뒤에 서 있는 줄도 모르고 아빠가 다시 부른다. 이렇게 열심히 찾는 것을 보니 심각한 일인 모양이다. 아빠는 원래 참을성 있고 매사가 자연스럽게 흘러가도록 내버려 두는 성격이다. 늘 여유 만만이다. 하는 일이 교과서 편집이라 마음만 먹으면 어디서든 할 수 있기 때문이다. 물 위에서 사는 지금으로서는 다행스러운 일이다.

"예, 아빠. 무슨 일이에요?" 아빠가 내 머리를 헝클어뜨리려고 손을 내밀어서 나는 고개를 수그린다. "아빠."

"엄마가 시내에 장 보러 가는데, 너도 데리고 가서 다음 주 개학 전에 머리를 잘랐으면 좋겠다고 하신다."

"마음껏 길러도 좋다고 하셨잖아요."

"여름 방학 동안만이지. 고등학교 선생님들이 널 게으름뱅이 취급하면 좋겠니? 더벅머리는 안 될 말이다." 아빠는 이렇게 말해 놓고 웃는다.

나는 투덜거린다. "엄마는 학교 그만 다녔으면 좋겠다고 하셨는데요. 세균이 득실거린다고."

"그건 아직 고민 중이다."

"아빠도 고등학교 때는 머리 길렀잖아요."

아빠는 놀란 얼굴이다.

"아빠 졸업 앨범에서 봤어요." 내가 설명한다.

"뭐, 그랬지. 하지만 그땐 전쟁 중이었잖니. 그게 일종의 시위였어."

"르완다전은 전쟁 아닌가요?"

아빠는 나한테 정곡을 찔렸다는 걸 감출 수 없을 정도로 오랫동안 머뭇거렸다. 그러다 결국 전형적인 대사를 다시 늘어놓기 시작한다. "고등학교 선생님들한테 잘 보이지 않으면 대학 못 간다."

"아빠는 대학 안 나와도 사는 데 아무 지장 없었잖아요."

"야간 대학 다녔어. 대학 졸업장을 딸 수 있는 가장 어려운 길을 선택한 거지."

"그게 아빠가 꿈꾸던 인생 아니었나요? 아빠랑 엄마는 늘 그렇게 이야기하셨잖아요. 레너드의 아빠나 해너데이 씨처럼 치열한 생존 경쟁을 벌이며 살지 않아서 정말 다행이라고."

"해너데이 씨는 은행장이잖아. 그렇게 살고 싶은 사람이 어디 있겠니? 어쨌든 너는 은행장이 될까 봐 걱정할 필요 없잖니."

전면 갑판에서 엄마의 날카로운 목소리가 들린다. "스티그, 약속했잖아."

"뭘 약속하셨는데요?" 오른쪽 눈썹 뒤쪽이 살짝 따끔거리기 시작한다. 아빠의 본명을 부르다니 중요한 일이라는 뜻이다. 아빠의 별명은 레드다. 성격이 불같아서 그런 게 아니라 머리 색 때문에 붙은 별명이다. 그리고 아빠의 주장이 100퍼센트 진실이라면 정치적 신념 때문이기도 하다.

아빠는 무릎을 꿇고 앉아서 계선 로프●를 팽팽하게 잡아당긴다. 그러고는 더듬더듬 내 수학 실력 어쩌고 하며, 내가 최후의 일격을 날리기 전에 대화를 마무리 짓는다. 내가 왜 머리를 잘라야 할까? 대학교에 갈 수 있을 때까지 살지도 못할 텐데.

지금쯤 여러분은 내 생김새가 궁금해지기 시작했을 것이다. 책을 읽다 보면 늘 등장인물이 곱슬머리인지, 영화로 만들어졌을 때 누가 그 역할을 맡으면 좋을지 상상되지 않는가. 내 역할은 다른 배우가 맡을 게 분명하지만. (괜찮다. 웃어도 좋다. 상상도 유분수지.)

간단하게 소개하자면 나는 엄마를 닮았다. 그게 좋은 건지 나쁜 건지는 모르겠다. 아빠 말로는 좋은 거라지만. 엄마는 스웨덴 여

● 선박 따위를 일정한 곳에 붙들어 매는 데 쓰는 밧줄.

행 광고에 등장하는 모델처럼 금발이다. 나는 그게 염색이라는 사실을 아는 몇 안 되는 사람들 중 한 명이다. 엄마가 우리 모두 잠든 줄 알고, 염색약을 바른 다음 파란색 비닐 모자를 턱 밑으로 단단히 묶고 앉아 있는 것을 본 적 있다. 엄마는 인정하기 싫겠지만 기존의 통념에 순응하는 행위였다.

엄마가 끈적끈적한 염색약을 바르지 않으면 백발일 정도로 나이 들지는 않았다. 엄마가 허영심 때문에 염색하는 거라고 생각지는 않는다. 흐르는 세월은 엄마도 어쩔 수 없다는 걸 인정할 용기가 없을 따름이다. 용기 없는 엄마라니 재미있다. 이야기 속에 등장하는 엄마들은 항상 엄마 곰처럼 자식들을 보호하는데 말이다.

할머니 할아버지는 양쪽 집안 다 돌아가셨지만, 모두 진짜 금발에 모음이 두 개씩 겹쳐서 발음하기 힘든 이름을 쓰는 스칸디나비아 출신이었다. 형은 엄마가 우리 이름을 지을 때 나름대로 생각이 있었으니 얼마나 다행이냐고 한다. 안 그랬더라면 아빠처럼 희한하거나 모음 위로 점이 두 개 찍힌 헬무트처럼 군인 같은 이름이 우리 몫이 되었을지도 모른다고 말이다. 내 생각에 엄마가 금발을 고집하는 건 스칸디나비아 핏줄에 대한 마지막 집착이 아닐까 싶다. 환생을 믿는 엄마의 성향과도 잘 어울린다. 엄마는 머리를 길러서 우리 집에 있는 마마스 앤드 파파스 앨범 재킷의 캐스 엘리엇처럼 풀고 다닌다. 우리 부모님은 그 앨범을 좋아한다. 재킷의 네 귀퉁이가 뭉개지고 인쇄가 벗겨져서 군데군데 하얀 얼룩이 생긴 걸 보면 알 수 있다. 라디오에서 이 앨범에 실린 노래가 나올 때마다 처음부터 끝까지 따라 부를 수 있다는 것도 결정적인 증거이지만.

　내가 아빠와 이발 문제를 놓고 이야기를 나누는 동안 엄마가 뒤쪽 갑판에서 모습을 드러낸다. 수영복을 입은 모습이 20대라고 해도 믿겠다. 뒤에서 보면 얼굴에 팬 주름살이 안 보이니까. 내가 열세 살 때였나, 한 친구가 우리 엄마더러 정말 섹시하다며 계속 수수께끼 같은 말을 나불거려서 책가방으로 녀석의 머리와 목을 후려갈긴 적이 있었다. 아이들이 어른들에게 그런 표현을 쓰면 안 되는 법이다. 너무 이상하니까. 잘못된 거니까. 아빠가 뜯어말렸을 때 우리 둘 다 무엇 때문에 싸웠는지 말하지 않았다.
　그렇다고 오해는 하지 말기 바란다. 나는 난폭한 사람이 아니다. 아무리 난폭한 사람이 되고 싶다 한들 평화주의자를 자청하는 부모님 밑에서는 언감생심이다.
　"대니얼, 우리 아들." 엄마가 숟가락에서 떨어지는 꿀처럼 말끝을 길게 늘이며 나를 부른다. 엄마의 남부 억양을 들으면 지나가던 사람들도 걸음을 멈춘다. 머리가 빈 금발이겠거니 했다가 엄마가 얼마나 똑똑한지 깨닫고 충격을 받는다. "아빠가 하라는 대로 해. 우리도 다 겪은 과정이란다. 네가 있어야 할 곳은 학교야. 적어도 학교에 다니는 한 군대에 끌려갈 일은 없잖니."

"실비, 설마하니 열다섯 살짜리를 군대로 끌고 가겠어? 가뜩이나 징병제도 사라진 평화로운 시기에? 우린 지금 머리 자르는 얘기 하는 중이야. 새로운 세계 질서가 아니라."

엄마는 메인 대로에 스바루 왜건을 세우고 나에게 10달러를 준다. "잔돈 잘 챙기되 1달러는 팁으로 줘. 그 정도 요금으로는 최저 생활비도 못 벌 테니까." 엄마는 이런 식이다. 자기 옷은 굿윌*에서 사 입고 좋아하는 잡지도 도서관에서 읽으면서 항상 남을 걱정한다.

엄마는 운전석에 앉아서 종이를 뒤적인다. 또 어떤 볼일이 있는지 파악하느라 정신없는지 시동까지 켜 놓은 채다. 환경 오염과 지구 온난화를 생각하면 절대 해서는 안 되는 일이건만. "있잖니, 대니."

나를 대니라고 부르고도 무사한 사람은 엄마뿐이다. 나는 차에서 내려 창문 쪽으로 허리를 숙인다.

"한 시간쯤 걸릴 거야. 마지막으로 들러야 할 곳은 도서관. 네 볼일이 먼저 끝나면 차에서 기다려. 아니면 와서 날 찾든지…… 아니다, 안 그러는 게 좋겠다. 차에서 기다려."

젠장. 시내를 마음껏 돌아다닌 적이 언제던가. 가고 싶은 곳, 구

---

* 자선 중고 용품점.

경하고 싶은 곳들이 날마다 점점 많아진다. 그 병이 아니더라도 하우스보트에서 지내는 여름 방학은 죽음이다.

맥은 나보다 운이 좋다. 녀석의 집은 이발관에서 두 블록, 에식스 군에서 우리 또래가 자주 찾는 장소들이 모여 있는 곳에서 두 블록 거리다. 빨래방, 파 주차장, 초등학교 운동장, 낚시터, 도서관. 우리는 지난주에 맥의 옆집으로 이사 온 쌍둥이 자매를 주제로 밤 늦게까지 여러 번 통화했다. 아직 만나 보지는 못했지만, 어떤 식으로 우리 엄마를 설득해야 그 여자애들과 밴드 콘서트를 보러 갈 수 있을지 맥과 함께 머리를 굴리는 중이다. 워소의 전문 대학에서 매주 열리는 밴드 콘서트는 우리 부모님도 좋아한다. 조직된 행사 중에서 음악 콘서트만은 예외다. 우리 엄마의 표현을 빌리자면 "노던넥*이라는 이 우울한 불모지에서 문화생활과 가장 가까운 행사"이기 때문이다.

머리를 자른 뒤에 모텔 주차장을 가로질러 맥의 집으로 찾아갈 시간은 충분할 것이다. 쌍둥이를 제대로 구경할 수 있을 것이다. 외모가 괜찮다는 소식은 이미 맥에게서 들었다. 이번이 9월 이전에 쌍둥이를 대면할 수 있는 마지막 기회일지도 모른다. 학기가 시작되면 다른 녀석들이 모조리 달려들어서 맥과 나는 말을 걸 수 있을 만큼 가까이 다가가지 못할 수도 있다.

● 버지니아 주의 최북단 지역으로 북쪽은 포토맥 강, 남쪽은 래퍼해넉 강, 동쪽은
체서피크 만으로 둘러싸여 있다.

이발관으로 들어서자 문에 달린 종이 울린다. 나는 그럴 때마다 번번이 놀란다. 번번이 움찔한다. 만원이다. 늘 오면 있는 영감님마다 손님이 세 명씩 대기 중이다. 좋은 현상이다. 그들의 심장은 이 이상의 자극을 받아들이지 못할 테니까. 무릎 위에 젖먹이를 앉힌 엄마가 두 아들과 함께다. 아이들은 서로 비닐 시트가 찢어진 의자에 앉겠다고 싸우는 중이다. 예전에 어떤 아이들이 먹다 만 사탕을 그 속에 넣는 것도 본 적 있는데. 저 의자는 녀석들에게 양보해도 좋겠다.

"사십 분." 부분 가발을 쓴 이발사가 선언한다. 아이들은 싸우다 말고 나를 쳐다본다. 내가 그 의자를 차지할까 봐 걱정되는 것이다. 하하. 다른 이발사는 잔뜩 집중한 표정으로 아주 진지하게 계속 머리만 자르고 있다. 우리 아빠하고 친척인가 보다.

"제 자리 좀 맡아 주세요." 나는 이발관 주인인 나이 많은 이발사에게 부탁한다. "금방 다시 올게요."

"이름 남겨 놔." 그는 전화기 옆에 놓인 메모지를 가리킨다.

자유다.

문을 열어 준 사람은 페트리아노 아주머니다. "대니얼, 반갑다."

맥은 자기 엄마가 내 병 소식을 맨 처음 들었을 때 밤새도록 울었다고 했다. 만약 다른 친구의 어머니가 그랬다고 하면, 아프기 전부터 나와 알던 다른 사람이 그랬다고 하면 진짜 황당했겠지만 페트리아노 아주머니는 아니다.

아주머니는 문을 더욱 활짝 연다. "맥은 옆집에 갔단다."

"쌍둥이네 집요?"

아주머니는 고개를 끄덕인다. "들어와서 아이스크림 먹으면서 기다릴래?"

"그 집으로 찾아갈까 봐요. 그래도 괜찮겠죠?"

"아…… 그럼, 그럼." 아주머니는 내가 아이스크림보다 또래 여학생들에게 관심을 보일 줄은 전혀 몰랐다는 듯 눈이 휘둥그레져서 쳐다본다. 맥이 불쌍해진다. 자기 아들이 숫총각이 아니라는 걸 알면 아주머니가 얼마나 충격을 받을까.

옆집은 겉보기에 맥네 집과 똑같다. 콘크리트 블록으로 지은 1층 집이다. 초록색 덧문이 달린 하얀 벽과 보도처럼 깔린 회색 돌에 현관 앞에는 계단이 있고, 집 앞면과 옆면 아래쪽에는 잔디밭을 향해 조그만 반창이 줄줄이 박혀 있다. 밑에서 웅웅거리는 U2의 음악 소리가 들린다. 지하실에 있는 모양이다.

초인종이 없다. 문을 두드려도 대답이 없기에 더 세게 두드려 본다. 소용없다. 나는 반창에 얼굴을 들이밀고 음악 소리 너머로 빽 소리를 지른다. "맥!" 순간 정적.

잠시 후 녀석이 내 눈앞으로 불쑥 얼굴을 내민다. "대니얼." 어두컴컴한 뒤편에서 속닥거리는 소리가 들린다. "뒤로 돌아와."

쌍둥이네 집은 어배너 농장에서 우리 할머니가 살았던 조그만

집처럼 지하실에 비스듬한 문이 달려 있었다. 할머니는 「초원의 집」에서 그렇듯이 널조각을 이어서 만든 낡은 바구니에 사과며 감자며 순무를 담아 지하실 계단에 항상 놓아두었다. 추수 감사절 때마다 억지로 보아야 했던 「초원의 집」. 할머니네 지하실은 거미의 천국이었다. 엄마는 할머니가 필요하다는 게 있을 때마다 나를 내려보냈다. 엄마는 거미라면 질색했다. 딱 질색했다.

엄마만 그런 게 아니다. 삼 년 전, 할머니가 돌아가시기 직전에 형과 내가 할머니네 지하실 계단에서 한 병 가득 거미를 잡아다가 닉에게 자꾸 우리 뒤를 졸졸 쫓아다니면 침대 속에 거미를 넣겠다고 협박한 적이 있었다. 그 협박이 얼마나 효과 만점이었는지 모른다. 황금빛 갑옷으로 위장한 겁쟁이랄까.

쌍둥이네 지하실 철문이 홱 하니 열리는가 싶더니 콘크리트 벽에 맞아 튕긴다. "망할." 여자 목소리다. 어두컴컴한 지하에서 한 여자아이가 내려오라고 손짓한다. 길고 까만 머리에 까무잡잡한 피부. 이런 여자아이가 둘이라면 오늘보다 훌륭한 이발관 나들이는 없을지 모른다.

"네가 대니얼이니?" 남자아이가 아니라 괴물 석상을 기대하고 있었던 듯한 목소리다.

"맥한테 들은 모양이네?"

그녀는 고개를 끄덕인다. "미안."

"이름이 미안인가 보지?" 나는 그녀의 눈을 똑바로 들여다보며 악수를 하려고 손을 내민다. 엄마는 AML을 다룬 첫 책, 첫 장을 읽자마자 악수는 절대 금지라고 했지만. "만나서 반갑다, 미안아."

여자아이는 웃음을 터뜨린다. 그녀가 나의 실상을 안다 한들 아무 상관 없을지 모른다.

"내 이름은 메러디스야. 이쪽은 줄리앤."

똑같이 다리가 길고 까무잡잡하지만 머리가 짧은 다른 여자아이가 맥의 뒤에서 모습을 드러낸다. 줄리앤이 살짝 손을 흔든다. 나는 고개를 까딱한다.

"이 촉새야." 내가 주먹을 걸고 잡아당기자 녀석이 주먹을 떼어낸다.

"우리랑 같은 10학년이야." 녀석이 말한다.

"거짓말."

지하실은 파티장이다. 저쪽 끝에는 탁구대가, 이쪽 끝에는 소파 두 개와 구닥다리 텔레비전이 놓여 있다. 전등에는 색 전구가 끼워져 있다. 이른바 무드 조명이다. 게다가 한쪽 구석에 냉장고까지 있다. 끝내준다.

"누구랑 같이 왔어?" 맥이 이렇게 묻는 건 우리 엄마라면 스케줄이 빡빡하고, 아빠라면 땡잡은 것임을 알기 때문이다.

"엄마."

"젠장."

"콜라 마실래?" 메러디스가 물으며, 누가 여자아이 아니랄까 봐

머리카락을 어깨 너머로 넘긴다. 둘 다 가는 끈이 달린 티셔츠를 입고 있는데 어깨에 수영복 자국이 없다. 지금이 여름 내내 바닷가에서 보트를 탈 수 있는 6월이 아니라 8월 말이라는 게 아쉬울 따름이다.

"콜라 좋아." 내가 대답한다. 엄마가 알면 난리가 날 것이다. 코카콜라는 악마의 음료가 아니던가.

맥이 소파에 앉자 줄리앤이 다리를 대롱거리며 그쪽 팔걸이에 걸터앉는다. 맥의 입이 찢어질 지경이다. 무슨 생각을 하는지 알겠다. 못된 녀석 같으니라고.

"학교 구경은 했어?" 내가 묻는다. 맥이 눈을 끔뻑이며 너무 무리하지 말라는 경고를 전한다.

"너무 작더라." 줄리앤이 대답한다. "작년에는 앨버말을 다녔거든."

"무슨 프랑스 학교 같다?"

"인도 학교야." 줄리앤이 말한다. "어마어마하게 커."

메러디스가 차가운 콜라 캔을 건넨다. "이름 못 들어 봤어? 이년 연속 버지니아 주 미식축구 챔피언이었는데."

나는 고개를 저으며 맥을 향해 얼굴을 찡그리고 싶은 걸 참는다. 미식축구를 운운하다니, 질문을 통해 이 아이들의 배경을 파악할 필요가 있다. 미식축구에 관심 있는 여자아이라면 맥이나 나 같은 비주류파와는 어울릴 가능성이 낮다. 녀석이 무슨 수로 오케이 사인을 받아 냈는지 나에게는 여전히 충격이다. 나중에 자세히 물어 봐야겠다.

"너희들, 운동 좋아해?" 맥이 잠자코 있기에 내가 묻는다.

메러디스는 줄리앤을 쳐다보고, 줄리앤은 자기 발을 쳐다본다. 샌들은 평범하지만 발톱이 분홍색이다. 워워. 메러디스는 계속 미안해하는 얼굴로 웃고 있다. "미식축그는 안 해." 그녀가 농담을 던진다.

그와 동시에 줄리앤이 말한다. "학교 체육밖에 안 해."

맥은 속으로 나와 하이파이브를 하고 나서 이렇게 거든다. "댄의 동생이 이 지역 축구 리그 슈퍼스타야. 이 동네는 팀 스포츠의 열기가, 뭐랄까, 어마어마해. 달리 할 게 없으니까……." 녀석이 말 끝을 흐린다. 문득 서로 막 알기 시작하는 단계에서 에식스 군의 단점을 운운해 봤자 좋을 게 없다는 생각이 든 거다.

쌍둥이는 우리가 달리 할 게 없어서 팀 스포츠를 무시하는 게 아닌 줄 안다는 듯이 고개를 끄덕인다. 내 심기를 건드리지 않으려고 어찌나 열심인지, 그 병 이야기를 꺼내지 않기로 해 놓고 약속을 어긴 맥한테 또다시 열이 뻗친다.

두말하면 잔소리지만 나는 이발사와 약속을 지키지 못한다. 내가 깨달은 무렵에는 이미 엄마의 머리에서 김이 모락모락 피어오르고 있었겠지만, 그래도 우리는 쌍둥이에게서 금요일 밤에 다리

밑 공용 선착장에서 만나 낚시를 배우겠다는 약속을 받아 낸다. 온 마을에서 촉각을 곤두세우는 밴드 콘서트보다 훨씬 낫다. 데이트의 기본 아닌가. 맥이 제법 전문가가 되어 가고 있다. 차가 없으면 여자아이와 단둘이 있을 만한 곳을 찾기 힘든 법인데.

이발관으로 돌아가 보니 엄마가 스바루 위에 앉아 있다. 나는 너무 더워서 숨을 헐떡거리던 것을 애써 감춘다. 엄마가 한쪽 손바닥을 들어 보인다.

"10달러 내놔." 정말로 화난 목소리다. "내일 너 혼자 자전거 타고 와서 머리 자르든지."

"금요일에 자르면 안 돼요? 맥네 옆집에 이사 온 친구들한테 우리 둘이 낚시를 가르쳐 주기로 했거든요. 샬러츠빌에서 살다 왔대요."

엄마는 미소랄 수 없는 뻣뻣한 미소를 지으며 나를 빤히 쳐다보기만 할 뿐, 안 된다고 하지는 않는다. 하지만 자전거를 타도 좋다고 허락할 리 만무하다. 내가 자전거를 타다 기절해서 굴러떨어질지 모른다고 6월부터 걱정이 태산 같으니까.

"나라면 낚시 가르쳐 주는 거 다시 한 번 생각해 보겠다." 엄마가 무표정한 얼굴로 말한다. "낚시를 좋아하는 여자아이는 별로 없거든."

나는 이사 온 친구들이 여자인 줄 엄마가 어떻게 알았는지 머리를 굴리느라 아무 말도 하지 못한다.

4장

슈퍼에 도착해 보니 부점장이 밖에서 서성이고 있다. 도넛을 너무 많이 먹어서 투실투실한 에피의 얼굴이 붉으락푸르락하다. 그녀는 원래 엄마가 몸담고 있는 푸드 팬트리의 단골이었다. 푸드 팬트리는 주로 남은 치즈나 반품된 고기로 구성된 무료 정부 식량을 나누어 주는 이 지역의 비공식 복지 조직이다. 엄마는 오래전에 태퍼해넉에서 이 프로젝트를 시작했다. 아주 소규모로 부를 재분배할 수 있는 전형적인 방식이다. 가끔 맥과 내가 상자를 풀고 각 집에 분배할 꾸러미로 나누는 일을 돕기도 한다. 에피는 슈퍼에 취직하면서 푸드 팬트리를 졸업했다. 엄마의 성공 사례 중 한 명으로 꼽힌다.

"에피." 엄마는 자동문을 통과하려다 말고, 자주색 사자가 그려진 앞치마를 두르고 있는 통통한 여자를 끌어안는다. "무슨 일이에요?"

"슈퍼에서 내 근무 시간을 줄이겠대요."

"어머나."

엄마는 그녀의 손을 잡고 그늘 아래 벤치로 데리고 가서 앉힌다. 에피는 전부터 울고 있었는데, 이제 들어 줄 사람이 생겼으니 점점 더 크게 목 놓아 운다. 그러자 그녀의 어깨에 새겨진 조그만 천사 문신이 춤을 춘다.

"근무 시간이 사십 시간 이하로 줄면 의료 보험 혜택을 받을 수 없어요. 병가도 안 되고. 휴가도 없고. 짜증 나."

"그 소식을 누구한테 들었어요?"

"롤리의 지부장한테서요."

나는 슈퍼 쪽으로 뒷걸음질을 쳐서 발가락만 그늘 밖으로 내밀었다. 둘이 분통을 터뜨리는 데 여념이 없으니 나는 투명 인간이나 다름없다. 여름 방학 내내 엄마가 나를 십 분도 혼자 둔 적이 없던 터라 숨통이 트인다. 내가 그 자리에 서서 드나드는 손님들을 구경하는 동안 엄마의 목덜미가 벌겋게 달아오른다. 잠깐 볼일을 보러 나선 길이라 평소처럼 SPF 50으로 떡칠하지 않았기 때문이다. 그 전까지는 적당히 열성이던 엄마가 올해 여름부터 갑자기 열혈 선크림 신봉자가 되었다. 엄마는 관계있다고 하지 않지만, 그 병이 우리 삶에 야기한 은밀한 공포 때문인 게 분명하다.

　나 혼자 고생하는 게 아니다. 나를 덮친 그 녀석을 피하느라 날마다 까치발을 하고 살금살금 지내는 엄마 아빠를 생각하면 죽고 싶은 심정이다. 엄마 아빠는 내 앞에서 그 이야기를 꺼내지 않는다. 예전처럼 지내려고 최선을 다한다. 본말이 전도된 거다. '예전처럼' 지내느라 지금 이 모양 이 꼴인데. 부모님이 내 심기를 건드리지 않으려고 워낙 애쓰다 보니 항상 닉이 손해를 본다. 어느 주말에 형이 내려왔을 때 내가 자리를 뜨자마자 부모님이 진실을 공개했다. 형은 주말 내내 음악만 들으면서 나한테 거의 말도 걸지 않았다. 농담도 재미있는 이야기도 하지 않았다. 그야말로 충격받았던 것이다. 동생 앨리가 죽었을 때의 홀든처럼 차고 유리창을 모조리 부수지는 않았지만, 그럴 가능성은 여전히 남아 있다. 상황이 예상대로 진행되면 말이다.

　형은 일요일 아침 일찍 작별 인사도 하는 둥 마는 둥 하고 떠났다. 아무도 모르겠지만, 나를 우라지게 우울하게 만드는 것은 암이 아니라 두려움이다.

　부당한 비정규 고용과 버지니아 주의 보수적인 성향과 오래전부터 이어져 내려온 노동조합 혐오증을 주제로 주거니 받거니 하는 엄마와 에피의 대화를 십 분 동안 듣고 있으려니 내 등줄기를 타고 땀이 폭포처럼 흘러내린다.

　"엄마."

"잠깐만, 대니얼."

"엄마, 사야 되는 물건 목록 저 주세요. 이따 계산대에서 만나요."

아침 이래 처음으로 엄마가 나를 보며 진짜 미소를 짓는다. 엄마를 필요로 하는 사람이 생겼는데, 장례식 걱정 없이 도울 수 있기 때문이다. 얼마나 위안이 될까.

"고마워." 엄마는 이렇게 말하고, 말끝마다 따라다니던 "정말 괜찮겠니?" 없이 나를 들여보낸다.

여섯 가지 품목 중에 비타민 C도 들어 있다. 엄마는 어딘가에서 비타민 C를 복용하면 메스꺼움이 가라앉는다는 글을 읽은 뒤로 내내 그 이야기뿐이다. 자연은 스스로 치유한다. 이것이 우리 집의 변함없는 테마다. 그런데 솔직히 말해서 그럼 애당초 왜 자연이 질병을 만들었을까? 그런 걸 만들지 않았더라면 치료법을 찾느라 기운을 낭비할 필요도 없을 텐데.

나는 고도의 훈련을 받은 아들답게 가장 저렴한 오렌지 주스를 고른다. 물에 희석해서 마시는 PB 상품이다. 하지만 어떤 비타민이 함유되어 있는지 뒷면을 보고 확인한다. 대니얼 비타민 랜턴. 내 엄청난 관심 덕분에 이런 별명이 생길지도 모른다. 홀든이 들으면 킬킬거리겠지.

사탕 코너가 눈에 들어온다. 여자아이들은 사탕을 좋아하는데. 하지만 우리 집에서 사탕은 예나 지금이나 '절대 금지' 품목이기 때문에 샬러츠빌에서 살다 온 경우는 물론이고 일반적으로 여자 아이들이 어떤 사탕을 좋아하는지 모르겠다. 나는 허쉬 키세스 초콜릿 앞에서 꾸물거린다. 너무 빤하고 한심하다. 금요일에 있을 쌍둥이와의 데이트에 간식을 들고 가는 게 좋을까, 사탕을 준비한들 무슨 효과가 있을까 고민하는데, 위장이 위로 올라왔다 바닥 모를 구멍 속으로 추락한다. 내가 몸을 반으로 접고 앉을 만한 데를 찾고 있을 때 엄마가 모퉁이 너머에서 등장한다.

엄마가 다른 손님을 밀치고 다가와 내 팔을 잡는다. "에피!" 엄마가 큰 소리로 부른다.

고막이 아플 지경이다. "괜찮아요, 엄마. 금방 가라앉을 거예요."

양쪽 끝에서 사람들이 걸음을 멈추고 쳐다본다. 그런데도 엄마는 아랑곳하지 않는다. 큼지막한 종이 상자 위에 얹혀 있던 시리얼을 치우고 나를 그쪽으로 데려간다. 에피와 농산물 담당 직원이 통로 끝 진열대를 지나 요란하게 달려온다. 프리토스 상자가 사방으로 날린다.

"구급차 부를까요, 랜던 부인?"

"아니요." 내가 쉰 목소리로 대답한다. "그럴 필요 없어요, 엄마. 금방 가라앉을 거예요."

"됐어요. 됐어요. 괜찮아요." 엄마는 혼잣말처럼 중얼거린다. "미안해요, 에피. 내가 갑자기 당황해서."

지난 학기에 스페인어 수업을 같이 들은 친구와 비슷하게 생겼지만 더 키가 크고 여드름도 많은 농산물 담당 직원이 뒷주머니에 들어 있던 수건을 꺼내서 준다. "물 줄까?" 그가 묻는다.

"그래 주시면 고맙고요." 나는 그를 향해 눈동자를 굴리고, 그는 나를 향해 눈동자를 굴린다. 엄마들이란.

보트로 돌아왔을 때 내가 차에 실은 장바구니를 내리겠다고 했지만, 엄마는 들어가서 누우라고 한다. 주방에서 삑삑거리는 휴대전화 소리가 들리는 것으로 미루어 보건대 엄마가 방금 전에 벌어진 사태를 보고하려고 약초 전문가에게 전화를 거는 모양이다. 내가 가장 훌륭한 환자는 못 되지만 내 덕에 바쁘기는 할 것이다.

"자, 이거 마셔." 엄마가 김이 모락모락 나는 머그잔을 건넨다. 바깥 기온이 37도는 될 텐데, 뜨거운 차로 나를 질식시키려는 모양이다.

나는 냄새를 맡는다. "으웩."

"미스티가 그러는데 위경련에는 라벤더 팅크•를 마시면 좋대."

"이제는 속 괜찮은데요?"

"이걸 마시면 재발을 방지할 수 있대."

"왜 그러는지는 모른대요? 먼저 그것부터 파악하는 게 더 좋을

• 동식물에서 얻은 약물 등을 에탄올 또는 에탄올과 물의 혼합액으로 흘러나오게 하여 만든 물약.

텐데.”

“대니얼, 그러지 마. 미스티가 관리한 암 환자가 얼마나 많다
고.”

“저도 알아요. 그런데 아직까지 살아서 실력을 보증할 환자는
있어요?”

나중에 엄마가 전화기에 대고 흐느끼는 소리가 들린다. 이런 식
으로 무너질 때 엄마의 이야기를 가장 잘 들어 주는 사람이 미스
티 언더우드이다. 레너드 요웰이 어쩌다 한번 머리가 반짝 트였을
때 미스 T. 언더테이커*라는 별명을 지어 붙인 그녀. 올해 여름에
서야 알아차린 사실이지만, 엄마는 혼자 있을 때 잘 무너진다. 아
빠는 지금 가장 큰 고객으로 꼽히는 시카고의 어느 교과서 출판사
관계자를 만나러 가느라 리치먼드 공항에 있다.

닉은 늘 들고 다니는 축구공을 허리께에 끼고 우리 선실 앞에
서 있다.

녀석이 나를 노려본다. “잘한다. 엄마 지금 엉망이잖아.”

“그래, 나도 알아. 하지만 일부러 그런 거 아니다, 이 재수 없는
놈아.”

“어쨌든. 왜 꼭 아빠 안 계실 때 일을 저질러?”

● 언더테이커(Undertaker)는 장의사라는 뜻이다.

"내가 그러는 게 아니야. '그게' 그러는 거지." 나는 녀석을 향해 읽고 있던 책을 집어 던진다. 녀석이 고개를 수그리는 바람에 책은 갑판을 타고 미끄러지다 뱃전에 부딪치더니 강물 속으로 퐁당 빠진다.

"도서관에서 빌린 건데!" 나는 고함을 지르며 일어서려 하지만, 속이 울렁거려서 그럴 수가 없다.

닉이 신발을 벗고 로프 난간 위로 올라가 완벽한 입수 자세를 선보이자 사방으로 물이 튀긴다. 잠시 후 물속에서 다시 모습을 드러낸 녀석이 머리 위로 책을 들어 보인다. "오늘의 우승자는……."

웃지 않을 수가 없다. 홀든이 뜻밖의 목욕을 하다니. 시원했겠다. 도서관에서 받아 주지 않을 테니 책값을 물어내야겠지만, 그러면 내 책이 된다. 벌써 밑줄까지 그어 놓은 내 책이.

엄마가 맨 처음 무너졌던 것은 7월, 우리 가족의 단골 병원에서 근무하는 간호사가 맥의 어머니에게 백혈병에 대해 무심코 말해 버렸다는 사실을 알게 됐을 때였다. 엎친 데 덮친 격으로 페트리아노 아주머니의 입이 워낙 가벼웠다. 에식스 군 최고의 떠버리다. 부모님이 옥신각신하는 소리가 벽을 타고 넘어왔다. 하우스보트는 프라이버시를 지키라고 만들어진 공간이 아니었다.

"실비." 아빠가 애써 짜증을 누르며 말했다. "평생 비밀로 할 수는 없어."

"최소한 주변 모든 사람들한테서 위로받기 전에 적응할 시간은 줘야 하잖아."

"목소리 낮춰."

"칼라 페트리아노는 이 마을에서 최고로 입이 가벼운 여자야."

"대니얼이랑 가장 친한 친구의 엄마야. 대니얼한테 상처가 될 만한 행동을 하겠어?"

"왜 대니얼이 모르는 사람들한테서 차별 대우를 받아야 해?"

"억지 부리지 말자. 칼라가 모르는 사람이야?"

뭔지 모를 소리 사이로 아빠가 손으로 벽을 때리는 소리가 들렸다. "빌어먹을! 실비, 이 일로 우리 모두 충격받았어. 당신 혼자만 그런 게 아니라고."

"내가 모르는 줄 알아, 레드? 조를 봐. 집에 안 오려고 하잖아. 그리고 닉도. 그 이야기를 하지 않으려고 아예 입을 닫아 버렸잖아."

"축구 얘기할 때는 빼고." 아빠 혼자 힘없이 웃음을 터뜨렸다 금세 그쳤다.

엄마가 얼른 거들었다. "오히려 다행이지. 너무 어려서 사태의 심각성을 모르잖아."

"당신이 착각하는 것 같은데? 내가 보기에는 알고도 남는 것 같은데?" 이제는 아빠가 아주 심각한 목소리다. "닉은 대니얼의 기력이 점점 떨어지고 있다는 걸 알아. 한밤중에 화장실을 왔다 갔다 하는 것도 알고. 끝없이 쏟아지는 빨랫감도. 어제는 보트 주변을 한 바퀴 헤엄치는 데도 계선 로프에 매달려 쉬어야 했어. 예전에는 헤엄쳐서 강을 건널 정도였는데, 젠장." 분노에 어린 아빠의 목소리가 크고 또렷하게 들렸다.

엄마가 말허리를 잘랐다. "닉이 상담을 받게 해야 할까?"

"아마도."

"하지만 상담과 멕시코를 다 감당할 만한 형편이 못 되잖아. 대니얼을 우선 해결하기로 합의했잖아. 그래서 주디가 끼어드는 게 짜증 나는 거라고."

"도와주려고 그러는 거야. 좋은 뜻에서."

"그 인간들이 좋은 뜻으로 한 마디씩 거들 때마다 1달러씩 생겼으면 좋겠네."

"그 인간들? 오 주 전까지만 해도 당신 친구들이었잖아."

"그래, 알아. 하지만 그 사람들은 이게 어떤 건지 몰라. 상투적인 소리나 하고, 캐서롤이랑 파운드케이크나 들고 오고. 의학 서적도 안 읽나 봐."

"이게 다른 집 아이의 일이었으면 좋겠다고 생각하는 건 아니겠지?"

정적이 흘렀고, 나는 곧 공개되는 세계 평화의 해결책이라도 듣는 양 일어나 앉아서 귀를 기울였다.

엄마는 한바탕하고 났더니 관장이라도 한 것처럼 속이 후련해졌는지 열이 식은 사람처럼 느릿느릿 자신 없는 목소리로 말했다.

"그렇게 생각해. 아, 제발 다른 집 아이였으면 좋겠어, 레드. 고민하고 자시고 할 것도 없이. 그럼 내가 제일 먼저 브라우니를 구워서 찾아갈 거야."

"신이 정한 운명에 따라 우리 가족이 벌을 받거나 하는 건 아니야. 크레이지 에이트 카드 게임에서 스페이드 퀸 카드가 걸린 거랑 비슷한 경우지.* 어쩌다 보니 우리가 걸려든 거야. 백혈병 같은 건 우연히 걸리는 병이라고."

"아니야, 100퍼센트 무작위일 리 없어. 어떤 사람은 그 병에 걸리고, 또 어떤 사람은 안 걸리는 데에는 생물학적인 이유가 있을 거야."

엄마 아빠는 그 뒤로 조금 더 중얼거렸지만 피곤하고 맥이 빠진 목소리는 점차 희미해졌다. 아빠가 문을 열고 나오자 신발 고무 밑창이 갑판에 닿으며 찍찍 소리가 났다. "실비, 그쯤 해 둬. 계속 화내서야 이 상황에 제대로 대처하도록 아이들을 도울 수 있겠어? 대니얼이 아픈 게 당신 잘못도 아닌데."

"그냥 아픈 게 아니잖아. 나도 그냥 아픈 거였으면 좋겠네. 대니얼은 지금 죽을병에 걸린 거라고." 엄마는 목이 메었고, 나는 아빠의 대답을 놓쳤다. 엄마가 하던 이야기를 계속했다. "이게 무작위

---

* 크레이지 에이트는 손에 쥔 여덟 장의 카드를 일정 규칙을 지키며 가장 먼저 바닥에 전부 내려놓는 사람이 이기는 게임이다. 앞 사람이 스페이드 퀸 카드를 내려놓으면 다음 사람은 바닥에서 카드 다섯 장을 가지고 와야 한다.

로 벌어진 일이면, 의학적으로 설명할 방법이 없으면, 무슨 수로 치료법을 찾을 수 있겠어?"

"그런 뜻으로 한 말이 아니야. 당신이 내 말을 엉뚱하게 해석한 거야. 당신이 어쩔 수 없는 일이니까 자책하지 말라는 뜻이었어."

엄마의 목소리는 이제 속삭이는 수준이었다. 뭐라고 하는지 안 들렸다. 아빠도 안 들렸는지 하던 말을 멈추고 갑판을 되짚어 엄마가 서 있는 선실로 다시 들어갔다. 그리고 잠시 후, 눈을 뜨는 아침이 됐건 비 오는 오후가 됐건 한밤중이 됐건, 그날부터 수시로 떠올릴 어떤 말이 내 귀에 들어와 꽂혔다. 엄마가 분노도 절망도 좌절도 느껴지지 않는 단조로운 목소리로 내뱉은 그 말이, 가지를 휘게 만들 정도로 무거운 크리스마스트리 장식처럼 허공에 한 마디씩 걸렸다.

"하지만 내가 그 유전자를 물려줬잖아."

5장

금요일 밤에 보름달이 뜰 거라고 한다. 우연히 맞아떨어진 거다. 맥이 전화로 쌍둥이 자매와 시간, 장소를 확정했다고 장담한다. 토르티야 칩과 빨간 감초 사탕으로 내 배낭이 두둑하다. 살사 소스 병 때문에 가방이 처진다. 시카고 출장을 다녀온 아빠가 알코올 중독자 모임 참석차 워소로 가는 길에 맥네 집까지 데려다 주겠다고 했다.

진작 밝혔어야 했는지 모르겠지만, 우리 아빠에게 알코올 중독자라고 하는 건 잘못된 호칭이다. 우리 아빠의 경우 문제시되는, 아니 문제시되었던 것은 마리화나다. 적어도 본인이 주장한 바로는 그렇다. 그런데 에식스 군에는 마약 중독자 모임을 따로 만들 수 있을 만큼 갱생 중인 중독자가 많지 않은 모양이다. 아빠는 내가 태어난 이래 거의 십육 년 동안 마리화나를 끊었는데, 그래도 한 달에 한두 번씩 그 모임에 참석한다. 어렸을 때 내가 아무것도 모르고 아빠더러 왜 다른 집 아빠들처럼 맥주를 마시지 않느냐고 물은 적이 있었다. 나는 아주 간단한 설명밖에 못 들었지만, 그게 아빠에게 얼마나 중요한 문제인지 느낄 수 있었다.

아빠는 자신과 관련된 문제들은 대수롭지 않게 여기는 성격이다. 하지만 알코올 중독자 모임은 예외다. 그 모임을 화제로 삼는 경우도 별로 없지만, 삼더라도 절대 장난처럼 이야기하지 않는다. 아빠는 내가 태어난 날 밤, 분만실에서 마리화나를 끊겠다고 다짐했다. 뭔가를 두 번 다시 하지 않겠다니 얼마나 묵직한 다짐인가.

오래전에 아빠가 내게 분만실 이야기와 더불어 맥주와 알코올 중독자 모임의 관계를 설명하고 얼마 안 됐을 때, 엄마가 자신이 아니라 나에게 그런 약속을 했다고 나무라는 바람에 부모님이 싸운 적이 있었다. 처음에는 마음이 안 좋았는데 생각하면 할수록 좋았다. 아빠 때문에 정말 화날 때 그 약속을 떠올리면 기분이 좀 풀린다.

알코올 중독자 모임에 참석하는 아빠를 두어서 또 한 가지 뜻깊은 일이 있다면 마약에 매력을 못 느낀다는 것이다. 전혀 매력을 못 느낀다. 맥은 마리화나를 피워 보았다고 한다. 에식스 군이 워낙 달리 할 일이 없는 마을이라 여기 아이들은 하나같이 마리화나에 손을 댄다. 우리 형 앞에서는 그런 소리를 하면 안 된다. 형은 심심해서 그랬다는 핑계를 들으면 노발대발한다. 비겁한 변명이라는 것이다. 언젠가 형이 뜬금없이 어느 유명 작가의 명언이라며 무언가를 선택하려거든 긍정적인 이유로 선택해야 한다고 말한 적이 있었다. 진부하긴 하지만, 형이 무슨 뜻에서 한 말인지 알겠다. 형으로 말하자면 내 주변에서 가장 똑똑한 사람이다.

게다가 형의 말에 따르면 여자들은 마약 중독자가 아니라 열정적이고 생각이 있는 남자를 좋아한다고 한다. 형은 여자 친구가 100명쯤 되니까 잘 알 것이다. 기껏해야 한 명을 그것도 하루 동안 사귄 게 전부인 맥보다 잘 알 것이다. 열심히 용쓰는데도 그 정도인 맥보다는.

맥의 증언을 종합해 보면 마리화나를 많이 피우지는 않는 눈치다. 진짜인지 잘은 모르겠지만 자기 말로는 그렇다. 녀석이 말하길 마리화나를 피우면 킬킬 웃음이 난다는데, 남자로서 수치스러워해야 마땅한 일이다. 게다가 녀석은 하마터면 경찰에 체포될 뻔했다. 어느 파티에서 마리화나를 피우고 집으로 돌아가다 전봇대를 들이받았는데 우리 마을을 관할하는 뚱보 브루어 순경이 그 앞을 지나가고 있었던 것이다. 에식스 군 경찰들이 길거리로 쏟아져 나오기 전에 벌인 야간 훈련의 일환이었다. 브루어 순경은 집까지 타고 갈 수 있도록 구부러진 자전거 바퀴를 펴는 걸 거들면서 내내 코를 쿵쿵거렸다고 한다.

나는 마리화나를 피우는 파티는 피하고 싶다. 아빠와 기타 등등을 존중하는 의미에서. 내가 체포라도 되면 안 그래도 반체제적인 우리 부모님으로서는 감당하기 어려울 것이다. 내가 알기로 두 분이 이런 벽지에 숨어 사는 것도 FBI가 촬영한 반전 운동가나 웨더맨* 조직원의 사진으로 신원이 노출되는 일을 피하기 위해서다. 어느 집 부모나 비밀이 있는 법이라고, 아빠도 여러 번 강조하지 않았던가.

아빠에게 알코올 중독자 모임은 종교와도 같다. 텔레비전에서 마약이나 알코올 문제가 의심되는 유명 인사를 다룬 보도가 나올 때마다 아빠가 고개를 홱 돌리고 누구나 프라이버시를 지킬 권리가 있다는 둥, 중독을 이겨 내려고 노력하는 사람이 있으면 가만히 내버려 둬야 한다는 둥 일장 연설을 늘어놓으며 흥분하는 걸 보면 아빠한테도 약한 구석이 있다는 걸 알 수 있다. 엄마는 초창기에 함께 즐겼던 생활의 일부분을 거부하는 아빠에게서 내쳐진 듯한 느낌을 받았을까? 엄마도 끊긴 했지만, 나는 맥이 「지옥의 묵시록」을 가리켜 한물간 영화라고 할 때마다 기분이 나쁘기에 알 듯도 하다. 나를 모독하는 것 같아서 말이다.

쌍둥이와 함께 위대한 낚시 원정을 떠나기로 한 날 밤, 맥은 믿

---

* 1960~1970년대에 활동한 미국의 좌익 학생 단체.

음직한 낚시 도구 상자와 낚싯대 두 개를 들고 계단에서 기다리고 있었다. 나도 대대로 물려받은 장비 중에서 두 개를 챙겼다. 줄에 코르크가 달려 있고 릴도 없는 대나무 막대는 아니다. 어렸을 때는 그걸 썼지만, 여자아이들은 진가를 알아보지 못할 테니까. 가끔 내가 그걸로 신식 장비와 릴을 동원한 댁보다 좋은 성적을 내는 날도 있지만, 다른 동네에서 자란 여자아이들과 데이트를 하면서 그걸 들고 나가면 우습게 보일 것이다.

"어이." 맥은 벌레들을 향해 낚싯대를 휘두르고 있고 해는 아직 지지 않았다.

"쌍둥이는?"

"출발 전에 전화하기로 했어."

"거기까지 걸어가기로 했어?"

녀석이 고개를 끄덕인다.

"그럼…… 뭘 기다리는 거야?"

녀석이 오른손인 척 속이며 왼손 훅을 날리자 나는 웃으며 뒤로 물러선다.

녀석이 쌍둥이에게 전화를 걸러 안으로 들어간다. 맥과 내가 일찌감치 터득했다시피 여자들은 깜짝 방문을 좋아하지 않는다. 내가 현관에서 기다리는데, 페트리아노 아주머니가 거실 창가로 다가와 손을 흔든다.

맥이 다시 나왔을 때 메러디스와 줄리앤은 이미 집 앞길을 반쯤 걸어와 있었다. 웃거나 우리 쪽을 쳐다보지 않으려고 애쓰는 걸 보면 저 둘도 긴장하고 있다. 여자아이들끼리 속닥거릴 때 그러듯이 머리를 모으고 있다. 아직 달은 뜨지 않았고, 그림자를 희미하게 누그러뜨리고 모기를 부르는 어스름만이 겹겹이 쌓인 퇴적층처럼 깔려 있다. 나는 쌍둥이 앞에서 괴상망측해 보이지 않도록 집에서 벌레 퇴치 스프레이를 듬뿍 뿌리고 왔다. 줄리앤이 자기 맨어깨를 찰싹 때린다.

"안녕, 대니얼, 맥." 그러고는 또 때린다.

"벌레 스프레이 있는데 뿌릴래?" 내가 스프레이를 건넨다.

메러디스가 손을 내민다. "산에서 살았을 때는 벌레가 별로 없었는데."

맥이 툴툴거린다. "벌레들이 이렇게 강가에 다 모여 있으니까."

우리는 9월 중순까지 방학인 워터 레인의 세인트마거릿 사립 여자 고등학교 옆길을 걸어간다. 줄리앤이 발목과 종아리에 스프레이를 뿌리느라 허리를 숙이자 맥이 뒤태를 살핀다. 내가 녀석의 배를 팔꿈치로 찌른다. 변태 같으니라고. 이 쌍둥이는 이런 식의 관심을 달갑지 않게 받아들일 것 같다.

"월요일이 디데이네." 스프레이를 다 뿌린 메러디스가 말한다.

"에식스카운티 고등학교에 적응할 준비는 됐어?" 내가 묻는다. 이러니저러니 해도 전학생 아닌가. 남들보다 힘들 것이다.

"학교를 다섯 번 옮겼는걸. 그까짓 건 일도 아니야." 줄리앤은 자신이 없는 눈치다. 그녀가 나중에 태어난 동생인 모양이다.

맥이 재빨리 줄리앤의 옆으로 다가간다. "그렇게 끔찍하지는 않을 거야. 일단 우리를 알잖아."

"아무렴." 맥이 웃음을 터뜨리자 메러디스가 나를 돌아본다. 웃으라고 한 소리인 걸 우리가 알아차렸는지 확인하는 차원인 것 같다. "그리고 어제 빨래방에서 벌써 몇 명 만났어."

"그래? 누구?" 맥이 묻는다.

메러디스와 줄리앤이 눈빛을 주고받는다.

"어떻게 생겼는데?" 내가 묻는다.

"베브 뭐랬는데. 거의 스포츠머리에 가까웠고, 마스카라를 떡칠했어."

"베브 린트너?" 맥이 묻자 메러디스가 고개를 끄덕인다.

줄리앤이 그들 자매의 생각을 정리한다. "그리고 걔네 언니, 진? 제인? 내내 책만 읽고 있던데."

맥이 나와 눈빛을 교환한다. "걔네 언니 이름은 아무도 몰라."

여자아이들이 웃음을 터뜨리자 녀석은 좋아한다.

"베브, 괜찮은 애야." 내가 한마디 보탠다. 쌍둥이 눈에 우리가 속물로 비치면 안 될 것이다.

줄리앤이 팔꿈치로 메러디스를 찌른다. "그 남자 누구였지? 오토바이 타고 지나가다 들어온 남자. 까만 머리를 어깨까지 길렀고, 남미 출신 같던데. 베브한테 엄청 관심 많은 눈치였어."

"뉴스감인데?" 메러디스가 아무 대꾸가 없는 걸 보고 내가 말한다. 학기가 끝난 지 거의 삼 개월인 데다 그동안 진찰을 받느라 바빠서 사교계의 새로운 소식을 접하지 못했다. "누구일까, 맥?"

"리언 바커 아닐까? 아니면 딸기 농장에서 일하는 일꾼 아들."

줄리앤이 대답한다. "리언 맞는 것 같아. 베브가 소개시켜 줬거든."

메러디스의 찡그린 얼굴이 점점 짙어지는 어둠 속에 묻히지만, 나는 묻히기 전에 그 표정을 눈치챈다. "처음에는 별로 달가워하지 않는 눈치였어. 리언이 두 번 물어보니까 그제야 소개시켜 주더라."

맥은 낙담한 표정이지만 그래도 할 말은 한다. "베브는 육상 선수야. 50야드 단거리인가 그래. 별로 빠르지는 않지만."

"그 남자애는 완전히 근육질 같더라." 줄리앤이 키득거린다.

이번에는 내가 맥을 돌아볼 차례다. 녀석이 이번 주말에 낚시를 가지고 해서 얼마나 다행인가. 월요일에 개학하고 근육 덩어리들이 달려들면 우리한테는 두 번 다시 기회가 없을지 모른다.

낚시 도구 상자 안이 엉망이다. 여자아이들은 벌레를 보고 적당히 혐오감을 표현한 뒤 미끼를 꿰는 맥과 상자를 정리하는 나를 구경한다. 나는 이런 식의 난장판을 절대 용납하지 못한다. 어렸을 때부터 그랬다. 심지어 상자 안에 칸막이도 있다. 비슷한 것끼리 작은 네모 안에 넣기만 하면 된다. 그게 그렇게 어려울까? 전에도 맥과 이런 이야기를 나눈 적이 있지만, 정말로 짜증이 치솟은 건 오늘 밤이 처음이다.

내가 내 낚싯대에 미끼를 끼워서 물속으로 던졌을 때 줄리앤은 이미 한 마리를 잡았다. 두 자매가 그걸 양동이에 담아서 분석하고 있다. 저물어 가던 태양이 완전히 사라지자 인도가 끝나고 잔교*가 시작되는 지점 위로 가로등 불빛이 흐릿한 빛의 웅덩이를 만든다.

"정말 보드라워 보인다." 내가 조심하라고 미처 경고하기도 전에 메러디스가 손을 내밀어 메기를 건드린다. 그러다 찔려서 얼른 손을 거두지만 비명을 지르지는 않는다. 대단하다.

"물렸어." 이렇게 말하면서 까무잡잡하게 태운 배를 드러내며 셔츠 자락으로 다친 손가락을 감싸고는 그만이다.

"찔린 거야. 수염이 무기거든. 위협을 느끼면 단백질을 분비하기 때문에 왕벌에 쏘인 것처럼 느껴져. 손가락을 입에 물고 빨아."

그녀는 일말의 망설임도 없다. 손가락 두 개를 입 안에 넣고, 다른 손등으로 얼른 눈가를 훔친다. 얼마나 아픈지 나도 경험해서 알고 있다.

맥이 미안해한다. "버리라고 했어야 하는 건데. 그래도 네가 맨 처음 잡은 거라서."

---

*부두에서 선박에 닿을 수 있도록 해 놓은 다리 모양의 구조물.

줄리앤은 언니가 다치거나 말거나 전혀 상관 않는 눈치다. 맥 옆으로 가까이 다가가 방금 전에 수면 위로 널따랗게 드리워진 달빛을 물끄러미 쳐다보기만 한다.

"완벽해." 그녀가 한숨을 쉰다.

메러디스는 양동이를 노려본다. "메기 먹어도 돼?"

"복수하려고?" 나는 줄리앤보다 이 아이가 마음에 든다.

"응."

"여기, 내 낚싯대 잡고 있어. 내가 미끼 하나 더 끼워 줄게. 전갱이를 노려 봐. 그게 더 맛있어."

"게는?"

"게는 철사로 만든 통발이 있어야 돼."

"그렇구나." 그녀가 황홀한 미소를 짓는다. "지금까지 물가에서는 살아 본 적이 없거든."

"뭐든 처음이라는 게 있는 법이지." 맥이 말한다. 한 대 걷어차 주고 싶다.

웬만한 여자아이들은 남자아이가 놀리면 발끈할 텐데, 메러디스는 고상하게 웃는다. 나는 보통 여자아이들 옆에 있으면 긴장되는데, 그녀는 정말 정말 편하다. 홀든이 묘사한 피비 콜필드처럼 편하게 말을 걸 수 있다. 같이 있어도 부담스럽지 않다. 착하다. 바보 같다는 게 아니라 좋은 의미에서 착하다. 계속 칭얼거리고 호들갑 떨지 않으면 남자애들이 신경 안 써 줄 줄 아는지 끊임없이 관심을 바라는 여느 여자아이들과 다르다. 홀든이라면 그녀를 좋아했을 것이다. 어쩌면 '내 친구 메러디스'라고 부르면서 같이 공연을 보러 가자고 했을지 모른다.

메기를 네다섯 마리 버리고 양동이 안에 25센티미터짜리 점박이 조기를 담았을 때—내가 잡은 거다—맥이 자리에서 일어선다. 줄리앤도 따라서 일어선다.

"배고파 쓰러지겠네." 그가 선포한다.

메러디스가 들고 있던 낚싯대를 나한테 준다. 그러더니 배낭에서 스웨터를 꺼내 어깨에 걸친다. 까무잡잡한 피부와 옅은 노란색의 조화라니, 와우.

강가에서 불어오는 산들바람이 모기를 뭍 쪽으로 몰아내고 있다. 아빠가 이 소리를 들을 때마다 하는 농담처럼 희미한 야상곡이다. 나는 낚싯대를 돌려준다. 그런 다음 마에스트로처럼 요란하게 살사 소스 뚜껑을 따서 잔교 위에 올려놓는다. 맥은 감초 사탕을 꺼내더니 사탕 봉지와 키득거리는 줄리앤을 데리고 잔교 저쪽 끝으로 간다. 하지만 살사 소스를 가지러 오질 않는 걸 보면 배가 많이 고프지는 않은 거다. 살사 소스가 필요할 만큼은 말이다.

간식을 먹으려고 바닥에 앉는 순간, 메러디스의 무릎이 내 무릎을 건드린다. 병원에서 읽은 잡지 기사가 사실이라는 걸 이제 알겠다. 여자들은 날마다 다리털을 미는구나. 비록 줄리앤에 대해 아는 게 거의 없고 달빛에 대한 반응을 보니 여느 여자아이와 다를 게 없는 듯하지만, 그녀의 말에 동의할 수밖에 없겠다. 내 평생을 통틀어 가장 완벽에 가까운 밤이다.

"여름 방학 숙제로 나온 책들 다 읽었어?" 메러디스가 토르티야 칩을 먹으며 묻는다.

"응."

"『아틀라스』 어떻게 생각해?"

나는 얼른 머리를 굴린다. 여기서 찻집을 좋아하는 지식인인 척했다가는 도로 아미타불이 될 수 있다. 홀든도 그런 남자는 여자를 꼬이려는 사기꾼이라고 하지 않았던가.

메러디스가 자기 귀를 찰싹 때린다. "가미카제 모기다." 그녀가 키득거린다. "아무 생각 없는 건 아니지?"

나는 두려움을 삼키며, 아무 생각이 없어서가 아니라 만전을 기하기 위해 머뭇거렸음을 알리기 위해 당당하게 그녀의 눈을 쳐다본다. "등장인물들이 너무 자신만만해. 그래서 현실성이 떨어져. 내가 보기에는 신빙성이 별로 없는 것 같아."

"하지만 나는 그런 사람들을 알아. 얼마나 무섭다고."

"어떤 식으로 무서운데?"

"어쩌면 그렇게 자기들 생각이 옳다고 믿을까? 인간은 모르는 게 수없이 많은데. 기껏해야 자기 식구들이랑 부대낀 경험밖에 없잖아. 그것도 자기 마을에서. 다른 곳에서 사는 다른 사람의 심정은 알 수 없는 건데. 그런데 그런 사람들이 오만한 태도를 보이면 옆에 있는 사람들은 작고 하찮은 존재가 되는 것 같잖아. 나빠."

학교를 다섯 번이나 옮긴 그녀가 그렇다는데 내가 뭐라고 왈가왈부하겠는가. 내가 살아 본 고장은 에식스 군뿐이다. 아는 사람들도 농부와 어부가 전부다. 날씨에 좌우되는 인생을 살다 보면 자신감이 충만할 수 없다.

"다 끝냈어?" 그녀가 손가락에 묻은 살사 소스를 핥으며 묻는데, 무슨 말을 하고 있었는지 기억이 나지 않는다. "『아틀라스』 말이야." 그녀가 일깨워 준다.

"어…… 몇 권 미리 읽었거든." 이렇게 말해 놓고 보니 정말 재수 없게 들린다. "이번 가을 학기 때 내 스케줄이 어떻게 될지 몰라서."

"그것…… 때문에?"

"응, 백혈병 때문에. 말해도 돼. 엄청난 비밀도 아닌데 뭐."

"맥이 그러던데 얼마 전에 알았다며?"

"두 달 전에."

"그럼 지금 화학 요법 받고 있어?"

아무렇지 않게 그런 전문 용어를 쓰다니 화학 요법에 대해 아는 게 있는지 주변에 암 환자가 있는지 궁금해진다. 그래서 아버지랑 따로 사는 걸까?

여러분도 조만간 이런 데 익숙해질 것이다. 내 상상력은 늘 통제 불능이다. 작년에 한번은 주제에서 약간 벗어난 황당한 내용의 보고서를 제출했더니 스텝포드헤인스 선생님이 나중에 풍부한 상상력이 많은 도움이 될 거라고 한 적이 있었다. 그 말 덕에 지시 사항을 따르지 않았다고 B 마이너스를 받아서 속상했던 마음이 조금 가셨다. 선생님이 나만의 개성을 인정하고 나아가 믿음직한 무기가 될 거라고 하다니. '나중에'라는 단어에는, 항상 뭔가 배워야 하는 자신이 일자무식처럼 느껴지는 아이 때와 달리 언젠가 어른이 되면 보람찬 일을 하게 되리라는 의미가 담겨 있다. 나에게는 닉이나 형과 같은 재능이 없기에 선생님의 평가가 더욱 기쁘게 느껴졌다.

그 병에 걸린 뒤로 가장 아이러니하게 느껴진 게 상상력이다. 스텝포드헤인스 선생님은 아이러니가 무엇인지도 가르쳐 주었다. 미래가 길지도 않은데 내 머리는 계속 미래를 상상한다.

메러디스가 먹다 말고 내 대답을 기다린다. 호감도에 가산점이 붙는다.

"부모님이 여러 방법을 고민하고 계셔."

"맥이 말한 대로 4기라면 병원에서는 신속하게 조치하려고 할 텐데."

"맞아. 그런데 부모님이 화학 요법이나 방사선 치료를 못 미더워하셔서. 온갖 독약을 몸속에 넣는 거라고. 두 분의 지인 중에 미스 T. 언더테이커라는 약초 전문가가 있는데, 그분 말로는 암을 좀 더 부드럽게 막을 방법이 있대."

"그분, 이름 바꿔야겠다."

나는 깔깔대고 웃는다. "어, 본명은 언더우드야. 그건 요웰이 만들어 낸 별명이고."

"요웰?"

"레너드 요웰이라고 같은 학교 다니는 애야. 똑같이 10학년이고."

요웰을 왜 친구라고 소개하지 않는지 나도 그 이유를 잘 모르겠다. 녀석이 똑똑한 탓에 좀 거만하긴 하다. 몇 년 동안 여름마다 야영을 같이한 친구가 그러면 짜증 난다. 야영을 같이하면 피를 나눈 형제가 된다. 진짜다. 죽을 때까지 그런 형제가 된다. 내가 지금 이런 이야기를 꺼낸 이유는 정말로 우리가 그 당시에는 어떤 식으로 어울렸는지 설명하려는 것에 불과하다. 배경을 설명하는 차원에서 말이다. 이제는 우리 중 누구도 피를 나눈 형제 어쩌고 하는 이야기를 믿지 않는다. 어쩌면 닉은 예외일지 모르겠다. 녀석의 착각은 고이 간직해 주련다.

그 환상적인 머리카락을 어깨 뒤로 넘기는 메러디스를 쳐다보고 있는데, 내가 왜 레너드와 거리를 두고 있는지 알 것 같다. 경쟁 상대가 될 수 있기 때문이다. 녀석은 여드름이라는 일시적인 문제를 안고 있긴 하지만, 전형적인 미남이다. 집안에 돈도 많다. 아버지는 유력한 상원 의원이다. 최소한 주변에서 모두들 그렇게 떠받든다. 사람들의 말을 들어 보면 정치인이 최고로 힘이 세단다. 그래서 내가 레너드를 친구로 인정하기 싫은가 보다.

게다가 메러디스에게 오해를 사고 싶지도 않다. 유명 인사의 이름을 들먹이는 걸 미덕이라고 할 수는 없지 않는가. 그 정도는 아빠의 강의를 듣지 않아도 안다. 자기가 왕의 옆자리에 앉은 줄 아는 작자를 좋아할 사람은 없다. 바람만 잔뜩 든 아첨꾼일 테니까.

그녀는 토르티야 칩을 소스에 담그더니 뚝뚝 떨어지는 소스를 한 손으로 받치며 내 쪽으로 내민다. "네가 직접 의사랑 얘기해 봤어?"

"엄마가 다 알아서 하셔. AML 자료를 수도 없이 읽고 계시지."

"그래도 물어볼 수는 있잖아. 환자는 넌데."

오늘 밤에 내 건강 상태를 주제로 토론할 생각은 없었건만. "다른 얘기 하면 안 될까?"

메러디스가 어깨로 내 어깨를 툭 친다. "미안. 내가 너무 주제넘었다. 너는 버지니아의 야생 동물에 대해 가르쳐 주려고 나섰는데, 내가 괜한 참견을 했네."

"괜찮아. 우리 부모님 말고 다른 사람이랑 이런 대화를 나누려니까 어색해서 그래. 이런 대화 자체가 어색해서."

잔교가 흔들리기에 돌아보니 맥이 하얀 달빛을 망토처럼 어깨에 두른 채 어슬렁어슬렁 걸어오고 있다. 녀석이 내 옆에 털썩 주저앉더니 나지막이 속삭인다. "줄리앤이 앨버말에서 사귀던 남자 친구가 있대."

"그렇다고 포기한 적 없으면서 뭘 그래?"

"토론부 부장이래."

"그래도…… 넌 여기 있고, 그 친구는 거기 있잖아."

맥이 기계처럼 토르티야 칩을 우적우적 씹어 먹기 시작한다. 잔교 저쪽 끝에서 줄리앤의 노랫소리가 들린다. 잘 알지도 못하는 사람들 앞에서 노래를 부를 수 있는 여자아이는 낭만파다. 근육질 남자가 가슴 큰 여자를 품에 안고 다니는, 슈퍼에서 판매하는 그런 책 속에서 갓 튀어나온 거나 다름없다. 어쩌면 달빛 아래서 입을 맞추고 싶어 몸이 달았을지도 모르는데, 맥은 그걸 왜 모를까?

나는 메러디스가 스웨터를 입느라 머리 위로 두 팔을 버둥거리며 옷 속으로 사라진 틈을 타서 맥에게 줄리앤의 곁으로 돌아가라는 신호를 보낸다.

"꺼져, 인마." 나는 입 모양으로 이렇게 말한다. 나답지 않은 짓이지만 말하지 않았던가. 시간이 없다고.

녀석은 편의점에서 아이스크림을 사 오자고 이 분에 걸쳐 줄리앤을 설득하고, 이 분에 걸쳐 낚시 도구를 챙긴다. 눈치가 빠르기도 하지. 친구를 위해 모든 걸 희생할 자세가 되어 있는 훌륭한 녀석이다.

6장

"네가 아이스크림 먹고 싶다고 했어?" 둘이 사라지자 메러디스
가 이렇게 물었지만, 자리에서 일어나지는 않았다.

"나는 사실 편의점 같은 공공장소는 출입 금지야. 하지만 거기
까지 같이 가 줄 수는 있어. 네가 가고 싶다고 하면."

그녀는 당황한 얼굴이다. "무슨 짓을 저질렀길래 그런 벌을 받
는 거야?"

"나? 아무 짓도 안 했어. 그냥…… 세균이 너무 많으니까."

"아."

그녀가 나를 안쓰러워하기 시작했다는 게 느껴져서 기분이 좋
기도 하지만, 이제는 나를 근사한 아이디어가 넘쳐 나는 열정적인

아이로 보지 않겠다 싶어 실망스럽기도 하다.

그녀의 한 마디 한 마디가 물수제비를 뜨지 못한 돌들처럼 밤하늘 속으로 가라앉는다. "견디기 힘들겠다."

"주로 무시하는 편이야."

"다리는 어때? 다리는 출입 금지 아니지? 저기 저 다리에는 세균 없을 것 같은데." 그녀가 우리 머리 위로 널찍한 아치를 그리며 래퍼해닉 강을 가로지르는 다리를 가리키면서 묻는다. 콘크리트 다리 위로 빨간 미등이 꾸준히 이어진다.

"착시 현상이야."

"다른 마을이랑 연결된 거 맞지?"

"기껏해야 위소인걸."

"걸어서 저 다리를 건너 본 적 있어?"

"아니."

"뭐든 처음이라는 게 있는 법이지." 그녀가 벌떡 일어나 쏜살같이 달린다.

우리 부모님은 맥의 집에서 하룻밤 자고 와도 된다고 허락하면서 남동생 방은 근처에도 얼씬 않고 지하실에서 자야 한다는 조건을 달았다. 꼬맹이 로저가 어디 아파서 그런 게 아니라 일곱 살밖에 안 됐기 때문이다. 어린아이들은 세균 공장이라 엄마로서는 백혈병으로 면역력이 떨어진 상황에서 도박을 감행하지 않았으면

하는 거다. 우리가 따로 움직이게 되면 맥이 지하실 문을 열어 놓기로 사전에 합의했다. 메러디스와 함께 좁은 인도를 걷는 내내 우리 뒤에서 달려온 차들이 터널을 탈출한 새들처럼 쌩쌩 지나가는데, 나는 맥네 지하실의 접이침대에 누워 오늘 밤을 되새길 나중을 상상한다. 아직 이 순간이 끝나지도 않았지만, 음미하고 싶을 것 같은 예감이 든다.

별들을 손가락으로 가리키고 쉴 새 없이 조잘대는 폼이 메레디스도 긴장한 게 분명하다. 별자리에 진심으로 넋을 잃었을 수도 있지만. 그녀가 스웨터를 벗어 한쪽 팔에 걸친다. 걸었더니 더운 모양이다. 너무 바쁜 탓에 그녀의 척추와 얇고 가는 끈 밑으로 드러난 견갑골의 굴곡을 분석할 겨를이 없다. 양쪽 어깨를 가로지른 새하얀 끈 때문에 피부가 더 까무잡잡하고 이국적으로 느껴진다. 살갗이 겉보기만큼 따뜻하고 매끄러운지 만져 보고 싶은 걸 참느라 죽겠다.

다리 꼭대기에 다다랐을 때 메러디스가 걸음을 멈추고 홱 하니 뒤로 몸을 돌리는 바람에 그녀와 내가 정면으로 부딪친다. 걸음을 멈춘 걸 알아차리기도 전에 몸을 돌린 것이다.

"으악, 미안." 이 얼마나 어설픈 반응인가. 하지만 그녀의 젖가슴이 내 가슴에 닿는 느낌 때문에 숨이 막혀서 말이 안 나온다.

"미안이는 괜찮대." 그녀가 이렇게 말하며 옆으로 서서 두 팔을 벌리자 젖가슴 때문에 윗옷이 들리면서 배가 드러난다. 그쪽 살결도 아주 매끄러워 보인다. 그리고 까무잡잡하다. "여기 진짜 끝내준다." 그녀는 콘크리트 난간의 구멍에 발가락을 끼우고 은빛 물결 위로 몸을 숙인다. 그러고는 강물을 향해 두 팔을 젓는데, 달빛을 뒤집어쓴 강물이 어찌나 반짝거리는지 그 비단 같은 은박 밑으로 갈색 흙탕물이 흐른다는 걸 전혀 알 수 없을 정도다. "바람을 느껴 봐."

나는 위험하다는 인식도 없이, 그녀가 드루 배리모어 흉내를 내고 있을지 모른다는 데 일말의 혐오감도 없이, 배낭을 내려놓고 그녀를 따라 난간 구멍에 발을 집어넣는다. 두 팔이 저절로 올라간다. 내게 자의는 존재하지 않는다. 그녀가 뛰어내리라면 뛰어내릴 것이다.

"인생은 찬란하다!" 그녀가 바람에 대고 외친다.

강물을 타고 날아오르는 그녀의 말들이 들리는 듯하다. 몇 번씩 들리는 듯하다.

"따라 해." 그녀가 말한다.

"인생은 찬란하다!" 나는 따라 하면서, 동네방네에서 보이는 '인생은 멋진 것'이라고 적힌 한심한 티셔츠보다 이게 훨씬 의미 있다는 생각을 한다. "인생은 찬란하다, 찬란하다, 찬란하다." 나는 혼자서 에코 효과를 연출한다. 그러다 메러디스를 돌아보는데, 그녀가 몸을 기울여 입을 맞춘다.

하우스보트로 돌아가면 지금 이 순간이 영원히 내 기억 속에 남을 것이다. 무대 위에서 머리사 베넷과 나누었던 입맞춤은 먼 옛날 이야기다. 이제는 그녀의 얼굴조차 가물가물하다. 짭짤한 살사 소스가 느껴지는 미안이와의 입맞춤, 내 슬픈 사연을 알면서도 나를 좋아해 주는 그녀와의 입맞춤. 그 뒤에 벌어진 사건이 있긴 하지만, 이것 하나만으로도 충분하다.

균형을 잃은 내 몸이 휘청거린다. 균형을 잡으려고 뒤로 허우적거리는 순간, 발이 빠진다. 한쪽 발이 미끄러지면서 내 몸이 앞으로 고꾸라진다. 샌들은 내 뒤쪽의 콘크리트 다리에 계속 박혀 있다.

야밤의 자유 낙하는 아찔하다. 전조등 없이 차를 몰고 터널을 통과하는 것과 비슷하다. 게다가 그게 슬로 모션으로 이어지면 터널은 절대 끝나지 않는다. 다리 꼭대기가 상선이 지나다닐 수 있을 만큼 엄청난 높이라 대비할 시간이 충분하다. 인명 구조 수업 때 배운 내용이 숫자가 달린 그림과 함께 완벽하게 되살아난다. 물이 아니라 돌벽처럼 느껴질 수면과 부딪치는 면적을 최대한 줄이는 게 관건이다. 나는 숨을 크게 들이쉬며 팔을 옆구리에 붙이고 발끝을 모아서 몸을 꼿꼿하게 편다. 물에 빠지는 순간이 아니라 물살을 가르고 빠져나오는 순간을 생각하라고 자신에게 명령한다. 시험을 치르는 심정이다. 나는 지금 초집중 모드로 벼락치기 공부를 하고 있다. 겁먹을 만한 시간이 없다.

최초의 충격 뒤에 놀라우리만치 따뜻한 강물이 느껴진다. 지난주, 아빠가 시카고로 떠나기 전에 같이 수영하면서 "목욕물 비슷

하다."라고 했던 게 들리는 듯하다. "그만하면 됐다." 보트 주위를
한 바퀴 돌았을 때 아빠는 이렇게 말했다. 작년 여름에는 내가 세
인트마거릿 해변을 백 번 왕복하곤 했다는 걸 알면서도 그랬다. 새
까만 어둠을 가르며 돌연사의 가능성을 향해 가는 순간, 불현듯 깨
달음이 찾아온다. 아빠가 괴로워하는 것은 내가 날이 갈수록 약해
지고 아파할까 두려워서가 아니라 내가 누리지 못한 인생에 실망
하지 않도록 보호하고 싶은 마음 때문이다. 그러니까 내 몫의 인생
을 누리지 못한 실망감으로부터 나를 보호하고 싶은 것이다. 분만
실에서 했던 다짐이 또다시 되풀이되는 순간이다.

  나는 과거의 기억을 모두 떠올리고 난 뒤에 다시 수면 위로 떠
올라 어푸어푸하며 타들어 가는 허파 속으로 공기를 들이마셨다.
강물이 이렇게 깊을 줄이야. 메러디스가 지나가던 차를 불러 세웠
는지 콘크리트 난간 너머에서 네 명이 내려다보고 있다. 지금 내
위치에서는 얼굴들이 흐릿해서 잘 안 보인다.
  메러디스가 고함을 지른다. "대니얼, 뭐라도 잡아. 잡을 만한 거
있어? 보트 가지러 갔어."
  "선헤엄 치면 돼."
  "장난치지 말고. 대니얼, 얼마나 버틸 수 있겠어? 이십 분 정도
걸린다고 했는데."
  하지만 나는 웃음밖에 안 나온다. 빌 코즈비가 들려준 유머 시리

즈 중에서 아빠가 제일 좋아하는 노아 이야기를 연상시키는 상황이라서 그렇다. 방주 만들기를 거부하며 애를 먹이는 노아에게 좌절한 하느님이 방주 없이 언제까지 선혜엄을 칠 수 있겠느냐고 묻는 이야기 말이다. 하지만 나는 그 우스갯소리와 얼음처럼 차가운 추가 내 발을 잡아당기기 시작했고 폐가 불난 듯이 화끈거린다는 것을 넘어, 이 세상에서 가장 아름다운 소녀가 나를 구하러 나섰다는 사실에 대해 생각한다. 나, 대니얼 솔스티스 랜던, 올해 최고의 얼뜨기를.

인명 구조대가 파란 불빛을 미친 듯이 깜빡이며 요란하게 앳킨슨 정유소 앞으로 들이닥치고, 녹색과 갈색의 수렵 및 내수면 어업부 인장을 옆면에 부착한 낚시 보트가 어디에선가 등장한다. 그들은 내가 끌어안고 있는 기둥의 바로 옆 낡은 기둥에 올가미 밧줄을 매고, 가로대 너머로 끌어 올릴 때 내가 말뚝 사이에서 구겨지지 않도록 가까운 위치까지 배를 조심스럽게 대려고 또 다른 가로줄을 이용한다. 월척 게르치처럼 선상으로 옮겨지는 과정에서 뱃전에 복사뼈가 쓸리자 비명이 절로 나온다.

"대니얼 랜던?" 당직 구조대원은 중학교에서 대수를 가르치는 래시터 씨다. 나에게 B 플러스를 주면서 그보다 잘할 수 있다고 말했던 선생님이다. 당시에는 그 말이 정말 어이없게 느껴졌다. 내가 수업 시간에 B 학점다운 모습만 보였다면 그가 무슨 수로 나에 대해 알겠는가.

"괜찮니?" 그가 묻는다.

나는 가슴이 욱신거리고 발목이 헐거워진 머플러처럼 지근거려서 신음을 뱉었다.

"어이없는 내기라도 벌인 거냐?"

나는 고개를 저으며 간신히 대답한다. "칠칠맞지 못해서 떨어진 거예요."

형광 주황색 조끼를 입은 래시터 씨가 옆으로 배를 돌릴 무렵, 메러디스가 부두에 도착한다. 나는 구속복을 입은 것처럼 담요에 둘둘 말려 있어서 앞을 거의 보지 못하지만, 그녀가 헉헉대는 소리가 들린다.

"사고였어요." 그녀가 숨을 헐떡이며 변호를 자청한다.

래시터 씨가 고개를 든다. "이 아이와 함께 다리 위에 있었니?"

"저는 메러디스 릴케예요." 그녀가 말한다. "대니얼하고는 친구고요."

구조대는 응급실로 향하는 구급차에 그녀를 태워 주지 않는다. 규정상 가족만 탑승할 수 있기 때문이다. 그녀가 우리 부모님에게 연락하겠다고 했는데 래시터 씨가 그럴 필요 없다고 한다. 다른 구조대원에게 보고서 작성을 맡기고, 자신은 낚시 보트를 타고 부모님께 가서 내가 병원으로 이송 중임을 알릴 것이라고 한다. 부모님이 리버사이드 응급실로 나를 데리러 올 수 있도록 말이다. 환영할 만한 상황이 아니다. 래시터 씨와 구급차 기사가 언성을 높이고, 언성에 맞춰 손사래를 쳐 가며 열 발자국 걸음을 옮긴다. 모두들 서류 작성을 마뜩잖게 여기는 눈치다.

"보트에 태워서 그냥 집으로 데려다 주시면 안 되나요?" 내가 묻는다.

"구조대가 출동하면 병원으로 이송하는 게 규정이야."

구급차 기사가 모두 문에서 멀찌감치 떨어지라고 손짓하고 메러디스가 내 시야에서 벗어난다. 물을 게우는 보트 엔진 소리가 들린다. 그것으로 끝이다. 문이 닫히고 구급차가 끼익 소리와 함께 출발하자, 내 머릿속은 온통 에식스 군에서 가장 형편없는 병신과 입을 맞추었다는 사실을 곱씹으며 집까지 혼자 걸어가야 할 메러디스 생각뿐이다.

놀랍게도 나는 폐렴에 걸리지 않았다. 엄마는 바나나 빵을 세 덩이 구워서 래시터 씨와 구조대와 릴케 부부에게 배달한다. 나는 메러디스네 집까지 따라 나서지도 못한다. 엄마 말로는 발목을 쓰지 말라고 병원에서 엄명했기 때문이라나. 내 발은 부목 장치 속에 묻혀 있다. 딱딱한 플라스틱으로 만든 조그만 막대를 발목까지 일렬로 연결해 고정시키는 회청색 덮개다. 부러진 것도 아니고 배로 넘어가는 도중에 샌들이 난간에 걸리는 바람에 살짝 접질렸을 뿐인데.

그래도 메러디스가 월요일 밤에 전화했다. 우리 집 전화번호 가르쳐 줘서 고맙다, 맥. 휴대 전화 번호부를 만들면 더 많은 사람들이 통화할 테고 그러면 전화 요금이 더 늘어날 텐데, 휴대 전화 회사에서 왜 만들지 않는지 바보 같다는 생각이 든다. 진심으로 돈을 벌고 싶다면 그래야 하는 거 아닌가?

"다리 위에 배낭 놓고 갔더라." 그녀가 말한다.

"소중한 살사 소스와 토르티야 칩이 들어 있는데."

그녀는 웃음을 터뜨린다. "맛있었어.'

"등교 첫날은 어땠어?"

"괜찮았어. 베브가 데리고 다니면서 애들한테 소개시켜 줬는데, 맥이 너한테 소식 전해 달라고 하더라. 스텝포드헤인스가 고등학교로 옮겼는데 여전히 기가 막힌 치마 입고 다닌다고."

"오, 대단한데?"

"누구야?" 긴장한 메러디스의 목소리를 듣자마자 다리 위에서 그녀와 함께 "찬란하다!" 합창을 했던 때가 떠오른다.

"선생님이야. 9학년 영어를 가르쳤던. 괜찮은 분이야."

메러디스가 큰 소리로 한숨을 내뱉자 수화기를 타고 안도의 기미가 느껴진다. "너희 부모님이 올해는 널 학교에 보내지 않으시겠지?"

"아직 딱 잘라서 말씀은 안 하셨는데──지금은 발목 때문에 안된다고 하시고──계속…… 다른 대안을 찾으면서 고민하고 계셔.

복잡한 문제라.”

“작년에 앨버말에서 한 아이가 축구를 하다 다쳐서 의식을 잃은 적이 있었어. 그런데 부모님이 구조대의 도움을 거부하더라. 알고 보니까 크리스천 사이언스* 교도였더라고. 세균이나 의학을 안 믿는 거지. 그리스도가 치유해 줄 거라며.” 그녀는 전화 끊으라는 소리를 들을까 봐 겁나기라도 하는지 말을 속사포처럼 쏟아 낸다. “이미 뇌진탕을 여섯 번 겪었대. 그런데 이번에는 뇌출혈을 일으킨 거야. 주 정부에서 그 부모를 상대로 소송을 걸었어.”

“살인죄로?”

“아니, 죽지는 않았어. 아동 학대, 뭐 그런 걸로. 그 아이도 치료 받을 권리가 있다고.”

“그러니까 나도 학교에 다닐 수 있게 우리 부모님을 고소하라는 거야?”

“너랑 같이 다니면 더 재미있을 텐데.”

그녀의 주장이 내 입장에서는 완벽하게 일리가 있다. 하지만 우리 부모님한테 먹힐 것 같지는 않다.

나는 한쪽 발을 베개에 올려놓고 소파에 누워서 홀든이라면 어떻게 했을지 열심히 생각한다. 공부를 하지 않겠다는 지각 있는 선

---

* 죄, 병, 악이 모두 허망하다고 깨달으면 만병을 고칠 수 있다는 정신 요법을 주장하는 기독교의 분파.

택을 한 죄로 퇴학당한 아이와 부득이한 사정으로 등교하지 못하는 아이를 나란히 비교하는 것은 무리다. 홀든 콜필드는 먼저 규칙을 따르지 않았다고 인정했다. 그런데 나는 무슨 망할 규칙을 어겼는지 정말로 모르겠다.

규칙을 존중하는 성격이 못 되는 우리 부모님은 규칙을 만들지 않으려고 노력한다. 나는 부모님과 형이 나누는 대화를 옆에서 들은 적이 있다. 대부분의 아이들이 부모님과 나누지 않음 직한 대화가 오간다. 아빠가 우리 앞에서 특히 강경한 입장을 보이는 약물 남용보다 심각한 내용도 있다.

하지만 중간에 낀 아이는 다르다. 중간에 낀 아이는 말을 하기보다 듣는 편이다. 형이 저질렀던 온갖 실수는 닉과 내 앞에서 낱낱이 해부되었다. 동생으로 태어나서 좋은 점이 하나 있다면 형은 몰랐던 많은 사실들을 형 덕분에 미리 알게 된다는 것이다. 그런데 그 병에 걸린 뒤로는 미리 아는 게 전처럼 마냥 좋지는 않다.

내가 엄마 아빠에게 백혈병 이야기를 맨 처음 들은 것은 수많은 의사를 찾아다니며 온갖 테스트와 혈액 검사, 정밀 촬영, 아무한테도 말할 수 없는 신체검사를 받은 뒤였다. 환자가 아니라면 불필요한 과정을 거친 뒤였다. 우리 부모님은 내 병세가 얼마나 심각한지 몰랐을 것이다. 분명 그랬을 것이다. 나는 '암'이라는 단어를 듣자마자 짜증을 부리는 버르장머리 없는 어린애처럼 귀를 막고 콧노래를 흥얼거리기 시작했다. 내 인생 최고의 순간이라고 할 수는 없었으니까.

강도가 들었을 때 기절하지 않고 웃음을 터뜨리는 사람들이 있듯이 일종의 불안 반응이었다. 두말하면 잔소리지만 아빠가 엄마를 동원해 나를 진정시켰다. 그런 다음 두 분이서 모든 걸 계획한 양 평소처럼 차근차근 설명에 나섰다. 뒤죽박죽이 된 세포와 그와 관련한 전문 용어, 의학계에서 어떤 실험을 하고, 날마다 어떤 돌파구를 찾으며, 가끔 어떤 식으로 실수를 저지르는지에 이르기까지. 내 숙제를 도와주는 식이었다. 하지만 나는 궁금했다. 부모님은 검사 결과를 미리 알았을까? 의사들과 비밀회의를 거친 끝에 나한테 알려 주기로 결정한 걸까?

아빠의 의도가 뭔지는 알아차렸다. 고민하느라 잠을 설치지 말았으면 좋겠다는 것. 하지만 그로 인해 모든 게 의도된 상황이라는 확신이 더욱 굳어졌다. 대화는 닉이 외출한 사이에 이루어졌다. 소파에 앉은 엄마와 아빠는 에이스가 빠진 시합에서 지고 있는 선수들의 사기를 북돋우려고 애쓰는 코치 같았다. 내가 바보가 아닌 이상 얼마나 심각한 상황인지 모르려야 모를 수가 없었다.

아빠가 독백을 마무리 짓지 못한 것은 아빠의 입을 막고 단도직입적으로 이야기한 엄마 때문이었다.

"의사들이라고 모든 걸 아는 건 아니야, 대니. 우리가 싸워서 이기면 돼."

아빠는 두통이 너무 심각해서 목을 가눌 수 없는 사람처럼 눈을 감고 쿠션에 몸을 묻었다. 엄마는 나를, 사라지는 마술에 걸린 아들을 계속 쳐다보았다. 그러다 내가 멀쩡한 걸 확인하더니 버티려는 노력만으로도 기진맥진한지 아빠의 어깨에 머리를 기댔다. 무사히 잘 끝냈다. 이번에도 훌륭한 육아의 전형을 보여 주었다.

나는 자리에서 일어나 밖으로 걸어 나갔다. 가지 말라고, 이야기를 끝까지 들으라고 붙잡는 부모님의 호소는 다시 콧노래로 묻어 버렸다. 그 당시는 엄마가 하우스보트에 얽힌 계시를 받기 전이라 저넷 드라이브에서 살고 있었다. 나는 현관문을 열어 둔 채 밖으로 나갔다. 부모님이야 어찌 되거나 말거나, 모기들이 들이닥치거나 말거나. 다음 블록으로, 또 다음 블록으로.

벌레들이 가로등을 에워싸고 하도 시끄럽게 윙윙거려서 제대로 집중이 안 되는, 그런 여름밤이었다. 그 조그만 날개들을 어찌나 미친 듯이 파닥이는지 꼭 다른 세상으로 공간 이동을 시도하는 것 같았다. 그런 날 밤에는 차 안에서 대화를 나누는 사람들이 꼭 팬터마임 배우처럼 보인다. 차창을 올리고 에어컨을 최대로 틀어 놓아서 무슨 대화를 나누는지 절대 들리지 않는다. 그들이 자기들만의 조그만 세상 속으로 잠기는 동안 그들의 인생이 남긴 부스러기들─손짓, 고갯짓, 차창 너머로 던지는 시선─은 깨진 유리 조각처럼 밤 속으로 흩어져 점점 더 작게 부서지는데, 자칫 잘못하다가는 베일 수 있기에 얼른 손을 거두어야 한다.

기억을 떠올리기만 해도 그날 밤에 그랬던 것처럼 진땀이 난다.

땀으로 동그랗게 젖은 티셔츠 칼라가 어깨와 목에 들러붙었다. 어디로 가는지 신경도 쓰지 않으며 쿵쿵 걷고 또 걸었다. 17번 도로를 건넌 기억도 없는데 몇 블록 떨어져 있는 고등학교 야구장이 나온 걸 보면 그 길을 건넌 모양이었다. 야구장에 인적이라고는 아예 없었다. 차도 없고, 사람도 없고, 머리 위에 달린 스포트라이트만 우주선처럼 눈부신 빛을 뿜었다. 내가 도착하기 직전에 연습을 마친 모양이었다. 나는 3루 옆, 운동장 한가운데 앉아서 조명이 희미해져 가는 동안 클로버를 뜯었다. 내 손가락도 클로버도 안 보일 정도로 어두컴컴해질 때까지 계속 그랬다.

그날 밤, 하느님이 보기에 나는 일개 먼지였다. 내가 뿌리째 뽑은 수백만 개의 풀잎처럼 조그만 먼지였다. 하느님은 먼지를 닦아 내야겠다는 생각 외에 다른 생각은 못할 것이다. 빌어먹을 하느님. 비가 내리기 시작했을 때 나는 생각했다. 하느님이 우는구나. 지우고 지워도 대니얼 솔스티스 랜던이라는 먼지가 계속 신경을 건드리는구나. 그래서 눈물로 씻어 버리려고 하는구나.

엄마에게는 아빠가, 아빠에게는 엄마가 있었다. 형은 꿈꾸던 삶을 살고 있었고, 닉은 앞날이 창창했다. 나를 없애려 나선 하느님이 제대로 솜씨를 발휘하고 있었다. 내 인생에 있어서 그날 밤은 우라지게 최악이었다.

멍청하게 발목을 삐끗하기는 했지만, 지금 내 곁에는 메러디스도 있고 어떤 식으로 세상에 대처하면 되는지 고민할 때 도움이 되는 홀든도 있다. 다리 위에서 인생은 찬란하다고 외쳤을 때, 진실을 살짝 왜곡한 것일 수도 있지만 그래도 한 가지 결심한 게 있다. 나는 앞으로 하느님이 하찮은 먼지처럼 나를 지워서 없애거나 눈물로 씻어 버리도록 내버려 두지 않겠다. 발로 차고 비명을 지를 것이다.

그래도 기분이 나아지지 않아서 메러디스의 충고에 따라 학교에 보내 달라고 부모님을 설득하기로 마음먹었다. 뭐 어떠냐. 죄수들, 심지어 연쇄 살인범도 마지막 소원은 들어준다는데. 세포가 죄다 맛이 간 사람들 소원도 들어줘야 하는 거 아닌가? 바보처럼 눈물이 차올라서 댐이 막 무너지려는 찰나, 신학기 첫날 축구 연습을 마친 닉이 책을 한 아름 안고 들어와 앞쪽 선실에 달린 붙박이 벤치 위에 내팽개친다. "고등학생이 된 거 환영해." 녀석이 부활절 토끼처럼 멍청하게 씩 웃으며 말한다.

"누구 부탁으로 들고 온 거야?"

녀석은 당근이 든 봉지를 뜯어—하느님 맙소사, 당근이라니—몇 개를 입 안에 쑤셔 넣는다. 그리고는 과육을 입 안에 가득 담은 채로 대답한다. 우웩.

"엄마지 누구겠어. 이렇게라도 하지 않으면 진도를 따라갈 방법이 없잖아."

"진도는 따라가서 뭐하게?"

"그런 헛소리가 어디 있어? 형, 학교 좋아하잖아. 과학전람회 프로젝트, 보고서 대회. 형이 우리 방 여기저기에 던져 놓은 책들 좀 봐. 작년에는 플라톤 동호회까지 가입했지? 형은 괴짜야."

이 달에 뭐라고 반박할 수 있을까. 우리가 같은 유전자를 공유하고 있다니 믿기지가 않는다.

"넌 주워 온 애야." 내가 말한다.

하지만 녀석은 넘어가지 않는다. "다리 위에서 한 번 뛰어내렸다고 스포츠 스타가 되는 건 아니야."

"스포츠 스타가 될 마음도 없어. 마음만 먹으면 다른 다리에서도 뛰어내릴 수 있는지 알고 싶을 뿐이다. 아니면 내년에도 도서관 카드를 쓸 수 있을지."

녀석은 물을 두 모금 마신다. "그래, 아무 다리에서나 뛰어내려. 말리는 사람 없으니까. 난 형을 돕고 싶었을 뿐이라고."

홀든이었다면 최악의 기숙사 친구 애클리에게 그랬던 것처럼 닉에게 닥치고 나가라고 했을 것이다. **망할 빚이나 돌려줘.** 아니면 닉 혼자 마음 졸이게 방을 박차고 나갔을 것이다. 나는 양쪽 다 기회를 놓쳤다. 엄마가 강변에서 경적을 울리는 바람에 닉이 보트를 몰고 엄마를 모시러 나가야 했던 것이다. 나는 발목이 미친 듯이 욱신거려서 아무 데도 걸어 다닐 수가 없다.

일어나지 않고 허리만 숙였더니 새로 생긴 책 더미에 간신히 손이 닿는다. 생물 교과서가 제일 위에 놓여 있다. 지금까지 내가 학교에서 받아 본 교과서 중에 가장 무겁고, 도표와 사진들로 가득하다. 만든 사람 명단에서 아빠 이름을 찾아보지만 없다. 중간에 인체의 각 체계를 플라스틱 투명지에 그려 포개어 놓은 단원이 있다. 맨 처음의 근육계를 보니 한데 모인 복사뼈에 붙어 있는 시뻘겋고 성가신 가닥들이 아직 죽을 준비가 안 된 내 앞에 펼쳐진다. 나는 닉을 용서한다. 녀석은 심부름꾼에 불과하니까.

목차에 소개된 25개의 장에 '면역계'도 들어 있다. 나는 책 속으로 빠져든다.

7장

개흐한 지 삼 주가 되었을 때 에식스 군 교육 위원회에서 보낸 편지가 우리 부모님 앞으로 도착했다. 엄마가 막판에 안 들어가겠다고 버티는 바람에 내가 사서함에서 우편물을 챙겨 와야 했다. 엄마는 미스 T. 언더테이커를 가리켜 사이비라고 한 약국의 마녀를 피하고 있다. 우편물 더미 속에 우리 군을 상징하는 금색 인장이 찍힌 봉투가 있었다. 부모님이 나를 대신해 특별 출석 면제를 신청한 모양이다. 출결 문제를 군에서 어떤 식으로 결정했는지 편지 안에 들어 있을 것이다. 가정 교사를 두거나, 엄마가 원하는 대로 머나먼 곳으로 건너가 대체 요법으로 병든 아들을 살릴 수 있도록 재정적으로 지원하겠다는 내용이 적혀 있을 것 같지는 않다.

봉투는 아빠가 돌아올 때까지 개봉되지 않은 채로 싱크대를 지켰다. 엄마는 그새 봉투를 예닐곱 번 집었다 곧바로 다시 내려놓았다. 엄마의 불안이 정상적인 수준을 넘어설 무렵, 최근에 작업 중인 교과서 원고 수정본을 인터넷으로 전송하러 도서관에 갔던 아빠가 돌아왔다. 엄마가 아빠의 얼굴에 대고 편지를 내민다. 그 안에 뭐라고 적혀 있는지, 엄마가 무슨 생각을 하고 있는지 아빠가 알아야 한다는 듯이. 아빠가 가만히 있자 엄마가 봉투를 뜯더니 중세 칙령이라도 되는 것처럼 편지를 들고 읽는다. 잠깐 정적이 흐른 뒤—엄마가 편지를 한 번 더 읽는 걸까?—아빠가 어깨 너머로 들여다보기 위해 엄마의 뒤로 움직인다.

"소환한대." 엄마의 목소리가 하도 커서 아빠가 뒤로 한 걸음 물러선다. "군 교육 위원회에서 스티그 랜던 부부를 '소환'한대. 자기들이 뭐라고 학부모더러 오라 가라야? 우리도 남들처럼 세금 꼬박꼬박 내고 있는데. 절대 안 가."

엄마가 첫머리부터 편지를 소리 내 읽기 시작하는데, 점점 언성이 높아진다. 단어마다 공문서 분위기를 물씬 풍긴다. "대니얼 솔스티스 랜던의 10학년 출석 거부와 관련해서……" 날짜들. "위반하신 조항은……" 또다시 이어지는 숫자들. 무슨 법률인가 규정을 어겼다는 것이다.

"저도 소환됐어요?" 내가 묻는다.

"아니." 엄마는 경악이 무엇인지 보여 주는 전형적인 표정을 짓는다. 그런 채로 내가 누구인지 잘 모르겠다는 듯이 나를 한참 동안 뜯어본다.

아빠가 엄마한테서 편지를 넘겨받아 식탁에 대고 반듯하게 펴며, 편집할 때 동원하는 특유의 집중하는 표정을 짓는다.

내 생각에는 해결책이 간단해 보인다. "제가 두 분이랑 같이 갈게요."

엄마는 왔다 갔다 하던 걸음을 멈추고 아빠를 사납게 노려본다. 그러고는 혐오감에 배배 꼬인 목소리로 말한다. "전능하신 교육 위원회에서 상기 학생을 대동하지 않았으면 좋겠대. '허심탄회하게 논의'할 수 있게."

내가 오 분도 얌전히 앉아 있지 못할 만큼 심각한 주의력 결핍 장애라도 앓고 있다는 건가?

"학교에 다님으로써 상태가 더 악화된다면 출석을 강요할 수 없는 거 아니야?" 엄마는 아빠를 향해서 하던 이야기를 잇는다. 아빠는 듣고나 있는 걸까? 엄마는 편지를 무시하고 소환에 응하지 않기로 이미 마음먹은 눈치다. "그건…… 위헌이잖아."

"실비, 지금 무슨 소리 하는 거야. 헌법이 임의 치료하고 무슨 상관이라고. 그렇게 호들갑 떨 것 없어. 의례적인 절차야. 출석부 명단에 있는 아이가 안 보이니까 규정대로 한 거지. 똑같은 편지를 받은 집이 사오십 가구쯤 될걸? 교육 위원회에서는 아마 대니얼이 백혈병에 걸린 것도 모를 거야."

"우리 일에 쓸데없이 감 놔라 배 놔라 하니까 그렇지. 다들 아는 척이야. 실제로 감당할 것도 아니면서. 요즘은 개나 소나 전문가래."

그날 오전, 아빠는 급성 골수성 백혈병 분야의 소아과 전문의들과 상담하느라 삼 주 새 두 번이나 시카고에 다녀온 거라고 엄마한테 실토했다. 똑같은 논쟁의 반복이다. 엄마는 아빠가 자기 몰래 의사를 만나면 노발대발한다. 백혈병이 아들을 오염시키고 있다는 검사 결과를 들은 그 순간부터 의학계의 모든 이를 불신하고 있다. 하긴, 소아과 의사가 무슨 도움이 될까. 키가 183센티미터에 달하는 청소년과 어린 꼬맹이들을 뭉뚱그려 진찰하는 전문가가 얼마나 정확할 수 있을까.

그래도 아빠가 이제는 쉬쉬하지 않아서 기쁘다. 나와 더불어 의논하는 수준은 아니지만, 두 분이서 문을 닫고 속닥거리던 때에 비하면 훨씬 낫다. 비밀 논의를 옹호하던 아빠가 왜 생각을 바꾸었는지, 생각이 바뀐 게 아니라 순간 깜빡한 건지, 그건 잘 모르겠지만.

엄마에 따르면 우리의 적은 그 병이 아니라 의사들이다. 엄마는 매주 어김없이 미스티를 만나서 그녀가 내 '질환'에 좋다고 추천하는 약초 혼합물을 받아 온다. 미스 T. 언더테이커가 이 모든 걸 일시적인 증상으로 간주한다면 나야 좋다. 내가 생각하기에 일시적인 증상이라는 건 '죽을병이 아니다.'라는 뜻이다. 괴상하지만 위로가 되는 논리이다.

나는 학교 논쟁에 대비해서 몇 주 동안 칼을 갈았다. 메러디스의 제안을 들은 뒤부터 담벼락 위에 가지런히 놓인 탄산음료 캔처럼 내 입장을 정리했다. 구석구석 치밀하게 준비했으니 양쪽 논리에 모두 구멍을 낼 수 있다. 엄마가 아빠 맞은편에 앉자 나도 따라 앉는다. 내가 운을 떼자 두 분 모두 내가 옆에 있다는 걸 잊고 있었는지 깜짝 놀란 얼굴로 고개를 든다. '모든 걸 툭 털어놓고 의논하자'던 평소의 지론은 어디 갔나 싶지만, 그래도 나는 밀어붙인다.

"출석은 의무예요, 그렇죠? 정부에서 등교를 강요할 수 있잖아요." 나는 발목에 부목을 대기는 했지만, 그래도 식탁 다리에 부딪치지 않게 조심한다. 이 시점에서 통증을 드러냈다가는 신뢰성에 치명적인 타격을 입을 것이다. "그러니까…… 그 반대도 성립될지 몰라요. 저는 등교할 권리가 있는 거죠. 그것도 헌법에 보장된 권리일지 몰라요."

"대니얼, 아빠하고 나는 지금 어른끼리 이야기하는 중인데."

"저하고도 연관 있는 문제잖아요."

아빠가 엄마의 손 위로 손을 얹는다. 나도 아는 신호다. 아빠가 보기에 엄마가 위험 수위를 넘을 것 같은 모양이다. 나는 기회를 놓치지 않고 덥석 잡는다.

"홈 스쿨링 하려면 종교적인 이유를 들어서 포기 각서나 뭐 그런 데 서명해야 하지 않아요?" 이 모두가 내 작전의 일부다.

엄마가 에식스 군에서 아이들 문제에 이러쿵저러쿵하는 데 신경 쓰느라 나에게 발톱을 세우고 달려들지 못할 일말의 가능성도 있다. 아빠가 추수 감사절에나 지을 법한 고마워하는 표정으로 나를 쳐다본다. 내가 그럴듯한 논리를 제시한 덕분에 아빠의 일이 수월해진 것이다. 원칙에 따라 논쟁을 피할 수 있는 정식 절차가 있다면 침소봉대하지 않고 이 문제를 해결하는 가장 간단한 방법이 될 것이다. 아빠는 엄마의 광분을 제일 무서워한다.

아빠가 동의하는 의미로 고개를 끄덕인다. 안도하는 표정이 얼굴에 퍼지면서 아빠는 이 모든 사태의 원흉인 나를 향해 웃어 보인다. "홈 스쿨링 서약서에 서명하면 돼, 실비."

"그거랑 이거는 다르잖아. 얘도 다른 애들이랑 똑같이 학교 공부를 하고 있어. 직접 학교에 가서 수업만 듣지 않을 뿐이라고. 얘도 다른 애들이랑 똑같이 시험을 봤으면 좋겠어."

"만나서 뭐라고 하는지 들어 보자." 아빠가 손을 들어 나에게 조용히 있으라는 신호를 보낸다. "열린 마음으로 들어 보자. 교육 위원회를 적으로 간주하지 말고."

교육 위원회와 면담하고 위원장이 공식 판결을 내리기 전, 에식스 군 사회 복지부에서 똑같이 금색 인장이 찍힌 두 번째 편지를 보내서 조사관을 파견할 예정이라고 했는데 날짜는 밝히지 않았다. 날짜를 밝히건 안 밝히건 소기의 목적을 달성하지는 못하겠지만. 엄마는 아빠가 돌아올 때까지 기다리지도 않고 폭발했다. 하지만 아빠는 편지를 읽더니 일반적인 전략 지침으로 일축했다.

보라, 또다시 군대 용어의 등장이다. 엄마는 잠시 잠잠해졌다.

맥과 내가 한참 체스를 두고 있을 때 우글쭈글한 검정색 세단이 부둣가 삼나무 아래에 정차한다.

"누구 차야?" 맥이 손으로 가리키며 묻는다.

내가 지고 있다. 그것도 아주 처참하게. 맥은 최소한 겉보기에는 내 병을 전혀 감안하지 않는 듯하다. 가랑비가 내려서 빗방울이 유리 섬유로 된 하우스보트 천장을 탱탱 두드리는 소리와 수면을 통통 두드리는 소리가 들린다. 쌍안경을 쓰니 운전석 문짝에 찍힌 인장과 공무 차량이 달고 다니는 옅은 파란색 번호판이 보인다.

"군청에서 파견한 게슈타포." 내가 말한다.

어떤 여자가 경적을 울리더니 차창을 5센티미터쯤 내리고 그 틈새로 뭐라고 고함을 지른다. 맥이 쌍안경을 건네받고는 쓰고 있던 안경을 위로 올리고 초점을 맞춘다. 녀석이 쌍안경 끈 사이로 중얼거린다.

"저 여자 물에 젖으면 녹는 거 아냐?" 녀석이 말한다.

나도 옆에서 거든다. "사악한 서쪽 마녀처럼."

그녀가 다시 고함을 지른다. "어머니 계시니?"

맥이 내게 쌍안경을 돌려준다. "외계인일 수도 있어."

"그렇게 흥미진진한 인물일 리 있나. 그냥 참견하기 좋아하는 공무원이야. 이름은 없고, 코 안에 카메라가 숨겨져 있지. 우리를 스토킹하고 있거든."

그녀는 우리를 청각 장애인으로 생각하는지 더욱 목청 높여 고함을 지른다. "얘들아, 어머니 계시냐니까?"

맥은 어깨를 으쓱하지만 웃고 있다. 내가 큰 소리로 대답한다. "아뇨."

"너희 둘뿐이니?"

"아뇨." 우리는 한목소리로 크게 답하고 웃음을 터뜨린다.

스텝포드헤인스 선생님은 우리더러 정확해야 한다고 가르쳤다. 우리가 정확하게 대답했는데도 사회 복지부에서 파견한 사악한 마녀는 못마땅한 모양이다. 우리를 보호자가 없으면 안 되는 어린 애로 간주하다니, 나는 그것부터 기분이 나빠서 속이 뒤틀린다.

시끄러운 소리를 들은 아빠가 교정하고 있던 페이지에 손가락을 끼운 채 뒤쪽 선실에서 나온다. 원고를 꼭 끌어안고 지붕에서 뚝뚝 떨어지는 빗물을 피해 선실 옆면을 따라 움직인 뒤, 좌우로 몸을 흔들며 사다리를 타고 갑판으로 올라온다. 비에 맞지 않게 원고 위로 몸을 숙인 채, 차양막 아래 앉아서 온 사방에 내리는 축축한 가랑비를 피하고 있는 맥과 내 쪽으로 한 걸음 두 걸음 다가온다. 아빠가 한 손을 눈썹 위에 대고 강물 너머를 쳐다본다.

"저거, 누구 차니?" 아빠가 내게 묻는다.

나는 아빠에게 쌍안경을 넘기라고 맥에게 손짓한다. "에식스 군청 소속 공무원이에요. 아마 사회 복지부에서 나왔을 거예요."

"왜 저렇게 소리를 지르는데?"

맥이 의자를 뒤로 빼서 아빠가 비를 피할 공간을 만드는 동안 내가 우리의 분석 결과를 설명한다. "엄마랑 할 얘기가 있대요."

아빠는 차양막 끝 쪽으로 움직여서 강물을 뒤덮은 가랑비의 장막 너머로 소리친다. "무슨 일로 랜던 부인을 찾으시는 겁니까?"

여자는 고개를 들어 차창 틈새에 입을 대고 소리를 지른다. "죄송하지만 가족이 아니면 밝힐 수가 없어서요. 대니얼 솔스티스 랜던의 친척이신가요?"

"아버지인데요."

그녀는 콩알만 한 머리로 그 말의 뜻을 이해하느라 잠시 뜸을 들인 뒤 공무를 집행하는 투로 다시 고함을 지른다. "집을 조사하러 나왔습니다. 집으로 안내해 주시겠습니까?"

말은 그렇게 하면서 계속 차 안에 앉아 있다. 당황한 기색이 역력한데, 이 정신 나간 인간들 앞에서 섣불리 움직일 수 없는 것이다. 내가 맨 처음 한 생각이 뭐냐면, 이렇게 한심해 보이지 않도록 사회 복지부 직원들한테 쌍안경을 지급해야 한다는 거다. 비바람을 뚫고 고상한 대화를 나눌 수 있게 우산도 지급하고. 하지만 그녀가 자세히 못 봐서 오히려 다행인지 모른다. 아빠가 "우리, 길바닥에서 하면 어떨까."라고 적힌, 가장 좋아하는 (그리고 가장 낡은) 비틀즈 티셔츠를 입고 있으니 말이다. 사악한 마녀가 보면 제인 오스틴의 작품 속 여자들처럼 기절할지 모른다. 랜던 가족에게 호의적인 평가를 내릴 리 만무하다.

아빠가 내게 원고를 건네고 차양막 밖으로 나선다. 아버지라고 할 만큼 나이를 먹었다고 보여 주려는 걸까. 내리는 비가 티셔츠 양쪽 어깨에 물방울무늬를 찍는다. 아빠는 물음표처럼 바람이 불어오는 쪽으로 고개를 젖히고 헛기침을 한 다음 입을 연다. 이번에는 좀 전보다 우렁차다.

"여기가 저희 집인데요."

정말 어처구니없는 상황과 맞닥뜨렸을 때 홀든이 그랬던 것처럼 내 얼굴이 섭씨 65도로 화끈거린다. 파란 소 베이브●가 새파란 것에 버금갈 만큼 새빨개진다. 평범한 사람들은 하우스보트에서 살지 않는다. 평범한 사람들은 전화 또는 문을 사이에 두고 대화를 나눈다.

나는 하늘을 향해 입을 내밀고 바람결에 내 말을 실어 보낸다. "랜던 부인은 지금 없고, 저는 할 말 없어요. 아무한테도요. 그러니까 가세요."

아빠는 그녀가 가는지 확인하지도 않는다. 얼굴을 잔뜩 찌푸린 채 교정하던 원고를 들고 다시 선실로 돌아간다.

다음 날 그녀가 이번에는 에식스 군 보안관보를 대동하고 다시 찾아왔다. 내가 제섭 보안관 외에 이름을 아는 경찰은 브루어뿐인데, 그는 아니다. 하긴 브루어는 읍 소속이라 해당 사항이 없기도

●미국의 전설에 등장하는 거인 나무꾼 폴 버니언이 데리고 다니는 소.

하다. 이번에 찾아온 시각은 저녁때쯤이다. 아빠는 닉이 출전하는 축구 경기를 보러 나갔고, 폭풍우는 오래전에 그쳤다. 내가 낮잠을 자고 일어나 보니 엄마가 마녀의 승선을 거부하고 있었다.

"정말로 수색 영장을 받아 올까요?" 순찰차가 사라지자 내가 묻는다.

엄마는 어깨를 으쓱하고 다시 샐러드에 넣을 두부를 썰기 시작한다. "네 아버지 말이 맞아. 난 변호사가 아냐. 하지만 이건 개인적인 문제잖니. 가족끼리 결정한 문제에 주 정부가 개입하면 안 되는 거야."

"메러디스한테서 들었는데, 앨버말 고등학교에서는 축구 시합 도중에 다친 아이의 부모님이 고소당한 적 있대요."

"발목을 삐끗한 아이를 집에 데리고 있었다는 이유로 고소당한 건 아니겠지?"

"아이가 뇌진탕을 일으켰는데 구조대의 응급 처치를 거부했다는 이유였어요."

"죄목이 뭐였는데?"

하지만 잠깐 멈추었다 다시 냉장고를 뒤지는 엄마의 모습을 보면 내 대답과 상관없이 이미 결심을 굳혔다는 것을 알 수 있다. 엄마는 지금 고민 중인 문제로도 충분하다. 그리고 엄마가 일단 결정하면 그것으로 끝이다. 우리 부모님에게 좋은 점이 한 가지 있다면 서로 독립적인 사고 체계를 유지한다는 것이다. 아직까지 알아차리지 못한 독자가 있을 경우에 대비해서 밝히자면 말이다.

"두 분이 변호사한테 상담을 받아 보는 게 좋지 않겠어요?"

"지금 그렇게 쓸데없는 짓 할 여유가 어디 있니? 변호사 상담료가 얼마나 비싼데."

엄마가 "병원비 때문에."라고 콕 집어서 말할 필요도 없다. 말하지 않아도 아니까. 라디오 위 선반에 놓아두는 청구서 무더기가 여름 내내 점점 늘어났다. 결국 아빠가 청구서를 모두 모아서 낡은 부츠 상자에 담고 엄마 아빠가 쓰는 침대 아래 구석진 곳에 넣었다. 나는 휴대 전화를 찾아 헤매다 거기 있는 걸 알게 됐다. 아빠도 나만큼이나 그 청구서들을 보면 신물이 넘어오지 않았을까? 의사들이 권하는 화학 요법과 방사선 치료를 받으면 그 무더기가 얼마나 더 늘어날지 상상이 안 된다.

엄마를 따라 처음으로 10학년 시험을 보러 가는 날 ─생물과 대수 II 중간고사다─ 부목을 떼고 피부색과 비슷한 탄력 밴드를 맸다. 근사하지는 않지만, 그래도 이제는 다시 샌들을 신을 수 있다. 삼 주만 참으면 발목이 접질린 사건은 옛날이야기가 될 것이다. 어쩌다 발목이 접질렸는지 잊어버리고 싶은 마음은 없지만.

체육관 옆문으로 들어가는데 ─엄마가 정문에서 출입 확인을 받지 않고 세균들이 둥둥 떠다니는 중앙 현관을 피해서 들어갈 수 있게끔 미리 연락해서 특별 허가를 받았다─ '문제의 그 인간' 레너드 요웰이 제일 먼저 눈에 띈다. 냅스 자동판매기에 기대고 서서 쌍둥이들에게 조잘대고 있다. 작년까지만 해도 모틀리 크루 티셔츠에 샌들을 신고 다니더니 지금은 차림새가 말쑥하다. 벌써부터 대입 추천서를 노리고 선생님들의 환심을 사기 위해 그러는 것이다. 녀석의 아버지는 공인으로 사는 상원 의원이니 우리 아빠보다 훨씬 더 '외모가 중요하다'는 입장일 것이다.

하지만 레너드의 의상이 인상적이기는 하다. 내가 저렇게 돈 많은 사립 학교 학생처럼 입고 다닐 일은 없겠지만. 옅은 파란색 버튼다운셔츠를 입어서 어른스러워 보인다. 탁월한 선택이십니다, 요웰 선생님. 게다가 저 딱한 녀석은 저질 지우개로 벅벅 문지른 것처럼 군데군데 희끗희끗한 피부가 오랜 고민거리였는데, 셔츠 덕분에 시선이 분산된다.

쌍둥이는 그런 데 반한 눈치다. 인정하기는 싫지만, 홀딱 반한 눈치다. 나불거리는 녀석 앞에서 넋을 잃었다. 주먹이 쥐어지면서 손가락 끝이 손바닥을 파고들어 손톱이 부드러운 살을 찌르는 게 느껴진다. 맥은 어쩌다 이 지경에 이르도록 방치한 걸까?

레너드는 엄마를 보자마자 허둥지둥 달려와 문을 잡아 준다. "랜던 아주머니, 댄. 다시 만나니까 정말 반갑네요." 정치 연수생이자 요웰 의원의 축소판이다. 왜 전에는 그걸 못 느꼈을까?

"고맙다, 레너드." 요웰 집안의 정치적인 성향에도 불구하고 엄마는 전부터 녀석에게 호의적이었다. 방향이 잘못되기는 했지만 적극적으로 행동하는 자세를 좋아하는 것일지도 모른다. 형의 열정이 어디에서 비롯되었는지 이제 여러분도 슬슬 감 잡았을 것이다. 엄마는 레너드를 안아 주려고 허리를 숙이다가 정문이 아닌 옆문으로 들어온 목적이 세균 노출을 최소화하기 위해서라는 사실을 깨닫고 뻣뻣하게 군다. 자신이 뭐라고 야단법석을 떨었는지 떠올린 게 분명하다. 중고등학생들은 하나같이 위생 상태가 엉망이라 내가 병균이 옮아서 죽을지도 모른다고 하지 않았던가. 병은 이미 내 몸속으로 들어와서 사신 역할을 열심히 하고 있는데 이 무슨 터무니없는 궤변인지 모르겠지만. 엄마는 세 친구한테서 물러나 위험이 도사리고 있는지 확인하는 엄마 곰처럼 현관 이쪽저쪽을 훑어본다.

"어이." 나는 레너드를 부른다. 손바닥으로 녀석을 철썩 때린 것은 우라지게 꼬인 내 인생에 대한 조그만 반항이다. "별일 없지?"

쌍둥이가 녀석을 따라 체육관을 건너왔다. 메러디스가 레너드와 줄리앤 옆을 슬쩍 지나 내 뺨에 살짝 입을 맞춘다. 나는 머리끝에서부터 발끝까지 시뻘게지고 엄마는 믿기지 않는다는 듯이 멀뚱멀뚱 쳐다본다. 엄마는 메러디스와 통화한 적은 있지만 대면한 것은 지금 이 순간이 처음이다. 레너드의 눈도 휘둥그레지는데, 엄마하고는 전혀 다른 이유에서 그렇다.

메러디스가 뒤로 물러서자 사방에서 밀려온 백색 소음이 나를 감싼다. 나는 그 자리에 발이 묶인 채 그녀만 똑바로 쳐다본다. 그녀는 눈이 초록색이다. 그 눈이 얼마나 남들과 다르고, 얼마나 깊고, 얼마나 푸른지 이제야 알아차리다니 믿기지가 않을 지경이다. 나는 그녀의 눈에서 시선을 뗀 다음에야 내가 입이 귀에 걸릴 만큼 활짝 웃고 있다는 걸 깨닫는다.

줄리앤도 자기 언니를 따라 내 뺨에 입을 맞춘다. 놀라움의 연속이다. 레너드가 긴장을 푼다. 우리가 사촌이나 뭐 그런 사이인 게 분명하다고 결론을 내린 것이다. 녀석은 다시 씩씩하게 방망이를 휘두를 준비를 한다.

"얘네한테 네가 없으니까 토론 수업 시간에 구멍이 생겼다고 얘기하던 참이었다."

"어련하시겠어." 나는 중얼거린다.

엄마의 얼굴에 생기가 돈다. 아들을 칭찬하는 소리를 들으니 갑자기 하늘을 날 듯한 기분인 모양이다. 저 사기꾼 덕분에 엄마의 긴장이 풀렸으니 이제는 레너드한테 짜증이 나지 않는다. 엄마는 산 지 얼마 안 돼서 주름이 남아 있는 카키색 바지와 버튼다운셔츠를 입고 녹아내릴 듯한 미소를 짓고 있는 키 188센티미터짜리 내 친구를 넋 놓고 쳐다본다. 녀석이 치아 교정 광고 포스터의 주인공 같다. 내가 녀석의 옆을 지나쳐 가거나 쌍둥이에게 건넬 만한 근사한 말을 생각할 새도 없이 엄마가 묻는다.

"형은 하버드 어떻다니, 레너드?" 엄마는 여자애들의 심리를 모르고 아무 뜻 없이 한 말이다.

줄리앤이 갑자기 흥미진진한 표본을 발견한 듯한 눈빛으로 레너드를 쳐다본다. 메러디스가 동생의 배낭끈을 잡아당긴다.

"이제 가자. 엄마가 앞에서 기다리고 계실 거야." 메러디스는 말은 그렇게 하지만 꿈쩍하지도 않는다. 고개를 돌려 나를 똑바로 쳐다보며 "시험 잘 봐, 대니얼."이라고 한다.

레너드는 내가 아무 말도 안 했는데 시험에 대해 어떻게 아는지 궁금해하는 눈치다. 사촌이라는 결론을 재고하는 게 빤히 보일 지경이다. 우리가 다른 데서 대화를 나눈 적이 있나 보다고 미루어 짐작할 수밖에 없을 것이다. 얼마 전에 대화를 나누었나 보다고. 메롱. 고소해라.

시험 사이 쉬는 시간에 회의가 있어서 다른 감독관을 부르러 간 래시터 선생님을 기다리는데, 메러디스와 줄리앤과 학교의 사교계가 다시 걱정되기 시작한다. 온 학교 남학생들이 이들에게 눈독들이고 있을 것이다. 새로운 사냥감 아닌가. 그런데 너 나 할 것 없이 나보다 유리하다. 다른 남학생들은 구내식당에서 쌍둥이와 같은 테이블에 앉을 수 있다. 사물함 앞에서 기다릴 수도 있다. 교내 연습 경기나 컴퓨터실로 초대할 수도 있다. 수업 시간에는 뒷자리에 앉을 수도 있다. 학교에 다니지 못한다는 게 고문이다.

등교를 통해 얻는 사회적인 이점을 대수롭지 않게 간주하면 안 된다. 아무리 수업이 싫어도 친구들을 만나기에 학교만 한 데가 없다. 같은 반에 좋아하는 여학생이나 남학생이 있으면 대부분 감기에 걸린 척 꾀병을 부리지도 않는다. 열예닐곱 살 때는 하루만 수업을 빼먹어도 많은 걸 잃을 수 있다.

교실 창밖을 보니 미식축구부가 운동장을 돌고 있다. 중간에 교사용 주차장이 있는데도 혐오스러운 소리가 여기까지 들린다. 끙끙, 투덜투덜. 몸이 너무 무거워서 발을 거의 떼지 못하는 치도 있다. 바닥에 깔린 자갈이 고무 밑창 아래서 미끄러진다. 서넛이 점점 뒤로 처진다. 코치들이 빨리빨리 뛰라고, **빨리빨리 뛰라고**, 고함치면 얼마나 맥 빠질까. 또 저 정도 체중을 유지하기 위해 배가 불러도 계속 먹어야 하는 것은 얼마나 고역일까. 나는 절대 미식축구 선수가 못 될 것이다. 요즘은 샌드위치 반쪽도 다 못 먹으니까. 그런데 미식축구 선수들이 불쌍하다는 생각이 든 건 오늘이 처음이다.

형의 대학 친구들 중에 미식축구 수비수는 날마다 낮잠을 잔다고 한다. 시합 전날인 금요일 밤 9시에 고단백 특별식을 챙겨 먹어야 하기 때문에 주말에도 외출할 수 없다. 게다가 아침에는 탄수화물 잔치를 벌여야 한다. 젤리처럼 출렁이는 뱃살에 몸을 묻으며 환호할 여자가 어디 있을까.

무슨 말인지 여러분도 알 것이다. 버스나 강당에서 옆자리에 뚱뚱한 사람이 앉으면 모두들 투덜거린다. 내 비록 비쩍 말랐고 지금도 계속 살이 빠지고 있지만, 그치들이 나 같은 체구로 지내도 괜찮겠다고 생각할지 모른다는 결론을 내리는 데 이 초도 안 걸린다.

"대니얼 랜던?" 하얀 실험실 가운을 입은 처음 보는 여선생님이 등장했는데, 나와 나이 차이가 별로 나지 않는다. 형이 대학교에서 어울려 다님 직한 똑똑한 여학생 분위기다. 매니큐어를 바른 손톱, 짧은 머리, 군더더기가 없고 유능해 보인다. "대수 시험 감독하러 왔어. 모르는 게 있더라도 나한테 묻지 마. 내 전공은 수학이 아니라 화학이니까."

나는 어깨를 으쓱한다. "화학은 11학년 때 배우죠?"

"아마 내년에 내 수업을 들을 거야."

"아닐 거예요."

그녀는 발끈한다. "화학은 필수 과목이야. 졸업 안 할 거니?"

"그게 선생님이 생각하시는 것보다 훨씬 까다로운 문제라서요. 그냥 대수 II 시험이나 볼게요."

그녀는 나를 건방지다고 생각하지만— 립스틱을 칠한 입술을 달싹이며 씩씩거리는 것을 보면 알 수 있다— 시간을 확인하고 시험지를 준다. "오십 분이야. 시간 더 안 준다."

그녀는 소리치거나 흥분하지 않는다. 괜찮은 선생님일 수 있겠지만, 내 짐작이 맞는지 확인할 수는 없을 것이다.

시험이 끝났을 때 앞에서 기다리고 있던 사람은 엄마가 아니다. 맥이다.

“너희 엄마가 우리 집으로 데리러 오시겠대. 너랑 같이 우리 집까지 걸어가라고 하시면서.” 녀석은 잠깐 말을 끊었다가 다시 잇는다. “발목 괜찮겠어?” 나는 걷기 시작한다. 발목이 더 안 좋아지거나 말거나 상관없다. 뒤따라온 녀석은 조회 방식과 구내식당 메뉴가 달라졌다고 투덜거리다 잠시 후 말을 멈춘다.

“야.” 녀석이 내 팔 옆에 대고 주먹을 휘두른다. “나한테 화난 거 있냐?”

“너는 학교에서 내 눈과 귀가 되어 주어야 하잖아, 안 그래? 요월이 메러디스 옆에서 어슬렁거리면 내가 알아야 하지 않겠냐?”

“그냥 친구인데, 뭘.”

“이제는 아니야. 늑대가 됐다고.”

“우와, 너랑 메러디스가 그렇게 심각한 사이였냐?”

“알 것 없어. 요월이나 떼어 놔.”

맥과 페트리아노 아주머니가 거듭 설득했지만 나는 집 안으로 들어가지 않았다. 정당하게 그 집 현관 앞에서 엄마를 기다리는데도 꼭 염탐하는 기분이다. 쌍둥이네 집에서는 인기척이 없다. 릴케 아주머니의 밴이 진입로에 세워져 있긴 하지만 드나드는 사람이 없다. 지하실에서 음악 소리가 흘러나오지도 않는다. 맥이 거실 창문을 두드린다.

“너희 엄마가 십오 분 안에 도착한다고 전화하셨어. 진짜 안 들어올래? 우리 엄마가 브라우니 만들었는데.”

"응." 이렇게 가까이 있는데 메러디스와 단둘이서 십 분도 보낼 수 없다니 믿기지가 않는다. "고마워." 맥이 사라진 다음에서야 건넨 사족이다.

맥의 어머니가 브라우니를 담은 접시와 물방울이 맺히지 않는 이중 유리잔에 따른 우유를 들고 나왔다. 강가에 사는 사람들은 집 집마다 이런 식의 결로 방지 유리잔을 쓴다. 맥과 내가 열 살쯤일 때 벽돌로 유리잔 하나를 깨서 안에 뭐가 들었는지 확인한 적이 있었다. 실망스럽게도 공기밖에 없었다. 그때 우리는 수영복 바지를 입고 등교했다가 쉬는 시간에 몰래 빠져나가 강에서 헤엄치고 와도 젖은 청바지 탓에 들키지 않을 방법을 연구하고 있었다. 그래서 유리잔 사이에 습기를 빨아들이는 액체가 채워져 있다면 그것으로 잽싸게 물기를 없앨 수 있지 않을까 싶었던 것이다.

맥과 나는 요즘도 가끔 그럴 때가 있다. 스티븐 킹 같은 짓이기는 하지만 내 생각이 전혀 엉뚱하지만은 않다는 걸 알 수 있어서 좋다. 어쩌다 한 번씩이기는 해도 나처럼 생각하는 친구가 있으면 묘하게 위안이 된다.

실험은 헛수고로 돌아갔고, 나는 유리잔값을 엄마한테 갚느라 유리창 청소를 해야 했다. 맥이 인터넷을 기웃거리며 알아낸 바에 따르면 특허를 낸 사람이 떼돈을 벌고 있다고 한다. 그리고 얼마 뒤에 닉이 기발한 방법을 알려 주었다. 헤엄친 뒤에 수영복을 벗어서 청바지만 입고 학교로 돌아가면 된다는 것이었다. 세상에. 녀석은 가끔 그런 식의 유용한 해결책으로 나를 놀래 준다.

페트리아노 아주머니는 내가 브라우니를 먹는지 확인하느라 지키고 선다. "엄마 목소리가 안 좋더라, 대니얼. 내가 뭐 도울 일 없겠니?"

"암 치료제를 개발해 주세요."

아주머니가 다시 안으로 들어갔다. 나는 정말 한심한 놈이다. 배가 안 고프지만 실수를 만회하는 차원에서 브라우니를 네 개 먹는다. 저 멀리서 엄마 차가 달려오는데 닉이 타고 있다. 엄마는 인사도 하지 않고 시험에 대해서도 묻지 않는다.

나는 뒷좌석으로 올라탄 뒤 조수석에 앉은 닉을 향해 눈썹을 추켜세운다. 녀석은 아무 말 없이 나처럼 눈썹을 찡긋 움직인다. 엄마가 머리끝까지 화났다는 신호다. 속이 어찌나 뒤틀리는지 이러다 가는 길에 토할지도 모르겠다는 생각이 든다.

"엄마, 가다가 콜라 좀 사면 안 될까요?" 탄산이 도움이 될 때도 있다.

엄마가 울음을 터뜨린다.

8장

알고 보니 까만 세단을 몰고 다니는 사회 복지부 마녀가 우리 부모님이 협조하지 않는다며 노발대발했다고 한다. 교육 위원회에서는 출석 문제와 관련해서 한 장짜리 짜증 나는 판결문을 발송했다. 판결문에 따르면 추가 조사가 이루어지는 동안 나는 출석을 면제받을 수 있다고 한다. 그런데 우리 엄마를 심란하게 만든 뜻밖의 소식이 있다. 우리 부모님이 범법 행위를 저질렀는지에 대해서는 판단을 유보하겠다는 것이다.

평화로운 일이 주가 흐른다. 엄마는 미스 T. 언더테이커한테서 들은 대체 치료법에 대해 검색하느라 무료로 인터넷을 쓸 수 있는 도서관에서 살다시피 하기 때문에 아빠가 저녁 당번을 맡았다. 엄마가 뒤늦게 돌아오면 낚시 보트가 홈집 난 CD처럼 박자를 빼먹고 탁탁거리며 부두에서 하우스보트까지 엄마를 실어 나른다. 선실에서 부모님이 인쇄물을 뒤적이는 소리가 들린다. 뭐든 성공률과 비용에 초점이 맞추어져 있다. 치료 센터 이름들이 기독교 소설 제목 같다. 헤이븐, 아웃룩 오브 피스, 크로스로드.•

그런데 이즈음 우리가 느끼기에는 뜬금없게도, 지방 검사가 우리 부모님을 아동 방치죄로 법원에 고발했다. 선실 문에 꽂혀 있던 통지서에 쓰인 법규 조항에 따르면 고발 내용이 아주 명확하다. 리버사이드 병원에서 매주 받는 백혈구 검사를 끝내고 돌아와 보니 통지서가 우리를 기다리고 있었다. 리버사이드 병원은 에식스 군을 '선도하는 의료 센터'라는데 '선도'라고 적고 '유일한'이라고 읽으면 된다.

신문에 우리를 다룬 기사가 실렸다. 그 기사에서 지방 검사가 말하길 우리 부모님이 6월부터 병원에서 추천한 치료법을 따랐더라면 내가 지금쯤 학교를 다니고 있었을 거라고 한다. 그러면서 우리 부모님이 나의 범법 행위, 즉 무단결석을 조장하고 있다고 비난한다. 정부에서 실제로 무단결석 관련 소송을 제기하지는 않았지만 기사를 보면 협박의 기미가 다분하다. 엄마가 광분하는 부분은, 부모님이 나를 죽이고 있다는 무언의 비난이다. 웃긴다. 우리 엄마가

• 헤이븐은 안식처, 아웃룩 오브 피스는 평화의 전망, 크로스로드는 십자가라는 뜻이다.

어떤 사람인지 알면 그런 말 못할 텐데.

우리 부모님이 선임한 헨리 워커라는 변호사는 산송장이나 다름없다. 뭐라고 웅얼거리는지 한마디도 알아들을 수가 없다. 그의 사무실에 다녀오기만 하면 엄마 아빠까지 좀비가 된다. 워커가 우리 부모님과 함께 법원에 두 번 다녀왔지만, 아무 변화도 없었다. 부모님이 나까지 논란에 휩싸이지 않도록 통지서의 내용에 대해 이야기하지 않으니 나로서는 열심히 신문을 뒤지는 수밖에 없다. 「래퍼해넉 레코드」지에 태퍼해넉의 법조계 소식을 전하는 조그만 코너가 있는데, 어느 오후에 하교할 맥을 기다리며 맥네 집에 배달된 신문을 읽고 있는 나에게 페트리아노 아주머니가 청소년 관련 사건은 개인 정보가 보호된다고 알려 주었다.

신문 보도에 따르면 공판이 연기됐다고 한다. 나는 아주머니가 2층으로 올라간 틈을 타서 그 집 전화기로 법원에 전화를 건다. 서기가 얼버무린다.

"일반적인 사항 외에는 밝힐 수가 없는데."

"제 사건이에요. 제가 걸린 사건이라고요. 저도 열람할 권리가 있지 않나요?"

"사실 네가 미성년자이기 때문에 사건 기록을 공개하면 안 돼."

그녀는 내가 딱한지 주저리주저리 이야기를 늘어놓는다.

"공판 기일이 얼마 남지 않았어. 날짜가 되면 법원에서 너희 부모님한테 알릴 거야. 그러면 그때 증인 신청 절차를 밟아야 해. 너희 부모님이 선임한 변호사가 있으면 그 사람은 준비 차원에서 사건 기록을 복사할 수 있지. 그 사람이 방법을 알 거야. 네가 미성년자이기는 해도 공판에 참석할 수는 있어. 부모님하고 의논해 봐. 변호사하고도."

그녀가 딱 부러지게 말은 안 하지만, '연기됐다'는 게 '끝났다'는 뜻이 아닌 건 분명해졌다. 그녀가 말하길 법원 기록에 따르면 이 사건은 '공판을 앞두고 있는' 사건이라고 한다. 그게 희소식일 리는 없다.

부모님이 신문 기사에 대해 알아차렸을 때 내가 등교를 자청하고 나섰다. 그런데 네 시간이나 네 시간 반 넘게는 깨어 있질 못하니 사실상 별로 도움은 안 될 것이다. 수업 시간에 자면 방과 후에 남아야 한다. 나는 학교 붙박이가 될 것이다. 그리고 방과 후에 남는 아이들은 위생적인 측면에서 우리 엄마가 신뢰할 만한 부류가 아닐 것이다.

10월 중순의 어느 날 저녁, 브루어 경관이 정식 소환장을 전하러 군 순찰차를 몰고 찾아왔다. 아빠가 착한 사람답게 보트를 타고 나가서 소환장을 건네받았다. 앞좌석에 앉아 있는 브루어가 특유의 쩌렁쩌렁한 목소리로 설명하는 소리가 들린다. 그는 근무 외 시간에만 법원 서류를 돌린다고 밝힌다. 순찰차는 군 경찰에서 내주었다고 한다. 그는 이런저런 사과를 곁들이며 자신은 군 소속도 아니라고, 이렇게 돼서 유감이라고 말한다. 그가 떠난 뒤 엄마와 아빠는 두 분이 쓰는 선실 뒤편 갑판에 옹송그리고 앉는다. 대화 끝에 아빠가 진정하라고 하자, 두말하면 잔소리지만 불난 집에 기름을 부은 격이 된다. 엄마가 선실 문을 쾅 닫고 들어가 버린다. 아빠가 커피를 끓이러 조리실로 들어왔을 때 내가 지금이다 싶어 말을 꺼낸다.

"왜 제가 판사님한테 직접 이야기하면 안 돼요? 제 인생인데."

엄마가 목욕 가운 차림으로 등장한다. 아빠가 식탁 옆자리에 앉으라고 손짓하는 순간, 나는 앞으로 심각한 이야기가 펼쳐지리라고 직감한다.

아빠가 커피를 두 잔 따른다. "법적으로 그러지 못하게 되어 있어. 너는 미성년자니까."

"저한테는 아무 권리도 없는 건가요?" 내가 커피를 또 한 잔 따르며 묻는다.

아빠는 못 본 체한다. 커피는 흥분제라 자라나는 뼈에 안 좋은 영향을 미친다. "그런 게 아니야. 우리가 너의 법적 후견인이잖니. 워커 씨가 말하길 주 정부에서는 우리가 책임감 있게 대처해 주길 바라는 거야. 우리가 올바른 결정을 내리지 못한다 싶으면 주 정부에서 대신 결정할 수도 있어."

"주 정부의 결정이 꼭 올바른 건 아니야." 엄마가 끼어든다. "자기들 생각에 올바르다 싶은 결정을 내리는 거니까. 온갖 전문가들하고 상담한 사람은 우리인데, 우리 생각은 안중에도 없지." 엄마는 사회 복지부에서 쓸데없이 간섭하기 시작한 이래 똑같은 이야기를 하고 또 한다. 엄마가 모욕을 느끼는 부분은 화학 요법이라는 정석을 선택하지 않는다고 무식한 사람으로 취급받는 현실이다. 엄마는 아빠 옆자리에 털썩 주저앉더니, 방 안에서 가장 열렬한 고양이 혐오자한테서 위안을 얻으려는 고양이처럼 몸을 기댄다. 아빠는 엄마를 건드리지 않은 채 서류를 접어서 손바닥 위에 올려놓고 뱅글뱅글 돌린다. 아빠가 '생각 중'일 때 가장 애용하는 동작이다. 나는 몸이 아픈 것보다 우리 부모님이 겪는 일들을 지켜보는 게 더 싫다. 나 때문에 생긴 일이니까.

맥은 걱정할 것 없다고, 자기네 부모님은 늘 티격태격이라고 한다. 하지만 예전에는 우리 부모님의 싸움은 시작됐는가 하면 끝났다. 그러고 나서 어떨 때는 그날, 또 어떨 때는 다음 날 아침이면 서로 놀리면서 옛 추억을 떠올리듯 웃었다. 갈등을 빚었다가 멀끔하게 봉합한 것이 창피한 일이 아니라 무슨 업적이라도 되는 듯이. 재판과 빌어먹을 백혈병이 우리 부모님을 낭떠러지로 떠밀었다. 그 아래서 허우적대고 있는 두 분이 내 눈에조차 보일 정도다.

엄마가 날이 선 목소리로 말한다. "사회 복지부 전 직원의 아이큐를 합해 봐야 내 나이보다 낮을 거야."

"미스티한테 증언을 부탁하면 어떨까?" 아빠가 엄마에게 대놓고 묻는다. 두 분이 또다시 내 존재를 잊은 것이다.

"지금까지 해 준 것만으로도 넘치는걸." 이제는 엄마의 목소리가 베일 듯이 날카롭지 않다. "이런 일에 끌어들이기 싫어."

"그쪽에서는 돕고 싶어 하잖아."

"나도 알아. 하지만—."

"실비, 물어는 보자. 그쪽에서 싫다고 할 수도 있으니까."

"대학 졸업장도 없잖아. 뭇매 맞을 거야."

비교적 평화로운 막간을 틈타 닉이 학교 숙제를 챙겨서 물러난다. 사자들과 함께 콜로세움에 내버려진 나에게 비밀스러운 악수를 청하지도 않는다.

"제가 판사님께 말씀드리고 싶어요." 내가 선언한다.

부모님은 숨 돌릴 만한 겨를도 두지 않는다. 한목소리로 "안 돼."라고 한다.

"두 분이 안 하시면 제가 말씀드릴게요."

"법원에서 허락하지 않을 거다. 너무 어리다고."

"뭐가 너무 어리다는 거예요? 얼마 안 남은 여생 동안 어떻게 살고 싶은지 얘기할 수도 없을 만큼 어리다는 거예요?"

"너는 이런 데 아무 경험도 없잖니."

"두 분은요? 두 분은 암에 걸린 아이를 몇 명이나 간호해 보셨어요? 몇 명이나 땅에 묻어 보셨어요?"

워커 씨는 우리 부모님이 이해 상충 양해 각서에 서명해야 나를 만나 주겠다고 했다. 아빠가 휴대 전화로 그 부분에 대해 따졌다.

"어떻게 이해가 상충할 수 있겠습니까? 그 아이는 우리 아들이에요. 우리는 원하는 바가 같습니다." 아빠는 워커 씨에게서 전화로 들은 이야기를 엄마에게 속닥속닥 전달한다. 위대한 법조인 워커 씨가 사람들마다 이해관계가 제각각이기 때문에 내가 우리 부모님과 원하는 방향이 다른 경우가 생길지도 모른다고 한 모양이다. 워커 씨는 각서를 고집했다. 아빠에게 승복하라는 신호를 보내는 엄마를 보니, 엄마는 그저 휴대 전화 요금이 걱정될 뿐일지도 모른다는 생각이 뇌리를 스치고 지나간다. 양보하다니 엄마답지 않다. 이틀 뒤, 워커가 보낸 세 쪽짜리 양해 각서가 도착하자 두 분이 서명을 한다. 엄마가 식탁 너머로 내게 각서를 내민다.

"저도 읽어 봐도 돼요?"

"서명이나 해라." 아빠는 내 빈정거리는 말투를 모르는 체하며, '이 문제는 내가 처리할게.'라는 의미가 담긴 눈빛으로 엄마를 쳐다본다.

그래서 나는 밤마다 나를 괴롭히는 의문을 하나도 묻지 않는다. 아빠가 각서를 포개고 가장자리를 접는다.

"약속 시간은 내일 1시다."

엄마가 나를 데려다 주며 수천억 가지 주의 사항을 일러 주고 상기시킨다. 머릿속이 포화 상태라 내가 생각해 온 질문 목록에 집중이 안 될 정도다. 워커가 법원에서 늦는 바람에 담배와 가죽 광택제의 악취, 그리고 내가 어렸을 때 기침을 하면 엄마가 가슴에

뿌려 주었던 약과 냄새가 비슷한 소용돌이 모양으로 말라비틀어
진 괴상한 식물과 함께 사무실에 한 시간 동안 앉아 있어야 했다.
워커가 불쑥 들어섰을 무렵에는 토할 것 같아서 그가 안중에도 안
들어왔다.

　워커는 문 바로 앞에서 움찔하며 걸음을 멈추고는 자기 공간에
들어앉은 낯선 나를 빤히 쳐다보며 접수 담당자에게 고개를 숙여
인사한다. 넥타이에 오랜 역사를 자랑하는 케첩인지 바비큐 소스
가 묻어 있다.

　"랜던 씨 부부의 아들이에요." 접수 담당자가 말한다. "대니얼
요." 뒤늦게 내 이름이 생각났다는 듯한, 일단 그에게 넘기면 내 이
름 따위는 신경 쓸 여지도 없다는 듯한 말투다.

　"아, 대니얼 랜던." 그는 나를 만나는 순간을 평생 기다려 온 사
람처럼 내 이름을 부른다. 이런 허풍을 보았나. 법원에서 오는 길
이라며 ─ 그가 얼마나 대단한 사람인지 깨닫고 내가 감탄하도록
잽싸게 이 말을 꺼낸다 ─ 처음부터 내가 누구인지 알고 있었다는
양 접수 담당자에게 고개를 끄덕인다. 시작부터 조짐이 좋지 않다.

　사무실 ─ 의자 위에 놓인 서류철과 종이 뭉치 사이로 커피 잔
이 쌓여 있는 돼지우리다 ─ 로 들어가자 그가 서류 더미를 다른
의자로 옮기고는 나더러 앉으라고 손짓한다. 그런 다음 책상 매트
위에 서류 가방을 내려놓고 안도의 한숨을 내쉰다. 나는 그가 원체
환상적인 변호사라 엄청 무거운 서류 가방을 들고 다닌다고 믿어

야 하는 모양이다. 그는 교도소에서 재소자가 면회자의 목을 긋지 못하게 플라스틱 칸막이를 설치하듯 서류 가방 뚜껑을 열어 그의 공간과 나의 공간 사이에 확실하게 선을 긋는다. 그가 서류철을 꺼내기 시작하자 벗어진 그의 정수리와 조그맣고 가느다란 회색 용수철처럼 생긴 머리카락들이 눈에 들어온다. 모발 이식 수술을 받은 걸까?

"내가 뭘 어떻게 도와주면 될까?" 그가 또다시 환영하는 척 연기하는 목소리를 동원해 묻는다. 홀든 같았으면 자리를 박차고 일어났을 것이다.

나는 내가 얼마나 이성적이고 차분한지 보여 주기 위해 천천히 운을 뗀다. "이 자리에서 제가 솔직하게 얘기해도 되나요?"

"물론이지. 변호사 사무실에서 한 이야기는 모두 비밀이 보장된단다."

나는 짬 날 때마다 참고 자료를 읽고 있기 때문에 그의 말이 틀렸다는 걸 안다. 비밀은 의뢰인만 보장받을 수 있는데, 나는 그의 의뢰인이 아니다. 우리 부모님이라면 모를까. 하지만 더 중요한 문제가 기다리고 있는 마당에 그런 부분을 따지고 들 필요는 없다. 게다가 나는 그런 의미로 물은 게 아니었다.

"얘기하렴." 그가 열어 놓은 서류 가방 뒤에서 웅얼거린다. 뭔가를 읽고 있다는 뜻이다.

"저희 부모님이 시간당 상담료를 지불하고 계시죠?"

그가 서류 더미 너머로 나를 쳐다본다. "아…… 그렇지. 하지만—."

"그럼 그거 다 읽으실 때까지 기다릴게요."

그가 서류철을 닫고 나를 노려보지만, 이제는 적어도 그의 관심이 내게로 향해 있다. 우리 할머니 왈 눈에는 눈 이에는 이라고 했다. 그가 나를 하찮은 존재로 취급하려 해서 내가 되받아쳤다. 이제 우리는 대등하다. 그도 그렇다는 것을 안다.

"저희 부모님 통장이 바닥날 지경인데 결정된 게 아무것도 없네요?"

"그건 아니다. 너희 부모님께서 하급 법원의 판결을 받아들이지 않으시는 거야."

우리 부모님이 집에서는 멕시코로 건너가 미스 T. 언더테이커가 추천한 약초와 식이 요법을 병행하는 신종 치료를 받을 수 있으면 좋겠다는 말밖에 안 한다고 이 자리에서 밝힐 수는 없다.

"법원에서 뭐라고 판결을 내렸는데요? 쉽게 설명해 주실 수 있나요?"

워커는 껌을 삼켰나 싶게 잠깐 머뭇거리다 이야기를 시작한다. "요점만 간단하게? 네가 처방에 따라 화학 요법과 방사선 치료를 순차대로 받고 학교로 돌아가야 한다는 거야. 정상적인 생활로 돌아가라고. 그러니까—." 그는 제법 두툼한 서류철을 열어 속표지를 눈으로 훑는다. "열여섯 살의 일상으로."

"법원에서 내린 멋진 결론이 그거예요?" 가만히 앉아 있기가 힘들다. "별로 적법하다는 느낌은 아니네요." 분노를 참느라 다리가 미친 듯이 떨리는 게 느껴진다. "저에게는 정상적인 생활이라는 게 존재하지 않아요. 열여섯 살의 일상은 제 생활이 아니에요. 사실을 제대로 파악하셨다면 제가 11월은 지나야 열여섯 살이 된다는 걸 아실 텐데요. 그리고 정상적인 열여섯 살짜리는 화학 요법이나 방사선 치료나 죽을병 ——."

인터폰 버저가 울리자 그는 지금 바쁘다고 해야 예의에 맞거늘 다른 버튼을 누르고 뭐라고 지껄인다. 사실 웅얼웅얼하는 수준이지만 마음을 가라앉히고 들어 보니 내용이 제법 흥미진진하다. 어떤 남자의 DNA 검사를 해야 하고, 증인과 교섭하지 못하도록 성폭행을 당한 여자와 두 명의 증인을 가명으로 다른 마을에 숨겨 놓았다는 것이다.

워커의 말에 내 상상력이 나래를 펼친다. 증인 교섭이 살인으로 이어질 수도 있지 않을까? 이 우물거리는 워커가 양쪽을 확인하고 길을 건너는데, 멋지고 널찍한 법원 대리석 계단 앞에 도착한 순간 그의 차가 폭발하는 장면이 그려진다. 에식스 군 법원의 계단은 오래전에 콘크리트를 부어 만든 짧고 평범한 두 단짜리이지만 말이다.

그런데 워커가 누군지 모를 '친구'와 정체불명의 범인에 대해 이야기하는 시간이 길어질수록 나는 점점 짜증이 난다. 워낙 중요한 위인이니까 멍청한 얼뜨기 대니얼 랜던은 기다려도 된다는 걸까? 엄마가 법원 이야기만 나오면 우울해하는 것도 이해가 된다. 워커는 원래 우리를 도와주어야 하는데. 홀든이 말한 게 바로 이런 거다. 워커는 예수의 제자들처럼 말과 행동이 다르다. 로마 병사들이 물었을 때 예수를 모른다고 했던 베드로처럼 워커도 우리를 위해 싸워야 한다는 걸 잊은 듯하다.

'상충'이라는 단어의 의미가 아주 분명하게 이해되는데, 워커가 말했던 우리 부모님과 나 사이의 문제는 아니다. 우리 부모님이 안 좋은 상황에서도 최선을 다하고 있다는 걸 법정에서 보여 줄 수 있도록 재심을 신청하고 새로운 논점을 찾아야 할 사람이 지금 에식스 군 가정 법원의 홍보부 직원처럼 굴고 있다. 랜던 가족에게는 전혀 관심이 없다.

어쩔 수 없이 우리 가족을 상대해야 되면 지레 겁을 먹고 법원에서 시키는 대로 해야 한다고 엄마와 아빠를 설득하려고 든다. 군청에서 수임료를 받는 사람처럼.

이 바보를 선택한 사람이 우리 부모님이라는 건 알지만, 보잘것없는 우리 마을에서 달리 선택의 여지가 있었을까. 그는 지금도 수화기에 대고 떠들어 대며 다른 의뢰인의 비밀 보장권을 명백하게 위반하고 있다. 나는 자리에서 일어나 밖으로 나갔다.

접수 담당자가 미심쩍다는 듯이 나를 쳐다본다. "벌써 끝났니?"

"다른 의뢰인들이랑 이야기하면서 보낸 시간은 우리한테 비용

청구하지 마세요."

성공회 교회 앞 정자나무들이 묘지를 온통 뒤덮고 있다. 내가 가장 좋아하는 곳은 벤저민 프리스비의 무덤이다. 거기에는 진짜로 벤저민 프리스비가 묻혀 있다. 프리스비를 발명한 사람이라고 하기에는 너무 옛날 사람이지만. 내 친구 벤저민의 무덤은 길가에서 한참 들어간, 그늘이 드리워진 한쪽 구석에 있다. 칼을 든 천사가 장식되어 있고 새겨 넣은 글씨는 살짝 뭉개져서 비가 내리면 잘 보이지 않는다. **좋은 친구이자 애국자.**

나는 벤저민 할아버지의 무덤 위에 앉아서 큰 소리로 투덜거리는 걸 좋아한다. 그는 토를 달거나 잘 알지도 못하면서 그런다고 나무라는 법이 없다. 적어도 내가 자주 드나드는 오후에는 이 묘지를 찾는 사람이 거의 없다. 주로 주중이라 그런지 몰라도. 가장 최근에 여기서 누군가를 만난 게 언제였는지 기억도 안 난다. 성공회 신자들은 친척들을 별로 좋아하지 않는 모양이다.

나는 워커를 주제로 시를 쓰고, '등신'이라는 단어와 운이 맞도록 다듬는다. 그런데 화가 누그러들면서 피곤해졌다. 돌 지붕이 시원해서 누웠더니 흔들거리는 나뭇잎을 올려다보는 것보다 눈을 감는 게 훨씬 편하다. 당장이라도 점심을 게울 것 같은 기분이 점점 심해지고 있기 때문에 더욱 그렇다.

바람을 타고 들리는 목소리들이 처음에는 꿈처럼 느껴졌다. 나는 반쯤 잠이 든 상태이기도 하다.

"그래서 어때?" 언뜻 귀에 익은 남자 목소리가 저 멀리서 들린다. 유들유들하고 달짝지근한 말투로 볼 때 누구인지 몰라도 상대방을 꼬드기려는 중이다. "자, 자. 나한테는 얘기해도 돼." 게다가 조금 지나치게 밀어붙이는 성격이다.

"수업은…… 괜찮아. 아이들도 대부분 잘해 주고. 다니기 시작한 게 기껏해야 8월부터잖아."

내가 아는 목소리다. 에식스처럼 작은 마을에 전학생이 몇이나 되겠는가. 메러디스다. 나의 메러디스다. 그녀가 아직은 결정을 내리지 못한 듯이, 질문에 대해 진지하게 고민하는 듯이 느릿느릿 이야기하고 있다. 유치한 치어리더 타입은 아니라 키득거리지는 않는다. 그리고 비록 내가 경험이 많지 않지만 추파를 던지는 말투도 아니다.

그녀의 목소리는 햇볕과 시원한 그늘을 관통하며 1970년대 라비 샹카르*의 음악처럼 신비로운 분위기를 띤다. 나는 숨을 참고 다음 단어, 다음 생각을 미친 듯이 기다린다. 두 사람은 아직 나의 존재를 알아채지 못했다.

남자가, 어쩌면 그녀의 귀에 대고, 나지막이 묻는다. "너한테 데이트를 신청한 녀석들이 100명쯤 되겠지?"

---

* 인도의 전통 악기인 시타르 연주자.

내가 아는 한 저렇게 넉살 좋고 안절부절못하는 녀석은 딱 한 명뿐이다.

"왁." 나는 묘석에서 벌떡 일어난다. 포식자의 정체에 대한 내 짐작이 맞았다는 걸 즉각 확인하고, 지붕 위에서 어설픈 투스텝 댄스를 춘다. "짜잔."

어느 가족이 세운 기념비에서 세 무덤 건너에 있던 메러디스가 깜짝 놀란 표정으로 홱 하니 고개를 돌리더니 나라는 걸 알고는 미소를 짓는다. 다른 무덤 위로 올라가 화답의 댄스를 춘다.

"투-디-도-디-도-도." 그녀는 웃으며 어깨 너머로 머리카락을 넘긴다. 벤저민 할아버지의 무덤 지붕에서 춤추는 나를 따라 꼭두 각시처럼 앞뒤로 발을 흔든다.

같이 걷던 남자아이는 반응 속도가 그렇게 빠르지 않다. 유들유 들한 레너드 요웰이 미소조차 짓지 않는다. 우리 엄마가 보았더라 면 충격받았을 것이다.

저녁 식사 자리에서 부모님은 사회 복지부 직원들을 놓고 장광 설을 멈추지 못한다. 내가 변호사도 만난 마당에 더 이상 숨길 필 요가 없다고 생각한 모양이다. 하지만 내가 두 분이 넌지시 암시했 던 대로 워커가 정말 한심한 인간이더라고 확인 사실을 하기 전에 행동파 닉이 끼어든다.

"저기 있잖아요." 닉이 불을 뿜어내는 서커스 단원처럼 토마토

한 덩이를 통째로 삼키며 말한다. 녀석은 비타민이라면 사족을 못 쓴다. "내가 해결책을 생각해 냈어요. 우리가 없으면 법원에서 서류를 발부하지 못하잖아요. 화학 요법을 받으라며 형을 끌고 갈 수도 없고요. 그러니까 우리, 떠나요. 사는 곳도 하우스보트잖아요." 녀석은 거의 소리 지르다시피 하우스보트의 두 번째 음절을 강조한다.

녀석이 내 상황에 대해서 실질적으로 언급한 건 이번이 처음이다. 점점 심각해지는 상황을 녀석도 감지하고 있다는 사실을 내가 확실히 느낀 것도 이번이 처음이다. 하지만 나는 녀석이 우스갯소리를 잘한다는 것도 알기에 맞장구를 친다.

"그거 괜찮은 생각이네." 내가 말한다. "닉이랑 제 이름으로 홈스쿨링 신청서를 내세요. 한 명 시킬 바엔 몽땅 시키는 게 낫잖아요. 이 배를 끌고 전 세계를 누비는 거예요. 얼마나 교육에 좋겠어요?"

아빠가 엄마의 팔에 손을 얹어서 자리에 앉아 있게 한다. 정신 나간 두 아들과 안전거리를 유지하게 한다. 다혈질로 알려진 빨간 머리는 아빠인데도. "너희들, 숙제 없니?"

선실로 들어가자 닉이 1층 침대 위로 몸을 던진다. 나는 오른발로 사다리를 짚으려다 헛디딘다. 몸 왼쪽이 빙글 돌아서 침대 기둥에 부딪친다.

"젠장." 나는 다시 한 번 시도하지만 이번에도 헛디딘다. "다시 젠장."

그제야 닉이 내가 괜히 바보짓 하고 있는 게 아님을 알아차린다. 녀석이 얼른 일어나서 나를 도우려고 손을 내민다. 나는 녀석의 손을 쳐서 밀친다.

나는 넌더리가 나서 징징거리는 척한다. "조금만 더요, 주인님. 제발요, 주인님. 조금만 더 하면 안 돼요?"

"이제는 침대를 바꿔야 할지도 모르겠다." 모음을 뱉을 때마다 갈라지는 녀석의 목소리에서 적지 않은 고통이 묻어난다.

"너 진짜 개떡 같다." 나는 충격은 주되 쓰러뜨리지는 않을 정도로 세게 녀석의 배를 때린다. 나로 말할 것 같으면 오랜 세월 동안 형의 스파링 상대였다. "침대를 바꿔야 할 때가 됐다고? 몇 주 전부터 계획한 거냐? 내가 약한 모습을 보이는 순간을 기다린 거냐? 드디어 진실이 밝혀지는 순간을?"

"윽, 나는 그냥 도와주려던 건데." 녀석은 침대 위로 다시 벌러덩 드러눕는다. "너무 취해서 그런 거면 알았어. 그 망할 침대 그냥 써. 내일 밤에는 스카치위스키 좀 줄이고."

녀석의 어설픈 농담에 우리 둘 다 웃지 않는다. 나는 신발과 양말을 벗는다. 사각팬티만 남기고 옷을 벗은 다음 운동복으로 갈아입는다. 사다리를 붙잡고 균형을 유지해 가며 생물 교과서와 각 단원 말미의 문제를 푸는 데 필요한 공책과 연필을 내 침대 위로 밀어 넣는다. 그 상태에서 벽에 달린 고리에 청바지까지 건다. 사다리 양쪽을 붙잡고 강물의 출렁임이 지나가길 바란다. 남쪽에서 불어온 바람이 보트를 늪지대에서 점점 거세게 밀어내고 있다. 다시금 맨 아래 단을 딛고 걸음마를 배우는 어린애처럼 좀 더 천천히, 좀 더 조심스럽게 한 발짝씩 사다리를 올라가기 시작한다.

9장

　내가 통증의 신경학적인 측면을 다룬 생물 교과서 5단원을 다 읽었을 때 닉은 코를 골고 있었다. 이 단원은 정말 재미있다. 장난이 아니다. 구토와 오한과 즉각적인 두통을 냉정하고 객관적인 과학의 관점에서 해석하면 모두 어떤 식으로 연결돼 있는지 파악하는 데 도움이 된다. 만약 우리 부모님이 내게 의견을 묻는다면 여느 때와 달리 어느 정도나마 유식한 척할 수 있겠다.

　밖에서 올가을의 마지막 매미들이 모스 부호로 이루어진 기다란 문장을 토하며 어찌나 시끄럽게 구는지 그야말로 백색 소음이 만들어 내는 광란의 현장이다. 억새밭 너머에서 외로운 황소 두꺼비 한 마리가 자기 머리 위 17번 도로를 지나가는 차량들에게 요란하게 경보를 울린다. **조심해, 조심해, 순찰차가 숨어 있어.** 이 동네 사람들은 누구나 비열하고 사악한 경찰이 딱지 묶음을 들고 텅 빈 데어리 퀸 주차장에서 잠복하고 있다는 걸 안다. 마치 마술처럼, 사이렌 소리가 들리고 빨간 불빛이 선실 천장을 가로지르며 깜빡인다. 경찰들은 왜 그럴까? 왜 바람 쐬는 사람들을 그냥 두지 않고 과속이라며 자기들의 배지와 처벌 권한을 과시하는 걸까? 규칙을 위한 규칙이니까 그렇겠지. 홀든의 말이 맞았다.

상갑판과 뒤쪽 선실에서는 아무 소리도 들리지 않는다. 엄마 아빠는 평소와 달리 자정이 아니라 9시에 잠자리로 철수했다. 요즘 들어 두 분은 내 흉내라도 내듯이 당신들의 피로를 감추고 있다가 내가 피곤하다고 하면 그제야 침실로 들어간다. 나는 눈을 감는다. 너무 지친 탓에 밑으로 내려가 닉의 침대 머리맡에 달린 조명을 끌 기력조차 없다. 가운데 껴서 상대방을 막지도 못하고 펀트*로 자기 팀을 보호하지도 못하는 무력한 신세가 된 딱한 녀석.

닉은 홀든의 여동생 피비와 나이가 비슷하다. 하지만 남자아이들은 여자아이들과 달라서 타인의 감정에 관한 한 영 소질이 없다. 병에 걸린 가엾은 형을 보호하겠다는 발상이 어디에서 비롯되었을까? 녀석이 엄마와 아빠의 심각한 상황을 알아차렸으리라고 어느 누가 짐작이나 했을까? 닉에게 홈 스쿨링은 고문이나 다름없을

---

* 미식축구에서 들고 있던 공을 떨어뜨려 땅에 닿기 전에 상대방 진영으로 차는 것.

것이다. 녀석은 친구가 인생의 전부다. 축구부의 스타이자 그 팀의 구세주이다. 그런 친구들을 버리고 법원 명령으로부터 가족을 구하겠다고 자청하다니 녀석의 성격을 알 수 있는 대목이다. 하지만 그 병이 녀석까지 물들였다는 뜻이기도 하다. 치료할 수 있을 거라는 희망을 가지고 있다면 니르바나호를 타고 체서피크 만을 유람하자는 의견은 내놓지 않았을 테니까.

이제 홀든이 피비를 걱정한 이유를 알겠다. 제아무리 침착해도 아직은 어린아이라 제대로 된 오빠라면 신경 쓰일 수밖에 없을 것이다. 피비의 여행 가방이 등장하는 부분을 다시 한 번 읽고 싶지만, 책이 배낭 안에 들어 있어서 짜증 나는 사다리를 내려가야 한다. 그래서 나는 그냥 머릿속으로 떠올려 본다. 피비는 힘겨워하는 오빠를 보고 자기가 같이 있어 주면 도움이 될 거라고 생각한다. 닉이 나와 한배에 오르면 내가 좀 더 수월하게 견딜 수 있을 거라고 생각했듯이 말이다. 녀석은 무엇을 포기해야 하는지 생각해 보지도 않은 채 그냥 뛰어들었을 것이다. 피비도 마찬가지다. 그녀는 자기가 해결할 수 있을 거라고 확신한다. 그러니 그녀가 달리는 열차에 몸을 싣지 못하도록 막아야 하는 책임이 홀든에게 주어진다. 홀든은 동생을 속여 집으로 돌려보낸다.

닉이 숨긴 의도가 무엇이었을지 다른 관점에서 볼 수 있을까 열심히 머리를 굴려 보지만, 녀석의 제안에서는 충분히 진정성이 느껴졌다. 침대를 바꿔야겠다고 딱 잘라 말하지 않았던가. 2층은 위아래로 더 답답한데, 그 제의에 무슨 꿍꿍이가 있을 리 없다. 선택의 여지가 있는데 굳이 2층을 선택하는 사람이 어디 있을까.

하지만 피비는 홀든과 함께 가려던 계획을 포기한다. 홀든이 그녀의 여행 가방을 끌고 집으로 돌아가도록 내버려 둔다. 그건 그렇게 간단한 문제가 아니다. 내가 보기에는 그녀가 속아 넘어간 척했을 가능성도 있다. 돌아오겠다는 약속을 지킬 수밖에 없도록 그런 식의 꼼수를 써서 오빠의 발목을 잡은 것이다. 여자들이 그런 속임수에 훨씬 능한 법이다.

메러디스만 해도 그렇다. 밤이면 내게 전화를 걸어──그녀의 어머니가 어떤 남자아이든 일주일에 세 번까지는 전화해도 좋다고 규칙을 완화했다──내년 여름에는 둘이서 뭘 하면 좋을지, 언제쯤이면 내가 학교로 복귀할 수 있을지 끊임없이 조잘거린다. 똑똑한 아이가 바보인 척하고 있다. 내가 내년 여름을 맞이할 가능성은 높지 않다. 하지만 나도 그런 상상을 하면 좋기 때문에 감히 그녀 앞에서는 아무 말도 하지 못한다. 게다가 내가 제일 피하고 싶은 게 말다툼이다. 그녀의 전화야말로──행갈이도 없는 괴상한 독백이지만──내 인생이라는 난파선에서 탈출할 수 있는 구명줄이다. 그녀가 역사 수업과 교내 파벌과 미스 축구 경기에 대해 쉴 새 없이 이야기보따리를 풀어 놓으면 나는 가만히 듣기만 한다. 아무짝에도 쓸모없는 내 몸뚱이와 그로 인해 점점 망가져 가는 우리 가족이 생각나지 않는 시간은 하루를 통틀어 그때뿐이다.

피비가 홀든에게 그렇다. 그의 구명줄이다. 다른 모든 게 엉망진 창이 되더라도 피비는 여전히 오빠가 왔다고 좋아하는, 발랄하고 예측 가능한 아이다. 물론 홀든은 자신을 잣대질하지 않고 자신이 치는 사고를 아무렇지 않게 받아들이는 그녀를 좋아한다. 자신을 믿어 주는 그녀를 좋아한다. 모두 다 잘될 거라고 확신하는 그녀를 좋아한다. 자신에게는 그런 믿음이 없기에 그녀의 믿음을 존경스 러워한다. 나는 홀든의 심정이 이해가 된다. 닉도 어느 정도 피비 와 비슷한 구석이 있다. 하지만 나는 대놓고 이야기하지는 않을 참 이다. 축구로 받은 상이 수도 없이 많은데 거기에다 칭찬까지 보태 거만하게 만들 필요는 없으니까.

그래도 내가 떠났을 때 녀석은 잘 견딜 수 있을 것이다. 대화를 나눌 상대가 필요하면 조가 있으니까. 형이 또 한 명 있으니까. 형 은 안전망이나 다름없다. 형이 닉에게 중요한 사항들을 가르쳐 줄 것이다. 자신의 감정을 잽싸게 단속하는 아빠 그리고 아무것도 아 닌 일에 무너지는 엄마와 거리를 두는 방법. 여행 가방을 질질 끌 고 가는 피비와 세계 일주를 제안한 닉의 모습이 빙글빙글 내 머 릿속을 어지럽히다 버뮤다 삼각 지대와 끝없이 펼쳐진 초록색 바 다가 등장하는 꿈속으로 녹아들어 간다. 나는 잠이 든다.

부모님은 멍텅구리 워커와 에식스 군 사회 복지부 소속 마녀를 놓고 주말 내내 승강이다. 엄마가 친구 미스 T. 언더테이커에게서 들은 신약과 멕시코도 화제로 오른다. 도망가자는 닉의 제안은 빙산의 일각과 같다. 아빠는 보트를 몰고 강 하류로 내려가 보고 싶다는 말을 꺼냈다. 하룻밤 모험 삼아서. 엄마가 어배너와 그 외 지역에서 어린 시절을 보냈으니 두 분이 이 강에 대해서 잘 모르는 것도 아니다. 그런데도 아빠는 자동차 대신 배를 타고 떠나는 가족 여행이라는 발상에 홀딱 빠져 있다. 어쩌면 여느 때와 달리 토요일에 닉의 축구 시합이 없고, 얼마 전에 큼지막한 편집 작업의 대가로 받은 수표가 있어서 들뜬 것일 수도 있다.

"준비가 필요하면 점심 먹고 출발해도 돼." 아빠가 말한다.

엄마는 반기를 드는 데 워낙 이골이 난 성격이라 참지 못한다. "괜히 기름 낭비하기 싫은데."

아빠는 반론을 준비해 놓았다. "모두에게 훌륭한 휴식이 될 거야. 조금 신선한 풍경을 감상하고, 물고기도 몇 마리 잡고, 조금 웃기도 하고. 요즘처럼 따뜻한 주말도 곧 끝날 거야. 애들 생각해서 저질러 보자고." 아빠가 숟가락으로 커피 머그잔을 두드리는 소리와 엄마가 반론을 제기할 방법을 재빨리 고민하며 침묵하는 것이 열린 창문 너머로 들린다.

아빠가 우리를 협박의 미끼로 동원하자 닉은 침대에 누운 채 투덜거린다. 나는 진작부터 눈을 떴지만 따뜻한 이불 밖으로 나가는 순간에 대비해 마음의 준비를 하고 있다. 물 위에서 맞이하는 10월의 아침은 태양이 완전히 달구어지기 전까지는 조금 쌀쌀하다.

"레드."

오버액션하다 딱 걸리자 아빠는 엄마와 함께 웃음을 터뜨리지만, 그것으로 토론이 종결되지는 않는다.

엄마가 말한다. "애들한테 물어봤어? 애들이 싫어할 수도 있잖아. 선택의 여지가 주어진다면 친구들하고 주말을 보내고 싶겠지. 늙고 고리타분한 부모가 아니라."

"뭐, 그래도 괜찮아. 애들은 내려 주고 우리 둘이서 가면 되니까." 이런 사기꾼 같으니라고.

닉이 웃음소리가 새어 나가지 못하게 베개로 입을 틀어막은 채 자기 침대를 발로 찬다. 나는 하품을 하고 기지개를 켜고 일상적인 부도님의 갑론을박을 즐기며 엄마가 항복할지 궁금해한다. 아빠가 저렇게 열띤 목소리로 애원하는데 엄마가 무슨 수로 버틸 수 있을까? 하루 종일 내가 옆에 있어 봤자 나락으로 떨어질 두 분의 인생만 자꾸 섬뜩하게 떠오를 뿐이다. 나 같으면 잠깐 생긴 숨 돌릴 틈을 놓치지 않겠다.

두 분이 찬반양론으로 나뉘어 좀 더 치고받는 동안 나는 맥의 집에서 어떤 식으로 주말을 보내면 좋을지 계획을 세우기 시작한다. 녀석이 지하실을 개조했다고 어찌나 떠들어 대는지 모른다. 쌍둥이를 불러서 같이 영화를 봐도 된다고 했다. 페트리아노 아주머니가 교육 위원회 주최 경매에서 낡은 TV·VCR 콤보를 사 왔고, 부모님이 남는 페인트를 주셔서 콘크리트 벽돌 벽을 칠했다는 것이다. 녀석은 사이키델릭하다고 으스댔는데, 아직 내 눈으로 직접 확인하지는 못했다.

1960년대 용어에 대한 녀석의 집착이 점점 심해져서 조금 섬뜩하다. 내가 뭐라고 토를 달면 녀석은 옆에서 어떤 괴짜가 HTML 코드 쓰는 법을 설명하기 시작이라도 한 것처럼 귀를 닫아 버렸다. 아빠가 들려주는 그 당시 이야기를 들어 보면 (그리고 책과 영화에서 접한 모든 정보를 종합해 보면) 마약이 차지하는 부분이 상당히 컸지만, 어떤 면에서는 요즘 청소년들이나 그들의 문화에 비해 순진했던 것 같다. 맥은 마약을 한 번밖에 안 해 봤고 그나마도 마리화나였다고 하지만, 녀석은 우리가 절대 좋아한 적 없던 부류와 파티를 벌인 이야기를 늘어놓았다. 맥이 나를 현실과 단절된 사람으로 여기는 게 미치도록 실감된다.

요즘 들어 마약이 주제로 등장하면 아빠가 잠자코 있는 것도 눈에 띈다. 아빠답지 않다. 예전에는 단호한 태도로 아무 생각 없이 손댔다가는 심각한 결과를 초래할 수 있다며 약물 과다 복용으로 세상을 떠난 아빠의 친구들을 기회가 있을 때마다 강조하곤 했는데. 모든 활동과 사람들로부터 멀어져서 방 안에 혼자 틀어박힌 채 다음에는 또 언제 약을 할 수 있을지 전전긍긍하게 된다고 했는데. 아빠가 내 약물 치료를 거부하는 것과 방황했던 그 시절 사이에는 뭔가 떳떳하지 못한 연결 고리가 있지 않을까 싶다.

내가 마약에 대한 입장을 더할 나위 없이 확실하게 밝혔는데도 계속해서 개조한 지하실로 초대하는 것을 보면 맥도 아직까지는 깨끗한 게 분명하다.

"스테레오는 아주 기본적인 수준이야." 녀석은 세 번째로 초대하면서 구체적인 설명에 들어갔다. "소파가 두 개 있는 메러디스와 줄리앤네 지하실만큼 편안하지는 않아. 그래도……." 녀석은 내 승낙을 기다렸지만, 나는 녀석이 어떤 무기를 동원해서 나를 설득하려 들지에 더 호기심이 쏠렸다. "처음 개시할 만한 곳이야."

내가 맥의 논리를 떠올리는 와중에도 보트 여행을 둘러싼 설전은 계속된다. 나는 얼른 청바지와 스웨트 셔츠를 집어 든다. 아빠는 물러설 기미가 없다.

"어쩌면 이번이 마지막 기회일 수도 있어." 아빠가 머뭇머뭇 말한다. "내 말은, 조만간 겨울이잖아."

엄마는 내가 자는 줄 안 모양이다. "우리 둘이 여행 간 새 무슨 일이라도 생기면? 미스터 말로는 대니얼이 지금 당장이라도 쓰러질 수 있대. 칼라 페트리아노는 뭘 어디서부터 시작해야 될지 전혀 모를 거야. 심지어 애한테 쿠키를 먹일 수도 있어."

"일상적인 부분이라면 대니얼도 알잖아. 사소한 일들에 어떻게 대처하면 좋을지 이참에 배우는 것도 괜찮고."

"주사, 약, 제한된 활동, 그런 거 말이야? 자기 또래 아이들은 대처할 필요 없는 그런 것들? 하루 종일 축축 처지는 것만으로도 충분히 고역 아니야?"

"녀석 말로는 괜찮은 날도 있대."

"걔 얼굴을 보면서 그 말을 믿는 건 아니겠지? 내일 우리가 「굿 데이 선샤인」 노래를 들으면서 유람하는 동안 안 좋은 일이라도 생기면 어쩌려고?"

"여보, 우리가 이 세상의 온갖 나쁜 일들을 전부 막아 줄 수는 없 잖아."

"그런 식으로 대수롭지 않게 넘길 수 있는 상황이 아니잖아." 엄 마의 목소리가 갈라진다.

한참 정적이 흐른 뒤 아빠가 말한다. "이번 여행은 필요하다고 생각해. 우리 가족을 위해서." 엄마가 아무 대꾸도 없자 아빠가 좀 더 권위 있는 목소리로 선포한다. "그럼 결정한 거다? 한 시간 뒤 에 떠나기로." 아빠의 발소리가 우리 선실 문 앞에서 멎는다.

"저희도 들었어요." 닉이 다시 끙 하고 신음 소리를 내는데, 이 번에는 속마음을 강조하기 위해 좀 더 과장한다. 하지만 아빠는 그 냥 웃고 만다.

우리는 11시까지 떠나지 못한다. 엄마가 장을 보아야 하기 때문 이다. 엄마는 방공호 피난 모드로 돌입한 게 분명하다. 따라가겠다 고 나서는 나를 말리지 않은 것도 세균에 대한 생각이 바뀌었다기 보다 다른 데 정신이 팔렸다는 방증이다. 엄마는 푸드 라이언으로 가는 내내 시속 16킬로미터로 차를 몰았다. 조금 전의 이야기 말고 또 무슨 고민거리가 있는지는 알 길이 없지만, 나는 지금 쌍둥이네 집에 잠깐 들르자는 말을 꺼내려고 용기를 그러모으는 중이다. 메러디스에게 핼러윈 이야기를 해야 한다.

에식스 군 감리 위원회에서 13세 이상은 집집마다 찾아다니며 과자를 받을 수 없게 금지시킨 이래 지난 삼 년간 페트리아노 아저씨와 아주머니는 맥에게 핼러윈 파티를 허락했다. 지하실을 개조하기 전이라 차고나 뒷마당에서 파티를 열었다. 작년에는 레너드와 맥과 내가 영화 「영 프랑켄슈타인」에 나오는 등장인물로 분장했다. 나는 대사를 외우기 싫어서 곱사등이를 선택했다. 그때 폰 트랩 대령 역할을 연습 중이었기 때문이다. "이쪽으로." 내 대사는 이것으로 끝이었다. 머리를 쓸 필요는 없지만 재미있었다. 아무튼 작년에는 처음으로…… 여자아이들도 초대했다. 기온이 38도쯤 됐기 때문에 파티를 밖에서 열었다. 맥이 자취를 감춘 즈음에 나와 공동 주연을 맡을 예정이던 머리사 베넷도 사라졌다. 그 한 가지 사실만으로도 나는 한참 동안 녀석이 여자랑 잤던 게 그날 밤이 아닐까 의심했다. 녀석은 계속 아니라고 했지만, 한편으로는 맞다는 듯이 히죽히죽 웃었다. 마침내 몇 개월 뒤에 녀석이 진실을 밝혔다. 덕분에 내 상상 속에서 최소한 그 장면만큼은 지울 수 있었다. 초록색 괴물과 동침한 상대는 머리사 베넷이 아니었다.

나는 엄마를 아는 사람들이 열몇 명쯤 있는 슈퍼마켓 계산대 앞에서 메러디스네 집에 들러도 되느냐고 물었다. 보는 눈도 여럿이고 돌덩이만 한 죄책감이 가슴에 얹혀 있기에 엄마는 당연히 알았다고 한다. 이 몸의 뇌세포는 아직 죽지 않았다.

"메러디스라는 아이를 좋아하니?" 엄마가 묻는다.

나는 침을 꿀꺽 삼키고 미소를 지었다 없앤다. 에식스 군에 사는 사람들 앞에서는 대답할 수 없는 질문이다. 강물 위로 떨어진 뇌우처럼 눈 깜짝할 새 번질 테니까.

릴케 가족의 집 잔디밭에 밴이 주차되어 있고, 반바지를 입은 쌍둥이가 개를 씻기듯이 차에 비누 거품을 문지르고 있다.

"저기 —." 나는 호스를 잡고 있는 줄리앤 쪽으로 손짓하며 묻는다.

"옷 젖지 않게 조심해. 그랬다가는 오늘 안으로 폐렴에 걸릴 테니까." 그렇지만 엄마는 웃고 있다. 엄마 역시 평범한 일상이 좋은 것이다.

메러디스가 한 팔로 끌어안는 바람에 내 옷이 금세 축축해졌다. 다행히 릴케 아주머니가 엄마더러 들어오라고 손짓한다.

메러디스가 호스를 건넨다. "잡고만 있어 줘, 알았지?" 그녀와 줄리앤이 양옆에서 손을 뻗어 지붕까지 비누칠을 하는데, 온 사방을 칠하느라 애먹고 있다.

"사다리 없어?" 내가 묻는다.

"차고 뒤에 있어." 줄리앤이 대답한다.

"내가 가지고 올게." 나는 메러디스 몰래 다리를 좀 더 제대로 훔쳐볼 수 있도록 뒷걸음질 친다.

창가에 등장한 릴케 아주머니가 눈썹을 추켜세우고 고개를 젓는다. 내 꿍꿍이를 무슨 수로 알아차린 걸까?

나는 잔디를 쓸지 않게 조심해 가며 사다리를 앞마당으로 옮겨서 운전석 옆쪽에 펼쳐 세운다. 메러디스가 사다리를 올라가더니 나를 돌아보며 씩 웃는다.

"점심 먹고 갈 수 있어? 피자 만들 건데."

"엄마가……." 나는 어깨를 으쓱한다. "사실 보트 여행을 떠나기로 했거든." 같이 가자고 하고 싶지만, 아빠는 그런 그림을 원하지 않을 것이다. 아빠가 가족 간의 화목한 분위기를 오래 유지하려고 할수록 김이 빠질 것이다. 내가 닉과 카드 게임을 하느니 메러디스에게 강 구경을 시켜 주는 게 얼마나 더 재미있을까 생각한 때부터 이미 김이 빠진 셈이다.

그녀가 오른쪽으로 몸을 기울이자 사다리가 흔들거린다. 나는 발을 버팀목 삼아 사다리 양쪽을 잡는다.

"살살 해, 살살. 부상은 이제 금물이야. 너희 엄마가 나를 사고뭉치로 생각하실 거 아냐."

"이미 그렇게 생각하고 계셔." 하지만 그녀는 다시 웃으며 머리카락을 뒤로 넘긴다. 그 동작이 내게 어떤 영향을 미치는지 알고나 있을까?

엄마와 릴케 아주머니가 심각하게 대화를 나누며 현관 앞으로 나온다.

"저것 봐, 두 분이 친구가 되셨어." 메러디스가 거품이 묻은 스펀지를 흔들어 우리에게 비눗물을 튀긴다.

"위험할 수 있어." 내가 말한다. "우리가 가는 데마다 두 분이 따라다니겠다고 하실 거야."

"두 분이서 노느라 더 바쁠걸?"

줄리앤이 지붕 너머로 우리 쪽을 향해 스펀지를 던진다. "대니얼, 너 도움이 안 된다. 우리 세차 얼른 마치고 다른 일 해야 한단 말이야."

"어머, 애 말하는 것 좀 봐." 메러디스가 과장해서 인상을 찌푸린다. "오늘 저녁에 맥이랑 뜨거운 데이트가 있다고 갑자기 우리랑 노닥거릴 시간이 없는 척하네?"

묻고 싶은 질문이 내 머릿속을 둥둥 울린다. 줄리앤이 맥을 만나는 동안 메러디스는 뭘 할까?

엄마가 열쇠를 짤랑거린다. "자, 대니얼. 이제 가야지."

릴케 아주머니가 윗부분을 접은 종이봉투를 엄마에게 건넨다. "만나서 반가웠다, 대니얼. 발목 깁스 떼서 시원하겠다."

"예, 아주머니." 부목에 불과했다는 소리는 하지 않는다. 나는 시선을 돌린 채 메러디스가 내려올 때까지 사다리 아래서 기다린다. "저기, 핼러윈 때 나랑—아니, 우리—그러니까 맥이랑 나랑 놀 생각 있느냐고 물으러 온 거야. 맥이 근사한 파티를 열거든. 분장도 하고, 기타 등등."

그녀가 바닥으로 내려서는데, 뒤에는 사다리가 있고 앞은 내가 막고 있어서 아무 데도 갈 수 없다. 로션과 비누와 축축한 머리카락 냄새가 난다. 두 어머니를 흘끗 훔쳐보니 우리 차까지 절반쯤 걸어갔는데 다시 머리를 맞대고 심각하게 대화를 나누고 있다.

메러디스가 어찌나 잽싸게 입을 맞추는지 얼굴 위로 한 줄기 바람이 스쳐 간 듯한 느낌이다. 나는 더 힘껏 입을 맞추었다 얼른 뗀다. 메러디스가 자신의 이런 행동을 어머니가 알아도 괜찮다고 생각하는지 알 수 없기 때문이다.

"좋아." 메러디스의 말이 파티가 좋다는 건지, 키스가 좋다는 건지, 다른 게 좋다는 건지 나로서는 알 길이 없다. 다시 한 번 입을 맞추고 싶지만 엄마가 차 옆에 버티고 서서 보닛 너머로 우리를 쳐다보고 있기 때문에 그럴 수 없다.

"전화할게." 질척질척한 잔디를 지나서 차를 향해 걸어가는 나에게 대고 메러디스가 속삭인다.

집으로 출발한 다음에서야, 릴케 가족의 집 앞마당이 시야에서 사라진 다음에서야, 우리 가족이 보트 여행을 떠난 주말 내내 줄리앤이 뜨거운 데이트를 즐기는 동안 메러디스는 뭘 할지 여전히 오리무중이라는 게 생각났다.

집에 도착해 닻을 올리자 엄마가 또다시 여러 참사의 가능성을 나열하며 입을 내밀기 시작한다. 아빠는 아무 말 없이 고개만 끄덕인다. 엄마에게는 그런 식으로 배출할 기회가 필요하다고 판단한 모양이다. 내가 샌드위치를 만들겠다고 하자 엄마가 놀란 표정을 지었다.

"닉이 해도 돼."

시리얼을 후루룩 들이마시던 닉이 남은 우유를 꿀꺽 삼키고 말한다. "저요? 저 이제 겨우 열세 살밖에 안 됐는데요? 샌드위치 못 만들어요."

"내가 도와줄게." 내가 착해서 도와준다는 게 아니라 계속되는 논쟁이 피곤해서 그렇다. 사소한 문제가 벌어질 때마다 나와 그 병과 내가 얼마나 쓸모없는 존재인지가 부각된다.

신문을 들고 방금 전에 앉았던 엄마가 다시 벌떡 일어선다. "아니야, 너는 쉬어. 내가 도울게."

"닉." 바깥 갑판에서 아빠가 명령조로 불쑥 내뱉는다. "샌드위치 만들어라." 아빠는 엄마에게 자기랑 같이 다리를 보러 가자는 신호를 보낸다. 아빠가 사다리를 오르는 엄마의 엉덩이를 꼬집자 엄마가 그 손을 살짝 때리지만, 적어도 엄마의 웃음보를 터뜨리는 데는 성공했다. 두 분이 나란히 타륜 앞에 서 있는데, 야구 모자를 거꾸로 쓰고 엄마의 허리를 감싸 안은 아빠가 친구들과 함께 모험에 나선 꼬맹이처럼 보인다. 누구든 우리 아빠를 좋아할 수밖에 없을 것이다.

아빠가 언성을 낮추기는 했지만, 두 분이 어깨를 나란히 하고 서 있다. 나는 두 분 쪽에서 안 보이는 사다리 옆의 어두컴컴한 선실 그림자 속에 서 있다. 두 분이 하는 말이 홈통으로 쏟아지는 빗물처럼 내 귓가에 전해진다.

"애들한테 맡겨." 아빠가 말한다.

"하지만 대니얼은 월요일까지 푹 쉬어야 하잖아. 왜 체력을 비축해야 하는지 알려 줄까 봐."

"그럼 걱정돼서 잠을 설칠 수도 있어. 참자."

"그때 들어도 충격은 충격일 텐데?"

내 유명한 상상력이 미친 듯이 나래를 펼치느라 머릿속이 어지럽다. 저게 도대체 무슨 소리일까? 엄청난 비밀이 뭘까? 어떤 소식이 지금보다 안 좋을 수 있을까?

엄마가 목소리를 낮춘다. "적어도 그때까지는 편히 지내도록 내가 돌볼 수 있잖아. 샌드위치도 내가 만들고."

"당신이 뭐든 다 해 줄 수는 없어."

"뭐든 다 해 주고 있지도 않잖아. 할 수만 있다면 아이의 뜻과 상관없이 글고 가게 내버려 두지 않고, 그 망할 화학 요법도 내가 받겠어."

그게 바로 엄청난 비밀이로구나. 월요일에 받아야 하는 화학 요법. 앞으로 사십팔 시간 남았다. 나는 충격받고 겁먹어야 마땅한

데, 실제로는 마음이 놓였다. 무언가 조치가 내려진 것이다. 논쟁이 끝난 것이다. 위대한 마법사 워커 변호사가 있음에도 불구하고 모든 의사가 옳다고 여기는 일에 판사가 손을 들어 주었다.

얼마 안 되기는 하지만 내가 읽은 백혈병 자료마다 화학 요법을 1차 치료법으로 꼽았다. 나도 미스 T. 언더테이커를 좋아하고 우리 부모님을 사랑하지만, 버지니아 주 에식스 군이라는 이 조그만 시골에서 뭘 얼마나 알 수 있겠는가. 쿠모님과 언더테이커는 화학 요법을 받아 본 적이 없다. 고생스러운들 얼마나 고생스러울까. 나는 이미 속을 다 게우며 등교도 금지된 채 움직이는 이 섬에서 갇혀 지내고 있다. 게다가 손바닥만 한 이 마을이 아니라 다른 데서 살아 본 메러디스는 화학 요법이 좋은 방법이라고 생각한다.

엄마가 다시 사다리를 내려와서 나는 살금살금 선실로 돌아가 의자에 앉았다. 다행히 엄마는 들어오지 않고 창문 너머에서 들여다본 뒤 고개를 돌렸다. 수면이 비단결처럼 매끄러운데도 엄마는 난간을 붙잡는다. 난간을 놓지 않은 채 두 분의 선실까지 걸어가 안으로 들어가는데, 내내 고개를 들지 않는다. 죽어 가는 아들의 무게가 버거운 것이다.

잠시 후 음악 소리가 귀청을 때린다. 부모님이 좋아하는 오래된 테이프에 담긴 곡이다. 엄마는 그 노래들을 들으면 지금보다 살기 수월했던 시절로 돌아가는 모양이다. 아이들이 태어나기 전, 온갖 청구서에 시달리며 건조기도 없는 하우스보트에서 살기 전, 아이에게 유독 물질을 주입하지 않으면 병원에서 보장한 열두 달을 장담할 수 없을지 모른다는 가능성이 끊임없이 대두되기 전으로.

엄마의 옛 노래 테이프들이 끽끽 신음 소리를 내며 천천히 하류로 움직이는 하우스보트의 엔진과 경쟁을 벌인다. 모터보트를 타고 한두 번 보았던 집들을 지나쳐 갔다. 반달 모양의 만마다 오두막집들이 옹기종기 모여 있다. 배 뒤편에서 "망치가 있다면 날이 밝았을 때 다 부숴 버리겠다."라는 노랫소리가 들린다. 한 단어 한 단어가 바람결에 머물다 보트가 물살을 헤치며 전진하자 사라진다.

내가 음악에 관한 한 잘난 척할 주제는 못 되지만, 솔직히 저 테이프에 담긴 노래들은 대부분 듣기 괴롭다. 세 박자마다 다운-업-다운 스트로크를 반복하는 기타 연주에 맞춰 끝도 없이 노래가 이어지는데, 테이프가 실제로 오래되기도 했을뿐더러 직직거려서 오래된 티도 난다. 1학년 때 음악의 역사를 배우면서 본 디즈니 영화에서나 들을 수 있는 노래다. 우리 부모님도 콜트레인이나 그 외 좀 더 ᄉ대에 걸맞은 음악을 듣기는 하지만, 엄마는 지금 나에게 화학 요법을 강요하는 판사와 사회 복지부를 고문해야 할 순간에 피터, 폴 앤드 메리*로 우리 세 사람을 고문하고 있다.

남동풍과 더불어 새로운 풍경이 펼쳐지자 나는 점심 이후에는 괜찮아질 거라고 자신을 다독인다. 인생은 흘러가는 법이다.

---

* 1960년대에 활동한 미국의 포크 송 밴드.

하지만 점심 이후에도 괜찮아지지 않는다. 더 악화될 뿐이다. 엄마는 점심을 거부한다. 아빠가 닉에게 조타를 맡기고 이야기를 하려 했지만 엄마는 선실 문을 잠가 버렸다. 나는 수영복을 입고 벽장 선반에서 수건을 꺼낸다. 태양이 갑판 위로 정말 뜨겁게 내리쬐어서 맨발로 춤을 추자 방금 전에 샤워라도 한 것처럼 땀이 흘렀다. 시원한 물줄기로 내 몸을 씻어 내릴 생각만 해도 콧노래가 절로 나온다.

어쩌면 여러분은 버지니아의 10월에 대해 알고 있을지도 모르겠다. 그때는 4월만큼 물이 차갑지 않다. 남자 친구를 꽉 붙잡고 롤러코스터를 타는 여자아이처럼 여름의 끝자락을 붙잡고 있어서 따뜻한 지점들이 군데군데 있다. 어떤 물이 됐건 수영은 내게 자유를 의미한다. 수영을 하면 허물을 벗는다. 물고기가 된다.

아빠가 상갑판으로 돌아간 직후, 엄마가 선실에서 뛰쳐나와 사다리를 오르기 시작했다. 아빠가 포기한 모양이다. 타륜을 잡고 하류로 향하고 있다.

"다 같이 수영할 수 있게 배를 댈 만한 곳을 찾고 있어." 아빠가 나를 향해 손을 흔든다.

엄마는 바람이 점점 거세게 부는 탓에 온 얼굴이 머리카락으로 뒤덮여서 손으로 헤쳐야 앞을 볼 수 있다. 엄마는 사다리를 오르며 동시에 고함을 지른다.

"이제 알겠어?" 엄마는 아빠에게 소리 지르지만 손가락으로는 나를 가리키고 있다.

아빠는 무슨 말인지 모르는 눈치다. 나도 마찬가지다.

"엄마, 왜 그러세요?" 내가 엔진 소리 너머로 외친다. "우리 수영하려고 그러는데."

"레드, 재한테 말해."

"뭘요?" 선크림 회사 사장이라도 되는 양 아낌없이 바른 선크림 때문에 내 손이 미끌거린다. 엄마를 달래려고, 나도 조심하고 있다는 걸 보여 주려고, 번뜩 떠오른 생각을 실천에 옮긴 것이다. 엄마가 바라던 완벽한 아들은 될 수 없을지라도 자외선에 대한 엄마의 충고를 귀담아들었다는 만족감은 선물할 수 있을지 모른다.

아빠도 당황스러워하며 눈썹을 추켜세운다. 영문을 모르는 것이다. 그게 아니라 아직도 심각한 문제들을 모르는 척하면 저절로 사라질 거라고 생각하는 걸까? 엄마는 아빠가 알아차릴 때까지 기다리지 않고 앞으로 돌진한다.

"안 돼, 대니얼. 수영하면 안 돼. 절대 안 돼. 미스티 말로는 네 몸이 그런 스트레스를 감당 못 한대. 물을 먹거나 너무 깊은 데 들어가거나⋯⋯ 심지어 온도 변화의 충격도 못 견딜 거라고."

"올여름에도 수영했잖아요."

"그때는 지금하고 달랐지. 8월에는 수온이 기온하고 비슷하잖아. 그리고 네 상태가⋯⋯." 엄마는 말끝을 흐릴 수밖에 없다. "찬물에 들어가면 폐가 더 열심히 움직여야 하고 그러면 심장에 무리가 가. 그러니까 심장 마비를 일으킬 수 있다는 뜻이야."

"암 때문에 심장 마비를 일으킬 수도 있다고요?"

엄마의 시선은 내 얼굴을 떠날 줄 모른다. "바로 그거야. 미스터 말로는 악성 세포가 어디 있는지 모른대."

"아빠?" 무릎이 후들거린다. "정말이에요? 제 심장까지 악성 세포가 번졌을 수도 있어요?"

아빠가 드디어 입을 열지만, 구구단을 외는 것처럼 얼굴에 표정이 없다. "일단 혈액에 침투하면 어디든 갈 수 있지."

이 말 한마디면 두 분의 설전을 끝내기에 충분하지 않을까.

나는 제일 큼지막한 수건으로 몸을 둘둘 감쌌지만 수영복은 벗지 않았다. 나중에라도 수영할 수 있을지 모른다는 일말의 가능성을 포기하지 못한 탓이다. 나는 쭈글쭈글한 『호밀밭의 파수꾼』을 들고—사서가 도서관 기금 마련을 위한 판매용 도서에서 세 권을 더 발견했다며 대금을 청구하지 않았다—갑판의 양지바른 쪽에 설치된 아빠의 해먹 속으로 기어들어 간다. 어쩌면 홀든 콜필드가 유독성 화학 물질을 주입당할 운명에 처한 사람에게 전하는 충고가 있을지 모른다.

아빠와 닉은 낚시를 하기로 결정한다. 두 사람은 저녁거리를 잡겠다며 농담을 주고받는다. 닉이 장비를 챙기는 동안 아빠는 바람을 받는 방향으로 배를 돌리고 갈대로 뒤덮인 작은 만에 닻을 내린다. 이렇게 기진맥진하지만 않았더라면 나도 같이 낚시했을 텐데. 그러면 온 가족의 행복한 여행이 일시적인 해결책이 될 거라는 아빠의 시각에 힘을 실어 줄 수 있을 텐데. 아빠는 요령부득한 역할에 익숙지 않지만, 우리 전부가 고생할 필요는 없다. 나는 바늘처럼 맨살에 내리꽂히는 햇볕을 쬐며 계속 책을 읽고 두 사람의 목소리를 바람에 실어 보낸다.

엘리베이터 안내원이 5달러를 갈취하러 오는 부분을 읽을 때마다 신경이 쓰인다. 서니라는 아이는 왜 그가 홀든에게 그런 짓을 하도록 내버려 두었을까? 원래는 고마워해야 하는 거 아닌가? 홀든이 그녀에게 못할 짓을 하지도 않았는데. 그녀는 약속했던 행위는 하지도 않고 돈만 받았다.

홀든의 결정을 나도 십분 이해한다. 나도 섹스하고 싶은 마음이 굴뚝같기는 하지만, 그렇게 차가운 생판 모르는 여자와 아무 준비도 없이, 대화도 없이, 유대감도 없이 그러지는 않을 것이다. 서니는 홀든과 모르는 사이였고, 그에게 관심도 없었다. 기계적이고 아무 감정도 없는 행위가 되었을 것이다. 홀든이 그 정도로 누군가와 함께 있고 싶었을까? 맥은 그런 건 아무 상관 없고 그냥 저지르게 되는 법이라고 했다. 말이 되는 것 같다. 나도 가끔 여자아이 옆에 줄을 서 있거나 수영복을 입은 여자아이가 등장하는 영화를 보면 화장실에 다녀와야 한다. 얼마나 당황스러운지 모른다.

게다가 상대방이 최근에 누구와 사귀었는지 혹은 누구와 입을 맞추었는지조차 모른다면 얼마나 찜찜할까. 장담할 수는 없지만, 내가 학교나 다른 데에서 알던 사람과 사귄다면 적어도 그 사람이 누구와 돌아다녔는지는 알 수 있다. 마지막으로 어떤 녀석과 만났는지 제법 빤하게 알 수 있는 것이다.

홀든의 호텔 방으로 찾아온 서니의 경우, 홀든의 감정에는 전혀 관심 없었다는 점에서 더 나쁘다. 그녀의 목적은 오로지 돈뿐이다. 그마저도 겨우 5달러다. 우리 부모님이 병원비며 변호사 수임료 때문에 쪼들리긴 해도 5달러가 그렇게 대단한 금액인지 이해가 잘 안 된다. 샐린저가 『호밀밭의 파수꾼』을 쓴 게 지난 세기였다고 하더라도 말이다. 서니와 엘리베이터 안내원이 홀든을 붙잡고 늘어진 것은 그래도 괜찮기 때문이다. 홀든이 혼자이고 어리기 때문이다. 그래서 정말 짜증 난다.

나를 계속 괴롭히는 질문은 홀든이 이 모든 사태를 미연에 방지할 방법이 있었느냐는 것이다. 그가 수치스러운 부분까지 일일이, 세세하게 밝히는 것도 그 때문일까? 그를 곤경에 빠뜨리는 털이 난 배*와 지갑에 든 돈을 빼앗기고 우는 장면. 그런 부분까지 이야기할 필요는 없었다. 만약 홀든이 학교 때문에 그렇게까지 우울하지 않고 옛 친구들과의 소통으로 어려움을 겪지 않았다면, 애초에 엘리베이터 안내원이 여자 이야기를 꺼냈을 때 좋다고 하지 않았

---

* 홀든에게서 돈을 갈취한 엘리베이터 안내원은 배에 털이 난 사람으로 그려졌다.

을 것이다. 그리고 그녀가 찾아왔을 때 문을 열어 주지도 않았을 것이다.

홀든은 객실에서 그들과 그 난리를 치르고 나서 목욕을 한다. 어떤 사람이 그런 상황에서 목욕을 할까? 그는 솔직했던 지금까지의 모습과 전혀 어울리지 않게 정말 말도 안 되는 영화 속 한 장면을 상상한다. 그건 분명 좌절한 행동이었다. 동의하는 스텝포드헤인스 선생님의 목소리가 들리는 듯하다. 용감한 도시의 왕인 척 허세 부리지 않고 있는 그대로의 자신을 드러내서는 그런 정신 나간 상황을 극복할 수 없을 것이다. 대여섯 번째인가 읽는 지금, 그 장면의 마지막 세 문장이 내 뇌리에 꽂힌다. 너무 우울해서 혹은 부모님을 마주하는 게 두려워서 홀든이 정말로 창밖으로 뛰어내리지는 않을까 걱정된다. 그런데 뛰어내린 뒤의 구경꾼을 신경 쓰다니 그는 완전히 헛다리를 짚고 있다. 일단 뛰어내리면 구경꾼이 있건 없건 아무 상관이 없는데.

해먹에 누워 있으니 상갑판에서 닉과 아빠가 주고받는 대화가 전부 다 들린다. 닉이 아빠에게 5학년을 유급당한 자기 친구 토머스 린치의 이야기를 하고 있다. 누구든 5학년 때 유급당할 수 있다는 투다. 그 학년은 독후감, 미술, 철자 맞추기만 하면 되는데 뭐가 그렇게 어렵냐고. 하지만 나는 전에도 토머스의 이야기를 들은 적이 있다. 몇 번 있다. 아버지가 술을 많이 마시는데 취하면 주먹을 휘두른다고 한다. 닉은 아빠가 토머스의 아버지를 찾아가서 알코올 중독자 모임에 대해 알려 주면 안 되느냐고 설득 중이다. 아빠는 안 된다고 한다.

린치 씨와 이야기해 보지 않겠다는 게 아니라 그런다고 해도 달라지는 건 아무것도 없다는 의미다. 아빠는 알코올 중독자 모임 신봉자로서 삶의 방식을 바꾸겠다고 결심하는 것이 첫걸음이라고 생각한다. 혼자 힘으로 해결할 수 없는 문제가 있다고 인정해야 한다는 것이다. 우리 가족은 그 말을 백 번쯤 들었다.

아빠가 차분한 목소리로 린치네 가족에 대해 이야기한다. "닉, 린치 씨를 대신해서 그렇게 결심할 수 있는 사람은 아무도 없어."

닉은 반론을 제기하지만 금방이라도 울음을 터뜨릴 것처럼 들릴락 말락 하는 떨리는 목소리다. "토머스는 어떻게 해요? 토머스도 혼자서는 해결할 수 없는 문제가 있잖아요. 그 애는 누가 보호해 주나요?"

"도와줄 수 있을 만한 사람한테 얘기해야겠지. 다른 어른한테."

"그러면 토머스를 아버지한테서 떼어 내서 위탁 시설에 넣을 거예요."

지붕을 둔탁하게 두드리는 소리가 반복되는 걸 보니 누군가가 왔다 갔다 하며 걷고 있는 모양이다. 엄마의 화가 아직 안 풀렸을지, 화학 요법을 받으면 내가 엉망진창이 될지, 물고기가 미끼를 물자마자 닉의 낚싯대가 강물 위로 날아가는 건 아닐지, 이런 걱정을 하느라 시뻘건 골이 패였을 아빠의 이마가 보지 않아도 상상된다. 아빠의 발소리가 내 머리 위에서 계속 왔다 갔다 하며 이어진다. 우리 모두에다 닉의 친구들까지 걱정하려니 쉽지 않을 것이다.

닉이 울먹인다. "아버지가 저지른 일 때문에 토머스가 벌을 받아야 하다니 불공평해요. 토머스를 떨어뜨려 놓은들 자기 아빠가 정말 미친 짓을 벌이지는 않을까 걱정만 더 하지 않겠어요? 약물 과다 복용 같은 거 말이에요."

"한 가지만큼은 분명해. 네가 토머스나 그 아버지의 문제를 해결할 수는 없다는 것. 둘 다 도움을 받아야 해."

"제가 도우려는 거잖아요."

"그 이상의 도움이 필요하단다, 닉."

"그럼 친구는 소용없다는 건가요?"

"천만에, 토머스는 너처럼 좋은 친구가 있어서 다행이라고 할 수 있지."

"아빠, 그건 헛소리예요. 토머스가 내일 죽으면 그런 말이 다 무슨 소용이에요?"

"그럼 도움이 될 만한 어른을 찾아가야 해. 정규 교육을 받은 전문가 말이야."

"맙소사, 이제는 전문가를 추천하시네요? 그럼 아빠랑 엄마는 왜 대니얼 형한테 의사들이 말하는 대로 하지 않으세요? 의사도 전문가 아닌가요?"

나는 두 사람의 목소리를 차단하기 위해 홀든이 창밖으로 뛰어내릴까 고민하는 장의 마지막 부분을 한 번 더 읽는다. 그리고 나서 또 읽는다. 도시에 홀로 남겨진 그는 알지도 못하는 여자아이와 섹스하려다 포기했고, 이제는 알긴 하지만 좋아하지는 않는 다른 여자아이를 만날 준비를 하고 있다. 그러다 뛰어내려서 인생을 끝낼 생각을 한다. 창밖으로 뛰어내리면 문제를 쉽고 빠르게 해결할 수 있을 것 같긴 하다. 하지만 피비는 어쩔 것인가? 스펜서 선생은 어쩔 것인가? 그리고 부모님은? 그런데 홀든은 목을 길게 빼고 구경할 사람들을 더 걱정한다. 이 장면은 어딘가가 잘못됐다.

홀든, 이 친구야. 너는 지금 네가 가진 게 얼마나 많은지 모르고 있어. 열일곱이면 앞길이 창창한 나이야. 제인이나 샐리를 만나고, 춤도 추고, 새로운 학교에서 친구들도 사귈 수 있는 시간이 얼마든지 많아. 아버지가 너를 때리는 것도 아니잖아. 돈 걱정을 할 필요도 없잖아. 그 병에 걸리지도 않았잖아.

나는 쓰레기 같은 이 어처구니없는 세상과의 싸움에서 지지 않으려고 자리에서 일어나 강물 속으로 뛰어든다. 그런데 지더라도 누굴 생각하며 눈물을 흘리게 될지 모르겠다.

우리는 어배너 항에 닻을 내렸다. 알고 보니 하우스보트의 속도가 그다지 빠르지 않다. 아빠는 꿈에 그리던 가족 유람용 해도를 치웠다. 월요일 아침 닉의 등교 시간에 맞추려면 일요일에는 상류로 돌아가야 한다. 좁은 항구의 계류장에 범선들이 저마다의 방식으로 묶여 있는 풍경이 마치 쏟아진 이쑤시개 같다. 산들바람 한점 없다. 부둣가 음식점에서 이탈리아 음식 냄새가 풍겨 온다. 닉은 피자 사 달라는 소리를 하지 않아서 나를 깜짝 놀라게 한다. 녀석은 가족 유람이라는 발상을 내 생각보다 훨씬 진지하게 대하고 있다. 저녁을 먹은 뒤 녀석이 스크래블* 놀이판을 꺼낸다. 어이쿠, 내가 입방정을 떨었다.

내가 책을 좋아한다고 스크래블까지 좋아해야 한다는 법은 없다. 스크래블은 너무 운에 좌우될 때가 있다. 알파벳을 제대로 뽑으면 천재로 둔갑한다. 반면에 어려운 알파벳이 걸리면 두세 번 만에 끝장날 수 있다. 상대방이 예닐곱 글자짜리 단어로 더블 워드 칸**을 채우는데 내 손에 'Q'처럼 까다로운 게 들려 있으면 아무리 똑똑해도 따라잡을 방법이 없다.

"나는 그냥 구경만 할게." 내가 말한다.

닉이 판을 뒤집어엎자 글자 조각들이 사방으로 날아간다.

머그잔 손잡이를 쥐고 있는 엄마의 손마디가 하얗게 변한다. "어디서 괜한 행패야? 닉, 네 방으로 들어가."

아빠가 글자 조각을 줍기 시작한다.

● 알파벳이 적힌 플라스틱 조각들로 단어를 만드는 보드게임.
●● 스크래블에서 완성된 단어 점수의 두 배를 가산하는 칸.

하지만 닉은 힘든 오후를 보냈고 순순히 물러날 의사가 없다. "대단하시네요, 엄마. 버릇없는 자식은 안 건드리고 나를 혼내는 거예요? 내가 뭘 잘못했는데요?"

궁극의 외교관이자 머리끝부터 발끝까지 UN 평화 사절단인 아빠가 나선다. "너희 둘 다 앉아라. 대니얼은 동생한테 질까 봐 그러는 거야. 한 판 같이 할 거지? 그렇지, 우리 아들?"

내 경쟁심을 유발하려 하다니 유치한 작전이다. 하지만 엄마가 눈물을 훔치고 있고, 닉이 토머스 때문에 쌓인 분노를 이런 식으로 해소하고 있다는 걸 누가 봐도 알 수 있기에 나는 순순히 항복하고 조각 일곱 개를 집는다. 두말하면 잔소리지만 나는 'PARTY'와 'QUIRK'를 만들었는데, 높은 점수를 획득하는 그 순간 정말 비열한 인간이 된 듯한 기분이 든다.

화창한 월요일 아침 일찍 제섭 보안관이 다시 강으로 찾아온다. 닉은 벌써 학교에 가고 없다. 준 파커 정박지에서 '일일 예배'를 하고 이제 막 계선 로프를 거둔 참이다. 맨 처음 보트로 이사했을 때 우리는 타이밍을 잘 맞춰서 물탱크를 채우고, 하수조를 비우고, 스토브와 모터용 연료를 장만하는 생활에 적응해야 했다. 엄마는 이 과정을 통틀어 '일일 예배'라고 불렀다. 당시는 요령을 전혀 몰랐기 때문에 거의 날마다 반복해야 했다. 우리 부모님이 가장 존중하는 상대가 대자연이었으니 그보다 완벽한 별명이 없었다. 적어도 하우스보트 거주자들에게는 그것이 자연의 기본적인 일상이었으니까. 이제는 일일 예배가 그렇게 재미있지는 않다. 별명만 남았을 뿐이다.

제섭 보안관이 수렵 감시인에게 빌린 낚시 보트를 타고 물살을 가르며 다가온다. 우리 가족에게 협조를 요청하는 무리수를 두지 않겠다는 뜻이다.

아빠는 로프를 거두어 난간에 감을 뿐, 가까이 다가가 악수하지는 않는다. "명령서에는 정오라고 되어 있었는데요."

"압니다. 그때 다시 와서 데리고 갈 거예요."

"그러실 필요 없습니다." 아빠의 목소리는 냉랭하다. "저희가 저희 아들을 병원으로 데리고 갈 수 있으니까요."

"명령서에 그렇게 적혀 있잖습니까. 군청에서 아이를 이송해야 한다고요. 순찰차를 뒤따라오세요. 나중에 두 분께서 아이를 집으로 데려가실 수 있어요."

"좋습니다. 그렇게 해야 한다면 그렇게 하죠."

"미안해요, 스티그. 얼마나 한도 끝도 없고 인신공격적으로 느껴질지 나도 알아요."

"인신공격 맞잖습니까."

"군청은 주어진 임무에 충실할 따름이에요."

"그럼 그 사람들더러 대니얼을 치료할 방법을 찾아내라고 하세요."

오랜 정적이 이어지고 나는 보안관이 더듬더듬 클립보드에서 서류 한 뭉치를 꺼내는 모습을 비늘창 틈새로 바라보며 아빠가 뜻하지 않게 정곡을 찔렀다고, 치료법을 찾아내는 것이야말로 군에서 해야 할 일 아니냐고, 불온한 생각들을 한다. 제섭 보안관은 클립보드에 표시를 한 뒤 아빠에게 스테이플러로 박은 형형색색의 서류를 건넨다. 얼마나 오래인지 아무도 모를 정도로 긴 시간 동안 클립보드 속에 갇혀 있느라 구깃구깃해진 서류다.

아빠는 아무 말 없이 고개를 숙이고 페이지를 넘기며 서류를 읽는다. 보안관이 밧줄을 풀어 보트의 기수를 하우스보트 반대 방향으로 돌리고 선착장으로 출발해도 고개를 들지 않는다. 보안관이 사라지자마자 엄마가 아빠의 손에 들린 서류를 낚아챈다.

"화학 요법에 대해서는 한 마디도 없네?" 엄마가 말한다.

"한 마디도 없어." 아빠가 말한다.

"이건 형사 명령이라 법규 조항도 전혀 다르잖아? 법원에서 우리한테 유죄 판결을 내렸네. 아동 방치죄로."

"응." 아빠가 좀 전처럼 기운 없는 목소리로 대답한다.

군청이 이겼다. 1라운드도, 2라운드도. 또 한 장 날아든 법원 명령서로 우리 부모님은 갑자기 범법자가 되었다. 두 분이 주 선실 앞에 서서 충격을 달래는 동안 나는 아침 토크 쇼를 보는 척한다. 록펠러 센터 앞에서 카메라를 향해 손을 흔드는 오클라호마 고등학생들을 보는 순간, 어떤 생각이 번쩍 뇌리를 스치고 지나간다.

우리도 저렇게 우리 사건을 언론에 제보해서 "대니얼을 살려 주세요." 아니면 "랜던 가족을 석방하라."라고 적은 피켓을 흔들면 되지 않을까? 하지만 지금은 그런 이야기를 꺼낼 때가 아니라서 나중으로 미뤄 둔다.

엄마가 아빠에게 속삭인다. "통장에 대니얼을 멕시코로 데리고 갈 만한 돈이 남아 있어?"

아빠는 지금까지 들어 본 중에 가장 슬픈 목소리로 대답한다. "나는 포기할게. 당신하고 군청, 양쪽을 상대하기 버겁네."

멕시코를 다룬 책마다 등장하는 핏빛 태양 아래의 울퉁불퉁한 산비탈을 엄마와 내가 당나귀를 타고 건너는 광경을 상상하는데, 「지옥의 묵시록」의 그 황량한 강가가 눈앞에서 어른거린다. 우리는 사막이 등장하는 모든 영화에서 보았던 밝은 주황색 나비 떼와 잎사귀가 넓은 노란색 선인장 꽃을 지나친다. 저 멀리서 지평선이 어른거리고 청록색과 보라색 선이 모래 언덕 위에서 일렁인다. 내 인생이 흥미진진해질 거라는 의미다, 알겠나?

멕시코로 떠나는 데 문제가 딱 한 가지 있다면 안타깝게도 메러디스를 때 빼고 광낸 레너드에게 버려두고 가야 한다는 것이다. 하지만 만약 멕시코 치료법이 효과를 발휘하고 내가 교양 있는 세계 여행자가 되어 돌아오면 빳빳하게 풀을 먹인 셔츠를 입고 다니는 상원 의원의 아들은 승산이 없을 것이다. '만약'이 관건이기는 하지만.

10장

순찰차를 타는 게 다들 떠벌리는 것처럼 짜릿하지는 않다. 나를 미캐닉스빌 360번 대로에 있는 몰리 박사님의 진료실까지 배달해 주고는 그만이다. 우리 부모님과 만나기로 한 그곳에서 의료진이 법원 명령에 따라 정식으로 화학 요법을 처방하고, 리치먼드에 있는 버지니아 의대 치료 센터를 안내해 줄 것이다. 제섭 보안관의 설명에 따르면 그 센터에서 나에게 약물을 쑤셔 넣을 거라고 한다. 보안관이 정확히 그런 표현을 쓴 건 아니지만. 그는 배고프냐고 세 번 물을 때 말고는 가는 내내 말이 없었다. 그가 아빠한테 했던 말이 진심이었다는 걸 알겠다. 정말로 이 모든 사태에 마음이 불편한 것이다.

제섭 보안관을 대기실에 세워 둔 몰리 박사님은 전에 만났을 때보다 훨씬 안절부절못한다. 자신의 의학적 판단을 뒤늦게 후회하고 있나 싶을 정도다.

"세간의 관심이 쏠리니까 힘들지?" 그는 열린 문가에 차려 자세로 서 있는 제복 경관을 못 본 척하고 싶은지 자기 손을 물끄러미 내려다본다. 하지만 고개를 들었을 때 그의 시선이 향한 곳은 보안관이 아니라 내 쪽이다. 몰리 박사님은 지금까지 부모님이 아니라 나에게 상태를 설명해 준 몇 안 되는 의료진 가운데 한 명이었다. 엄마라면 그중 몇 마디는 나한테 비밀로 해 주길 바랐겠지만, 나는 환자로서 그 점에 대해 감사하게 생각한다. 법적 분쟁으로 인해 내 병이 엄청난 사회적 논란거리로 확대된 지금 이 상황에서 나는 박사님과 몇 분만 독대하고 싶었다. 내 질문을 들으면 엄마가 심란해할 테니 말이다.

"진료실에서 몰리 박사님과 얘기 좀 해도 될까요?" 내가 물어봤다.

제섭 보안관은 고개를 끄덕인다. "창밖으로 뛰어내려 여기서 도망칠 생각만 안 하면 된다."

"창문 근처에는 가지도 못하게 할게요." 몰리 박사님은 이렇게 말하고 나더러 검사실로 들어가라고 손짓한다.

내 당돌함이 이렇게 꽃핀 것은 질문할 권리를 운운한 메러디스의 일장 연설 덕분이다. 그녀의 연설 덕에 우리 부모님을 처벌한 법원 명령서로 인해 내 질문할 권리조차 거의 무용지물이 되었다는 걸 깨닫게 되었다. 하지만 홀든이라면 물어보았을 것이다. 그래서 나도 밀어붙이기로 한다.

"화학 요법은 어떤 식으로 진행되나요?"

"침대에 누우면 너한테 정맥 주사를 꽂을 거다. 처음에 좀 따끔하겠지만 아프지는 않아. 먼저 구토 방지제를 투여하고 그다음에 아마 베나드릴*을 투여할 거다. 구토 방지제가 들어가면 몸이 흠칫흠칫하거든." 박사님은 내가 울음이라도 터뜨릴 것 같은지 내 얼굴을 예의 주시한다. "약이 다 들어갈 때까지 잠깐 기다릴 거야. 간호사들이 몇 분마다 한 번씩 확인할 테고. 특히 이번 첫 번째만큼은 내성을 확인해야 하거든."

"'이번 첫 번째'라고요? 그럼 한 번 이상 실시한다는 건가요?"

"우리는 우선 세 번을 실시할 계획이야."

"'우리'요?"

"AML처럼 복잡한 질병의 경우에는 각 관련 분야의 의사들끼리 상의하게 되어 있어. 그리고 너무 늦기 전에 너의 반응을 측정해야 해. 약도 비싼데 시험을 해야 장기적인 관점에서 시간과 비용을 절약할 수 있지."

내 목덜미인지, 목구멍인지, 폐인지 모를 곳에서 종양이 발견된

---

* 미국산 알레르기 치료제.

지 사 개월이 지났다. 내가 일 년 시한부 선고를 받고 사 개월이 지났다. '장기적인 관점'이라니 전혀 새로운 의미로 다가온다. 몰리 박사님은 내 침묵을 더 듣고 싶은 마음으로 해석했는지 기다리지 않는다.

"까다로운 점이 있다면 네 몸이 어떻게 반응하는지 파악한 뒤에 치료법을 재조정하는 부분이야. 저마다 반응이 다르거든. 네 속이 이미 심술을 부리고 있으니 치료를 받은 뒤에 족히 두세 시간 동안은 장거리 여행을 피해야 할 거다. 견디기 너무 힘들어지면 하룻밤은 입원해야 할지도 몰라. 아니면 네 백혈구 수치에 따라서."

"머리도 빠지고 토를 하게 되나요?"

"머리는 빠질 거다. 99퍼센트가 그렇거든. 하지만 약물을 잘 견뎌 내는 사람이 많으니까 토는 하지 않을 수도 있어."

나는 진지한 의사가 쓴 비전문적인 용어에 웃음을 터뜨리며 좀 더 파고든다. "또 없어요? 미리 마음의 준비를 하면 좋잖아요. 가끔 제 상상력이 통제가 안 될 때도 있거든요." 나는 감당할 수 있다는 증거로 어깨를 으쓱해 보이지만 여전히 불안하다. 복잡한 의료 절차를 앞두고 정보가 너무 부족하다. 그는 내게 숨기는 게 있다.

몰리 박사님은 다음 질문을 기다리지 않는다. 외워 둔 주의 사항을 하나씩 짚고 넘어가는 듯한 자세다. "편두통을 일으키는 사람도 있어. 편두통 겪어 본 적 있니?"

"아뇨."

"편두통이 생겨도 똑같이 속이 울렁거린단다. 기절하거나 의식을 잃을 수도 있고."

"그 두 가지가 서로 다른 거예요?"

"의식의 정도가 달라. 기억 상실의 수준도. 기절은 건강에 전반적으로 별 영향을 미치지 않는 일시적인 증상이야. 의식을 잃는 건 그보다 심각하지."

"예방법은 없어요?"

"그런 것들은 간호사가 알려 줄 거야. 의식을 잃으면 너를 하룻밤 동안 지켜볼 거야. 백혈구 수치에 문제가 생겨도 하룻밤 동안 지켜볼 거고."

"공판 때 선생님이 저희 부모님한테 불리한 증언을 하셨어요?"

처음부터 의도한 질문이 이거였구나 하는 깨달음의 표정이 그의 온 얼굴로 번졌고, 그는 자신을 보호하려는 듯이 책상 뒤로 멀찌감치 물러났다. 아니면 범인 앞에서 형을 선고할 때 권위를 얻으려고 법복을 입은 판사 같다고 해야 할까? 보호색. 6학년 과학 시간 때 배운 거다.

"나는 소환당했다, 대니얼. 증언에 관한 한 선택의 여지가 없었어. 어떤 방법이 너를 살리는 데 최선이냐, 단순히 그 문제야. 법원에서 원하는 게 그거란다. 모든 이가 원하는 것도 마찬가지이고."

"하지만 100퍼센트 장담은 못 하는 거죠?"

"그래, 100퍼센트 장담은 못 하지. 그래도 너처럼 활동적이고 그 병만 빼면 건강한 10대 청소년한테 일반적인 요법이 효과 없을 거라고 생각할 이유가 없잖니. 화학 요법은 대부분의 경우에 단기적으로 효과가 좋아. 만약에 효과가 없으면 다른 방법을 시도할 수도 있고. 너를 살리는 게 목표니까."

"살릴 수 있다면요."

"그래, 물론이지. 살릴 수 있다면. 우리가 기적을 만드는 사람은 아니니까."

엄마가 노크도 없이 들어온다. "이 아이는 미성년자예요, 몰리 박사님. 저희가 없는 데서 박사님이 무슨 권리로 아이랑 얘기를 나누세요? 법원 명령이건 뭐건 이건 아니죠."

"대니얼이 요청한 겁니다."

엄마가 망연자실한 표정을 짓는데 고집 세고 자신만만하던 평소 모습과 달리 금방이라도 깨질 듯이 보인다.

"괜찮아요, 엄마. 어떤 식으로 진행되는지 알고 싶었을 뿐이에요. 어떤 마음의 준비를 하면 되는지."

엄마는 내 얼굴을 감싸려고 다가오다 내가 어린아이가 아니라는 걸 퍼뜩 떠올렸는지 마지막 순간에 손을 거둔다. 대신에 사과의 말을 중얼거린다. 하지만 몰리 박사님이 내민 손을 맞잡지는 않는다. 엄마가 창문 쪽으로 고개를 돌려 옆모습을 우리에게 보이자 몰리 박사님은 면담이 끝났음을 깨닫는다. 그가 문을 향해 손짓한다.

그동안 아빠가 간호사와 서류 절차를 끝냈다. 간호사가 병원 약도, 예약 확인서, 화학 요법 약물에 대한 경고문이 진한 대문자로 쓰여 있는 자료의 복사본, 나중에 집으로 들고 갈 추가 항구토제 처방전을 준비해 놓았다. 엄마가 화장실에 간 사이 아빠가 그것들을 내게 보여 주었다.

"엄마는 1차 치료 때 집에 있을 거야." 아빠는 이렇게 말하면서 종이들을 접어 셔츠 주머니에 쑤셔 넣으려고 한다. 두말하면 잔소리지만 종이 뭉치는 너무 두툼하고, 그것들을 주머니 입구에 대롱대롱 매달고 있으니 아빠가 저능아 같아 보인다. "닉을 혼자 둘 수 없어서. 화학 요법이 연기될 가능성도 있고."

아빠도 진실을 일부 감추고 있지만 나는 전처럼 무지하지 않다. 고마워, 메러디스.

그런데 아빠의 예상이 맞아떨어졌다. 검사 결과가 나올 때까지 한 시간 동안 몰리 박사님의 대기실에서 기다렸는데, 내 혈액이 워낙 엉망진창이라 계획대로 1차 치료를 진행할 수 없다는 것이다. 우리는 제섭 보안관의 순찰차를 고요한 그림자처럼 뒤에 단 채 아빠의 차를 타고 360번 도로를 달려 집으로 향한다. 그는 아마 우리가 명령대로 이행했다고 법원에 보고해야 할 것이다.

내 '수치'가 정상으로 돌아가기 전에 바보 같은 워커가 드디어 행동을 취했다. 우리에게 화학 요법을 강요하는 정부의 권한에 제동을 거는 항소장이 접수된다. 우리가 아니라 나에게 강요한 것이지만.

엄마의 비밀 계획에도 불구하고 우리는 10월에 멕시코로 떠나지 않는다. 워커가 엄마에게 말한 바로는 아동 방치죄 항소심이 기다리고 있는 마당에 해외로 떠나면 범법 행위가 될 수 있다는 것이다. 사법권을 빠져나갔다가 강제로 끌려올 수도 있다는 말이다. 본국 송환. 나는 그게 무슨 뜻인지 사전을 찾아보았다.

우리 부모님과 워커가 어떻게 하면 항소 기간 동안 화학 요법을 최대한 연기할 수 있을까 고민하는 와중에 내가 독감에 걸렸다. 백혈구 수치가 워낙 엉망이다 보니 병원으로 이송돼서 추가 감염을 막을 수 있도록 항생제를 충분히 투여받았다. 우리 부모님은 서로를 비난하기에 여념이 없지만, 나는 어쩌다 독감에 걸렸는지 알기 때문에 상관하지 않는다. 원인은 물론 메러디스다.

레너드 요웰이 핼러윈 파티를 열겠다고 했다. 그 소식을 듣고 맥은 엄청 열을 받았다. 요웰은 핼러윈 파티의 제왕이 되고 싶은 모양이다. 녀석 말로는 새로운 동아리 활동으로 학교생활이 바쁘고, 10학년 수업들이 전보다 어렵다고 한다. 게다가 우리 둘은, 요웰이 메러디스에게 관심을 보이는 나를 경계하는 문제로 눈치전을 벌인 이래 별로 말을 섞은 적이 없다.

나는 우정을 구걸하길 거부한다. 그랬다가는 나를 그저 동정하는 사람이 누구인지 판단하기 어려워질 것이다. 홀든처럼 성격 판단을 잘하는 사람들조차 마찬가지일 것이다.

이제 파티 이야기로 넘어가자. 요윌 집안은 페트리아노 집안보다, 아니 이 마을의 어떤 집안보다 돈이 많으니 음식이 훨씬 훌륭할 것이다. 더 넓은 공간에 더 많은 손님을 수용할 수 있을 것이다. 그 부분은 레너드가 어떤 아이들을 초대하느냐에 따라 재미있어질 수도 있고, 골치 아파질 수도 있다. 이 파티를 부잣집 도련님들의 환심을 사는 계기로 삼는다면 분위기가 아주 묘해질 수 있다.

어떤 고등학교건 부잣집 도련님들이 가장 위험한 집단이다. 어른들은 이해하지 못하겠지만, 위장 전술 비슷한 거라 그렇다. 훌륭한 예절 교육을 받은 부잣집 도련님들이 자기와 비슷한 부류를 경멸하는 모습을 보이면, 평범한 아이들은 가끔 속아 넘어가서 서로 한편이라는 착각에 젖는다. 사실 그들은 평범한 아이들을 골탕 먹이면서 희희낙락하고 있는 것인데도 말이다. 하이에나들. 펜시에서 홀든의 룸메이트였던 스트래드레이터처럼 함께 어울리는 시간을 즐기는 척하면서 하찮은 존재 대하듯 상대방한테 대고 함부로 머리를 빗는 인간들. 남의 재킷을 빌려 가서는 애초에 함부로 집적거릴 권리도 없는 여자에게 근육질 어깨를 과시하느라 다 늘려 놓는 인간들. 그런 인간들, 우두머리로 지내는 데 익숙한 인간들이 누군가에게 너그럽고 재미있게 군다면 다음 사냥을 준비하고 있는 것이다. 그럴 때 죽이 잘 맞는 친구들만 등장하면 평범한 누군가는 애피타이저가 되기 십상이다.

기분 상한 맥은 둘째치고 내 입장어 서는 요윌의 파티를 통해 메러디스가 그 화려한 면모에 흔들리지 않는지 확인하는 것이 관건이다. 메러디스답지는 않지만, 설령 그런 일이 일어난다고 한들 그다지 놀랍지도 않을 것이다. 나는 여자들 심리를 잘 모르겠다.

나의 구세주는 파티 전주에 내려온 형이다. 늘 그렇듯 타이밍이 완벽하다. 형이 말도 없이 등장하자 엄마는 그 자리에서 당장 울음을 터뜨렸다. 내가 엄마를 잘 몰랐더라면 형이 없는 동안 약이라도 먹었나 했을 것이다. 한바탕 포옹이 끝났을 때 닉이 피자 먹어도 되느냐고 묻는다. 닉의 피자 사랑은 끝날 줄 모른다. 치즈 결핍증 같은 병에라도 걸린 모양이다. 형이 가서 사 오겠다고 한다. 면허증이 있어서 아무 때나 훌쩍 차를 몰고 피자를 사러 갈 수 있으면 얼마나 편할까?

"어이, 가자." 형이 나를 보고 하는 말이다.

닉이 환성을 지른다. "온 가족 여행이다."

모두들 웃음을 터뜨리고, 앞으로도 이런 식의 농담이 영원히 계속될 것 같은 예감이 든다. 아빠가 닉에게 안 된다고, 너는 집에 남아서 식탁을 차려야 된다고 한다. 그 말에 발끈한 닉이 의자를 걷어차고 엄마 아빠가 미처 벌을 내리기 전에 사라져 버린다. 하우스보트 선실은 그렇게 도망치기에 안성맞춤이다. 구멍 속으로 피신하면 어디로 갔는지 알 길이 없다. 등 뒤에서 쫓아오는 성난 고함 소리가 긴 복도에 메아리치지도 않는다.

형은 출발하기에 앞서 거울, 좌석, 라디오 주파수 등 스바루의 모든 설정을 바꾼다. 스피커에서 레게 음악이 터져 나온다.

"와우." 내가 볼륨을 낮추며 말한다. "좀 너무 시끄럽잖아."

"야, 너도 짜증 모드냐? 다들 자꾸 정떨어지게 굴면 앞으로 안 내려온다?"

나는 옥신각신하고 싶지 않다. 메러디스에 대해서 물어볼 게 어마어마하다 보니 형을 만나서 반가운 정도가 아니라 솔직히 다행스럽게 여겨진다. 하지만 아무나 자기 편할 때 내 인생에 불쑥 끼어드는 건 불쾌하다.

"지금 심기 불편하지 않아. 우라지게 시끄러우니까 그렇지."

"우라지게 유감이다." 형은 그렇게 말하며 볼륨을 다시 높인다.

나는 굳이 대꾸하지 않을 것이다. 형이 한심한 인간으로 전락했대도 상관없다. 한심한 인간으로 살아가야 할 사람은 내가 아니라 형이니까.

피자 가게에 도착했는데 우리가 주문한 피자가 아직 나오지 않아서 빈 테이블에 앉았다. 눈싸움을 벌이듯 마주 보고 앉지만 서로 다른 데를 본다. 그렇게 앉아서 기다린다. 계속 기다린다. 형은 원래 아빠처럼 참을성이 많은 성격이다. 그런데 다리를 떨며 엉덩이를 들썩이는 폼을 보니 뭔가가 있다.

형이 먼저 사과한다. "버럭 해서 미안하다. 그깟 음악 하나 가지고. 내가 왜 이러나 모르겠네. 네 상태가 엉망일지 모르는데, 그런 너를 공격하다니." 형은 열심히 생각하는 사람처럼 얼굴을 찡그리고 고개를 모로 꼬며 나를 본다. "몸은 좀 어때?"

"늘 피곤해. 속이 자주 울렁거리고. 하지만 지금은 여기 나와 있어서 좋아."

"야, 넌 괜찮아. 우라지게 괜찮아." 형은 아빠한테서 받은 20달러짜리 지폐 두 장을 테이블 위에 올려놓고 주름을 편다. "에식스 카운티 고등학교는 어때? 이번 학기에는 누가 임신했냐?"

"나 학교 안 다니잖아."

"이런, 깜빡했네. 사람 헷갈리게 만드는 수업이랑 선생님들이 없으니까 보는 시험마다 A겠다."

구구절절 옳은 말이라 나는 미소를 짓는다.

"『호밀밭의 파수꾼』 단원은 어떻게 됐냐?"

"A 받았어."

형이 내 팔을 꼬집는다. 나는 움찔하며 팔을 당겨 감싸 안는다.

"맙소사, 대니얼." 형이 벌떡 일어나 내 쪽으로 달려온다. "내가 이렇게 한심한 짓을."

나는 하이에나처럼 웃음을 터뜨린다. 연극이었음을 알아차린 형이 으르렁거리며 내 몸에 이라도 있는 것처럼 홱 하니 등을 돌린다.

"랜던 씨." 계산대에서 여직원이 큰 소리로 외친다. "랜던 씨, 주문하신 음식 나왔습니다."

형도 나를 따라 웃기 시작한다. "여전하구나, 대니얼. 이 밉살스러운 놈아."

집으로 돌아가는 길에 형은 라디오를 아예 껐다. "오하이오에서 왔다는 그 다리의 여왕에 대해서 좀 들어 보자. 키스는 했냐?"

나는 고개를 끄덕이고 씩 웃는다. "정확히 말하면 샬러츠빌에서 살다 왔어."

"멋진데? 나한테 또 하고 싶은 말 없어?"

"실은…… 다음 주 토요일에 레너드네 집에서 열리는 핼러윈 파티에 가기로 했거든."

"요웰 의원께서 공화당하고 아무 상관 없는 행사에 돈을 풀기로 하셨다?"

"응, 희한하지? 게다가 엄마가 가도 좋다고 허락까지 하다니. 하지만 그것 말고도 형한테 묻고 싶은 게 많아. 메러디스가 요웰네 집을 보고 넘어가면 어떡해? 대저택에 풀장까지 있잖아."

"그 정도로 얄팍한 여자라면 보내 줘야지."

"그 정도로 얄팍한 애는 아니야. 그냥 미리 마음의 준비를 하려는 거지."

"아무튼, 예를 들면 이런 거야. 걔 눈이 파란색인데 너는 갈색 눈을 좋아해. 하지만 그것 하나 말고는 완벽하다면 거부할래?" 형은 빨간불에서 멈추어 서더니 이쪽이 맞는 길인지 잘 모르겠다는 듯이 옆길로 방향을 튼다. "절대 아니잖아. 세상에 완벽한 여자는 없어. 하지만 다른 것에 비해 중요한 부분들이 있긴 하지. 그걸 결정하는 사람은 너고."

스바루가 느릿느릿 기어간다. 형이 사이드 미러에 비친 무언가를 보고 옆으로 몸을 숙인다.

"왜?" 내가 묻는다. "왜 그래?"

형은 대답 없이 체스에서 퀸을 지킬 방법을 고민할 때처럼 정신을 집중하고 혀로 윗입술을 핥는다.

"형? 도대체 뭔데 그래?"

"너랑 아는 사이인 것처럼 보이는 두 아가씨가 우리 뒤를 따라오고 있어."

나는 홱 하니 고개를 돌려 뒤 차창 밖을 내다본다. 두말하면 잔소리지만 운동복을 입고 조깅하는 쌍둥이다. 메러디스가 미친 듯이 손을 흔들고 있다.

"차 세워."

형은 쌩하니 내달린다.

"형, 장난 그만 치고 이 빌어먹을 차 얼른 세워."

형은 브레이크를 세게 밟더니 워터 레인에서 후진 기어를 넣고 뒤로 달리기 시작한다. 어휴, 우리 형은…… 진정한 카우보이다.

"그만. 그러다 어디 들이받겠다."

뒷바퀴가 갓돌에 닿으며 끼이익거리고, 형은 시동을 끈다. "같이 나갈래?" 형은 운전석 문을 활짝 열어 놓고 내린다.

형의 판단이 옳다. 저넷 드라이브에 들어서기 전, 워터 레인의 마지막인 이곳에서 다른 차와 맞닥뜨릴 확률은 수천억 분의 1이다. 모두들 우체국 앞길로 핸들을 돌린다.

소개가 끝나자 형은 내게 대화를 맡긴다. 소화전 위에 한쪽 발을 올려놓고, 나를 생각해서 묵묵히 참고 있는 양 호스킨스 강 너머만 쳐다본다. 줄리앤은 넋이 나간 얼굴이다. 아예 아무 말도 못 한다. 또다시 그 제인 오스틴 눈빛을 짓고 있다. 여자들은 정말이지 희한하다.

메러디스가 입은 티셔츠는 봄을 맞은 사과나무 이파리처럼 옅은 초록색이다. 까무잡잡한 피부에 그런 티셔츠를 입고 있으니 한 입 베어 먹을 수 있을 것만 같다. 이렇게 눈부신 여자아이가 옆에 있으면 집중이 잘 안 된다.

그녀는 미소마저 눈부시다. "대니얼, 토요일에 레너드네 핼러윈 파티 갈 거지?"

쌍둥이가 내 쪽으로 고개를 돌리고 있기 때문에 형은 그녀들의 시야에서 벗어난 상태다. 형이 입을 꾹 다물고 알 만하다는 듯이 히죽히죽 웃으며 고개를 끄덕인다. 여기서 내가 무슨 반응이라도 보이면 쌍둥이가 고개를 돌려 형의 실없는 짓을 알아차릴 테니 정색해야 한다. 나는 메러디스의 눈을 들여다본다.

"응, 물론이지. 어떻게 갈지 맥이랑 얘기했어?"

"엄마가 데려다 주겠다고 하셨는데, 직장 동료들이랑 위소 지나면 나오는 어느 음식점에서 약속이 생겼대. 맛있는 저녁 식사라나?"

형이 티 파티에 참석한 할머니처럼 고개를 까딱인다. 계속 이런 식이다가는 내 입술에서 피가 나겠다.

차편 문제라면 내가 해결할 수 있다. "레너드네 집까지 그리 멀지도 않아. 17번 도로에서 빠져나오자마자 보이는 가톨릭교회 바로 지나서야. 맥더러 다 같이 태워 달라고 하면 되겠다."

형은 웃는 얼굴로 'EQ의 천재들' 시리즈에 나오는 행복 씨처럼 고개를 이쪽으로 기울였다 저쪽으로 기울였다 한다. 이제는 웃음을 참는 게 거의 불가능한 지경이다.

"그래." 줄리앤은 그러면 되겠다는 듯이 대답하지만, 맥의 이름이 등장할 때마다 열띤 반응을 보였던 평소와는 사뭇 다르다.

"내가 맥한테 다시 한 번 확인하고 전화할게." 메러디스에게 말했다. "분명 그러자고 하겠지만."

형이 차 쪽으로 다시 걸어가기 시작하자 나는 무슨 말을 덧붙여야 되지 않나 하는 생각을 했다. 학교에 대해서. 아니면 핼러윈에 대해서. 아니면 가끔 전화하겠다는 말이라도. 그녀를 직접 만나면 통화할 때보다 말이 잘 안 나온다. 왜 그럴까?

줄리앤이 하늘을 향해 두 팔을 들고 제자리에서 뛰기 시작한다. 메러디스는 어이없다는 듯이 고개를 젓는다.

줄리앤이 그녀를 노려보다 내 쪽으로 고개를 돌린다. "너희 형은 대학생이야?"

내가 메러디스에게서 줄리앤 쪽으로 시선을 돌리자 그녀가 얼굴을 붉힌다. 우리 형에게 홀딱 반한 기색이 온 얼굴에 가득하다. 으악, 이제 큰일 났다. 맥이 나를 가만두지 않을 텐데. 스물한 살짜리 대학생은 너무 나이가 많지 않으냐고 열여섯 살짜리 여자아이를 설득하려면 어떻게 해야 할까. 그만한 판단력도 없다니. 메러디스도 알아차린 눈치다.

"맥더러 줄리앤한테 직접 전화하라고 할까 봐. 어떻게 생각해?" 나는 메러디스에게 소곤소곤 묻는다.

그녀는 고개를 끄덕인다. "그러는 게 좋겠어. 응, 그러라고 해."

이번에는 내가 목소리를 높여 두 아이에게 동시에 말한다. "내일 전화할게. 아니면 오늘 밤에 하든지……."

형이 경적을 울려서 그쪽으로 달려갔다. 차가 이미 움직이기 시작한 것이다.

"야." 형은 내 팔을 꼬집으려다 막판에 손을 거둔다. "귀여운데? 너랑 맥이랑 둘 다 재주도 좋으셔."

형에게 고주알미주알 진실을 밝힐 수는 없다. 나는 두 아이에게 깊은 인상을 심을 만한 특별한 일을 한 적이 없다. 다리에서 떨어진 게 전부다. 이 얼마나 우연의 연속인가. 어쩌다 보니 쌍둥이가 내 단짝 친구의 옆집으로 이사 왔고, 어쩌다 보니 단짝 친구가 나를 소개해서 그 아이들을 데리고 낚시를 가게 됐고, 어쩌다 보니 그 둘이 우리를 좋아하게 됐을 뿐이다. 그런데 대학생인 형이 집으로 내려오면서 상황이 달라지고 있다. 형과 거의 일 년 내내 떨어져 지낼 수 있는 게 다행이라는 생각뿐이다.

"그래서." 형이 운을 뗀다. "뭘 묻고 싶었던 건데? 콘돔 필요해?"

11장

엄마와 아빠는 저녁 내내 신 나게 능담을 주고받는다. 형은 기숙사 친구와 교수들에 얽힌 일화를 끝도 없이 들려주었다. 어느 나이 많은 교수가 발을 질질 끌며 칠판 앞에 서서 학생들에게 인사한 다음 공책을 펼치고 질문을 몇 개 던졌다. 아무도 대답이 없다. 학생들은 어리둥절한 표정으로 두리번거린다. 교수가 똑같은 질문을 반복한다. 그러고는 줄줄이 앉아 있는 학생들을 유심히 살핀다. 아무도 말이 없다. 교수가 잠깐 실례하겠다고 한다. 잠시 후 다시 들어온 그의 손에는 다른 공책이 들려 있다. "다른 수업으로 착각했군." 그가 말한다.

아빠가 노교수의 대사를 여섯 번쯤 반복할 때마다 우리는 다 같이 너무 과하다 싶을 만큼 깔깔대고 웃었는데, 아무도 대답하지 않았을 때 어리둥절해했을 그 고리타분한 교수의 모습이 눈에 선하다. 심지어 학생들은 그 책을 읽지도 않았을 것 아닌가.

닉이 설거지를 하겠다고 나선다. 놀라운 일이다. 형은 배낭을 들고 주 선실로 건너가 불이란 불을 모조리 켠 다음 소파 한쪽 끝에 자리 잡고 앉아서 무릎에 얹은 베개 위에 책을 올려놓는다.

"휴대 전화로 맥한테 전화해도 돼요?" 내가 아빠에게 물었다.

나는 핼러윈 파티와 쌍둥이 문제를 모두 해결하고 다시 안으로 들어갔다. 엄마가 왔다 갔다 하며 걷고 있고, 형은 책을 덮었다.

형의 이마에 꼭 아빠처럼 주름이 패어 있는 게 이제야 눈에 들어온다. 형은 대화에 정신이 팔려서 내가 들어온 걸 모른다. 형이 이런 말로 엄마의 가슴을 후벼 판다. "변호사가 왜 막지 못하는지 이해가 안 되네요."

엄마는 따발총처럼 대답을 쏟아 낸다. "특별법인가 봐. 아이들을 보호하기 위한. 부모인 우리는 아무 권리도 없어. 우리한테 이미 유죄 선고를 내렸어. 아동 방치죄와 학대죄로. 공문에 다 적혀 있더라. 대니얼이 도움이 필요한 아이라며 특별 진정서를 제출했지 뭐니. 우리가 반대하더라도 치료를 받게 명령해 달라고 법원에 청원한 거야."

형은 묻는 듯한 표정으로 나를 쳐다본다.

"나는 모르는 일이야. 재판에 참석도 못 했는걸."

"그런데 화학 요법인지 방사선인지 하는 치료 받고 싶어?" 형이 묻는다.

날카롭거나 뜨거운 무언가로 건드리면 당장 터질 풍선이 우리 앞에 있는 것처럼 팽팽한 정적이 흐른다.

엄마는 그런 질문 자체가 충격이라는 듯 손깍지를 끼고 입술에 댄다. "당연히 얘는 안 받고 싶어 하지. 미스티가 주는 약초와 비타민으로 치료하니까 요 며칠 동안 속이 메슥거린다고 하지 않았어. 점점 좋아지고 있는 거야. 혈색도 좋아졌고."

솔직히 혈색이 달라지기는커녕 내 몸 어디에 혈색이 남아 있다는 건지 모르겠다. 나는 요즘 여섯 시간마다 두 시간씩 잔다. 백 살 먹은 노인처럼 무릎과 팔목이 쑤신다. 피지와 각질마저 슬금슬금 숨어 다니는 암세포들이 두려워 도망쳤는지 얼굴에 났던 여드름들이 갑자기 하나도 남김없이 사라졌다. 아무도 하지 않았던 그 질문을 형이 내뱉는 순간…… 이 혼란 통이 갓 시작되었던 때부터 내 의견을 물은 사람은 아무도 없었다는 사실이 내 뇌리를 강타한다. 그리고 전쟁 중인 법원과 군청과 우리 부모님은 호를 파고 진지를 구축하느라 여념이 없다는 사실도.

스웨터를 걸치려고 들어가 보니 닉이 침대에 누워 있다.

"형 숙제 끝냈대?" 녀석이 묻는다.

나는 어깨를 으쓱한다.

"형이 리스크* 할 수 있다고 했는데."

뒤집힌 스웨터가 한쪽 팔에 걸렸는데, 나는 그 바보 같은 스웨터를 벗지 않고서 얽힌 걸 해결하느라 끙끙댔다.

나는 얼굴 절반은 스웨터 안으로, 나머지 절반은 스웨터 밖으로 걸친 채 중얼거렸다. "'할 수 있다'는 게 핵심이야. 형이 할 수 있다고 한 게."

"형은 하기 싫어?"

"언제면 정신 차릴래?"

"형은 왜 하기 싫어? 조 형은 좋아하는데."

"너하고 네 게임이라면 지긋지긋하다. 너, 남을 이기는 데 너무 목숨 거는 거 알아? 도대체 왜 그렇게 승리에 집착하는 건데?"

"지난번에 스크래블은 형이 이겼잖아. 형도 예전에는 게임 좋아했으면서. 그러니까…… 그 전에는."

"그래, 내년 이맘때에 내가 이 세상에 없을지도 모른다는 걸 알기 전에는 그랬지. 죽음이라는 아주 사소한 문제가 생기면 사람의 관점이 달라지거든."

닉이 게임보이를 내 쪽으로 던진다. 다행히 내가 받았다.

"이보게, 이 물건 함부로 던지지 말게. 리스크를 같이할 사람이 없으면 이걸 써야 하지 않겠나. 내가 죽어 없어진 뒤에 말일세."

내가 그 조그만 기계를 녀석 쪽으로 던지는데, 녀석은 이미 내

● 주사위를 굴려서 서로의 영토를 빼앗는 전쟁 보드게임.

다리를 노리고 고개를 숙인 채 침대에서 반쯤 빠져나왔다. 모든 게 슬로 모션으로 변한다. 온 사방이 정적으로 뒤덮이고 잠시 후 닉이 등장한다. 온통 근육질인 탄탄한 몸으로 닻처럼 나를 치고, 다리를 붙잡고 돌려 나를 쓰러뜨린다. 나는 한쪽 팔이 아직 스웨터에 걸려 있기에 옴짝달싹 못하고 속수무책이다. 형이 문가로 들이닥친다. 눈 깜빡할 새 사태를 파악한 형은 뒤엉킨 우리 사이를 헤집고 들어와 닉의 허리를 감싼다. 내 손이 닉에게 닿지 못하도록 한쪽 다리로는 내 가슴을 누른다.

"자기보다 약한 사람을 괴롭히겠다는 거냐?"

우리 둘 중에서 누굴 말하는 걸까? 둘 중 누구건 상관없긴 하지만. 형이 대학교로 떠나기 전만 해도 날이면 날마다 벌였던 추억의 몸싸움이다. 닉은 꽥꽥 소리를 지르고, 나는 끙끙거리고, 형은 나를 일으켜 세운다. 내가 떠밀자 닉이 스리를 지른다. 아마 2층 침대가 가장 심한 타격을 입었을 것이다. 모두 다 기진맥진한데, 서커스에 나선 광대 침팬지처럼 하도 웃어서 하나같이 서 있을 기운조차 없다.

엄마 아빠도 거실에서 우리 소리를 들었을 테지만 끼어들지 않는다. 옛 추억을 가장 자극하는 게 이런 장면이다. 지금 이 순간만큼은 아무도 가엾은 환자 대니얼을 걱정하지 않는다.

"맥이 뭐래?" 형이 한 달 동안 굶은 수단 난민처럼 그 유명한 아빠의 야채 오믈렛을 입 안으로 쑤셔 넣으며 묻는다.

"주스 줄까?" 엄마가 딱히 누구에게라고 할 것도 없이 묻는다.

"나." 아빠, 형, 닉이 동시에 대답한다.

엄마는 네 잔을 따르고 맨 첫 잔을 내게 준다.

"저는 마시겠다고 안 했는데요." 내가 말했다.

"정말 필요한 사람은 너야."

형이 불현듯 내 문제를 깨달은 듯한 눈빛으로 나를 쳐다본다. "맥이 뭐래?" 형이 좀 전의 질문을 반복한다.

"쌍둥이를 데리고 날 태우러 공용 선착장으로 오겠대. 닉이 낚시 보트로 거기까지 데려다 주면 돼."

"어쩌면 안 될 수도 있는데." 닉이 말한다.

"왜 안 되는데?" 엄마가 다시 심판으로 나선다. 몸싸움 때의 중립 선포는 먼 과거의 얘기다.

"그럼 됐어." 나는 열세 살짜리 벌레의 은총을 바랄 생각은 없다. "로우보트* 타고 가지, 뭐."

"내 생각에 그건 ─ ." 엄마가 끼어든다.

아빠가 말허리를 자른다. "어디서 파티가 열리는데?"

엄마가 등을 돌린 사이에 형이 내 주스를 벌컥벌컥 마신다. 단숨에 꿀꺽하고는 씩 웃는다. "토요일 밤, 요웰네 집에서요. 핼러윈 파

● 노를 저어서 움직이는 보트.

티래요. 대니얼은 근사한 아가씨와 데이트가 있고요."

아빠는 정말로 기쁜 듯이 씩 웃는다. 나는 거의 평범하달 수 있는 이 분위기에 젖어 있다가 엄마가 자리에 앉은 다음에서야 찌푸린 얼굴을 알아차린다.

"애들이 많이 오겠네?" 엄마가 묻는다.

"그랬으면 좋겠어요. 레너드랑 맥이랑 메러디스만 있으면 별로 재미없을 테니까."

"대니얼." 아빠는 이제 짜증이 난 독소리다. 좋았던 기분이 삽시간에 사라지고 나는 다시금 어항 속에 갇힌 듯한 기분이 된다.

"잠깐 노 저어서 가면 돼요." 나는 오믈렛이 반쯤 남은 접시를 싱크대로 치운다. 개를 길렀더라면 이런 낭비는 없었을 텐데. 하지만 개 이야기를 듣고 세균 공장 어쩌고 할 엄마의 목소리가 들리는 듯하다. "형, 언제 학교로 돌아갈 거야?"

"곧. 화요일까지 내야 하는 기말 보고서가 있거든. 자료 조사를 시작해야 해."

엄마와 아빠가 미리 준비해야 한다는 둥, 집중해야 한다는 둥 난리 법석을 떠는 동안 나는 슬그머니 빠져나온다. 형은 아무 문제 없다.

강은 아무 무늬도 없는 큼지막한 갈색 종이봉투와 같아서 어떤 자국 하나, 주름 한 줄 없고, 심지어 갈대밭 옆 개펄에서 일광욕하는 수달조차 없다. 7월이었다면 너무 더워서 로우보트를 타고 나올 생각도 못했겠지만 10월은 완벽하다. 정수리는 익어 가지만, 목덜미와 스웨터 소매를 걷어 올린 양팔에 와 닿는 공기는 시원하다. 나는 딱히 목적지도 없고 해야 하는 일도 없으니 급할 것 없다. 이 배는 아주 오래돼서 금속 선체가 세월의 흔적으로 군데군데 움푹 패었는데, 갈대밭으로 떠밀려 온 것을 아빠가 발견하고는 나무 좌석을 교체했다. 마흔 가지 색깔의 페인트가 여기저기 떨어져 나가서 선체가 모던 아트처럼 보인다.

이렇게 가족들과 떨어져서 혼자 있으면 생각이 훨씬 잘된다. 홀든이 부모님에게 떠밀려 들어갔던 펜시나 다른 기숙 학교에서 무슨 수로 그렇게 오래 버텨 냈는지 모르겠다. 애클리나 스트래드레이터 같은 녀석들이 수시로 들락거리며 그의 물건을 쓰고, 심지어 화장실에 있을 때조차 훼방을 놓았는데 말이다. 나에게는 프라이버시가 상당히 중요하다. 만약 지정된 보고서를 쓰지 않고 시험을 망쳐야 거기서 탈출할 수 있다면 나도 똑같이 했을 것이다.

정신병자처럼 들릴지 몰라도 나 혼자 강으로 나와 있을 때 홀든과의 대화가 제일 잘된다. 그는 모든 굴레에서 벗어날 때 어떤 기분이 드는지 안다. 그는 이삭 디네센이 쓴 아프리카 탐험기를 읽고는 저자에게 전화를 걸어 대화를 나누고 싶어 했다. 나는 그 심정을 십분 이해한다. 나도 지금 당장 홀든에게 연락하고 싶으니까.

맥도 좋은 친구지만, 책을 좋아하지 않고 늘 진실을 이야기하지도 않는다. 좀 더 흥미진진해 보이게 과장하는 걸 좋아한다. 그래도 별 상관이 없긴 하다. 녀석이 딱 잡아떼도 허풍이라는 걸 알 수 있으니까. 하지만 그러는 게 옳은 행동은 아니다. 극복해야 할 성격상의 단점이다. 나는 씹던 껌을 침대 기둥에 붙여 놓는 습관을 아홉 살 때 고쳤다. 하하.

아빠는 자라면서 옷이 작아지듯 나쁜 습관도 없어지기 마련이라고 했다. 그 습관이 얼마나 해로운지 알게 된다는 것이다. 아무튼 나쁜 습관들이 중요한 일에 방해가 되는 것만큼은 분명하다. 당사자의 발목을 붙잡으니까. 아빠의 말로는 그렇다. 나부터 고백하자면 내게도 안 좋은 습관이 몇 가지 있다. 일단 누가 봐도 메러디스에게 중독되어 있다. 하지만 적어도 이제는 불특정 다수의 여자아이들에게서 벗어났다는 데 의의가 있다. 나는 사교적이지 못한 성격이다. 사람들과 어울리는 자리를 싫어하는 건 아니다. 특정 부류의 사람들과 한공간에 있는 걸 견디지 못할 따름이다. 그들의 장점에 초점을 맞추고 단점들은 무시하면 되지 않느냐고 할 사람이 있을지 모르겠다. 나도 노력해 봤지만, 내 생각에는 좋아하는 척하는 게 더 나쁜 짓이다.

홀든도 나쁜 습관이 많고, 그도 그렇다는 걸 안다. 그는 평범한 사람이 되고 싶어서 한심한 친구들을 참고 견딘다. 누군가에게 이래라저래라 잔소리 듣는 걸 싫어한다. 우선순위를 정하는 걸 어려워한다. 나도 예전에는 그랬는데 지금은 아니다. 병이 군더더기를 없애 주었다.

본인은 인정하지 않겠지만 홀든도 솔직함에 대해 고민하고 있다. 내가 보기에는 거의 옳은 길을 가고 있는 듯하다. 상대방에게 상처를 줄 수 있다면 굳이 솔직할 필요가 없지만, 정직이 필수인 경우도 있다. 예컨대 메러디스가 내 병에 대해 모른다면 나는 그녀와 잠자리를 갖기 전에 알려 주어야 한다. 아직까지는 만일의 경우에 불과하지만. 나 혼자서 하는 이야기에 불과하지만. 그러지 않으면 부당하다. 진지하게 사귀는 상대와 졸업 파티에 함께 가지 못할수도 있는데, 중대한 결단을 내리기에 앞서 선택권을 주어야 하지 않겠는가.

나는 열심히 노를 저어 다리 밑을 통과하고 콘크리트 기둥 너머로 배를 몬다. 팔꿈치가 쑤시고 무릎이 욱신거린다. 천장에서 선풍기가 미친 듯이 돌아가고 그 아래에 마틴 신이 마약인가 열사병 탓에 정신을 못 차리는 「지옥의 묵시록」의 그 장면처럼 햇볕이 배를 난도질한다. 나는 이 다리를 지날 때마다 그 장면을 봤을 때처럼 소름이 돋는다. 어딘가가 이상하다. 하지만 눈에 보이는 게 아니라 느낌만 그럴 따름이다.

낚싯배가 묶여 있고 물속에 반쯤 잠겨 있는, 낡고 섬뜩한 부두 때문일 수도 있다. 부두의 연식과 상태에 비해 낚싯배는 너무 새것이고 관리가 잘되어 있다. 주인이 도주용으로 숨겨 놓기라도 한것처럼. 하지만 강가에 대놓고 묶어 놓아서 다리 저편에서 드나드는 사람이라면 누구나 볼 수 있다. 여기까지 오는 사람들이 많지는 않다. 작은 배로 먼저 실험해 보지 않는 한 이 근처의 수심을 알 수 없는데, 커다란 배를 몰고 왔다가 진창에 처박히는 위험을 감수할 사람은 없을 것이다. 방향을 돌릴 곳도 없는데 말이다.

다리 저편에서 억새들이 대기하고 있다. 노골적으로 대기하고 있다. 멍청해 보이는 금발 때문에 생물 교과서에 실린 짚신벌레의 섬모 같다. 바람 한 점 없는데도 아이스 댄스 대회에 나온 커플처럼 고개 숙여 인사한다. 무너져 가는 선착장에 묶인 정체 모를 낚싯배를 지나 뻥 뚫린 곳으로 다시 나왔더니 훨씬 낫다. 소름도 사라졌다.

억새가 버지니아에서만 자랄 리는 없다. 억새는 기본적으로 잡초이고, 잡초는 어디에서나 자라니까. 미스 T. 언더테이커와 그녀를 따르는 일반 환경 운동가들은 수억 리터의 천연 허브 스프레이로 억새를 없애겠다고 해마다 기금을 모금한다. 훌륭한 식물을 죽이겠다는 처사다. 희한한 건 알지만 나는 억새가 좋다. 무슨 일이 있더라도 자라나는 방법을 터득한 녀석들 아닌가. 개체 변이인가 뭔가를 해 가며. 살충제 군단이 공격하건 말건 녀석들은 매 계절 조금씩 모습을 바꾸며 진흙 밖으로 다시 솟아오른다.

나는 물살을 거슬러 노를 저으며 다시금 메러디스 생각을 한다. 같이 자자고 하면 그녀가 승낙할 거라고 100퍼센트 장담할 수는 없다. 어떻게 하면 그런 상황을 만들 수 있을지 상상도 안 된다. 무슨 수를 써야 여자아이와 단둘이 있을 수 있을까? 늘 엄마 아니면 아빠 아니면 두 분 다 집에 있는데. 아니면 닉이 들락거리던지. 형 말로는 대학에 가면 거의 모든 게 가능하다는데 나는 그때까지 살 수도 없을 것이다. 대학 기숙사 1인실에서 살거나 룸메이트가 가끔 방을 비우는 주말을 노리면 될 텐데 말이다.

게다가 같이 자고 싶다는 그런 말을 무슨 수로 입 밖에 낼 수 있을까? 특히 메러디스 같은 여자아이 앞에서. 그녀가 관심 있는 듯한 신호를 보내기는 하고, 입맞춤을 좋아하기도 한다. 아빠 말에 따르면 어른들은 모든 걸 사전에 상의한다고 한다. 게다가 그녀는 어둠 속에서 마냥 상대가 이끌어 주길 바랄 성격도 아니다. 맥은 내년에 죽을지도 모른다고 하면 어떤 여자아이라도 동정심에 몸을 내줄 거라고 하지만.

좀 전에 내가 어째서 맥에게 그런 평가를 내렸는지 이제는 여러분도 알 것이다. 녀석의 발상은 고상하다고 볼 수 없다. 그리고 지금 내가 찬밥 더운밥 가릴 처지는 못 되지만, 어떤 여자라도 내게 몸을 '내주는' 건 내가 원하는 바가 아니다. 상대방도 나만큼이나 간절히 원해서 동참했으면 좋겠다.

만약 메러디스도 여기에 대해 생각해 본 적이 있다면 — 내가 아니라 이상형을 상대로 말이다 — 자동차 뒷좌석에서 허둥지둥 지저분하게 끝내는 것이 아니라 완벽하길 바랄 것이다. 맥에게서 첫 경험에 대해 들었을 때 나는 한 방 얻어맞은 듯한 심정이었다.

숲 속의 교회 캠핑장이었고, 상대는 처음 만난 여자아이였다니. 게다가 그 뒤로는 본 적도 없다니. 작년 같았으면 나도 그런 만남을 시도해 보았을지 모르겠지만, 기회가 단 한 번뿐일지도 모르는 지금은 상황이 다르다.

다리 위에 서서 온 세상에 대고 고래고래 고함을 지르는 여자아이라면 완벽한 첫 경험에 대해 상상할 것이다. 여자 형제가 없어도 그 정도는 알 수 있다. 홀든이 피비에게 섹스를 주제로 이야기한 적은 없겠지만——그런 것을 알기에는 너무 어리니까——제인 같은 아이가 생각하는 첫 경험이 서니 같은 아이와 다르다는 건 그도 안다. 상대가 어떤 유형인지 염두에 두어야 한다. 그러니까 서로에게 공평한 시간이 되길 원한다면 말이다. 솔직히 내 친구 홀든에게는 미안한 소리지만, 요즘 여자아이들이 그때에 비해 훨씬 아는 게 많다. 텔레비전에서도 접했고 모든 영화들에 그런 내용이 넘쳐 나니 말이다. R등급*을 받아서 흥행 수익을 높이려는 포석이기도 하겠지만, 요즘 여자아이들이 전과 다르게 훨씬 솔직하기 때문일 것이다. 빅토리아 시크릿**을 비롯해 공개적으로 몸매를 과시하는 경우도 워낙 많으니 닉의 친구들이 축구 관중석 뒤에서 여자아이를 하나씩 거느리고 고개를 내민들 나는 놀라지 않을 것이다.

형이나 아빠한테 물어보고 싶다. 아빠는 첫 경험을 기억할지 모

* 17세 미만은 부모나 성인을 동반해야 관람이 가능한 미국의 영상물 등급.
** 미국의 유명한 속옷 회사.

르겠지만 자세히 듣고 싶다. 윽, 아니다. 자세한 내용은 됐고 잊히는지 아니면 영원히 기억할 만한지 묻고 싶다. 엉망진창이었는지 아니면 추억으로 남기고 싶을 만큼 좋은 기억이었는지. 내가 제대로 감 잡았는지 확인하는 차원에서 말이다.

만약 아빠나 형이 맨 처음은 늘 뒤죽박죽이기 마련이고, 너무 무섭고 낯설어서 기억하는 사람이 아무도 없다고 하면 지금처럼 안절부절못할 필요가 없을 것이다. 문제는 아빠한테 그런 질문을 하면 내가 무슨 생각을 하는지 아빠가 간파할 테고, 메러디스를 만난 직후에 그런 이야기가 나왔으니 상대가 메러디스라는 것까지 알아차릴 공산이 크다는 것이다. 그러면 끝장이다. 아빠가 엄마한테 언질을 주겠지. 그러면 두 분은 절대 우리끼리 있게 두지 않을 것이다.

이제는 배가 물살을 따라 흘러가고 있다. 상류에 이르자 개펄이 사라지고 강줄기가 꺾어진다. 물살이 약해져서 노를 살살 저으며 흐름에 몸을 맡길 수 있다. 폭도 좁아졌다. 새는 엄청스레 많아졌다. 쳐들어오는 배가 별로 없으니 여기가 좋은 모양이다. 갈대나 억새 위에 앉아 아무 방해도 없이 풍경을 감상할 수 있지 않은가. 강둑이 바람을 막아 주어서 더 따뜻하기도 하다.

그때 한 가지 생각이 번뜩이며 떠오른다. 겨울이 오기 전에 메러디스를 여기에 데리고 와야겠다. 망원경을 들고 오면 버지니아의 이쪽 지역에 어떤 새들이 사는지 볼 수 있을 것이다. 산악 지대에 사는 새들과는 분명 다르겠지. 이 배에 줄리앤을 태울 자리는 없다. 맥도. 생각하면 할수록 메러디스가 좋아하겠다는 확신이 든다. 뭐든 처음이라는 게 있는 법이다.

하우스보트 옆에 배를 대고 보니 워소에 갔던 형이 돌아와 있다. 벌써 미니 보트에 타고 있었다. 닉이 초크를 당겨 시동을 걸 준비를 하고 있다. 형은 나를 보고 함박웃음을 짓는다.

"댄, 지금까지 숨어 있었냐? 주말에 샬러츠빌로 놀러 와. 대학교라는 데가 어떻게 생겼나 구경도 할 겸."

"엄마한테 물어볼게."

"그러지 마. 날짜만 정해. 러스티의 여자 친구는 거의 매 주말마다 워소에서 오는데."

러스티가 강가에서 서두르라고 형을 향해 손을 흔들고 있다.

"응? 대니얼, 오겠다고 대답해."

"물어봐야 해."

"왜 그러냐? 네가 어린애도 아니고. 태워 줄 사람이 필요한 것도 아니고 제시카 차를 타고 오면 되는데. 아무 금요일이나 괜찮아. 제시카가 일요일에 다시 데려다 줄 거야. 알았다고 대답해."

"그래, 알았어, 알았어. 갈게. 하지만 날짜는 엄마랑 얘기한 다음에 알려 줄게."

"알았다, 동생아. 그럼 그렇게 해라. 내가 너라면 하고 싶은 일들부터 하나씩 시작하겠다. 내가 너라면 ─ ."

닉이 잠자코 있을 애가 아니다. "형, 흥분하지 마. 알았다잖아. 그러니까 내버려 둬."

"둘 다 왜 그래?" 나는 참지 못하고 묻는다. "그만해."

닉은 그쯤에서 그냥 끝내지를 못한다. "큰형은 멀리 있어서 작은형이 얼마나 피곤해하는지 모르잖아."

"야야, 닉. 동생이 변호해 주지 않아도 이 정도는 내가 알아서 처리할 수 있다고 보는데?"

형이 무슨 말을 하려다 말고, 난간 너머로 팔을 뻗어 나를 꼭 끌어안는다. 아마 이해한 모양이다. '소멸한' 정박지의 부두로 가던 도중에 형이 큰 소리로 외친다.

"대니 보이, 아무 때나 금요일에 꼭 와야 한다. 진짜로."

닉이 보트를 홱 움직이는 바람에 물보라가 아치를 그리며 자기 위로 쏟아지자 형이 닉을 향해 가운뎃손가락을 들어 보인다.

러스티가 심신 미약자처럼 차창 밖으로 미친 듯이 손을 흔드는 형을 태우고 사라지자 나는 노를 젓느라 땀범벅이 된 옷을 갈아입으러 안으로 들어갔다. 형이 침대 2층에 선물을 두고 갔다. 제도사처럼 완벽한 특유의 블록체로 내 이름을 적고 입구에 테이프를 붙인 봉투다. 그 안에 콘돔이 두 개 들어 있다.

토요일 밤, 맥이 우리를 태우고 파티가 열리는 요웰의 집으로 향한다. 그 집은 강변 맨션들이 즐비한 골드코스트에 있다. 맥은 콧대가 하늘을 찌를 지경인데 뭐라 나무랄 일은 아니다. 조니 캐시•처럼, 우리 아빠가 썼을 법한 1960년대풍의 큼지막한 금속 버클이 달린 허리띠를 검은 청바지에 떡하니 차고, 단추 대신 하얀색의 조그만 금속 똑딱단추가 달린 까만 셔츠를 입고 있으니 말이다. 오, 멋져라.

벌써 도착한 차가 열몇 대는 되는 레너드네 옆 마당에 맥이 차를 세우자 줄리앤이 빙글빙글 녀석의 주변을 돈다. "그 셔츠 어디서 났어? 「맨 인 블랙」용으로 완벽하다. 이거 인조 다이아몬드 맞아?" 그녀가 자기 가슴을 뚫어져라 쳐다보자 맥은 맡은 역할에 걸맞게 으스대며 발걸음을 옮긴다.

"하나도 안 무섭잖아." 내가 말한다. "록 스타가 아니라 유령이나 마귀로 분장하는 게 핼러윈인데."

쌍둥이의 분장은 생김새가 똑같은 도플갱어다. 똑같이 회색 시트를 두르고 눈 주변을 시커멓게 칠해서 처참하게 죽은 저세상 사람 같다. 시트에 구멍을 뚫고 댄서들이 입는 신축성 좋은 의상 같은 까만 스타킹 소재로 감싼 두 팔을 내밀었다. 우리 엄마 같았으면 절대 멀쩡한 시트를 자르지 못하게 했을 텐데. 야구 모자에 스프레이 페인트를 뿌렸고, 시트 앞면에 적힌 메러디스의 'D'는 줄

• 파격적이고 이단적인 행위로 유명했던 미국의 대중음악가 겸 배우.

리앤의 것을 거울에 비춘 듯이 좌우가 바뀌었다. 무척 단순하지만 효과 만점이다. 그런데 안타깝게도 둘이 붙어 있어야만 분장이 효과를 발휘할 수 있으니 맥과 내가 바라는 방향과는 정면으로 대치된다. 그리고 우리가 전력을 다해 노리는 목표와도 정면으로 대치된다.

맥이 자기 의상에 대한 칭찬을 발판 삼아 점점 바람직한 분위기를 조성하고 있다. "도플갱어들은 그림자가 자기를 따라다니면 달가워하지 않을 것 같아. 정말로 신 나게 놀 수 없으니까."

줄리앤이 키득거리다 자기의 역할이 생각난 듯 당장 그쳤다. "그림자 아니야. 거울에 비친 모습이지. 잃어버린 반쪽."

"도플갱어들은 신 나게 놀고 싶어 하지 않아." 내가 녀석을 약올린다.

"동병상련을 좋아하거든." 메러디스도 거든다.

내가 한술 더 뜨러 나서자 맥이 입 좀 다물라는 듯이 얼굴을 찡그리는 게 보인다. 나는 목소리를 낮게 깐다. "도플갱어들은 영원토록 이 땅 위를 떠돌지. 이승과 저승, 양쪽 모두 그들이 있을 곳이 아니야. 그러니 비참할 수밖에."

"만약……." 엄지손가락을 허리춤에 끼운 맥이 도플갱어라는 역할에 충실하면서도 반쪽은 맨 인 블랙과 만나고, 나머지 반쪽은 후크 선장과 만날 방법을 생각해 내느라 더듬더듬 헛소리를 늘어놓는다. "만약 서로 다른 사람인데 도플갱어가 그 둘의 몸에 빙의

한 거라면? 예를 들어 준 캐시*라면? 그리고……."

논지를 이어 나갈 여지가 없다. 후크 선장을 따르던 여자는 없으니까. 레너드네 마당에 서 있는 십 분 동안 온갖 귀신들이 지나가며 맥에게 어울리는 휘파람을 불었고, 쌍둥이와 나를 보며 몸서리를 쳤다. 메러디스가 모자를 홱 하니 벗어서 뒤로 쑤셔 넣었다.

"이 도플갱어는 춤을 못 춰서 슬퍼." 그녀가 내 손을 잡았고, 그렇게 우리는 떠난다. 맥과 줄리앤이 끙끙대며 그럴듯한 공통점을 고민하는 소리를 뒤로한 채 집 안으로 들어가서 의원 부부에게 메러디스를 소개한다.

요웰 의원은 풀 먹인 셔츠를 입고 있는데, 브이넥 스웨터 속으로 보이는 옷깃이 뻣뻣한 성벽 같다. 양복 재킷이나 스포츠 코트는 입지 않았다. 오늘은 그가 남들에게 강한 인상을 남겨야 한다는 걱정을 할 필요 없는 몇 안 되는 날일 것이다. 첫 번째 춤을 추고 메러디스 몫의 탄산음료를 따를 때에서야 아들의 친구들에게는 잘 보일 필요가 없어서구나 하는 깨달음과 더불어 뒤늦은 굴욕감이 찾아온다. 레너드가 우리 사이에 끼어들었을 때 잽싸게 안 된다고 대답하지 못한 것 때문에 열이 받는다. 젠장, 그녀가 안 된다고 할 수도 있지 않았나?

나는 그 자리에 서서 두 사람을 쳐다보지 않으려고 애썼다. 레너

---

* 조니 캐시의 부인.

드는 팔을 들고 메러디스의 몸이 자기 몸에 부딪칠 정도로 가속도를 붙여서 그녀를 계속 돌렸다. 그녀는 계속 빙글빙글 돌고 있다. 나는 레너드가 댄스 수업을 받았다는 걸 알기에 저렇게 과도하게 돌리는 데 전혀 다른 목적이 있다는 걸 안다. 변태 같은 놈.

남자들은 지독한 외골수다. 샐리였나 제인과 댄스 수업을 받고, 스트래드레이터가 제인과 밤늦도록 만났을 때 길길이 날뛴 홀든만 예외다. 내가 아는 몇몇 사립 학교 친구들은 요즘도 사교계 데뷔 같은 행사를 거친다. 우리 부모님은 근사한 댄스 수업을 감당할 만한 여력도 없을뿐더러 왜 그런 걸 중요하다고 생각하는지 이해도 못 할 것이다. 레너드가 나보다 훨씬 춤을 잘 추는 것도 당연하다. 첫째, 그 녀석은 서너 해 동안 댄스 수업을 받았다. 둘째, 여자들을 만난 경험이 많다. 이것으로 상황 종료.

녀석이 워낙 자신만만해하니 주변 사람들은 녀석이 만사에 빈틈이 없는 줄 안다. 솔직히 평소에는 그러거나 말거나 상관없다. 내가 매사에 둥글둥글한 성격이라 이러는 건 아니다. 그저 나를 저능아처럼 보는 주변의 시선 없이 메러디스와 춤추고 싶을 뿐이다.

스텝포드헤인스 선생님이라면 오늘을 살라고 할 것이다. 현재를 즐기라고. 선생님은 사리 분별이 뛰어나다. 재미있게 말할 줄 알기 때문에 기분이 나쁘거나 비난처럼 들리지 않는다. 첫 수업 시간부터 앞으로 이 사람을 잊지 못할 것이라고 직감하게 하는 그런 선생님이다. 선생님은 손톱을 물어뜯고 입이 건 스물다섯 명의

10대가 아니라 학생들의 참모습을 볼 줄 안다. 선생님의 수업이 그립다. 선생님이 그립다.

혼자 공부하는 것은 다르다. 재미있는 농담도 없고, 익살꾼도 없고, 뒷줄에서 날아오는 종이비행기도 없고, 내 기분을 띄워 주는 바보도 없다. 선생님의 목소리도 그립다. 선생님의 목소리에는 시간 낭비를 용납하지 않는 북부인 특유의 저돌적인 기질이 있다. 거칠거나 불쾌하다기보다 '본론으로 들어가자.', 이런 분위기다.

선생님을 찾아가서 홀든과 호텔 객실 장면과 여행 가방을 들고 따라온 피비를 속이는 장면에 대해서, 책 전체를 통틀어서 등장하는 부분이 몇 군데 안 되는 그의 부정직한 행동에 대해서 이야기해야겠다.

"워, 워." 요웰 의원이 플라스틱 컵 위로 넘치도록 탄산음료를 따르는 내 팔목을 홱 잡아당긴다. 장식장 위로 초콜릿색 거품이 일렬로 흘렀고, 바닥에 웅덩이가 생겼다.

"으악, 죄송합니다. 제가 조심성이 없었네요. 그게 그러니까…… 딴생각 좀 하느라고요."

"바퀴를 재발명할 방법을 연구하고 있었겠지?" 그는 씩 웃으며 스펀지를 건넸다.

거품이 부글거리는 웅덩이를 닦아서 싱크대에 대고 스펀지를 짜는데, 자기 소지품과 집과 가족들을 감독하는 의원의 모습이 머릿속에 그려진다. 그도 아버지인 것이다. 그는 메러디스가 서재에서 나오자 문지방 너머로 물러서기는 하지만 그 자리를 뜨지는 않았다. 내가 난장판을 제대로 수습하는지, 그가 감독하는 와중에 뭘 흘리고 떨어뜨린 흔적이 남지는 않을지 확인하고 싶기 때문일 것이다. 먼발치에서 이루어지는 이런 식의 단속이 내게는 낯설다. 우리 부모님은 관리할 이미지도 없고 자연재해 말고는 맞서 싸울 상대도 없다. 우리 아빠는 내가 온 바닥에 뭘 쏟은들 알아차리기나 할까 싶다.

레너드가 메러디스를 따라 부엌으로 들어온다. 들어오면서 팔꿈치로 자기 아버지를 건드린다. 복장이 정말 빈약하다. 청바지 위에 야구 셔츠를 걸치고 끝이다. 요즘 주야장천 입고 다니는 버튼다운셔츠가 야구 셔츠 사이로 보인다. 우리가 처음 도착해서 누구로 변장한 거냐고 묻자 녀석은 메러디스를 똑바로 쳐다보며 대답했다. "스테로이드를 맞은 배리 본즈." 지금 녀석은 놓치고 싶지 않은 마음에 메러디스의 도플갱어 시트를 밟고 있다. 내가 그렇게 열받지만 않았더라면 보고 웃었을 텐데.

작년에 녀석은 세라 메시머를 사귀었다. 사실 지금까지 사귄 여자 친구가 여럿이었다. 세라의 아버지는 시내에서 근무하는 부동산 전문 변호사다. 레너드와 세라는 완벽한 커플이었다. 그녀는 스웨터 색깔에 맞춰서 신발을 신고 다녔다. 레너드가 무슨 짓을 했는지 모르겠지만 그 둘은 갑작스럽게 깨졌고 녀석은 거기에 대한 이야기를 거부했다. 맥과 내가 합의한 바로는 세라가 레너드의 정체를 파악했을 가능성이 크다. 아니면 녀석이 너무 빨리, 너무 가까워지려고 했던지. 녀석에게는 어떤 여자가 자기를 거부할 수 있겠느냐는 식의 특권 의식이 있다.

메러디스라는 새로운 인물이 등장했으니 녀석은 이 상황을 경쟁 현장으로 만들어 자신이 남들보다 낫다는 걸 증명해 보여야 한다. 닉이 축구에 집착하는 것과 비슷한데, 한 가지 차이점이 있다면 친구라야 할 레너드와 내 사이를 감안했을 때 그보다 일그러진 형태라는 것이다. 친구끼리는 여자를 빼앗지 않는 법인데.

녀석은 고개를 돌리더니 상원 의원을 향해 눈살을 찌푸린다. "이제 어느 정도 정리가 된 같은데요, 아빠. 엄마가 같이 영화 보려고 2층에서 기다리고 있지 않아요?"

요웰 의원이 말을 더듬기 시작해서 나는 얼른 고개를 돌렸다. 엄청 충격을 받았는지 사진 촬영용으로 손색이 없던 평소와 달리 입을 떡 벌리고 있다. 사춘기 파워랄까. 어쩌면 레너드가 메러디스 앞에서 으스대려고 그러는 걸지 모른다. 의도가 뭐든 간에 자기 아버지를 음흉하게 닮는 수작처럼 느껴진다. 녀석이 점점 더 마음에 안 든다.

나는 메러디스에게 컵을 건네고 테이프로 왼팔에 붙인 플라스틱 해적 갈고리를 흔든다. "이제 판자 위를 걸을 때다, 친구."

믿기지 않게도 그녀는 힌트를 알아차린다. 레너드 앞을 지나서 갈고리에 새끼손가락을 걸고는 나를 현관으로 인도한다.

"괜찮아?" 분위기도 그렇고 보기에도 그렇고, 주변에 아무도 없는데도 여러 커플이 안 보이는 곳에 숨어 있기라도 한 것처럼 구석을 날카롭게 흘끗거리며 그녀가 묻는다.

"다섯 살짜리처럼 빌어먹을 음료수를 바닥에 쏟았어."

"왜 나를 스테로이드 킹한테 버린 거야?"

"걔가 가는 데마다 따라다니잖아."

"안 따라올 만한 데로 피하면 되잖아."

"그런 데는 내가 싫어."

"나랑 춤추기 싫어?" 그녀가 정말로 상처받은 목소리라 나는 조바심이 난다.

"아냐, 아냐. 그런 뜻에서 한 말이 아니야. 나야 당연히 너랑 춤추고 싶지. 아까도 얼마나 좋았다고. 아까 춤췄을 때 말이야. 너하고라면 평생도 출 수 있어."

이 얼마나 바보 같은가 싶은데, 살짝 눈물이 맺힌 그녀의 눈을 보니 괜찮은 바보였던 모양이다. 그녀에게 춤을 청하려고 팔을 드는데 갈고리가 수영장으로 나가는 철망 문에 걸린다. 플라스틱이었기 망정이지, 하마터면 돌돌 말린 철망을 들고 등장한 요웰 의원에게서 총 모양 스테이플러의 위치를 지시받는 수모를 겪을 뻔했다.

"염병할." 내가 내뱉었다가 고쳐 말한다. "으윽, 바보 같으니라고. 미안."

메러디스가 키득거린다. "미안해할 거 없어. 그런 욕 처음 듣는 것도 아닌데 뭐. 게다가 해적들이 신경 쓰는 부분은 남들과 다르잖아?"

"내가 남들하고는 다를 거라고 경고했지?"

그녀는 까만 한쪽 팔로 내 갈고리를 쓰다듬고, 강력 접착테이프를 가리느라 걸친 아빠의 모직 코트 소매를 잡아당긴다. 이 코트가 별로 크지 않다는 게 새삼 놀랍다. 병균이 혈액을 공격하고 있는데도 내 몸은 계속 자랄 수 있다니 너무 섬뜩하다.

"그거 어떻게 붙이고 있는 거야?" 그녀가 소맷부리를 자기 얼굴 앞으로 당기며 묻는다.

"훔쳐보는 건 규칙 위반이야. 나도 너한테 도플갱어 시트 아래에 뭐가 있냐고 묻지 않았잖아."

그녀가 수영장을 에워싼 테라스 쪽으로 내려가고, 나는 바로 뒤를 지킨다. 맥과 레너드와 내가 이 수영장에서 얼마나 많은 시간을 보냈던가. 넓은 계단은 둥그스름한 콘크리트 모서리와 디자이너 타일이 잘 어울린다. 우리 엄마는 어떻게 생겼는지 들으려고도 하지 않았다. 바닥을 메워서 마당에 사는 소형 도롱뇽, 지렁이, 기타 등등의 서식지를 망가뜨리는 건 환경을 파괴하는 짓이라고 생각하니까.

"왜 수영하는 사람이 아무도 없을까?" 메러디스가 묻는다.

"모르는 모양인데, 내일모레가 11월이야. 수영장을 한 바퀴 돌기에는 좀 춥지 않을까?"

"하지만 레너드 말로는 지난주에도 수영했다던데? 줄리앤하고 나한테 와서 수영하지 않겠느냐고 했어."

나는 최대한 해적처럼 으르렁거렸다. "어련하셨을까."

"지금 하자. 너랑 나랑." 그녀가 몸을 앞으로 숙이고 한 손을 물속에 담갔다 빼더니 그 손에서 물을 뚝뚝 흘리며 나를 보고 환하게 웃는다.

그녀의 예쁘장한 머릿속에서 톱니바퀴가 돌아가는 게 내 눈에 보일 정도다. 다리 위로 올라갔을 때 지었던, 나도 아는 표정이다.

그녀가 필요 이상으로 내 귀에 바짝 대고 속삭인다. "단둘이서 여길 통째로 전세 낼 수 있어."

"그럼 도플갱어의 껍질 밑에 뭐가 있는지 보게 되는 거야?"

그 소리에 그녀가 시트를 머리 위로 홱 걷어 올리더니 굽이 없는 검은색 구두와 청바지를 벗는다. 까만 저지 소재의 윗도리를 머리 위로 뒤집자 언뜻 하얀색의 무언가가 보이는가 싶었는데, 그녀가 물속으로 미끄러져 들어가 인어 그림자로 변했다. 번뜩였던 하얀색은 내가 정체를 파악하기도 전에 시야에서 사라져 버렸다.

"메러디스."

"쉬이잇." 그녀가 수면 위로 떠오른다. "얼른 구해 주세요, 후크 선장님. 이 안에 악어들이 있을지도 몰라요."

우리가 가겠다고 하자 맥은 내키지 않아 한다. 줄리앤과 라크로스부 선수 넷이 점괘판 앞에 모여 있다. 남자아이들은 커피 테이블 밑에 숨겨 놓은 맥주를 병째 벌컥벌컥 들이켜고 있다. 점이라니 열 살 이후로 쳐 본 적이 없다. 그리고 이제 와 다시 할 생각도 없다. 맥이 안쓰럽다. 녀석은 그 네 명보다 키가 작지만, 넷을 합한 것보다 똑똑하다. 지금쯤이면 「링 오브 파이어」●를 부르며 줄리앤을 데리고 밤마을을 나가야 하는 시점이다. 그런데 운동부 패거리들과 함께 부어라 마셔라 하고 있다. 게다가 점쟁이 연기가 그 패거리를 속일 수 있을 만큼 어찌나 설득력 있는지 놀라울 지경이다.

요웰 의원이 요란하게 자리를 비워 준 덕분에 레너드가 얼마나 근사한 파티인지 떠벌릴 여지가 생겼다. 저런 자기 자랑은 누가 들어도 역겹지 않을까? 가식덩어리 같으니라고. 역대 최고의 파티일지 몰라도 주최한 쪽에서 그런 말을 하면 쓰나. 집에서 파티 한 번 안 열어 본 나도 그건 안다. 하우스보트로 집을 옮겼으니 파티는 더더욱 물 건너간 이야기다. 어떤 헤드라인이 신문을 장식할지 눈에 선하지 않은가. **하우스보트에서 열린 파티에 참석했다 익사한 고등학생들**.

벽난로 부근이 맥주병들로 도배가 되어 있고, 선반 저쪽 끝에 또 다른 패거리가 모여 있다. 라크로스 선수들이 맥주를 들고 온 모양

● 조니 캐시의 대표곡.

이다. 적법한 절차를 거쳐 당선된 요웰 의원이 파티를 앞두고 식료품 창고에 맥주를 채우는 모습이 실물 크기로 내 머릿속에 떠오른다. 홀든이나 나에 비하면 요웰네 가족의 삶은 어항 속과 같다. 내 병과 아동 방치죄를 감안하더라도 그렇다.

법원 공판이 시내에서 엄청난 뉴스거리인지 평소 알고 지내던 어른들 대부분이 우리가 보이면 옆길로 방향을 꺾는다. 우리 부모님이 항소한 끝에 집행 정지 공판에서 이기지 않았더라면 나는 지금쯤 화학 요법을 받느라 이렇게 메러디스의 손을 잡고 내 인생 최고의 밤을 누리지 못했을 것이다. 이렇게 무한정 누리지 못했을 것이다.

전보다 달콤한 음악이 흐르고 딱 두 커플만 춤을 추고 있다. 다른 커플들은 구석방이나 거실 소파에서 애정 행각에 몰두하고 있다. 모르는 남자아이 둘이 한쪽 구석에서 작은 테이블 위에 웅크리고 있는 것을 본 순간, 나는 이 파티가 걷잡을 수 없는 분위기로 흘러가고 있는 듯한 불길한 예감을 느꼈다. 메러디스의 눈을 가려야 할 것 같지만 부엌에서 갈고리 때문에 벌어졌던 일이 떠올랐고, 그녀는 샬러츠빌이라는 대도시 출신이니 나보다 훨씬 경험이 풍부할지 모르겠다는 생각이 들었다. 남들은 그러면 부담감이 덜하겠다고 생각할지 모르겠다. 그런데 신기하게도 다른 녀석이 그녀의 몸에 손을 대는 상상만 해도 심장이 갈기갈기 찢긴다. 숨을 쉴 수가 없다.

그녀는 도플갱어 시트를 어깨에 두르고 내 뒤에 꼭 붙어 있다. 머리카락에서 향수와 소독약 냄새가 난다. 두세 걸음에 한 번씩 누군가가 우리를 떠밀고 지나갈 때마다 그녀의 머리카락이 내 목덜미를 건드린다. 그녀의 살갗에 닿았다 나를 건드리는 거라 차갑지만 황홀하다. 도플갱어 시트 위로 번지는 축축한 자국을 아무도 알아차리지 못한다.

내가 걸을 때마다 청바지 주머니 속에서 콘돔이 바스락거린다. 귀청을 가르는 회오리바람 소리처럼 느껴지는데 아무도 고개를 돌리지 않는 것을 보면 긴장한 내 귀에만 그렇게 들리는 모양이다.

분장을 하는 동안—닉이 많이 거들어 주었지만 당연히 막판에 서야 완성됐다—닉이 한눈판 틈을 타서 형이 준 봉투에 들어 있던 콘돔을 주머니로 옮겼다. 녀석의 경쟁심을 감안했을 때, 내가 조심하지 않으면 내 꿍꿍이속이 뭐건 간에 지지 않으려는 마음에 자기도 해 보겠다고 결심할 게 분명하기 때문이다. 누가 열세 살짜리 아니랄까 봐.

파티장으로 가는 동안 메러디스에게 콘돔을 들킬까 봐 조마조마했다. 두 개나 챙기다니 내가 자신감이 지나치다고 생각할지 모른다. 그래서 더 이상 나를 좋아하지 않을지 모른다. 잔인할 정도로 솔직하게 고백하자면 그걸 쓰게 돼도 걱정이다. 사용법도 안 적혀 있고, 나는 지금까지 콘돔을 써 본 적이 한 번도 없다. 둘 중 한 개가 찢어질지도 모른다. 만에 하나 그런 일이 벌어지면 찢어졌다는 걸 어떻게 알 수 있을까?

　우리는 줄리앤을 무릎에 앉힌 채 점괘판 패거리와 거리를 두고 앉아 있는 맥의 뒤로 다가가 섰다. 상황이 절망적인 수준은 아니다. 녀석은 구석의 마약쟁이들을 등지고 앉아 있다. 이러니저러니 해도 걱정할 필요는 없는지 모른다. 표정이 아주 행복해 보인다. 메러디스의 머리카락에서 떨어진 물이 팔에 닿자, 녀석은 그 부분에 손을 댔다가 천장을 올려다보았다가 나를 쳐다본다.

　"너희 둘이 샤워했냐?"

　"수영했어." 내가 나지막이 속삭인다. "이제 가려고."

　"트럭 열쇠 줘?"

　"나 면허증 없는 거 깜빡했어? 내가 너보다 생일이 늦잖아."

　"맞다, 맞다. 그런데 나만큼 취하지는 않았지."

　"열쇠 나한테 넘겨야 할지 모르겠다. 맥주 얼마나 마셨어?"

　"짜샤, 맥주 아니야."

　맥이 마귀처럼 웃는다. 메러디스가 내 허리를 감싸 안고, 나는 당장 이 자리를 박차고 나가 맥과 나눈 빌어먹을 대화를 통째로 잊어버리고 싶은 마음뿐이다.

　"그렇군. 이제 그만 마셔라." 나는 녀석의 손에 들린 병을 슬쩍 빼앗고 녀석을 향해 감자칩 봉지를 던진다. "춤추고 그거 좀 먹으면 괜찮아질 거야."

　"잠깐만. 내가 집까지 데려다 줄게."

나는 녀석의 뺨을 때리는 척한다. 손바닥이 내 팔뚝 안쪽을 때리며 정말 실감 나는 소리를 내자 줄리앤이 홱 하니 고개를 돌리고 빤히 쳐다본다. 맥과 입을 맞춰 가며 뭐라고 속삭이던 줄리앤이 메러디스를 보며 미소 짓자, 메러디스가 나를 보고 웃으며 윙크한다. 내가 무슨 생각을 하고 있는지 알고서 저러는 걸까?

맥이 내 셔츠를 움켜쥐고 끌어당겨서 자기 얼굴과 내 얼굴을 맞댄다. "야." 녀석이 운을 떼더니 내가 한 말을 이제서야 접수했는지 중얼거린다. "아, 맞다. 그래, 맥주는 이제 그만. 이제 그만······ 불법이지. 내일 얘기하자." 녀석의 트림 소리가 음악에 묻힌다. "조심해서 가." 녀석은 찡그린 내 얼굴에 대고 웃음을 터뜨린다. "내가 하지 않을 짓은 너도 하지 마."

맙소사, 한 번 해 봤다고 전문가인 양 잘난 척이라니.

12장

법원에 걸린 시계에 따르면 이제 겨우 10시가 넘었다. 아빠는 닉과 똑같이 축구에 미친 아이들 몇 명을 데리고 강 건너 주립 공원에서 캠핑 중이다. 기름 바른 포도알을 눈알, 얼룩덜룩한 젤로를 신장 결석, 삶은 스파게티가 담긴 그릇을 뇌인 척하는 핼러윈 캠핑이다. 어떤 캠핑을 말하는지 여러분도 알 것이다. 아빠는 그런 캠핑을 사랑한다. 보이 스카우트에서 배운 기술을 모두 써먹기 때문이다. 그리고 아들들이 아버지의 스카우트 전통을 잇지 않은 상처를 달랠 수 있기 때문이다.

엄마는 샬러츠빌 너머에 사는 대학 친구를 만나러 갔다. 엄마와 아빠가 기름값 문제로 싸웠지만, 결국에는 아빠가 사과하고는 다녀오라고 했다. 엄마가 끊임없이 변호사 사무실을 들락거리느라 얼마나 정신이 없는지 누가 봐도 알 수 있을 정도다. 워커 때문에 꼭지가 돌 지경인 것이다. 결국 엄마는 요웰 의원을 찾아가 변호사를 바꿔야 할지 조언을 청했다. 엄마와 아빠는 변호사를 바꾸지는 않았지만 의원에게서 기운이 나는 말을 들었는지, 단둘이 저녁을 먹으러 나갔다가 대학교와 정치권 친구들에 얽힌 재미난 이야기를 하며 하하 호호 웃으면서 돌아왔다. 두 분이 잠깐 동안이나마 아무렇지도 않은 듯 행동하면 내가 느끼는 압박감이 상당 부분 덜어진다.

아무튼…… 원고에 코를 박고 있는 아빠조차 엄마에게 숨 돌릴 틈이 필요하다는 걸 알 수 있을 정도다. 그러니까 말하고자 하는 요지가 뭔가 하면, 점성술을 운운하고 싶지는 않지만 이번 한 번만큼은 내게 천운이 따라 주었다는 것. 하우스보트가 빈 것이다.

메러디스와 나는 미친개처럼 17번 도로를 가로질러 달렸다. 피어비에서 밴드의 연주 소리가 들리는데, 시끄럽고 촌스러우며 음정이 엉망이다. 인도에 지나다니는 사람 하나 없으니 저렇게 연주가 엉망일 수밖에 없겠구나 싶다. 우리 앞쪽에서 브루어 순경이 약 시속 8킬로미터로 순찰을 돌고 있다. 금세 알아볼 수 있는 그의 큼지막한 뒷모습이 순찰차 뒤 유리창을 가득 채우고 있다. 태퍼해닉에 사는 사람들이라면 심지어 범법자들조차 제섭 보안관이 밤이면 거의 항상 집에 있다는 걸 안다. 나이 차가 많이 나는 부인 때문에 바빠서 그런 거라고 아빠가 말하는 것을 나도 언뜻 들은 적 있다. 게다가 읍 소속 경찰은 대부분 교통경찰이다. 이 후미진 곳에서는 범죄 사건이 거의 벌어지지 않는다.

나는 해적 갈고리를 들어 브루어에게 인사를 건넸다. 일전에 형이 말하길 내가 뭘 감추고 있는 건 아닌지 궁금해하지 않도록 어른들, 특히 경찰들과 친하게 지내는 게 좋다고 했다.

"아는 사람이야?" 메러디스가 묻는다. 어린애가 들고 다니는 담요처럼 회색 시트가 뒤에서 질질 끌려온다.

"이 손바닥만 한 마을에서 평생을 살다 보면 모르는 사람이 없게 마련이야."

브루어가 브레이크를 밟더니, 서늘한 10월의 밤공기에도 불구하고 창문을 열고 우리가 다가오길 기다린다. "요웰네 파티에 갔다 오는 길이냐?"

"예."

"곧장 집으로 가라. 오늘 밤엔 다리를 지나지 말고, 선장님."

"예, 알겠습니다." 내 다이빙 솜씨가 소문난 것이다.

"소개시켜 줄래?"

이 작자는 한심한 인생을 사는 내내 여자 친구를 데리고 낭만적인 산책을 나서 본 적이 없는 모양이다. 나조차 분위기가 결정적인 역할을 한다는 것을 알건만.

"메러디스, 이쪽은 태퍼해넉 경찰서의 브루어 경관님. 브루어 경관님, 이쪽은 메러디스 릴케예요."

브루어가 고개를 까딱한다. 메러디스는 미소를 짓는다. 나는 그녀를 어두컴컴한 그늘 쪽으로 끌고 들어간다. 레너드네 수영장에서 우리 옷이 젖었는데, 브루어는 그런 부분들을 알아차리도록 훈련받은 사람이다. 내 여자 친구에게 눈독 들이는 레너드가 밉상이기는 해도, 브루어에게 파티장을 찾아가 봐야겠다는 생각을 심어주고 싶은 마음은 없다. 요웰네 집으로 전화를 걸어 경고해야 하나 고민하는데, 순찰차가 월마트 쪽으로 움직인다. 브루어는 토요일 밤 태퍼해닉에서 시끄러운 곳이 어디인지 분명히 알고 있는 것이다. 나는 참았던 숨을 터뜨린다.

우리는 1700년대에 지어진 예전 읍사무소 옆을 지났다. 나는 제퍼슨과 연설문을 작성했던 사람들을 떠올린다. 들여다보고 싶게 생긴 작은 벽돌 건물이다. 메러디스가 손바닥만 한 유리창 쪽으로 고개를 내밀다 시트에 발이 걸린다. 넘어지기 전에 내가 잡아 준다. 우리 둘 다 생각하고 말고 할 겨를도 없이 그녀의 몸이 내 몸 위로 쏟아진다.

"살살 해." 나는 말은 이렇게 하지만 멈추고 싶지 않다. 그녀가 나를 필요로 하다니. 기분이 황홀하다.

그녀가 중심을 잡았을 때, 우리 사이의 거리는 정말로 몇 센티미터 안 된다. 그리고 단둘이다. 드디어. 그녀가 올려다보았을 때 내가 입을 맞추었다. 이번에는 꼭 붙잡고 있으니 진짜 할리우드 식

키스가 가능하다. 그녀의 입술은 달콤하다. 레너드네 집에서 마신 탄산음료와 살짝 비슷하다.

"저것 봐." 그녀가 말한다.

17번 도로로 들어선 브루어가 순찰차의 미등을 껐다 켰다 한다. 인간이 저렇게까지 유치할 수 있다니. 그런데 지금 이 분위기에 딱 맞는다.

메러디스와 내가 '소멸한' 정박지와 연결된 워터 레인 뒷길을 걷고 있을 무렵, 나는 강에 얽힌 우리 집안의 유명한 일화들을 소개했는데 그녀는 아마도 진심으로 내게서 매력을 느끼기 시작했을 것이다. 내 주머니에 들어 있는 콘돔의 크기가 요요만 해서 눈에 확 띄는 듯하다. 나는 그녀를 부축해서 로우보트에 태웠다. 딱 한 가지 빠진 게 있다면 보름달이다. 하지만 보름달이 떴다면 강가에서 누군가가 보트에 탄 우리를 볼 수 있을 것이다. 어쩌면 어두컴컴한 쪽이 더 나을지 모른다. 강 하류 저 멀리서 시끄럽게 웃고 떠드는 사람들의 소리가 우리 귀에까지 들려온다. 밴드가 연주를 시작했다 멈추었다 다시 시작한다. 나는 노가 걸쭉하게 물살을 가르는 소리 너머로 메러디스에게 어린 시절에 대해 묻는다.

"줄리앤이 늘 나보다 운동도 잘하고 사교적이었어. 유전자가 같으니까 나도 그럴 수 있지 않을까 싶지? 나도 노력해 봤어. 그런데 내 또래 열 명이랑 한공간에 있으면 속이…… 음, 뭐랄까 …… 모르겠어. 속에서 뭔가가 단단히 뭉치면서 아무것도 못하게 돼."

"오늘 밤에는 괜찮았는데."

"네가 있어서 그런 거야. 무슨 일이 벌어지더라도, 레너드가 너무 심하게 치근거리더라도 네가 옆에 있어 줄 테니까."

"레너드가 치근거려?"

"시도 때도 없이. 너더러 산송장이래. 미래도 없는데 뭐하러 현재를 낭비하느냐고 그래." 그녀의 얼굴에는 회색 물감과 눈 밑에 그린 다크서클이 남아 있다. 분장인 줄 몰랐다면 누구한테 한 대 얻어맞은 줄 알았을 것이다. 만약 그랬더라면 내가 당장 복수했겠지만.

내 두 팔이 시커먼 물살을 가르며 노를 젓느라 여념이 없는 탓에 그녀가 한 손을 내 허벅지에 올려놓는다. 그녀가 손가락을 앞뒤로 움직이는 동안 나는 아무 말도 하지 않는다. "너한테 괜히 말했나 보다. 하지만 네가 걔를 친구라고 착각하게 내버려 두는 건 불공평하다고 생각해. 너무 가식적이잖아." 그녀는 울고 있지만, 워낙 조용히 흐느껴서 우는 소리가 거의 들리지도 않는다.

"그러지 마. 메리, 레너드 때문에 울 것 없어. 눈물이 아깝다." 나는 엄마 외에 다른 여자가 우는 걸 본 적이 없다. 물론 영화에서는 본 적 있지만, 이것과는 다르다. 메러디스는 소파 위로 몸을 내동댕이치고 흐느끼지 않는다. 그런데도 겁이 난다. 나 때문에 우는데 내가 무슨 짓을 저질렀기에 그러는지도 알 수가 없다.

하우스보트까지 얼마 안 남았지만, 그녀에게 우리 집을 구경시켜 주기에 알맞은 순간이 아닌 것 같다. 그래서 나는 17번 도로의 다리가 있는 곳으로 열심히 올라갔다. 양쪽에 갈대밭이 있고 세상이 시야 너머로 사라지는 그곳이 얼마나 근사한지 보여 줄 심산이다. 나중에 환할 때 다시 한 번 오자고 초대해야지. 그런데 공용 선착장에 다다를 때까지도 그녀는 울고 있다. 지금까지 줄곧 참았던 봇물이 터지기라도 한 듯이 내가 그녀를 보지 못하게 고개를 숙인 채 숨 쉴 때마다 티 안 나게 어깨를 들썩인다.

"레너드 일은 잊어버려, 메러디스."

"맥이 코카인을 시작하게 된 것도 걔 때문이야."

나는 수면 위로 노를 든 채 얼어붙었다. 그녀는 나도 알지 않느냐는 말투지만 처음 듣는 이야기다. 하지만 듣고 보니 앞뒤가 맞고 그래서 소름이 돋는다.

"너한테 괜히 말했나 보다. 나 때문에 다 엉망이 돼 버렸어."

"나는 전혀 아무렇지 않아. 코카인 중독자들을 자기 파티에 초대하다니 내가 녀석을 잘못 본 모양이네. 잊어버려." 말은 이렇게 했지만, 내일 날이 밝으면 어떤 식으로 맥을 조질까 하는 생각뿐이다. 도대체 무슨 생각으로 그런 걸까? 나한테서 우리 아빠 이야기를 귀가 따갑도록 들었으면서, 그런 쓰레기에 손을 대고도 무사할 줄 아는 걸까?

이쯤 되니 노가 점점 무거워진다. 여기까지 오지 말고 하우스보트 주변을 빙빙 돌 걸 그랬다는 생각이 든다. 나중에 물살을 거슬러 노를 저으려면 두 배는 힘들 텐데. 만약 팔에 힘이 다 떨어져서 노를 저을 수 없게 되면 모든 게 수포로 돌아갈 것이다. 아무리 메러디스처럼 착하고 배려심이 많다 해도 세상에 어떤 여자가 집까지 배를 저어 달라는 남자를 좋아할까? 젠장, 내가 바보 천치가 된 기분이다.

홀든이라면 어떻게 했을까? 보트는 떠다니게 두고 그녀를 감싸 안아 주었겠지, 흥.

하지만 물살이 반대 방향인 데다 맥에 대한 생각으로 머릿속이 어지러워서 나는 그럴 수가 없다. 우리가 보트를 타고 있다는 사실조차 잊을 만큼 정신없지는 않다. 물가에서 자란 사람은 물을 존중하게 마련이다. 나는 계속 노를 저으며 천천히 보트를 돌려서 내가 물살과 씨름하는 동안 메러디스는 상류 쪽을 보게끔 한다. 그녀는 여전히 고개를 돌린 채 말이 없다.

"저기…… 괜찮아? 여기가 전에 말했던 그 다리야. 강물이 계속 흐르는 거 보여?" 나는 그녀가 아무 말이라도 해 주길 기다린다. "보여? 너무 어두운가?"

당연히 우라지게 너무 어둡다. "신경 쓰지 마. 내가 괜한 짓을 했네." 내가 웅얼거리고 있다는 건 알지만, 상황 자체가……. 나는 완전히 구제 불능이다. 어두컴컴한데 젖은 옷을 입고 있는 여자아이를 배에 태우고 다리를 보여 주겠다며 끌고 다닐 사람이 세상에 어디 있을까? 나밖에 없을 것이다.

그녀는 하우스보트 갑판에 줄줄이 달린 불빛을 보자마자 기운을 차린다. 어쩌다 한 번씩 코를 훌쩍일 뿐이다. 아마 창피할 것이다. 남자들이 저지르는 그런 한심한 짓을 놓고 눈물을 흘린 뒤에 무슨 말을 할 수 있겠는가. 나는 그녀에게 체면을 만회할 시간을 준다. 노를 젓는 데 집중하며 살짝 휘파람까지 불었다. 이 어두운 곳에서는 다리 위를 덜컹덜컹하며 달리는 자동차들 바퀴 소리 때문에 뚝뚝 잘려서 변변찮게 들리지만. 심지어 그 소음마저 조용히 철썩이는 강물 속에 묻힌다. 맥이 코카인을 한다고? 그 말인즉 내가 정말 아무것도 모르고 있었다는 뜻이다. 빌어먹을 타조처럼 모래 속에 머리를 묻고 있었다는 것이다.●

하지만 지금은 메러디스가 내 곁에서 내 매력에 흠뻑 빠지는 순간만을 기다리고 있다. 맥 문제는 내일 해결해야겠다. 그 녀석과 요웰 때문에 메러디스와 함께 보내는 오늘 밤을 망칠 수는 없다.

"다 왔다. 즐거운 우리 집." 나는 로우보트를 하우스보트 옆에 최대한 살살 댄다. 밧줄을 자그마치 한 손으로 최대한 깔끔하게 8자 매듭으로 묶어서 걸고, 한 다리로 휙 하니 뱃전을 넘었다. 그런 다음 갑판에 무릎을 꿇고 그녀에게 손을 내민다. 도플갱어 시트는

● 예전부터 타조는 모래 속에 머리만 숨기면 적으로부터 피했다고 생각하는 멍청한 동물이라고 오해받았다. 그래서 현실을 직시하지 못하는 사람을 타조에 비유하곤 한다.

둘둘 말린 채 뱃머리에 놓여 있다. 다른 반쪽이 언니의 은밀한 시간을 방해하기보다 거기서 잠깐 눈을 붙이기로 결심이라도 한 듯이. 문득 쌍둥이들은 교감이 특별하다던데, 내가 언니와 입을 맞추면 줄리앤도 알아차릴지 궁금해진다. 줄리앤도 메러디스의 감정을 느낄 수 있을까? 육감이 발달해서 쌍둥이끼리는 경험도 공유할 수 있을까? 외계인 여자가 사랑을 나누기 위해 손을 대기만 해도 서로의 감정이 공유되는 영화가 갑작스레 떠오른다. 양로원의 할머니와 할아버지가 자기들이 외계인들의 생명력을 훔치고 있다는 사실도 모른 채 이웃집 수영장에서 수영하는 그 영화 말이다.● 그런 식의 비육체적인 공유가 가능할까?

메러디스는 집으로 돌아가면 자기 방에서 혼자 옷을 갈아입는 평범한 여자아이가 아니다. 줄리앤이 호기심을 달래며 기다리고 있다가 쌍둥이 언니를 보는 순간 모든 가면을 뚫고 전모를 파악할 것이다. 맙소사, 그러면 너무 복잡해지는데.

"저기, 대니얼." 갑판에 둘이 같이 서 있는데, 메러디스가 살짝 몸을 떤다. "나한테 구경시켜 줄 생각이었어?"

나는 고개를 저어 머리를 턴다. 요웰네 수영장에서 젖은 머리가 아직도 축축해서 얼음 그릇을 뒤집어쓰고 있는 것 같다. 그녀는 머리가 기니까 극지방의 얼음 모자를 쓰고 있는 듯한 심정이겠지.

● 양로원의 노인들 이야기는 1985년에 개봉한 영화 「코쿤」에, 외계인 소녀는 그 속편인 「코쿤 2」에 등장한다.

"응, 한 번도 안 와 봤잖아."

"응…… 그렇지."

그녀는 어이없이 바보 같은 소리를 지껄이는 나를 보며 웃는다. 그녀가 여기 초행인 걸 내가 모르지도 않는데, 맙소사.

"우리 배 니르바나호에 온 걸 환영해. 여기가 갑판이야."

그녀는 다시 웃음을 터뜨린다. 엄마가 입버릇처럼 나는 마음만 먹으면 매력을 뿜어내는 재주가 있다고 했다.

나는 주 선실 빗장을 풀고 문을 연다. "우리 가족 거실이야. 보시다시피."

모든 표면이 신문으로 덮여 있다. 싱크대에는 설거짓거리가 쌓여 있다. 뚜껑이 열려 있는 새 모이통 세 개가 식탁 위에서 모이를 넣어 달라며 입을 벌리고 있는데, 새 모이가 담긴 봉지는 한쪽 식탁 다리에 기대어서 세워져 있다. 기운이 없어서 폭식의 현장을 완전히 뜨지 못하고 의자에서 미끄러져 내려온 대식가처럼 봉지 중간이 불룩하다.

"와우." 그녀는 예의를 갖춘다. "너희 가족은 독서를 정말 좋아하나 보구나."

"응, 아마도." 다른 가족들은 어떤 식으로 생활하는지 생각해 본 적이 없다.

나는 그녀가 천천히 고개를 돌리며 거실을 이 끝에서 저 끝까지 둘러보는 동안 벤치 아래 서랍에서 수건을 두 장 꺼낸다. 수건을 외투처럼 어깨에 둘러 주자 그녀가 홱 하니 머리 위로 뒤집어쓰고 비비기 시작한다.

"그런데 한 가지 알아 둘 게 있어. 우리 가족은 보통 이런 식이라는 거. 우리 부모님은 좀 자유분방한 편이야. 중요하게 생각하는 지점이 대부분의 부모님들과 달라. 우리 부모님이 보기에 깔끔하다는 것은 '재미없는' 것과 일맥상통하거든."

"깔끔해. 어떤 의미에서는. 항해하는 데 필요한 장비들이 몽땅 여기 있잖아." 그녀가 계기판에 달린 온갖 다이얼을 가리키며 하는 말이다.

"응, 맞아. 나침반, 수심 측정기, 타륜. 그런 것들을 전부 다 못에 걸어 놨어."

그녀가 웃음을 터뜨린다. 상당한 호기심을 보이며 아빠가 해도를 두는 타륜 너머 평평한 공간을 쳐다본다. 널찍한 창문들은 열리지 않지만 주거 공간 한쪽 끝에서 배를 조종하는 조타수의 바람막이 역할을 한다.

"지붕에 타륜이 하나 더 달려 있어. 날씨가 좋을 때 쓰는 거."

그녀는 온갖 장치와 책장에 꽂힌 책들을 살펴본다. 간소하고 효율적인 보트를 보면 모두들 좋아한다.

"저기는 조리실." 나는 타륜과 침실 사이, 찬장이 늘어선 공간을 가리킨다.

"멋지다." 내가 찬장을 열어 궂은 날씨에 어떤 식으로 갈고리와 이동식 쟁반을 이용해서 물건들이 미끄러지는 걸 막는지 보여 주자 그녀가 말한다.

그녀는 나를 따라 다시 갑판으로 건너온다. 손이 차갑길래 내 얼굴 앞에 그녀의 손가락을 대고 입김을 불어 준다.

"저쪽이 앞 갑판이야. 좌현 쪽." 나는 손으로 가리키면서 발로는 뒷걸음질을 치고, 그녀는 내 손을 붙잡은 채 따라온다. 추워서 그녀의 손가락이 곱았다. 나는 닉과 내가 쓰는 선실 뒤편을 들여다보려고 허리를 숙이는 그녀를 잡아당긴다.

"쯧쯧, 잠깐 기다려. 뒤쪽 선실부터 구경해야지. 우리 부모님이 쓰시는 곳인데, 지금은 딴 데 가셨어." 나는 문을 열지는 않는다. 선실 상태를 공개해서 그녀를 질겁하게 만들 필요는 없다. 이미 대충 눈치챘을 테니까.

양쪽 선실을 가르는 통로를 둘이 같이 걷는 동안 그녀는 내 곁에 바짝 붙어 있다. 바람결에 전해지는 한 줄기 온기를 그녀도 느꼈을까? 내가 반대편으로 건너가려고 하자 그녀가 나를 잡아끈다.

"그러니까 여기 아무도 없는 거야?" 그녀가 묻는다.

"응."

바보가 아닌 이상 그녀의 목소리에 담긴 유혹의 기미를 모를 수 없을 것이다. 내 비록 괴짜에 사교성이 떨어질지언정 바보는 아니다. 나는 한쪽 발을 축으로 빙글 돌아서 그녀를 마주 본다.

그녀의 웃는 얼굴이 실제로 어둠 속에서 환히 빛난다. 나는 그녀

에게 입을 맞춘다. 여러 번 맞춘다. 얼마나 황홀한지 믿기지 않을
정도다. 그녀가 내 목을 감싸 안는다. 대번에 몸이 후끈해진다. 그
녀의 입술이 내 뺨과 귀를 스치고 지나간다. 입술의 느낌이 온몸으
로 번지면서 구석구석 따뜻해지는 이 기분을 뭐라고 설명하면 좋
을지 모르겠다. 그리고 정말로 좋아하는 사람과 입을 맞추면 기분
이 얼마나 더 좋은지도.

그녀가 속삭인다. "내 이름 다시 불러 봐. 보트에서처럼."

"메러디스." 나는 음절을 길게 늘여서 우리 주변으로 스며들게
한다.

"아니, 네가 썼던 애칭 있잖아."

"어…… 어. 메리? 내가 왜 그렇게 불렀는지 모르겠네. 그냥 튀
어나오더라고."

"난 지금까지 애칭으로 불린 적이 한 번도 없었어."

"뭐든 처음이라는 게 있는 법이지."

입맞춤이 조금 격렬해진다. 그녀를 아무리 꼭 끌어안아도 직성
이 풀리지 않는다. 형은 내가 좀 더 그럴듯한 계획을 세우지 못하
고 침대가 있는 선실로 들어설 때까지 기다리지 못한 데 실망할
것이다.

"구경 마저 하자."

다시 이어지는 입맞춤. 그녀는 내 귀 바로 앞쪽을 좋아한다.

"메러디스, 메러디스."

갑판 저쪽을 걷는 동안 그녀는 나에게서 떨어질 줄 모른다. 산들바람에 보트가 흔들리자 내 쪽으로 더욱 바짝 몸을 붙인다. 이쑤시개 다발처럼 곱은 채로 내 손바닥을 세게 누르는 그녀의 손가락이 얼음 조각상 같다. 그녀가 부들부들 떠는 게 느껴진다.

"밖은 너무 춥지?" 내가 말한다. "안으로 들어가자."

닉이 야영 장비를 챙겨 들고 나보다 먼저 나섰기에 우리 선실은 상태가 제법 양호하다고 장담할 수 있다. 나는 어둠 속에서 손끝으로 벽을 더듬어 전등 스위치를 켠다. 배터리의 전력을 끌어다 쓰는 저전력 전구가 네 귀퉁이를 희미하게 비춘다. 메러디스가 사방을 둘러본다. 책장이 부족해서 구석마다 책을 담은 상자가 놓여 있다. 그녀는 어쩌면 2층 침대를 보고 한심하게 생각하고 있을지 모른다. 하지만 하우스보트에서는 대안이 없다.

닉이 쓰레기장에서 주워 온 뒤로 애지중지하는, 의자보다 큼지막한 구닥다리 텔레비전이 우리 둘이 같이 쓰는 붙박이 서랍장 위에 놓여 있다. 보트가 흔들려도 움직이지 않도록 닉이 담요와 번지점프용 고무 끈으로 고정시켜 놓았다. 그래도 서랍장 밖으로 15센티미터쯤 삐져나왔다. 초창기 텔레비전이라 별다른 수가 없다. 하지만 닉은 축구 경기도 봐야 하고, 엄마 아빠가 안 계시면 「사우스 파크」도 봐야 한다.

나는 벽에 달린 조명을 하나만 남기고 끈다. 배터리가 상당히 믿음직스럽기는 해도 만에 하나, 모를 일이다. 아빠는 여름과 가을 내내 핏대를 세워 가며 우리에게 응급조치와 적절한 보트 관리법을 훈련시켰다. 뱃사람들이 구두쇠라 그런 게 아니다. 폭풍을 만났을 때의 대응법을 계속해서 고민하며 항상 운신의 여지를 만들어 두는 것이다. 배터리와 모터가 나가지 않도록 관리하는 게 필수다.

커튼이 없기 때문에 좀 전에 보았던 까만 하늘이 창문 너머에서 우리를 맞는다. 블라인드 창이 덜커덩거리며 허리케인의 계절이 아직 끝나지 않았음을 알린다. 바람이 거세어지자 보트도 종잡을 수 없이 요동친다. 메러디스는 넘어지지 않게 침대 난간을 붙잡는다.

"그런데 형이랑 남동생이 있다더니 침대가 두 개뿐이네?"

"지난 주말에 나랑 같이 차를 타고 있던 사람이 조 형인데 대학생이라 집에 내려오면 침낭에서 자. 지난 삼 년 동안 닉이랑 나 둘뿐이었거든. 닉 본 적 있지? 열세 살. 축구 황제야. 무슨 말이 필요하겠어?"

"어느 쪽이 네 침대야?"

나는 손가락으로 가리키며 간신히 묻는다. "누워 볼래?"

"보트 생활을 온전히 경험하려면 누워 봐야겠지?"

이제는 말문이 완전히 막혀서 나는 고개만 끄덕였다. 그녀는 내가 뭐라고 대답하면 좋을지 생각하기도 전에 사다리를 올라가 침대에 눕는다.

"좋아?"

"너는 여기 어떻게 눕는지 보여 줘. 네가 나보다 키 크잖아."

13장

깜박이던 전구가 완전히 꺼졌을 때, 우리는 몇 시간이나 지났다고 느껴질 정도로 푹 잠들어 있었다. 적어도 나는 생애 최고로 환상적인 시간을 보내고 녹초가 되어 나가떨어졌다. 메러디스가 그런 나를 깨운다.

"대니얼, 봤어? 방금 전에 불이 나갔어. 누가 온 거야? 아니면 타이머를 맞췄던 거야?"

바람이 뱃전을 때리고 보트는 밧줄에 묶인 채 앞뒤로 덜커덕덜커덕 움직인다. 보트에 주의를 기울여야 한다는 걸 알지만, 내 허벅지와 맞닿은 그녀의 엉덩이와 내 팔을 건드리는 그녀의 젖가슴 때문에 집중이 안 된다. 그녀가 내 어깨에 묻고 있던 고개를 들고 내 턱 바로 위로 자기 턱을 갖다 대며 어두컴컴한 공간을 물끄러미 응시한다. 나는 그 턱에 입을 맞춘다.

"갑판을 비추던 조그만 전등 말이야." 그녀가 말한다. "안으로 들어오면서 껐어?"

"젠장, 깜빡했다." 나는 벌떡 일어나다 천장에 머리를 부딪친다. 베개 위로 다시 쓰러진다. "배터리가 나간 걸 알면 아빠가 죽이려고 들 텐데."

그녀가 나를 쳐다본다. 어두컴컴한 방 안에 있는 고양이처럼 그녀의 눈동자가 이쪽저쪽으로 움직인다. "바보, 아까부터 꺼져 있었어. 네가 껐는지 궁금해서 물어본 거였는데." 그녀가 입을 맞춤과 동시에 침대에서 빠져나가 전등 걱정을 하는 것은 물 건너간이야기가 되었다. 게다가 이 상황에서 무슨 전등이 필요하겠는가.

"댄."

나는 두 손으로 그녀의 움푹 들어간 허리를 쓰다듬고 등뼈를 어루만진다. 그녀의 엉덩이를 잡고 잘 맞도록 들어 올린다. 아니면 내가 들어갈 수 있도록.

"대니얼."

기분이 끝내준다. 두 사람이 이렇게 꼭 맞을 수 있다니.

"그만, 대니얼. 안 돼…… 그게…… 없잖아."

"아, 메러디스." 그녀의 살갗이 정말이지 따뜻하다.

"알아. 미안."

"미안해할 것 없어. 네 말이 옳아. 네가 워낙 예쁘고…… 구석구석 워낙 보드라워서…… 참기 힘드니까 그런 거야……." 나는 끙끙거리며 그녀의 밑에서 빠져나온다. "그게 두 개뿐이었어."

그녀가 키득키득 웃는다. 나도 따라 웃는 수밖에 없다. 대단한 계획가가 나셨다.

"뭐든 처음이라는 게 있는 법이잖아." 내가 말한다.

"이제는 아니잖아." 그녀가 웃으며 이렇게 말하고는 나를 침대 끝 쪽으로 떠민다.

나는 칠흑 같은 어둠 속에서 더듬더듬 청바지를 찾았다. 분장할 때 썼던 플라스틱 갈고리가 발에 차여서 저쪽으로 집어 던졌다. 나는 웃으며 배터리 확인하고 오겠다고, 콘돔 일은 미안하게 됐다고, 괜찮으냐고, 여기 있으라고, 걱정할 것 없다고, 금방 오겠다고 말한다. 그러고는 그녀의 어깨가 만져질 때까지 침대 난간을 따라 손을 움직인다. 한쪽 발로 닉의 침대를 딛고 그녀와 눈높이를 맞춘다. 내가 무슨 말을 하고 싶은지 자각하고 있다. 단어들이 머릿속에서 맴돈다. 그 말들이. 그런데 문득, 그녀도 처음이었다는 걸 알게 된 마당에 그런 식으로 내 느낌을 내뱉는 것은 너무 이기적인 행동이라는 생각이 든다. 죽어 가는 남자의 사랑을 받게 된 그녀의 심정은 고려하지 않은 처사다. 그녀는 나와 함께 졸업 파티에 참석하거나, 같은 대학에 지원하거나, 졸업 앨범에 서로의 사진을 꽂을 날을 손꼽아 기다리거나 할 수 없지 않은가.

"메리." 나는 대신 나지막이 속삭였는데, 그녀의 입술이 바로 눈 앞에 있어서 입을 맞추지 않을 도리가 없다. "고마워."

배터리에는 별문제가 없다. 선실의 전구만 나간 것이다. 메러디스는 웃겨 죽겠다고 한다.

"네가 겁먹어 놓고 왜 그래." 내가 말한다.

"내가? 욕을 하면서 아빠가 노발대발하게 생겼다고 말한 사람이 누군데."

"내가 언제?"

"그랬잖아."

"안 그랬어." 입을 막아야 한다. 키스를 해야 한다.

그녀는 까만색 스트레치 셔츠를 입으려고 버둥거리고, 나는 입을 맞추려고 버둥거린다. 나는 그녀를 보낼 마음의 준비가 안 되어 있다. 멕시코로 끌려간다면 몇 개월은 기다려야 우리 둘만의 자리를 마련할 수 있을 것이다.

"댄, 대니얼." 셔츠로 덮인 그녀의 웃음소리가 들린다. "그만해. 이제 집에 가야 해. 줄리앤이랑 동시에 들어가기로 했어. 그래야 엄마가 의심하지 않을 테니까."

"알아? 그러니까…… 우리 둘 사이를?"

"우리 엄마?"

"어휴, 어머니 말고 네 동생 말이야."

"아직은 몰라."

나는 착한 남자 친구처럼 굴고 있다. 셔츠 가슴팍을 반듯하게 펴주고, 허리춤에 손을 넣어 셔츠 자락을 청바지 안으로 집어넣는 걸 돕는다. 흐트러진 구석이 없는지 확인하기 위해서다. 하느님 맙소사, 이렇게 예쁠 수가 있나.

"뭐라고 말할 거야?" 내가 묻는다.

"엄마한테?"

"하하, 아니. 줄리앤한테."

"아무 말 안 할 것 같은데?"

"쌍둥이 동생한테 알릴 만큼 중요한 일이 아니라는 거야?"

그녀는 고개를 돌려 샌들을 집고 허리를 숙여 오른쪽을 오른발에 제대로 신었는지 확인한다. "당분간은 나 혼자 간직할 거야. 동생이 알면 기분이 달라질 거 아냐. 지금은 너랑 나만 아는 비밀이잖아. 그 느낌이 좋아."

"나도." 그녀가 내 얘기를 이래라저래라 하는 것으로 들었을지 모르겠다는 생각이 들어서 말을 살짝 더듬었다. "내 말은, 네가 원할 때 동생한테 말하면 된다는 거야. 아무 때라도."

"너는 맥한테 말할 거야?"

"아니."

"아니라고?"

"남자들은 다르거든. 내가 말하면 녀석은 대수롭지 않게 여길 거야. 우리 둘이 피자를 먹었다든가 하는 수준으로. 심지어 다른 사람한테 말을 옮길 수도 있고. 녀석이 온 학교에다 떠벌리고 다니는 건 싫어."

"1시가 다 됐다."

"그러게. 집까지 바래다줄게." 나는 다시 입을 맞춘다. "정말이야. 진짜 그럴 거야. 한 번만 더 입을 닿춘 다음 보트에 태우고, 걸어서 집까지 바래다줄 거야."

그녀는 내 직성이 아직 풀리지 않았음을 안다는 듯이 기다린다. 어떻게 여자아이가 내 속을 이렇게 빤히 알 수 있을까? 삼투 현상일까?

"그런 다음……." 나는 그녀를 갑판으로 끌어당겨서 아빠의 모직 코트로 둘둘 감싸고, 그녀가 건너갈 수 있도록 로우보트를 가까이 댄다. "그런 다음 그 다리까지 걸어가서 '인생은 찬란하다.'라고 외칠 거야. 그리고 뛰어내릴 거야."

그녀는 이 세상에서 그보다 타당한 논리는 없다는 듯한 표정으로 나를 쳐다본다. 혹은 그보다 타당한 행동은 없다는 듯이.

일요일 아침, 하우스보트에는 나 혼자뿐이다. 폭풍이 들이닥쳤다. 비가 오고, 바람이 분다. 보트가 기친 듯이 흔들리자 내 속도 덩달아 미친 듯이 울렁거린다. 온몸의 열기가 감당이 안 된다. 베개에 남은 메러디스의 체취가 머나먼 기억처럼 느껴지는데, 시간이 지날수록 점점 더 열이 올랐다. 얼굴이 핼쑥하고 기분도 참담한 나는 푹신한 소파에 누워 있다가 덮고 있던 담요를 걷었다. 배 속에서 주기적으로 경련이 이는 수준이었던 몇 시간 전에 두 번째 닻을 점검했고, 엄마나 아빠가 보트 상황을 확인하러 연락할 경우에 대비해 휴대 전화를 켜 두었다. 그런데 갑자기 침대를 올라갈 기운조차 없을 정도로 진이 빠져서 다시 소파 위로 쓰러졌다. 전화는 없고 나는 꾸벅꾸벅 졸고 있다. 배가 요동칠 때마다 열 번에 한 번꼴로 비몽사몽 눈을 떴고, 사선으로 비가 쏟아지는 창밖을 내다보며 낚시 보트가 '소멸한' 정박지에 잘 묶여 있는지 확인했다. 마치 늑대 인간 영화의 한 장면, 입에서 피를 뚝뚝 흘리는 늑대가 으르렁거리며 등장하는 순간이 임박한 듯한 분위기다. 메러디스와 우리가 했던 일에 대해서는 생각하지 않으려 했다. 그게 몽정보다 끔찍하다.

아빠와 닉이 마침내 돌아왔는데 물에 빠진 생쥐 꼴이다. 침낭이며 텐트며 죄다 그렇다. 둘 다 한마디도 말을 않고, 아빠는 지친 표정이 역력하다. 캠핑 장비를 뒤쪽 갑판에 달린 차양막 아래에 내동댕이친 다음 젖은 옷들을 홀랑 벗고 사각팬티 차림으로 거실에 선다. 실내 난방기가 체온계 꼭지처럼 시뻘겋게 이글거린다. 밖에서는 파도가 칠 때마다 9마력짜리 소형 모터가 달린 미니 보트가 갑판 위로 솟아올랐다.

"저거, 이 배에다 싣는 게 낫지 않을까요?" 닉이 말한다.

"날씨가 이럴 때 무게를 늘리면 안 돼." 아빠는 보트를 빤히 쳐다본다. "엄마가 전화하셨니?" 아빠가 나를 쳐다보는데 원하는 대답을 이미 정한 표정이다. 엄마가 전화를 했고 전부 문제없다는 대답 말이다.

"아뇨."

"이거 허리케인이야?" 닉이 내게 묻는다. 내가 전문가로 둔갑한 줄 아는 걸까? 아니면 기상청 일기 예보를 계속 듣고 있었다고 생각하는 걸까? 참으로 논리적이기도 하지.

아빠가 속옷 차림인 채로 문을 열었다가 쾅 닫으며 밖으로 사라졌는데, 누군가에게 들킬 위험성이 별로 없기는 하다. 잠시 후 아빠가 우비와 마른 옷들을 바퀴 달린 여행 가방에 돌돌 말아 넣어서 들고 다시 등장한다.

"젖지 않게 하려면 이 방법밖에 없지." 아빠가 설명하며 우리를 등진 채 축축한 사각팬티를 벗고, 헐렁한 스웨터로 몸을 톡톡 두드려 닦은 뒤 스웨터와 카키색 바지를 입는다. 옷을 갈아입고서야 공식적인 아버지 역할을 할 수 있게 된 모양이다. 아빠가 내 쪽으로 얼굴을 들이대고 묻는다. "괜찮니? 기운이 하나도 없는 얼굴인데?"

"기운이 하나도 없어요." 눈꺼풀이 어찌나 무거운지 대화를 나누는 도중에 잠들 수도 있을 것 같다.

바람이 물살과 더불어 아우성을 친다. 아빠가 드디어 전파 수신에 성공했을 때, 리치먼드 방송국에서는 물에 잠긴 어배너 시내를 보여 주고 있었다. 전력 공급이 차단되고, 부둣가에 건설 중이던 근사한 요트 클럽과 시내를 잇는 도로가 물에 잠겼다고 한다. 여기까지 들었을 때 텔레비전이 깜빡거리다 꺼졌다.

"엄마한테 전화해서 그냥 거기 계시라고 해야 하는 거 아니에요?" 내가 생각나는 대로 한 말이다. 우리 가족 중에서 허리케인이 닥치는 계절에 하우스보트에서 살아 본 사람은 아무도 없다.

"그러게." 닉이 대꾸하고는 「치어스」를 보려고 했는데 못 보게 됐다며 투덜거린다.

"너는 아직 어려서 그런 거 보면 안 돼." 나는 소파에 엎드린 채 웅얼거린다.

하지만 아빠는 다른 생각을 하고 있다. "간밤에 너한테 전화해서 준 파커 정박지까지 보트를 몰고 오라고 했어야 하는 건데. 바람이 안 좋은 방향에서, 그러니까 강 쪽에서 불어오고 있어. 보트를 강가로 옮겨야 해."

그 소리와 함께 내가 배 속에 든 내용물을 모조리 바닥으로 게워 냈다. 다행히 지난 이십사 시간 동안 너무 바빠서 먹은 게 별로 없다. 아빠가 바닥을 닦고 내 이마에 손을 얹었다가 닉 쪽을 돌아보는데, 세 남자가 한방에 있으면 나머지 두 명도 금세 아프게 마련이라고 확신하는 표정이다. 그러니까 그 병이 아니라 다른 세균 등에 의해 발생한 증상인 것이다.

우유부단한 아빠 때문에 내가 초조해진다. 아빠는 혼잣말을 하

고 있다. "이런 상황에서는 밖으로 못 나가는데." 아빠는 생각에
잠긴 채 몸을 덥히려고 자기 팔뚝을 찰싹찰싹 때린다. "보트가 높
아서 이런 풍랑에 제대로 대처할 수 있을지 모르겠네. 이 바람을
뚫고 오래된 부두로 엄마를 데리러 갈 수 있을지도 모르겠고."

닉과 나는 눈빛을 주고받는다. 계속 울리는 전화벨을 듣고 닉이
내 아래의 쿠션 사이에서 전화기를 찾아낸다.

"예, 예, 예." 녀석이 아주 공손하게 대답한다.

나는 베개에 고개를 묻은 채 손짓으로 누구냐고 묻는다. 닉이 수
화기를 건넨다.

"이야, 메러디스 릴케가 형한테 푹 빠졌나 봐." 전화 통화만으로
어떻게 알았는지 묻고 싶다. 그리고 그녀가 무슨 말을 했기에 한참
뜸 들인 다음에서야 나를 바꾸어 주었는지도.

나는 수화기를 통해 맥의 목소리를 듣고 깜짝 놀란다. "우리 동
생한테 메러디스에 대해서 뭐라고 했냐?" 내가 묻는다.

맥이 더블데이트 어쩌고 하면서 메러디스와 내가 일찌감치 파
티장을 나섰다고 조잘거렸다면 녀석과 의절해야 할지 모른다.

"아무 말도 안 했는데?" 맥이 말한다. "그냥 걔가 독감 걸렸다고
했는데."

"나도 걸렸어."

"그거야."

"뭐라고?"

"닉이 머리가 잘 돌아가잖아. 네가 독감에 걸렸고, 어젯밤에 너랑 만난 여자아이도 독감에 걸렸고. 병균은 접촉을 통해 전염되는 법이야. 이를테면 타액이나 그런 걸 통해서." 녀석이 필요 이상으로 껄껄대며 웃는다.

"너하고 줄리앤은 결국 뭐 했어?"

"그 바보 같은 게임을 그만할 생각을 안 하더라."

"실망이네." 줄리앤이 오매불망 조 형을 그리느라 맥과 단둘이 있기를 피한 거라면? 그런 거라면 맥은 죽을 때까지 나를 용서하지 않을 것이다.

녀석과 나는 텔레파시가 잘 통한다. "줄리앤이 나한테 화난 일 있다고 메러디스한테서 들은 거 있어?"

"아니, 하지만 약에 취한 것 때문에 그런 거 아닐까? 줄리앤은 그런 거 안 좋아하는 것 같던데. 메러디스는 분명 아니고." 내가 코카인에 대해 알고 있다는 말이 튀어나오기 전에 참아야 한다. 아니면 메러디스하고 내가 너무 바빠서 다른 사람 얘기는 할 겨를이 없었다는 말이 튀어나오기 전에. 아니면 다른 어떠한 얘기조차 할 겨를이 없었다는 말이 튀어나오기 전에.

"지랄하시네. 너하고 너의 그 병만 중요한 줄 아냐? 사람들마다 자기만의 문제가 있는 거라고."

"예를 들면 어떤 거? 넌 성적도 좋잖아. 너희 아버지는 술을 안 드시고, 너희 부모님은 벌써부터 운전 허락하셨고."

"우리 아버지 얘기는 꺼내지 마."

"야, 맥. 너 지금 정신이 오락가락하냐? 내가 너희 아빠에 대해서 너절한 소리 한 것도 아니잖아."

"그래, 너희 아버지는 천하태평이시니까 너는 내 심정 모를 거다. 우리 아버지는 내가 의사나 변호사가 되길 바라시거든. 그 소리를 끊임없이 반복하신다. 앞으로 십 년 뒤에 어떤 일을 하고 싶을지 내가 무슨 수로 알겠냐? 아버지처럼 쓰레기장에 처박힌 비디오 플레이어를 찾으면서 평생 날마다 똑같은 직장으로 발을 질질 끌며 출근하고 싶지 않다는 것만큼은 우라지게 확실하지만."

야외 관중석에서 발을 구르는 고적대처럼 내 머리가 쿵쾅거린다. 녀석을 우울의 늪에서 끄집어낼 방법을 알았으면 좋겠다. 아빠한테 물어볼 수는 없다. 내가 뭐라고 둘러대든 간파하고 맥이 난처한 상황에 빠졌다는 사실을 알아차릴 것이다. 뜨끈뜨끈한 내 머릿속 저 끝에서 조그맣게 윙 소리가 들리며 아빠가 예전에 마약 중독으로 인한 우울증에 대해서 이야기했던 게 떠오른다. 나는 벌떡 일어났다가 뒤통수가 깨지는 듯한 충격과 눈꺼풀 뒤를 찌르는 섬광에 당장 후회한다.

"맥, 이 자식아." 근육이 집게처럼 머리를 점점 더 세게 옥죄는 바람에 단어를 제대로 발음해서 내뱉으면 그 즉시 비눗방울처럼 터져 버린다. "알아, 알아. 우리는 엿 같은 인생을 살다 죽게 마련이지. 그래도 너는 살아서 변화를 만들어 낼 수 있잖아. 그 정도만

돼도 보람 있는 일 아니냐? 몇 주 동안만이라도 그걸 끊어 봐. 최소한 줄리앤이랑 화해하려고 해 봐. 걔, 너를 정말 좋아하는 눈치던데."

"상쾌한 공기 중독자의 충고 잘 들었다. 걱정해 줘서 고마워. 나중에 다시 연락할게."

흠, 중독에 관한 한 나도 피차일반이긴 하다.

일요일 늦은 오후 무렵이 되자 폭풍은 저절로 사그라들었다. 비슷한 시점에 독감이 극심해졌다. 아빠가 나에게는 선실 출입을, 닉에게는 거실 출입을 금지했다. 그러고는 여전히 심란한 얼굴로 아이스박스 뒤쪽에서 찾은 오래된 깡통으로 진저에일 한 잔을 만들어서 내게 들고 온다. 차마 맛이 밍밍하다고 말씀드리지 못하겠다. 삼킬 수 있을지나 모르겠다. 미닫이문 틈새로 나지막한 두 사람의 목소리가 웅얼웅얼하며 간간이 이어진다. 여기서 불쑥, 저기서 불쑥 한 단어씩 들린다. 내 머리는 그 단어들을 짜 맞추려 요리조리 애를 쓰다 솜처럼 두툼한 잠 속으로 빠져들어서 단어들도, 그 단어들을 짜 맞추려 했던 이유도 잊는다.

다시 한 번 내 상태를 확인하러 온 아빠가 귀가 중이라는 엄마의 전화를 받았다고, 우리끼리 먼저 저녁을 먹으라고 했다고 알린다. 나는 저녁이라는 단어를 듣자마자 쏜살같이 화장실로 달려가서, 인정하기는 싫지만 이제는 익숙해진 자세로 쪼그려 앉는다. 암

세포 부대가 AML이라고 적힌 군복을 입고 행군하는 꿈이 나를 따라온다. 굳건한 전사들의 행렬이 산마루에 다다르고, 그들 아래에서는 독감 바이러스 부대가 골짜기를 행군한다. 나팔이 울리고 깃발이 펄럭이는 와중에, 워커 씨와 함께 서서 인터뷰하는 우리 부모님을 다각도에서 비추는 텔레비전 카메라가 언뜻 내 시야에 들어온다. 워커 씨는 치어리더 복장을 입고 있는데, 분홍색 주름치마 아래로 보이는 굵직한 털북숭이 다리가 꼭 그루터기 같다.

"피자 먹을까요?" 앞 선실에서 또다시 피자를 외치는 닉의 우렁찬 목소리가 꿈속으로 파고든다. 내 속이 다시 울렁거린다.

아빠의 반응이 빨라졌다. "낚시 보트로 너희 엄마를 데리러 갈 때 말고는 자리를 비울 수가 없어." 나는 그 말에서 일말의 위안을 얻으며 다시 잠이 든다.

엄마가 몇 시에 돌아왔는지 모르겠다. 마침내 구토가 멎었다. 나는 열에 들떠 부들부들 떨리는 몸으로 상상력의 한계를 뛰어넘는 온갖 꿈들을 들락거리며 잠을 잤다.

그러다 잠시 후—다시 저녁인데 며칠이 지났는지는 모르겠다—땀으로 흠뻑 젖은 채 깨어나 실제로 눈을 뜬다. 놀랍게도 내가 침대 1층에 누워 있다. 타당한 결론이다. 비몽사몽 상태에서—어쩌면 지금도 그런 상태일지 모른다. 아직 정신이 몽롱해서 장담을 못 하겠다—사다리는 위험한 선택이었을 것이다. 아니, 불가능했겠지. 이제 보니 아예 사다리가 없다. 아빠다. 부모님들이 종종 보이는 반응이다. 아이가 실수를 저지르거나 자해할지 모른다고 지레짐작하고는 아예 싹을 자르는 것. 아빠는 백혈병에 대해서도 지난봄에 부모로서 예방 조치를 취하지 않았다고 자책할까?

나는 손바닥으로 선실 벽을 짚고 볼일을 보러 터덜터덜 뱃머리 쪽 화장실로 걸어간다. 거울에 비친 유령이 어렴풋이 대니얼 솔스티스 랜던을 닮았다. 두 번 다시 쳐다보지 않고 침대로 슬금슬금 되돌아가게 만들 만큼 섬뜩하다. 다음번에 눈떠 보니 밖은 어두컴컴한데 닉과 같이 쓰는 책상 위에 불이 켜져 있다. 두 팔에 얼굴을 묻은 엄마가 거기에 엎드려 있다. 잠이 든 모양이다. 나는 너무 더워서 서늘한 시트를 찾아 꼼지락대며 매트리스 저쪽으로 다리를 움직여 본다. 이불에 발이 걸리자 모든 걸 내동댕이치고 빠져나가고 싶은 욕망이 샘솟는다.

"대니얼." 엄마가 벌떡 일어나서 내 팔꿈치를 잡는다. "좀 괜찮니?"

"언제부터 여기 계셨어요?"

"지금 화요일 새벽이야. 마지막으로 확인했을 때가 2시 몇 분이었는데." 엄마는 내가 끙끙대며 이불 밖으로 빠져나와 일어서는 것을 지켜본다. 엄마는 내가 밖으로 뛰어내릴 준비라도 하고 있는 줄 알았는지, 내가 뱃머리 화장실 쪽으로 발을 질질 끌며 움직이고 나서야 긴장을 푼다.

엄마가 속삭인다. "네가 깼을 때 필요한 게 있을까 봐 여기서 책이나 읽으려고 했지."

나는 동의하는 의미에서 콧소리를 낸다. 머리가 볼링공처럼 무겁다. 그 머리를 가누고 화장실까지 갔다가 침대로 돌아올 수 있을지 모르겠다.

"네가 이제 막 열여섯 살이 됐어." 엄마가 자신도 잘 못 믿겠다는 듯이 좀 더 큰 소리로 말한다.

나는 다시 콧소리를 낸다. 엄마가 무슨 소리를 하는 건지 모르겠다.

"네가 지금처럼 한밤중에 태어난 거 알지?"

"태어났다고요?" 나는 닫힌 문에 대고 중얼거린다.

"응, 너를 보라고 아빠가 조를 깨웠어. 다섯 살쯤 됐을 때였는데. 메리 스튜어트 엘리엇이라는 훌륭한 조산원이 도와주셨단다. 나이가 예순둘인가 예순셋인가 그랬어. 그때까지 받은 아이가 수백 명이었고."

"영화에서처럼 조산원은 산모 입에 막대를 물리고, 남편은 양손에 고개를 묻고 계단 발치에 앉아서 사랑하는 여인에게 그런 짓을 저지른 데 괴로워하고, 뭐 그런 건가요?" 이렇게 또렷한 발상은 며칠 만에 처음이다.

우와, 점점 괜찮아지고 있는 게 분명하다. 무의식적인 수준의 발언일지라도 말이다. 조산원 장면보다 또렷하게 떠오르는 것이 있으니 내가 메러디스에게 한 짓이다. 나는 그녀의 인생을 영원히 바꾸어 놓고서는 열과 식은땀으로 이루어진 몽롱한 세상 속으로 사라져 버렸다. 그녀 역시 독감 때문에 정신이 몽롱했다지만, 이틀 동안 전화도 없다니 무슨 이런 개자식이 있나 생각할 것이다.

내가 쓰러지지 않게 엄마가 팔을 잡고 있긴 하지만, 독감보다 메러디스를 푸대접한 나 때문에 속이 메슥거려 방 한가운데서 옴짝달싹할 수가 없다.

"우리 아들, 어지간히 착각한 모양이네. 남편들은 일이 잘못될까 봐 걱정하는 거야. 아이를 낳는다는 게 복잡하고 겁나는 과정이거든. 요즘은 출산의 두려움이 좀 가시긴 했지만 그래도…… 그래도……."

엄마는 그 당시 추억에 넋을 잃었다.

"그래서 저는 엄마의 모든 예측과 맞아떨어지는 아이였나요?" 나는 어떻게 하면 메러디스에 얽힌 딜레마를 들키지 않고 전화기를 얻어 낼 수 있을지 재빨리 머리를 굴린다.

"글쎄, 우리한테는 이미 조가 있었잖니. 그래서 충분히 예측 가능했지. 그런데 아기였을 때 너는 좀 달랐어. 조보다 욕심도 없고 참을성은 많고. 그런데 태어난 그 순간부터 호기심이 넘쳐 났지. 일어설 수 있게 된 순간부터 어디든 올라가려고 하더라. 조는 한 번도 그런 적이 없었는데. 조가 칭얼거리기만 하면 우리가 냉큼 달려갔으니까."

"제가 문제아가 된 것도 무리는 아니네요."

웃음을 터뜨리는 엄마에게서 내 농담에 고마워하는 마음이 느껴진다. 엄마의 시선은 내 얼굴에서, 손은 내 팔꿈치에서 떠날 줄 모른다. 엄마는 내 어디가 어떻게 잘못될 수 있는지 열심히 고민하지 않아도 알 것이다.

아침 식사 시간이 되자 격리 조치된 벽을 사이에 두고 온 가족이 생일 축하 노래를 불러 준다. 닉이 테너와 베이스를 넘나드는 목소리로 혼자서 "앞으로도 계속"이라고 평소처럼 가사를 추가한다. 그리고 잠시 후 선실 문이 쾅 소리와 함께 열리는가 싶더니 눈가에 눈물이 그렁그렁 맺힌 닉이 등장한다. 녀석은 이쪽 발에서 저쪽 발로 체중을 옮긴다.

"미안. 미안해, 형. 정말 미안해. 저절로 튀어나왔어. 나도 모르게."

"괜찮아, 인마." 그런데 생각해 보면 이건 도움을 청하거나 뭔가에 대해 투덜거려 놓고서는 신경 쓰지 말라고 하는 것만큼이나 어이없는 대답이다.

책상 주변을 더듬거리며 운동복 바지를 청바지로 갈아입은 녀석은, 너무 피곤해서 이불 속으로 들어가지도 못하고 그 위에 그대로 누워 있는 나를 돌아본다.

"엄마는?" 내가 묻는다.

"선실에. 엄마랑 아빠랑 의사를 부를지, 언더테이커를 부를지를 두고 싸우고 있어. 그러니까 미스티 언더우드 말이야."

언제 들어도 재미있는 말장난이라 우리 둘 다 웃음을 터뜨린다.

나는 팔꿈치로 침대를 딛고 몸을 일으킨다. "전화기 좀 갖다 줄래? 메러디스랑 통화해야 하는데."

"당연하지. 그 누나가 여덟 번인가 전화했는데. 메시지는 안 남겼어. 두 마디로 된 단어조차 제대로 조합하지 못하더라. 독감이라는 단어 말이야." 녀석의 입이 귀에 걸릴 지경이다. 너무 뿌듯한 것이다.

"그래, 어련하시겠어. 우리 동생이 얼마나 똑똑한데. 그런데 셜록 홈스, 지금 당장 전화기가 필요해. 내년 부활절이 아니라."

녀석은 자기가 한 말에 책임을 진다. 오늘은 화요일이고 7시는 되어야 무료 통화를 할 수 있지만 그래도 나는 메러디스에게 전화를 건다. 그녀도 아파서 학교를 쉬었다고 한다. 그녀의 엄마는 퇴근 전이었다. 나는 다시 연락하겠다고 다짐하며 전화를 끊고, 120까지 세면서 7시가 되기만을 기다린다. 삼십 분 동안 통화했을 때 교도소장 엄마가 들어와서 이제 그만 끊으라고 한다.

엄마는 나를 닉의 침대에 눕히고 이불이며 뭐며 덮어 준 다음 손등으로 내 이마를 짚는다. "메러디스가 단순한 친구는 아닌 모양이지?"

씩 하고 벌어지는 입을 다물 수가 없다.

"도서관에서 우연히 그 애 어머니를 만났어. 올해 추수 감사절 때 아이들이 아버지네 집에 가야 할지도 모른다더라. 왔다 갔다 하나 봐."

"메러디스한테서 아버지 이야기는 들은 적이 없는데."

"안타까운 일이로구나."

정말이다. 내가 그녀에 대해 모르는 게 얼마나 많을까? 피비의 방에 몸을 숨긴 홀든이 부모님이 들이닥쳐 펜시에서 퇴학당한 일로 잔소리를 늘어놓을까 봐 소곤소곤 이야기하는 것보다 훨씬 안타까운 일이다. 홀든은 잔소리를 늘어놓는 아버지가 있는 게 그렇지 않은 것보다 훨씬 낫다는 사실을 절대 모를 것이다.

엄마가 이불을 다시 매만지고 블라인드를 내린다. "낮잠 한 번 더 자고 일어나면 오늘은 저녁 먹을 수 있을 거야."

나는 엄마가 사라질 때까지 기다렸다가 이불 밑에서 전화기를 꺼내──엄마는 전화기에 대해 까맣게 잊어버렸다──메러디스에게 전화를 건다.

그녀가 받는다. "대니얼."

"깜빡한 말이 있어."

그녀는 뭐냐고 묻지도 않고 심지어 키득거리지도 않는다. 정말 엄청난 아이다.

"네 눈을 똑바로 쳐다보지도 않고 이렇게 전화로 해서 분위기 망치는 건 아닌지 모르겠지만, 더 이상 기다릴 수가 없어서."

수화기 저편에서 그녀의 숨소리가 들린다. 조그맣게 숨을 들이쉬는 소리일 수도 있고, 깜짝 발표가 뭔가 싶어 숨을 죽이는 소리일 수도 있다. 내 상상 속에서 그녀는 크림색 바탕에 테두리가 암청색이고 남자 셔츠처럼 앞면에 단추가 달린 잠옷을 입고 있다. 빅토리아 시크릿 카탈로그에 실린 상품이다. 단추가 두세 개 풀려서 뼈 ─목 양쪽 뼈─ 가 보인다. 나는 그 뼈를 안다. 나는 그 뼈를 좋아한다.

망설이다 보니 긴장감이 점점 고조된다. 말을 하다 목이 메지는 않았으면 좋겠다. 그녀도 내가 얼마나 진지한지 모르려야 모를 수 없겠지.

"사랑해." 그녀의 숨소리만 이어지자 나는 이렇게 덧붙인다. "이미 알고 있었겠지만."

"응." 그녀가 말한다.

이렇게 우리는 공식 커플이 되었다. 나는 다시 잠을 청한다.

엄마는 메러디스와 맥의 문병이 내 정신 건강에 중요하다는 데 군소리 없이 동의한다. 둘이 같이 오면 셋이서 하트나 리스크 게임을 하기도 하고 영화를 보기도 한다. 맥이 메러디스를 보트로 데려다 주고 우리 둘이서 만나게 할 때도 있다. 하지만 단둘이 있을 수 있는 건 아니다. 아빠가 책을 편집하며 뒤쪽 선실을 지키고 있으니 말이다. 아빠는 사랑에 빠진 열여섯 살의 심리를 기억하기 때문에 앞쪽 선실로 나올 때면 갑판을 지나며 늘 법석을 떤다. 메러디스를 침실로 데리고 갈 수는 없다. 엄마가 세운 철칙이다. 나는 이미 늦었다고 말하고 싶지만, 나 혼자 간직하는 비밀이다. 그 점은 메러디스도 마찬가지다.

그녀는 아무 때고 불쑥 찾아온다. 그런 식으로 나를 놀래기를 좋아한다. 내가 삼키는 데 문제가 생겨서 말할 때마다 아파하자 이런저런 것들을 들고 와서 내게 읽어 주었다. 감상적인 시집은 아니다. 나는 군소리할 필요가 없었다. 믿을 수 없을 만큼 근사한 여자라 그녀도 그런 시집을 좋아하지 않는다. 주로 「뉴스위크」 기사 아니면 학교 신문이다. 베릴 마크햄이라는 여류 비행사가 쓴 아프리카 이야기의 일부 구절도 읽어 준다. 여성 선구자. 메러디스의 관심사는 그런 분야다. 들으면 들을수록 그녀가 이 이야기를 고른 이유가 분명해졌다. 마크햄은 다른 여자들은 아무도 가 보지 않은 곳, 많은 비행사들이 가 보지 않은 곳들을 찾아갔다. 메러디스는 먼 옛날의 시점에서 세상의 미래를 내게 들려주고 있는 것이다. 이렇게 끝내줄 수가.

그녀가 낭독하는 동안 나는 보통 눈을 감고 있다. 그래야 더 잘 들을 수 있다. 손으로 책장을 반듯하게 펼 때 피부가 종이를 살짝 스치고 지나가는 소리가 들리면 완벽했던 그날 밤의 기억이 되살아난다.

"뭐 해?" 그녀가 『아프리카를 날다』를 읽다 말고 두 번인가 이렇게 묻는다.

나는 눈을 뜬다. "뭐 하느냐고?"

"오른손 말이야. 청바지를 문지르고 있잖아. 거기 다리 위를."

밀폐된 따뜻한 공간에서 사랑하는 사람이 바로 옆에 있고 그녀의 목소리가 내 주변을 감싸건만 서로 살을 맞대고 나란히 누울 수 없다니, 이 심정을 말로 표현할 방법이 없다. 나는 그날 밤의 기억을 단 일 초도 잊지 않았다. 늘 그날 밤의 꿈을 꾼다. 하지만 그 기억은 그녀가 여기서 말을 할 때, 그녀의 목소리가 내 무의식인지 뭔지 모를 곳으로 스며들어 갈 때 가장 선명하게 되살아난다. 고마워요, 프로이트 박사님. 나는 어처구니없이 들리지 않도록 10대들의 상투적인 문구를 동원하지 않고 내 기분을 설명할 방법이 없는지 머리를 싸매고 고민한다. 그런데 방법이 없다.

그녀가 걱정하며 눈을 찡그린다. "왜 그렇게 문질러? 아파?"

우리 엄마의 말투에서 항상 묻어나는 공포의 기미가 그녀의 말에서도 느껴진다.

"아냐, 기억을 되살리는 중이었어. 그날 밤의 기억을."

그녀의 눈이 휘둥그레지며 아주 잠깐 동안 멈칫하더니 책 속에 고개를 묻고 다시 읽기 시작한다. 얼굴이 빨갛다.

거짓말은 못 하겠다. 우리는 입을 맞추며 긴긴 시간을 보낸다. 독감이 낫고 내가 다시 몸을 움직일 수 있게 된 다음부터. 돌연 메러디스가 헐렁한 티셔츠에 노브라 차림으로 문병을 오기 시작했다. 더듬거리느라 허비하는 시간을 없애기 위해서다. 내가 내놓은 아이디어는 아니지만 도움이 된다.

엄마는 메러디스에게 내가 정체도 모르는 온갖 병균에 감염될 수 있다고 괴로울 정도로 자세히 설명했다. 그런 경고를 들은 뒤, 나는 메러디스에게 더 이상 키스하면 안 되겠다고 말했다. 그녀는 앞으로 살날이 칠십 년쯤 남지 않았는가. 하지만 그녀가 발길을 끊겠다고 협박하는 그 순간, 나도 그럴 수는 없다는 것을 깨닫는다.

그녀가 반박한다. "알았어. 그럼 러너드를 만나야겠다. 걔가 너에 대해서 한 말이 맞았을지도 모르겠네."

"왜, 그 밥맛이 뭐라 그랬는데?"

"장난으로 해 본 소리야. 어휴, 대니얼. 인상 풀어."

"화내지 마. 나도 이런 거 처음이란 말이야. 말로 하면 안 돼?"

"말이야 쉽지. 나랑 키스하기 싫다는 남자 친구는 나도 싫어."

"내가 언제 하기 싫댔어?"

"좋아, 그럼. 결정된 거다. 입 다물어." 그녀는 내 무릎 위에 앉아서 나를 설득한다.

14장

독감 사건 이후에도 내가 계속 아무것도 목구멍으로 넘기지 못하자 아빠는 안절부절못하며 다시 병원에 데리고 가야 한다고 주장한다. 엄마는 미스 T. 언더테이커가 해결할 수 있다며 달래려고 하지만 아빠가 끝까지 고집을 부리고, 나는 결국 버지니아 대학 병원에 이틀 동안 입원한다. 그곳은 동물원이다.

버지니아 대학 병원이라고 하면 병원이라야 한다. 의과 대학과 연계된 곳인 데다─제기랄, 이름부터 버지니아 대학 병원 아닌가─리치먼드 도심 한복판에 떡하니 자리 잡고 있어서 응급실을 들락거리는 환자의 물결이 끊길 줄 모른다. 백혈병에 걸린 아이가 펄펄 끓는 목욕물에 3도 화상을 입은 두 살배기나 도망친 아내에게 프라이팬으로 머리를 얻어맞은 남편보다 뒷전으로 밀릴 수 있다. 이곳은 대도시다. 게다가 사람들 말로는 미국에서 살인율이 가장 높은 도시라지 않는가.

하지만 버지니아 대학 병원은 엄마조차 용납할 수 있는 병원이다. 자유의 여신상처럼 아무나 다 받아 주기 때문이다. 엄마 말에 따르면 아주 민주적이라고 한다. 수련의──그 병원에 이십사 시간 상주하기 때문에 레지던트라고 불린다──가 환자들을 본다. 그들이 의사들에게 어쩌고저쩌고한다. 그 반대가 아니라. 상관없다. 나는 인터넷에서 AML 관련 정보를 읽었는데, 그 병에 대해 제대로 아는 사람이 없는 게 분명하다. 어차피 큰 기대도 없었다.

퇴원한 뒤에 검사 결과를 기다린다. 기다리고 또 기다린다. 생사가 걸린 병인데 결과가 나오기까지 일주일도 넘게 걸릴 수 있다니 놀라울 따름이다. 나는 여전히 아무것도 목구멍으로 넘기지 못하고, 그렇기 때문에 아무것도 먹질 못하고, 그렇기 때문에 뼈를 강화하고 뇌세포에 영양을 공급한다는 비타민과 미네랄을 섭취하지 못하고 있다. 엄마는 광분하며 날마다 의사에게 험악한 메시지를 남긴다. 유치원에서 배운 음식 피라미드가, 그중에서도 고형식이 꿈에 등장한다. 시뻘건 고기, 오렌지, 치즈, 심지어 방울양배추까지. 또다시 밀크셰이크를 먹을 생각만 해도 토가 올라온다.

심한 강풍으로 하우스보트가 너무 흔들려서 아무것도 먹지 못하는 추수 감사절을 보낸 뒤, 부모님은 우체국 건너편 아파트로 집을 옮겼다. 나이로비로 안식년 휴가를 떠난 래퍼해녁 지역 대학 교수가 살던 방 두 개짜리 임대 아파트이다. 찾아보니 나이로비는 케냐의 수도다. 모순 같을지 몰라도 아프리카의 안정적인 국가다.

아빠는 마감이 지난 편집 작업을 끝내려고 애를 쓰고 있다. 아빠의 움직임이 평소보다 둔해진 것을 나조차도 느낄 수 있다.

"링거 맞혀야 하는 거 아니야?" 내가 「스크루지」를 보다가 잠이 든 줄 알고 엄마가 아빠에게 묻는다. 빌 머리는 정말이지 재미있고 못생겼다.

예전에는 머리를 볼 때마다 저 영화에서 노숙자 쉼터를 운영하는 클레어처럼 멋진 여자가 나를 사랑하게 될지 모른다는 희망에 부풀곤 했다. 요즘 메러디스를 만나고 보니 머리한테 클레어가 아깝다는 생각이 드는데, 그럼 나는 어떻게 되는 걸까?

"레드, 내 말 안 들려?" 엄마가 나지막이 속삭인다.

나는 깨어 있다는 걸 들키지 않도록 실눈을 뜬 채 원고를 내려놓는 아빠를 관찰한다. 아빠는 애써 미소를 지으려 하지만 잘되지 않는다.

"뭐라고 물었더라, 실비?"

"물어본 거 아니었어. 대니얼한테 링거 맞혀야겠다고. 먹는 것도 없이 얼마나 버틸 수 있겠어?"

"나흘 됐잖아. 밀크셰이크 먹고 있고. 괜찮아 보이는데."

"병원에서는 링거 맞혔잖아. 의사한테 전화해 봐야겠어."

"어느 의사? 몰리 박사님은 당신한테 아무 말도 하지 않을 거야. 우리가 갔을 때 대니얼을 처치한 응급팀으로 연결시켜 주겠지. 전화로는 아무하고도 상의 못 해. 거기 의사들은 이십사 시간 당직을 서고 기절했다가 다시 당직 근무하는 식이잖아."

"간호사한테 물어보면 어떨까?"

"그러든지." 아빠는 소파 위에 내려놓은 원고를 만지작거린다. 뒤에서 째깍째깍 초침 돌아가는 소리가 들리는 듯하다. 엄마의 이야기가 길어질수록 아빠는 돈을 날린다. 엄마가 아빠에게 하던 이야기를 그치면 병원으로 전화해 진료비가 추가될 테니 돈을 날리는 건 여전하다. 아들이 죽을병에 걸리지 않은 다른 집 아버지들도 가족들 먹여 살릴 걱정에 뜬눈으로 밤을 지새우고 그럴까?

"워커가 새 공판 날짜, 전화로 알려 줬어?" 엄마가 묻는다.

"2월 언제라고 하던데."

"전화 언제 받았는데?"

"전화로 들은 거 아니야. 예전에 얘기해 줬잖아. 기억 안 나?"

"아니…… 하지만 당신을 믿을게. 2월에 심리가 열리면 언제쯤 판결이 날까?"

"나야 모르지. 그건 워커한테 물어봐."

"전화를 못 하겠어. 뭘 물어볼 때마다 돈이 들잖아."

아빠가 원고를 집어 무릎 위에 올려놓는다. 정적이 흐른다.

크리스마스 이 주 전이다. 다른 10학년생들은 크리스마스 연휴 직후로 시험 날짜가 잡혀 있지만, 군 교육 위원회에서 내게 선택권을 준다. 나는 속 시원하게 먼저 해치우기로 한다. 엄마가 계속해서 나를 몰래 멕시코로 데려가려 한다는 것을 알기 때문이기도 하다. 그리고 형이 크리스마스 때 내려오기 때문이기도 하다. 하지만 가장 큰 이유는 메러디스가 무려 열흘 동안 학교를 안 나가는데, 그동안 그녀의 엄마는 출근하기 때문이다.

일주일 동안 네 과목의 시험을 치르려고 하니 힘에 부친다. 특히 이달 초에 두 번이나 수혈을 받아서 더욱 그렇다. 그런데 학교에서는 나를 끔찍하게 배려했다. 오후에는 내가 힘이 없을 테니 아침 첫 시간에 시험을 볼 수 있게 해 주었다. 알고 보니 스텝포드헤인스 선생님이 10학년 영어와 1600년 이전의 세계사, 두 시험의 감독을 맡았다. 그녀는 내가 세계사 시험지를 일찍 제출해도 눈 하나 깜빡하지 않는다.

"선생님 없이 공부해도 될 만큼 내용이 쉬웠니?" 나중에 선생님이 묻는다. 엄마가 데리러 올 때까지 기다리는 동안 우리 둘이서 잡담을 나누었다.

"역사는 거의 그냥 외우기만 하면 되잖아요."

"대학교에 가면 안 그럴 거야. 결론을 도출하고 그걸 다른 사건에 적용해야 해. 암기한 날짜나 장소가 아니라 네 의견을 물을 거야.”

“제가 대학교 생활을 좋아할 것 같으세요?”

“물론이지. 네가 부모님과 다른 점, 네가 잘하는 것, 네 생각을 표현해서 타인을 설득하는 방법을 배우는 시기거든. 단지 무슨 옷을 입고, 몇 개의 골킥을 성공시키고, 어떤 친구들과 어울리고, 이런 건 문제가 아니야.”

“저는 대학 안 갈 거예요.” 지금까지 한 번도 입 밖으로 낸 적 없던 말인데, 선생님이 알아들을 정도로 크게 말하기가 생각보다 쉽지 않다.

“장학금이라는 방법도 있어.”

선생님은 나처럼 장애가 있는 학생을 접한 적이 없다 보니 좋은 뜻에서 하는 소리다. 그 병에 대한 소문을 못 들었을 리는 없다.

“장학금만 받으면 되는 문제가 아닌걸요.”

“대니얼, 이…… 이유가 뭔지 모르겠구나. 너희 부모님은 두 분 다 대학을 졸업하셨잖아. 형은 지금 대학생이고. 그런데 너는 대학에 안 가겠다는 이유가 뭐니? 안 가고 싶어?”

“우선순위를 따졌을 때 대학은 서른 번째쯤 돼요.” 선생님의 표정을 보니 내가 잘못 말했다는 걸 알겠다. 나를 진지한 학생으로 여겼던 선생님의 생각이 달라질 수도 있겠다. 내 1순위는 메러디스를 죽을 때까지 영원히 사랑하는 것이다. 지금까지 아무한테도 말하지 않은 것이다. 메러디스만 안다. 솔직히 예전에는 뉴욕에 가는 게 두 번째였는데, 지금은 메러디스와 아이를 낳는 것이다. 안다, 나도 안다. 열여섯 살짜리는 아이에 관심을 가질 수 없는 법이다. 하지만 내년 5월에는 수영을 할 수 없고 내 미래에 11학년 영어는 없다는 걸 아는 판국에, 내가 죽은 후의 보이지 않는 미래까지 오래도록 남을 무언가를 메러디스와 둘이서 만들어 낸다는 것은 마치 SF처럼 환상적인 일이다.

메러디스는 세상에서 가장 멋진 엄마가 될 것이다. 스키 부츠를 신은 금발의 꼬맹이를 서너 명 산마루에 일렬로 세우고, "인생은 찬란하다."를 외친 뒤 슬로프를 쏜살같이 내려가게 할 그녀의 모습이 눈에 선하다. 그건 랜던 집안의 남자가 물려줄 수 있는 부분이 아니다. 우리 가문의 대를 잇는 건 닉한테 맡기면 되고, 생김새와 행동이 메러디스를 빼다 박은 내 아이를 낳으면 몇 배 더 근사하지 않을까. 하지만 그것은 꿈에 불과하다. 메러디스의 인생을 지금보다 망칠 수는 없다.

스텝포드헤인스 선생님은 화제를 돌릴 생각이 없다. "글쎄, 감히 장담하지만 그 순위는 졸업하기 전까지 여러 번 바뀔 거야."

엄마가 복도에서 손을 흔드는가 싶더니 이내 사라졌다. 추수 감사절 이후로 엄마는 사사건건 미리 차단하지 않고, 나도 나만의 인간관계를 형성할 수 있도록 내버려 두려고 의식적으로 (티가 나게) 애쓰는 중이다. 아빠가 따끔하게 충고한 모양이다. 그렇지 않고서야 왜 그러는지 설명할 방법이 없다.

"랜던 부인이세요?" 스텝포드헤인스 선생님이 부른다. 선생님이 자리에서 일어나 내 어깨에 잠깐 손을 얹는 동안 엄마가 교실 안으로 들어온다.

"어땠니?" 엄마는 선생님과 악수하며 내게 묻는다. 엄마의 이런 씩씩한 부모 행세야말로 스텝포드헤인스 선생님도 처음부터 진실을 알고 있었다는 결정적인 증거다. 이제는 방금 전의 대화가 당황스럽다. 선생님은 왜 백혈병에 대해 알면서도 뻔히 불가능한 일들을 운운하신 걸까?

"대니얼하고 둘이서 대학교 수업은 얼마나 다른지 이야기하고 있었어요. 대니얼과 함께 학교 견학 시작하셨나요?"

엄마는 멍한 표정을 짓는다. 그런 채로 새로운 물건에 익숙해지려는 시각 장애인처럼 손에 쥔 자동차 열쇠를 손가락으로 더듬거린다. 스텝포드헤인스 선생님은 대답을 기다린다. 엄마의 침묵에 선생님의 표정이 일그러진다.

"뭐, 엄청난 결정이니까요. 어디에서부터 시작하실 생각이신지 모르겠지만, 제게 조언을 청하시면…… 대니얼의 관심 분야나 적성과 정말 잘 맞는 학교를 몇 군데 추천할 수 있을 것 같은데요."

"감사합니다. 정말 감사합니다." 나는 책가방을 움켜쥐고, 엄마가 울음을 터뜨리기 전에 교실에서 빠져나갈 수 있길 바라며 문쪽으로 발걸음을 옮긴다.

"연락해라." 스텝포드헤인스 선생님이 일련의 상황 때문에 주름이 1,000개쯤 잡힌 얼굴로 말한다.

복도로 나오자 엄마가 '질문 사절'의 의미로 손바닥을 들어 보인다. 파란색 청바지와 책상 사이 통로로 고개를 내민 발가락 샌들과 의자 뒤에 대롱대롱 매달린 라크로스 신발들이 보이는 교실 문 앞을 지나는데, 엄마의 생각에 동의하지 않을 수가 없다. 침묵이 더 안전한 법이다.

크리스마스가 나흘 남았을 때 형이 거의 빗방울이나 다름없는 눈발을 새하얀 외투처럼 뒤집어쓰고 나타났다. 엄마는 바빠서 정신이 없거나 당황한 사람처럼 부엌에서 우당탕거린다. 하지만 냄새만큼은 달콤한 크리스마스 분위기다. 엄마가 마지막으로 쿠키를 만든 게 언제였는지 모르겠다. 아마 우리가 초등학생일 때였나. 엄마가 또 하나의 연쇄 살인범으로 간주하는 정제 설탕 대신 꿀을 넣어서 만드는 법을 찾아낸 모양이다. 닉이 형을 도와서 짐을 나른다. 평소보다 책이 훨씬 많다.

"역시 내 동생이야." 형은 새로 나온 배트맨 영화를 보러 가려고 우적우적 저녁을 해치우는 닉과 하이파이브를 한다. 그러더니 갑자기 돌변해서는 둘이 바싹 붙어 소곤댄다. 나는 이미 죽고 없는 사람인 양. 방금 전까지 메러디스가 있다 가서 모처럼 아주 유쾌하던 참인데 뚜껑이 열린다.

"나도 좀 아는 척하시지?" 상당히 노골적이고 상당히 유치하지만 어쩔 수 없다.

"대니얼, 얼굴이 뭣 같다?"

형들이란 바보 천치다.

"형도 얼굴이 살짝 거지 같은데? 밤을 너무 자주 새운 모양이야?"

"그걸 말이라고." 형은 소파 뒤로 태낭을 내동댕이친다. 심하게 너덜너덜한 체크무늬 천에 나무로 된 팔걸이가 달려 있어서 재방 송되는 재미없는 시트콤 속 소품처럼 보이는 소파다. "닉이랑 망 토 두른 십자군 기사 보러 갈 건데 같이 갈래?"

"좋지, 좋아, 좋고말고. 불멸의 그 느낌. 은막으로 감상하면 얼마 나 더 환상적일까."

형은 닉에게 헤드록을 걸고 녀석의 정수리를 두드리고 있다. "대니 보이는 내가 안 보고 싶었던 모양이지? 닉은 보고 싶어 했는 데. 왜 그러냐, 대니 보이? 메러디스한테 새 남자가 생겼어?"

"메러디스는 들먹이지 말아 줘."

심지어 닉조차 시선을 내게 둔 채 조 형이라는 폭탄을 슬금슬금 피하기 시작한다. 한쪽 발을 복도로 내밀고, 한쪽 손으로는 문틀을 잡은 채 튀어 나갈 틈을 만든다. 내가 이를 가는 소리가 온 거실에 쩌렁쩌렁 울릴 정도인데, 아무도 듣지 못하다니 충격이다.

형은 언성을 아주 살짝 낮추고는 그만이다. "얘들아, 얘들아. 긴 장 좀 풀면 안 되겠니? 크리스마스잖아. 내가 크리스마스를 축하 하러 내려왔잖니."

"미안." 나는 일어나서 플리스 재킷에 양팔을 쑤셔 넣는다. "나는 요즘 축하할 기분이 아니라서."

놀랍고도 놀랍게도 몸을 사리고 있던 닉이 나선다. "작은형 건드리지 마, 큰형. 큰형은 아무것도 모르잖아."

나는 눈물 나는 이야기의 뒷부분을 기다리지 않는다. 인간은 질식해서 죽을 수도 있는데 지금 나에겐 공기가 부족하다. 그것도 아주 많이. 세탁소에서 전화하면 맥이 와서 나를 데려갈 것이다. 지금까지 고백하기 싫을 정도로 여러 번 사전 연습을 반복했다.

워싱턴 도로 쪽으로 뒷마당을 가로지르는데, 엄마를 끌어안은 형의 모습이 부엌 창문 너머로 보인다. 시험에 대해 어떤 식으로 설명할지, 그리고 다음 학기 준비를 위해 언제쯤 돌아가야 하느냐는 엄마의 물음에 어떤 식으로 얼버무릴지 안 봐도 뻔하다. 우리는 엄마에게 상처 주지 않는 법을 안다. 자연스럽게 터득한 기술이다.

전화해 보니 맥이 집에 없다. 페트리아노 아주머니는 크리스마스 정신으로 충만하다.

"어떻게 지내니, 대니얼? 메리 크리스마스. 폭설을 피할 수 있어서 다행이지 뭐냐, 그렇지? 네 생각 하고 있었단다. 너희 어머니한테 시험 봤다는 얘기 들었어. 후련하겠다." 헤드라이트 불빛 앞에 놓인 사슴처럼 사방을 두리번거리고 있을 아주머니의 모습이 눈에 선하다. 죽을병에 걸린 아들의 친구에게 도대체 무슨 말을 할 수 있겠는가.

"예 ─ 맞아요, 어머니. 해치워서 속이 후련해요."

"내 앞에서는 격식 안 차려도 된다. 기저귀 차던 시절부터 널 보았는걸."

"예." 이런 직격탄을 맞은 뒤에도 "어머니, 어머니." 하면 내가 인간이 아니다. "맥이 언제쯤 돌아올까요? 꼭 통화하고 싶은데."

"아빠 휴대 전화를 들고 나갔을 거야. 친구들 만난다던데. 나는 너를 만나러 나가는 줄 알았지."

지난번 통화 이후로 녀석이 나를 피하고 있다는 걸 아는 마당에 적당히 대꾸할 방법이 없다. "제가 전화했다고 전해 주실래요?"

"그럼, 당연하지. 잊어버리지 않게 적어 놓으마. 요즘 들어 워낙 깜빡깜빡하거든. 치매 초기야."

아주머니가 키득거리기 시작하고, 나는 이 통화를 끝낼 수 있을까 싶어 눈앞이 아득해진다.

"휴대 전화 번호 가르쳐 줄까?" 아주머니가 묻는다.

"아뇨, 괜히 방해하지 않을래요. 그냥 제가 전화했다고 전해 주세요."

아주머니는 내가 작별 인사를 하는 와중에도 계속 조잘거린다.

맥은 전화를 하지 않고, 나는 메러디스와 통화하다 줄리앤을 통해 녀석이 줄리앤까지 피하고 있다는 사실을 알았다. 걱정된다. 내가 알고 사랑하는 맥은 세상을 향해 분통을 터뜨리는 그런 녀석이 아니다. 무슨 일이 있었든지 녀석이 그 하얀 약에 미쳤든지, 둘 중 하나다. 나는 잠시 숨 좀 돌리다 방학 때 녀석을 족치기로 마음먹었다. 녀석이 나를 피해 봐야 그때까지다.

나는 수업 한 번 안 듣고 10학년 첫 학기를 마무리 짓는다. 생물, 세계사, 영어, 세 과목에서 A를 받았으니 상위권에 포진해야 마땅한데, 대수 때문에 평균이 왕창 깎였고 지금까지 줄곧 가장 좋아하는 과목으로 꼽았던 수학도 B 플러스다. 내 기억에 수학 성적이 그보다 좋았던 적은 없다. 아무리 열심히 노력해도 그 정도일 뿐, 어째서 좀 더 가까워지지 못하는 걸까?

남들도 우리 아빠처럼 내가 소 뒷걸음치다 쥐 잡은 격으로 생물에서 높은 점수를 받았다고 생각할 것이다. 과학은 지금까지 단 한 번도 좋아해 본 적이 없다. 아주 사소한 부분까지 일일이 재서 기록하고, 이것과 저것을 끊임없이 비교하는 등 쓸데없이 너무 시시콜콜하기만 하다. 그런데 이제는 역사보다 생물 공부가 훨씬 중요해졌다. 이런 식의 동기 부여는 처음이다. 게다가 메러디스가 옆에서 들볶는다. 그녀는 과학의 달인이다.

크리스마스 이틀 전, 엄마가 인터넷으로 멕시코행 비행기 푯값을 알아보라며 닉을 도서관으로 보냈다. 비밀이라야 하는데, 내가 자는 줄 알고 앞쪽 선실에서 워낙 큰 소리로 떠들어 대니 알 수밖에 없다. 아빠는 교과서 출판사에서 일감을 얻어 내느라 휴대 전화를 독차지했다. 아빠는 나를 철학 토론에 끌어들이려고 하거나, 더 큰 화제에 집중시키려고 신문 머리기사에 대해 토론하자며 거의 노골적으로 꼬드기는데, 기분 전환에는 나만큼이나 재주가 없다. 나이로비의 미국 대사관이 또다시 공격을 받거나 말거나 나하고 무슨 상관일까? 평생 거기 갈 일도 없는데.

홀든은 자기 아빠에 대해 별말이 없지만, 우리 아빠가 내 인생에서 차지하는 의미와 비교해 보면 홀든의 인생에서 누가 봐도 뻔한 블랙홀이 그의 아빠라는 걸 한눈에 알 수 있다. 홀든은 사립 학교에서 또 쫓겨났느냐는 아빠의 잔소리가 듣기 싫다고 했는데, 그 이상의 뭔가가 있다. 피비를 몰래 찾아가는 부분을 다시 한 번 읽어 보면 비행의 수준에 걸맞지 않은 공포가 느껴진다. 그의 아버지는 큰 회사에 다니는 것 같다. 홀든 콜필즈는 절대 자기 아버지를 헐뜯지 않는다. 그러니까 짐작하건대 홀든과 레너드와 메러디스— 거의 평생 부재중이고 너무 거물이고 너무 바빠서 아이들과 진심으로 소통할 시간이 없는 아버지 밑에서 자란 아이들—가 겪는 문제는 생각 이상으로 심각할 것이다.

부모님들은 안 그래도 참견하길 좋아한다. 원래 그럴 수밖에 없다. 부모님들은 아이들이 무얼 하고, 무얼 먹고, 무슨 생각을 하는지 알고 싶어 한다. 자연스러운 현상일 수 있지만 간섭이 지나치면 독이 된다. 특히 아이가 자립할 수 있을 만큼 자란 이후에는 더욱 그렇다. 아들인 경우 열예닐곱 살, 딸인 경우 보호해야 하는 부분이 있으니 그보다 조금 늦게. 디스커버리 채널에서 방영해 준 침팬지의 연구 결과처럼 아이는 부모와 분리되어야 한다. 어른들이 그렇게 똑똑하다면 대수 공식이나 몽골이 세계를 정복하려고 했던 시기가 아니라 식량을 마련하는 법과 요리하는 법과 아파트를 빌리는 법을 학교에서 배울 수 있도록 해야 할 것이다. 대수 공식이나 세계사 연표는 새 천 년의 시대를 살아 나가는 데 반드시 필요한 기술이 아니다.

첫걸음마에서 배변 훈련, 자동차 운전에 이르기까지 모든 부모의 목표는 아이가 혼자 생존할 수 있도록 기르는 것이다. 도서관에서 책을 빌리는 것은 생존에 필요한 기술이 아니다. 축구도 절대 생존에 필요한 기술이 아니다.

하지만 진짜 문제점은 다른 데 있다. 한쪽 부모밖에 없으면 그 한쪽이 집착하거나 방치할 수 있다는 것이다. 혼자뿐이니 균형을 잡아 줄 사람이 없지 않은가. 저울에 무거운 추가 달리면 기울기 마련이다. 그러면 아이는 허우적거리다 익사한다. 한 부모 밑에서 잘 자라는 아이들도 있을 수 있다. 물론이다. 직업을 갖는 시각 장애인도 있지 않은가. 하지만 평생 보살핌을 받아야 하는 시각 장애인도 있다. 우리 엄마를 보라. 둥둥 떠다니지 않게 현실 감각을 일깨워 주는 아빠가 없었더라면 우리는 어느 우울한 산골에서 버섯을 먹으며 살았을 것이다. 의도는 좋다지만, 커피나무 이파리로 만든 옷을 입고 말이다.

나는 엄마를 사랑한다. 화가 나서 이러는 거라고 오해하지 말기 바란다. 하지만 엄마로 인해 엄청난 사달이 빚어지고 있다. 엄마는 나를 사랑한다. 내가 아프지 않길 바란다. 그래서 내 몸 어딘가를 절단하는 어려운 결단을 절대 내리지 못할 것이다. 하지만 아빠는 관점이 다르다. 그렇기 때문에 두 분이 저울의 균형을 맞추며 여러 가능성을 논의하고 결정을 내릴 수 있는 것이다. 엄마가 균형을 잃으면 아빠가 저울의 추를 넘겨받는다. 아빠가 어떤 논의를 접으면 엄마가 계속 끄집어낸다. 엄마와 아빠가 넉을 밟았다고, 할머니한테 감사 편지 쓰는 걸 깜빡했다고 나한테 소리칠 때는 몰랐는데, 이제 보니 훌륭한 시스템이다.

그래서 한 부모 가정 안에 숨어 있는 엄청난 위험성이 다시금 대두되는 것이다. 내 인생에서 딱 한 번 완벽했던 그날 밤——메러디스와 함께 보낸 그날 밤——의 추억을 티끌만큼도 바꿀 마음은 없지만, 그 밤에 무관심한 누군가가 도사리고 있었던 것만큼은 사실이다. 나는 릴케 씨를 만난 적이 없다. 추수 감사절 연휴 동안 아버지를 만나고 온 메러디스의 이야기를 들어 보면 그녀의 아버지는 딸을 사랑하는 것 같다. 자기 부인에게는 신의를 지키지 못했지만 말이다. 하지만 핼러윈 파티 이후에 내가 아니라 레너드나 정말 못생긴 미식축구 선수가 메러디스를 집으로 데려가 이용했더라면 어쩔 뻔했는가. 릴케 씨는 실수를 저질렀다. 메러디스나 그녀의 엄마에게 통금 시간의 정당성에 대해 일깨워 주었어야 했다. 메러디스처럼 예쁜 아이는 보호해야 하지 않겠는가.

내 말뜻을 오해하지 말기 바란다. 내가 지금 혼전 성관계에 대해 도덕적인 잣대를 들이대려는 것은 아니다. 나는 메러디스를 이용하지 않았다. 둘이서 함께 저질렀다. 그게 핵심이다. 사랑하는 소년이 열일곱도 되기 전에 죽을 때 딸의 인생이 얼마나 망가질지 안다면, 그녀의 아버지는 딸의 곁을 지키며 빌어먹을 통금 시간을 강요했어야 한다. 내가 죽고 그녀가 무너질 때 반드시 딸의 곁을 지켜야 한다.

나는 어째서 그녀가 무너질 거라고 믿어 의심치 않는 걸까? 눈 가리고 아웅은 하지 않겠다. 대니얼 솔스티스 랜던은 이 세상에서 가장 멋진 열여섯 살짜리는 못 된다. 머리는 너무 길고 지저분하다. 몸은 깡말랐다. 나는 아무짝에도 쓸모가 없다. 어두컴컴한 다리 밑을 지날 때면 겁에 질린다. 병 돌리기 게임°이나 축구 시합보다 피비 콜필드처럼 말이 통하는 여동생이나 억새에 관심이 더 많다. 게다가 다리에서 떨어지기도 한다, 젠장.

나는 메러디스가 말할 때 맨 마지막 단어의 끝을 흐리는 것과 걱정거리가 있을 때 맨발을 깔개에 대고 비비는 것을 좋아하지만, 나를 사랑하기에 내가 가장 좋아하는 노래가 「하늘에 빛나고 찬란한 별아」라는 찬송가라는 걸 모두에게 비밀로 할 것임을 알지

● 술래가 병을 돌리고 병이 멈추었을 때 주둥이가 가리키는 사람과 술래가 키스하는 게임.

만…… 우리 둘 다 첫 경험이었기에 내가 죽으면 그녀가 무너질 것임을 안다. 뭐든 처음은 딱 한 번이다. 그리고 열여섯 살에 첫 경험을 했는데 둘 중 한 명이 죽으면 정신적인 상처가 남을 것이다. 양쪽 모두에게 말이다.

크리스마스이브에 메러디스가 전화를 걸지만 나와 통화하지는 않았다. 형이 설거지를 하고 나는 옆에서 접시를 닦는데 엄마가 부엌으로 들어온다. 칠면조 사체가 조리대 위에 떡하니 놓여 있다. 속을 채우고 남은 양파와 양념의 익숙하고 편안한 냄새가 부엌을 가득 채운다.

형이 재미있는 이야기를 늘어놓고 있다. "지리학 세미나에서 식민주의에 대해 공부하는데, 아벨라르 교수님 말로는 전부 다 자본의 논리라는 거야. 너는 그 교수님 마음에 들어 할 거다, 대니얼. 소설로 역사를 가르치거든."

엄마가 팔꿈치로 형의 팔꿈치를 찌른다. 그러자 형이 하던 말을 멈춘다. 사전에 입을 맞춘 것처럼. 흐르는 침묵을 보면 알 수 있다.

"왜 그러세요?" 내가 묻는다.

형이 황급히 고개를 끄덕이자 엄마가 말을 꺼낸다. "방금 전에 메러디스한테서 전화 왔어." 엄마와 형이 서로 얼굴을 쳐다보고 있다. 이것도 결정적인 증거다.

"왜 안 바꿔 주셨어요?" 내가 묻는다.

"형이 메러디스네 집까지 태워다 줄 거야. 설거지는 엄마가 마저 할게."

형이 내가 들고 있던 행주를 빼앗아 손을 닦더니 문까지 반쯤 가다 말고 조리대를 향해 오버핸드로 행주를 던진다. 내가 바닥으로 떨어지려는 행주를 잡는다.

"제가 안 가고 싶으면요?"

형이 콧방귀를 뀐다. "헛소리 마. 메러디스가 기다리고 있어."

"형이 어떻게 알아? 무슨 일인데 그래?"

엄마가 손끝으로 눈가를 훔치며 웃는 척하지만, 누가 속을까 보냐.

"알았어요, 알았어. 메러디스 만나러 갈게요. 하지만 내 인생이 왜 모두의 관심사가 되어야 하는지 모르겠네." 내가 행주로 얼굴을 닦고 내려놓는데, 시뻘건 얼룩이 행주 여기저기 묻어 있다. 나는 손을 쳐다본다. 시뻘건 줄무늬로 뒤덮였다.

"이게⋯⋯"

엄마가 비명을 지른다. 나는 체리나 토마토가 든 걸 먹었는지 기억을 더듬었다. 내가 수세미를 집으려고 몸을 돌리는데, 형이 폴리스 스웨터를 밑으로 잡아당겨 고개를 빼면서 뱅그르르 돌아 부엌으로 다시 들어온다.

"베였어?" 형이 묻는다.

"지금까지 수천 번 그랬듯이 접시랑 컵 닦은 것밖에 없는데? 베인 적 없어."

아빠 등장. "맙소사. 앉아라, 대니얼." 손바닥을 위로 하고 팔을 벌린 채 한걸음에 성큼 다가온 아빠가 내 고개를 뒤로 젖히고 얼굴을 살핀다. 그러더니 양손으로 내 머리를 잡고 무릎 사이에 묻게 한다. "괜찮아. 괜찮아. 괜찮을 거야. 그냥 코피입니다, 여러분. 실비, 진정해."

"코피요? 언제부터 난 거지?" 나는 우물거리며, 여기저기 흠집이 난 리놀륨 장판 위로 후드득후드득하며 계속해서 떨어지는 핏방울을 쳐다본다.

닉의 운동화 코가 시야로 들어오는가 싶더니 내 발목 근처에서 불쑥 수건이 등장한다.

"고마워." 나는 목에 걸린 끈적끈적한 덩어리 때문에 웅얼거린다. 사레가 들어 기침을 하자 내 부츠와 닉의 운동화 위로 핏빛 스프레이가 튄다.

엄마의 흐느낌을 배경으로 닉이 "으웩." 할 줄 알았는데 하지 않았다.

"실비, 미스티한테 전화해. 어떻게 하면 되는지 알 거야." 아빠가 고함을 지른다. "조, 비닐봉지에 얼음 넣어 와라. 닉, 수건 하나 더 가지고 와."

가장 기본적인 코피 치료법이다. 아빠가 스카우트 활동을 통해 옻독을 처치하는 수준 이상의 의료 지식을 터득한 줄은 몰랐건만.

형이 돌아오자 아빠는 얼음주머니를 잘 대고 있게 하고, 엄마를 살 피러 간다.

형이 아래로 향한 내 귀에 대고 말한다. "타이밍 한번 끝내준다. 엄마가 너한테 완벽한 크리스마스를 선물하고 싶어서 메러디스랑 계획을 다 세워 놨는데 이렇게 망쳐야겠냐? 메러디스가 너를 무슨 수로 참고 견디는지 모르겠다. 다리에서 떨어지질 않나, 온 사방에 코피를 칠하질 않나."

시간을 때우려고 투덜거리는 척하는 걸 알기에 나는 고맙게 받 아들인다. 형은 어떤 여자랑 데이트를 하러 나갔을 때 저녁을 먹고 디저트가 나오길 기다리는 동안 여자가 자기한테 대고 토했던 이 야기를 들려준다. 식탁 저쪽에서 닉이 웃음을 터뜨리는 바람에 나 는 녀석까지 우두커니 서서 코피가 멈추기를 기다리고 있다는 걸 알아차렸다. 내 삶의 다른 모든 부분에서 그렇듯 빌어먹을 대니얼 이 정신 차리길 다 같이 기다리고 있는 것이다.

코피가 멈출 무렵 아빠가 돌아왔다. 아빠와 형과 함께 침실로 가 보니 술탄의 옥좌처럼 겹겹이 쌓은 베개를 수건이 덮고 있다. 두 사람의 부축을 받으며 침대에 누웠을 때 나는 이미 반쯤 잠든 상 태다.

거실에서 들리는 메러디스의 목소리가 내 의식 속으로 흘러들 어 온다. 꿈이 아니었으면 좋겠다.

"들어가도 돼?" 메러디스가 문 앞에서 물었다.

"국경 경비대한테 '독감 금지 구역 으로 들어가도 되느냐고 묻는 게 나을걸? 지금 당장은 아주 위험하지 않지만."

"너희 엄마께서 괜찮다고 하셨어."

"너랑 우리 엄마랑 그렇고 그런 사이였다는 거 들었어."

그녀는 책상 앞의 의자를 끌고 와서 나를 마주 보고 앉는다. "메리 크리스마스." 그녀는 울음을 참고 있다.

"메러디스 크리스마스라고 말하려는 거였지?" 나는 그녀의 웃음보를 터뜨리려고 애쓴다. "그냥 코피 좀 난 거야."

"미안."

"미안이가 다시 돌아왔어? 이 근처에 다리 없지?"

이번에는 그녀가 웃음을 터뜨린다. 아마 나를 생각해서 그랬을 것이다. 이런 일이 생기면 연휴 동안 그녀의 집에서 누구의 감시도 없이 열흘을 보내려던 우리의 계획에 차질이 빚어질 수밖에 없는 걸 알지만, 나는 그래도 우울해하지 않으려고 한다.

"너희 엄마가 회사에 계시는 동안 너네 집 지하실에서 팝콘 먹으면서 텔레비전으로 영화 보려고 했는데 망했네."

그녀가 아무 대꾸도 없어서 정말로 내가 팝콘과 영화에만 관심이 있는 줄로 아는 걸까 봐 신경 쓰인다. 같이 자자는 말을 어떤 식으로 꺼내면 좋은지 내가 무슨 수로 알까. 그 뒤로 이 개월이 지났다. 그녀는 내가 자기를 얼마나 원하는지 알 것이다. 그런 내 마음을 적극적으로 고백한 적이 있는지, 내가 같은 행위를 반복하는 걸 좋아하지 않는 사람이라고 그녀에게 오해 살 만한 짓을 저지른 적이 있는지 열심히 기억을 더듬었다.

마침내 그녀가 입을 열고 나지막이 말했다. "그 문제로 전화하려고 했어."

서두가 이런 식이면 망했다고 보아야 한다. 희소식이 이런 단어들로 시작될 리 없다.

"대니얼, 정말 미안해. 그 기간 내내 여기 없을 것 같아. 아빠가 전화를 하셔서 연휴 동안 줄리앤이랑 같이 아빠를 만나러 콜로라도로 가야 해."

어찌나 안심이 되는지 웃음이 절로 터진다. "네가 어떤 남자랑 만나는지 들으셨나 보다."

"응, 맞아. 대니얼 솔스티스 랜던, 올 A에 빛나는 장난꾸러기. 글러 먹은 부류지. 아빠가 걱정하셔." 그녀는 엄지와 검지로 발가락을 하나씩 꾹꾹 누르고 발바닥의 오목한 부분까지 문질렀다 다시 돌아오길 반복하며 내 발을 마사지한다.

기분이 끝내준다. 나는 베개에 머리를 대고 누워서 단둘이 있다면, 정말로 단둘이 있다면 무슨 일이 벌어질지 상상한다. 침대에 누운 나와 내 몸 위에 손을 얹은 채 무릎을 꿇고 앉아서 발을 주무른 다음 다리를 타고 점점 더 위로 올라오는 메러디스의 모습이 떠오른다. 한 시간 전만 해도 기분이 참담했건만 그새 이렇게 좋아질 수 있다니 신기하기 짝이 없다. 조간간 걷잡을 수 없는 지경에 이를 수도 있겠다.

"그만해. 내가 무슨 장애인도 아니고."

그녀는 얼른 손을 거두더니 그대로 얼어붙었다.

"며칠 동안?" 내가 묻는다.

"아흐레."

"나 원 참, 방학이 다 날아가게 생겼네. 너희 아버지한테 제대로 한 방 먹었다. 대니얼에게 주는 선물이라 이거지?"

"너하고는 전혀 상관없는 일이야. 이혼한 부모라면 연휴 때 그래야 한다고 생각하시는 것 같아. 그 이후로 처음 맞는 연휴라―."

"추수 감사절은 안 치는 건가?"

"그때는 엄마 일 때문에 하는 수 없이 간 거였고."

"상관없어. 나는 그동안 꼼짝없이 여기 누워 있어야 할 판이니까. 부모님들이 훼방을 놓지 않아도 말이야."

그녀는 어디에선가 벨벳 주머니를 꺼내더니 어린 강아지라도 되는 양 자기 무릎 위에 얹었다. 주머니를 쓰다듬는 그녀를 잠깐 보기만 해도 간질간질한 느낌이 다시 다리를 타고 올라온다. 주머니 안으로 사라졌던 한쪽 손이 작은 리본이 달린 조그맣고 납작한 꾸러미와 함께 나온다. 그녀가 그것을 내 손에 쥐여 준다.

"열어 봐."

나는 얼음주머니를 코에 대고 있느라 한 손으로 더듬더듬 리본을 풀었다. 진도가 안 나가기에 얼음주머니를 내팽개치고, 아직 나를 포기하지 않은 이 여자아이를 한참 동안 쳐다보았다. 얼마나 희한한 행운인가. 홀든 같은 순간이다. 문을 닫고 그녀를 내 품에 와락 끌어안고 싶다. 옷을 하나씩 벗기고 그녀의 모습을 영원히 기억하고 싶다. 내일 떠나면 영영 돌아오지 않는 건 아닐지, 그새 내가 죽어서 두 번 다시 기회가 없는 건 아닐지 두렵다.

"내가 사랑한다고 말한 적 있던가?" 내가 말한다. 코가 막혀서 내 목소리가 이질적이고 낯설게 들린다.

그녀는 내 눈을 똑바로 쳐다보며 똑같은 꾸러미를 아홉 개 더 꺼내서 팔이 닿는 거리에 늘어놓는다.

"대니얼 랜던, 내 선물을 열어 보기 전에 다시 코피 흘리면 절대 용서하지 않을 거야."

나는 리본을 입으로 뜯는다. 포장지가 풀린다. 카세트테이프에 하얀색의 조그만 라벨이 붙어 있다. 메러디스가 동글동글 깜찍한 글씨로 이렇게 적었다. '닥터 지바고, 테이프 1'.

"그 책을 녹음한 거야?" 내가 묻는다.

"영어로."

"내가 러시아어 할 줄 아는 거 몰랐어?" 나는 다음 꾸러미를 집어 든다. "테이프 2인가?"

그녀는 미소 띤 얼굴로 소리 내어 웃으며 고개를 끄덕인다. "열

개야. 줄리앤은 눈보라 얘기 듣는 거 이제 지긋지긋하대. 아직 안 읽은 소설 맞지?"

"응, 문제는 뭔가 하면 네가 없는 아흐레 동안 이 테이프들이 버틸 수 있을까 하는 거지." 내가 말한다.

노크 소리에 이어 형이 고개를 들이밀었다 도로 뺀다. 그러고는 문 밖에서 알린다. "엄마하고 아빠 산책 나가셨어." 알고 보면 우리 형도 그렇게 나쁘지는 않다.

메러디스가 내 곁에서 잠들어 있을 때 형이 다시 문을 두드린다. "대니얼." 형이 문을 열지 않고 조그맣게 내 이름을 부른다.

메러디스가 내 어깨에 고개를 묻고 목에 입을 맞춘다. "자는 척해." 그녀가 속삭인다.

형이 좀 더 목소리를 높인다. "대니얼, 엄마 아빠 돌아오셨어. 그리고 메러디스 어머니가 전화하셨고."

"젠장." 메러디스가 말하고 내게 다시 입을 맞춘다.

그녀가 몸을 일으켜 건너편으로 넘어가려고 하지만 내가 빠져나가지 못하게 붙잡는다. "잠깐, 나도 선물이 있어."

"뭔지 알아." 그녀가 발가락을 내 발목에 대고 자기 몸과 내 몸을 딱 맞춘다.

"그거 말고." 우리는 웃다 사레가 들어 캑캑대다 다시 웃는다. 짭짤한 맛이 느껴지자마자 나는 그녀를 밀치고 수건을 집어 코를

막으며 고개를 숙인다. 다시 코피다. "젠장, 아무짝에도 쓸모없는 인간 같으니라고."

그녀가 뒤에서 끌어안는다. "내가 뱀파이어인가 봐."

"그렇게 생각하니까 위로가 된다. 트란실바니아•에서 영생을." 하지만 메러디스가 콜로라도로 간다면 태퍼해넉에서 크리스마스 방학을 보내느니 거기가 더 나을 것이다.

형이 메러디스를 차에 태우고 집까지 바래다주는 동안 엄마가 2차 코피를 해결한다. 이번에는 비명을 지르지 않는다. 인간이 얼마나 금세 적응하는지 놀라울 정도다.

"참 착한 아이야." 엄마가 말한다.

"착하니까 이용하지 말라는 뜻이에요?"

"인정이 많다는 뜻이야. 너를 끔찍이 생각하잖니."

"메러디스 같은 여자애가 저 같은 남자애를 좋아한다니 믿기지가 않아요?" 나를 격리해서 보호하고 싶어 하는 엄마가 다른 사람을 집 안으로 들인 이유가 뭔지 어리둥절해서 이렇게 물었다. 메러디스가 다른 부류의 여자애였더라도 엄마가 이렇게 너그러웠을까? 내가 행복하게 눈감을 수 있도록 배려하는 차원해서 이렇게 너그럽지 대하는 걸까? 메러디스가 부모님과 내 사이를 갈라놓는

• 흡혈귀 전설로 유명한 루마니아의 서북부 지방.

첫 번째 여자 친구에 불과했더라도 이렇게 이해심이 하해와 같이 넓었을까?

엄마는 코피가 나는 속도를 늦추기 위해 내 머리를 밑으로 숙이고 꼭 잡는다. "엄마를 악당으로 몰아붙이는 건 이제 그만해. 코피가 날 줄 난들 알았겠니? 내가 그 애 아버지한테 전화해서 데려가 달라고 한 것도 아니고."

"그렇다고 상심하면 안 되는 건 아니잖아요."

엄마는 이 말에 잠깐 고민했다. "그래, 맞네. 그건 인정할게." 엄마는 기운 내라는 뜻에서 손으로 원을 그린다. "자, 다 터뜨려 봐. 또 어떤 것 때문에 괴로운데?"

또다시 갑작스레 내가 과자가 먹고 싶을 때나 졸릴 때 엄마의 용인 아래 칭얼칭얼 울고불고하는 어린애가 되어 버렸다. 홀든 같았으면 얼마나 당황스러워했을까. 아마 도망쳐 버렸을 것이다. 앤톨리니 선생이 선을 넘어도 그는 우는소리를 하지 않았다. 결단을 내리고 그 사태에 대처했다.

엄마가 내 손에 얼음주머니를 쥐여 주고 침대 커버를 매만지기 시작한다.

"다시 누우렴. 미스티가 그러는데, 하루 이틀 침대에서 쉬는 게 좋대." 엄마는 내가 자리를 잡고 누울 때까지 침대 끄트머리에 걸터앉아서 기다리다 얼음주머니와 수건을 바로잡아 준다.

"어디 한번 투덜거려 봐, 대니. 내가 들어 줄게."

"아니에요. 메러디스가 콜로라도로 이사 가는 것도 아니잖아요. 아예 떠나는 것도 아니잖아요."

"그럼." 엄마가 말한다. "그건 아니지."

15장

1월의 어느 토요일 오전, 요웰 의원이 우리 아파트 앞 진입로에 자신의 하얀색 서버밴을 세운다. 그 옆에 있으니 우리 스바루가 난쟁이처럼 보인다. 버지니아 대학교가 다음 주까지 방학이라 형은 거실에 설치한 간이침대의 신세를 지며 아직 집에 머무르고 있다. 거의 날마다 밤늦게까지 최소 백 년 전에 독일어와 프랑스어로 쓰인 책을 읽는다. 형이 현관문을 열어 주러 나갈 때 나는 메러디스와 전화로 영화를 고르는 중이었다. 그녀가 이따가 우리 집으로 오는 길에 비디오 가게에 들르겠다고 했다. 닉은 어느 축구부원의 집에서 자고 온다고 했다. 형은 메러디스와 내가 단둘이 있을 수 있도록 엄마 아빠를 데리고 나갈 계획을 세우는 중이었다.

아파트 생활에 정말 좋은 점이 있다면 하우스보트보다 훨씬 편리하다는 것이다. 육지에서의 에티켓을 내가 얼마나 금세 잊어버렸는지 놀라울 정도다. 이제는 우리 집에 오는 손님을 보트에 싣고 왔다 갔다 하지 않아도 된다. 손님들이 어찌나 많은지. 두 번째로 좋은 점은 원래 살던 주인이 집 전화선을 그대로 두었다는 것이다. 그래서 휴대 전화 통화 제한 시간을 넘기지 않을까 전전긍긍하지 않아도 됐다.

"조, 반갑구나. 방학이니?"요웰 의원의 목소리가 주차장의 휴대용 카세트 플레이어처럼 쩌렁쩌렁 울린다. 이어지는 침묵은 그가 평소처럼 악수하고 있다는 방증이다. 정치인들은 어찌나 악수를 강조하는지, 한번은 내가 레너드에게 1980년대에 만들어진 그 충격적인 광고처럼 악수하는 척하며 비밀 쪽지를 건네는 게 분명하다고 했을 정도다.

메러디스가 전화를 끊자 나는 인사를 하러 거실로 나간다. 요웰 의원은 뜻밖의 손님이었다. 그는 지금까지 우리 집에 들른 적이 한 번도 없었다. 재선이나 레너드 문제로 온 게 아닐까 싶다. 레너드는 바하마에서 왔다는 세인트마거릿의 여학생과 사귀고 있다. 이름은 크리스티. 아담한 체구에 가슴만 큰 아이인데, 레너드의 말로는 집안에 어마어마하게 돈이 많다고 한다. 녀석은 만나기만 하면 자기 여자 친구 얘기뿐이다. 녀석이 크리스티와 사귀기 시작한 뒤로 요즘 들어 우리 둘이 워터 레인에서 자주 마주친다. 내가 중고

서점이나 공동묘지나 메러디스네 집에 가는 길에 크리스티를 차에 태우거나 내려 주는 녀석을 만나는 식이다. 크리스티가 레너드에게 딱 맞는 여자 친구인 것만큼은 분명한데, 상체에 그렇게 엄청난 추를 달고도 어떻게 고꾸라지지 않고 똑바로 서 있을 수 있는지 신기할 따름이다.

상원 의원이 내 쪽으로 손을 내민다. "안녕, 대니얼. 레너드한테서 듣자 하니 지난 주말에는 쌩쌩했다며?"

어쩌면 온 마을 주민들이 산책 나온 내가 보이면 오랫동안 병상에 누워 있다 갑자기 일어나기는 했지만 금방이라도 쓰러질 것 같은 이웃집 노인네라도 본 양 '쌩쌩하다'라는 표현을 쓰는지도 모를 일이다. 버릇없는 무명의 더벅머리로 지낼 수 있었던 작년이 더 좋았다. 그 당시에는 내가 산책을 나선 게 1면 뉴스감이 아니었다.

"레너드는 세인트마거릿 농구 경기 보러 가는 길인 것 같았어요." 내가 종알댔다.

"음, 크리스티가 나오니까."

나는 형을 곁눈질한다. 뭐라는 거야?

상원 의원은 자기가 뭐라 그랬는지 당장 테이프를 돌려서 확인한 모양이다. "그러니까 내 말은, 크리스티가 응원단이라고. 자기 학교 팀을 응원하는 거지. 상대가 대학 팀이라든가? 레너드한테서 그렇게 들은 것 같다만."

중간에 머뭇거리는 걸 보면 그 경기에 대해 잘 모르지만, 10대들이 관심 가지는 분야에 훤한 사람처럼 보이려 애쓰고 있다는 것을 알 수 있다.

"레너드한테 안부 전해 주세요." 나는 형 앞을 지나치고 거실을 가로질러 부엌으로 향한다.

"대니얼." 명령에 가깝다.

"예?" 훌륭하신 상원 의원은 짜증이 배가된 내 목소리를 알아차렸을 것이다.

"여기 있어라." 그가 냉정하고 싸늘하게 말한다. "아동 방치 유죄 판결 건으로 너희 부모님하고 이야기를 나누려고 왔다. 너와 관련된 문제잖니."

"저희 부모님께서 와 달라고 하셨나요?" 위대한 요웰 의원에게서 지역 주민으로서의 책임감 어쩌고 하는 일장 연설을 들을 생각은 없다.

그는 주머니에 든 열쇠를 짤그랑거리며 형을 뜯어본다. 이 호전적인 10대 청소년을 형이 맡아 줄 수 있을지 가늠하는 듯하다.

그는 내 질문에 대답하지 않는다. "부모님 계시니?"

형이 의자를 권한다. "제가 모셔 올게요."

타협의 대가로 유명한 사람에게 우리 엄마와 아빠를 희생양처럼 넙죽 바치다니 믿기지가 않는다. 다른 사람도 아니고, 엄마와 아빠가 얼마나 순수 지향적인지 아는 형이 그러다니. 엄마 아빠는 워커에게 항소심에 필요한 비용을 이미 지불했다. 두 분이 잘못 생각했다고 시인하며 타협하는 일은 절대 없을 것이다. 두 분에게는 두 분만의 삶의 원칙이 있다. 내가 아는 어른들 중에서 돈이 됐건 다른 개인적인 이득이 됐건 그런 것을 위해 절대 타협하지 않을 사람이 있다면 바로 우리 부모님이다.

요웰 의원은 유권자들을 위한 사명감을 입버릇처럼 운운하지만, 리치먼드를 바쁘게 돌아다니는 여느 정치인들과 다를 리 없다. 그는 타협을 한다. 원하는 것을 여섯 개 얻을 수 있다면 별로 상관없는 다섯 개를 내준다. 도서관에 기부하기로 했던 복권 수익금에 대해서 엄마가 이야기하는 것을 들은 적이 있다. 요웰 의원이 에식스 군으로 놀러 오는 관광객들에게 편의를 제공하기 위해 17번 대로를 재포장하고 웨스트포인트 다리를 다시 짓겠다며 투쟁 끝에 기부금 예산을 삭감했다는 것이다.

아빠는 원래 세상이란 그렇게 돌아가는 법이라고 받아들이지만, 두 분이 그를 뽑았을 것 같지는 않다. 교통량과 아스팔트 도로가 늘수록 생태계가 망가지고 지구 온난화가 가속된다. 두 분이 가장 애용하는 대의명분이 생태계와 지구 온난화 아닌가.

요웰 의원은 자리에 앉았다가 금세 다시 일어선다. 뒤쪽 침실에서 엄마와 아빠의 목소리 사이로 형의 목소리가 들락날락한다. 벽장문이 열렸다 닫힌다. 변기 물이 내려간다. 침대에서 신문을 읽으며 게으른 토요일 아침을 보내다 옷을 갈아입는 것이다.

"안녕하세요, 폴?" 먼저 나온 아빠가 맨발이지만 웃는 얼굴로 소매를 걷으며 인사를 건넨다. "기다리시게 해서 죄송합니다. 닉의 축구 시합이랑 대니얼의 스케줄 때문에 실비랑 제가 요새 통 잠을 못 자서요."

요웰 의원이 앞으로 한 걸음 나와 악수를 청한다. "제가 온 것도 대니얼의 스케줄 때문입니다."

"예?"

"부인께서 나오실 때까지 기다리는 게 좋을 듯합니다만."

"그럼요, 그럼요. 커피 드릴까요?"

"끓여 놓은 게 있으면 주세요. 집에서 마시고 왔거든요. 이 늙은 이한테 너무 신경 쓰실 것 없어요."

아빠가 라디에이터 위에 앉아서 길거리를 관찰하는 나를 쳐다본다. "숙제 없니, 댄?"

"제가 있으라고 했습니다." 상원 의원이 말한다. 그는 슬로 모션으로 오리, 오리, 거위 게임*을 하는 사람처럼 엉거주춤하게 거실한가운데 서 있다. 핼러윈 파티에서 레너드에게 2층으로 쫓겨났을 때라면 모를까, 저렇게 난감해하는 모습은 처음 본다. 짙은 색 정장과 줄무늬 넥타이만으로도 우리 집에서는 충분히 튀어 보인다. 요웰 부부와 우리 부모님은 서로의 집에서 저녁도 먹고 영화도 보는 그런 친구가 아니다. 하지만 다른 사람이 주최한 파티에서 만나

---

* 술래가 둥그렇게 앉은 아이들을 순서대로 짚으며 '오리'라고 하다 '거위'를 외치면 지적당한 아이가 일어나서 술래가 한 바퀴 돌기 전에 잡아야 하는 게임.

면 대화 정도는 나누어야 하는 사이다. 상원 의원은 우리 엄마의 이름도 안다.

엄마가 머리를 빗지 않은 걸 방금 전에야 깨달은 사람처럼 손가락으로 빗질을 해 가며 복도를 걸어왔다. 아빠는 엄마의 등장에 넋을 잃은 표정을 짓는다. 두 분이 사실은 방 안에서 자고 있었던 게 아니라는 적나라한 증거랄까. 아빠가 엄마에게 윙크를 하다 나에게 들킨 것을 알아차리고는 얼굴을 붉힌다. 엄마는 아무것도 모른다. 곧장 요웰 의원에게 다가가 포옹한다.

"이렇게 마음 써 주셔서 정말 감사해요, 폴." 엄마가 말한다.

이렇게 마음 써 주셔서? 나는 전적으로, 철저하게 어리둥절하다. 유죄 판결 때문에 우리 가족이 집 밖에서 눈에 띄면 위험한 왕따로 전락한 걸까? 이렇게 마음 써 주셔서 정말 감사하다고? 완벽하게 평화로운 토요일 아침에 불쑥 찾아와서 우리 랜던 집안 역사상 가장 당황스러운 일을 언급한 그가 어디에 마음을 썼단 말인가? 그것도 고장 나서 혈구를 제대로 만들지 못하는 내 몸뚱이 때문에 벌어진 사태건만.

"식탁으로 옮기는 게 더 편하실까요?" 엄마가 묻는다. "종이하고 펜 준비할까요?"

"좋은 생각입니다." 그가 엄마를 따라나선다. 아빠도 그를 따라가고, 나는 혼자 라디에이터 위에 앉아서 내가 세 분의 대화를 전혀 못 따라가는 이유와 세 분이 언제부터 저렇게 죽고 못 사는 사이가 되었는지 감을 못 잡는 이유에 대해 고민한다.

"대니얼." 아빠가 부른다. "너 기다리잖니."

궁금한지고, 궁금한지고.

상원 의원이 현재 법규의 구조와 군 소속 사회 복지사들이 소송을 걸며 엄마 아빠를 강하게 밀어붙이는 이유를 이야기하는 동안 우리는 가만히 듣는다. 엄마와 아빠는 아마 한 번 이상 워커에게서 똑같은 설명을 들었겠지만, 나는 여기저기서 주워들은 게 전부다. 상원 의원의 설명은 장황하다. 하지만 세세한 부분까지 신경 쓰는 모습은 인상적이다. 그의 선거구에서 벌어진 하찮은 사건에 이 정도로 관심을 보일 줄이야.

그는 시선을 맞추기만 해도 부모님의 고개를 끄덕이게 만들 수 있다는 듯이 웃는 얼굴로 두 분을 번갈아 쳐다본다. "올해 회기가 이미 시작된 건 두 분도 당연히 아시겠죠. 시간이 없습니다. 새로운 법안의 초안을 들고 왔습니다. 난해한 전문 용어가 많아서 별로 소용은 없겠지만요. 요지는 14세 이상인 아이가 의학적인 부분과 치료법에 대해 충분히 숙지하고 있을 경우, 아동 방치와 아동 학대 소송에서 빠져나올 수 있는 구멍이 생긴다는 겁니다. 물론…… 두말하면 잔소리겠지만 아이가 동의하는 경우에 한해서요."

상원 의원은 얼른 할 말을 쏟아 내지 않으면 지금 당장 우리 집 부엌에서 시간이 없어지기라도 하는 듯이 커피를 후루룩 마셨다.

우리 부모님은 넋이 빠져 있다. 나는 세 분이 이야기하는 아이가 나라는 것에 발끈해서 요웰 의원이 법안에 찬성하는 의원들과 각 대표들의 예상 투표 방향을 이야기할 때 제대로 듣지 못했다.

"이미 예상하셨겠지만 몇 가지 조건이 추가됐습니다." 그는 웃음을 터뜨리고 나서 다시 속도를 올린다. "아이가 '어른'스러워야 하고, 생명을 위협하는 질병이라야 한다는 거죠. 물론 그렇게 확정될지는 알 수 없지만 말입니다." 그는 계속해서 위원회에 어떤 임무가 주어졌고, 법안을 이미 지지한 사람은 누구이며 애매한 태도를 보이는 사람은 누구인지 이야기했다. 개중 몇 명은 6시 뉴스에서 들어 본 이름이지만 의원들의 투표 기록은 내 관심 목록에서 순위가 그다지 높지 않다. 요웰 의원은 각각의 정치인을 특정 안건에 던진 찬반 투표로 기억하는 모양인데, 절반은 내가 한 번도 들어 본 적 없는 이름이다.

내가 이야기의 흐름을 놓쳤을 때, 엄마는 유죄 판결로 귀결된 아동 학대 및 아동 방치 법규와 새 법안이 어떻게 연관되는지 질문을 쏟아 내기 시작했다. 왜 엄마는 상원 의원이 아동 방치 유죄 판결에 관심을 보인다고 생각하는 걸까? 왜 그는 상당한 액수의 찬조금을 지원할 리 없는 우리 부모님과 갑자기 친한 척하는 걸까? 랜던 집안의 재정 상태는 호사가들의 화제 순위에서 내 병과 더불어 급상승했을 텐데. 세 사람의 웅얼거림이 이어지는 가운데, 나는 요웰 의원이 우리 주 입법안과 같은 훨씬 막중한 임무를 제쳐 두고 이렇게 하찮은 문제에 갑자기 관심을 보이는 이유를 설명할 수 있을 만한 정치 음모를 다룬 영화나 방송 프로그램이 있는지 열심히 기억을 더듬는다.

홀든 같으면 상원 의원의 진지한 태도에 분명 문제를 제기했을 것이다. 학교에 거액을 기부해서 기숙사에 자기 이름을 붙인 노인과 펜시가 생각난다. 늙은 오센버거와 자기가 거물인 줄 아는 그 양반의 태도. 더 넓은 시야에서 사태를 관망할 수 있도록 지금 이 자리에서 홀든의 친구 마살라가 방귀건 트림이건 한 방 날려 주었으면 좋겠다. 말은 그럴듯하고 번드르르하지만, 상원 의원이 내 선택지의 전모를 정확히 모른다는 데 돈을 걸어도 좋다. 나도 잘 모르겠으니까. 이 법안이 바뀌길 바라는 다른 이유가 있을 것이다. 퍼뜩 레너드도 아픈가 하는 생각이 든다. 이 개 같은 강물이 우리 모두를 독살하고 있는 것 아닐까? 하지만 나조차도 그게 말도 안 된다는 걸,「우주의 침입자」• 수준의 헛소리라는 걸 알겠다.

상원 의원은 내가 딴 데 정신 팔고 있다는 것을 알지 못한 채 열심히 설득 작업을 펼쳤다. 결국 자신의 최대 장기를 발휘하고 나선 것이다. "보건 사회 복지 위원회에서 통과되면 이 법안은 다음 주 화요일쯤에 상정될 겁니다. 똑같은 내용으로 상원 위원회의 승인을 받고, 주말 전에 상원의 승인을 받아야 하죠. 내가 열심히 추진

• 잭 피니의 소설을 바탕으로 한 미국의 SF 영화. 외계 생명체가 지구인으로 둔갑하여 활개 친다는 내용이다.

하고 있어요."

엄마의 눈가가 촉촉해졌지만, 요웰 의원은 웅변을 계속한다.

"조금씩만 팔을 비틀면 찬성표를 충분히 얻을 수 있을 겁니다. 기독교를 믿는 우파가 좋아할 만한 법안이에요. 공화당이 지지할 만한 법안이에요. 주 정부에게서 권력을 거두어 개인과 가족에게 돌려주자는 거니까요. 표를 모아서 통과시키기만 하면 돼요."

몇 년, 어쩌면 몇백 년 동안 시행됐던 법안을 일주일 만에 바꾸기 위해 애쓰고 있다는 게 요웰 의원이 말하고자 하는 요지다. 나는 이제 막 열여섯 살이 되었지만, 그런 나도 너무 낙관적이라는 걸 알 수 있다. 모두들 입버릇처럼 버지니아는 정말 보수적이라고 말하지 않는가.

표정으로 보건대 엄마는 믿고 싶어 하는 눈치다. 하지만 지난 육 개월의 경험으로 인해 엄마는 그 어떤 것도 믿지 못하게 되었다. 그럼에도 의원의 말에 반박은 하지 않는다.

아빠는 심란한 얼굴이다. "어째…… 복잡하게 들리네요, 폴. 그리고…… 우리 입장에서는 너무 늦지 않았나요? 그러니까 대니얼이 아니라 판사의 생각과 유죄 판결을 되돌리기에는 말이죠."

"아, 아닙니다." 요웰 의원은 포커 테이블에 앉은 할리우드 도박사처럼 고개를 저었다. '뒤를 든든히 받쳐 주겠다.'라는 식의 진지함을 풍긴다. "아직 항소심 전이잖아요. 재판이 연기된 게 도움이 될 거예요. 그 틈에 세간의 이목에서 벗어날 수 있잖아요. 리치먼드에서 큰 소리를 내면 판사도 생각이 달라질 수 있어요." 사령관 같던 그의 말투가 환자를 대하는 의사처럼 바뀐다. 아주 나긋나긋하다. "실비, 로비를 해 달라거나 대중 앞에 나서 달라고 부탁하는 게 아니에요. 추진해도 좋다고 승인만 해 주면 돼요. 당신과 스티그가 겪은 일이 대의원들에게는 선명한 그림이 될 수 있거든요. 정말 이 기적인 말이기는 하지만 두 분의 상황이야말로 가족사에 관여하는 주 정부의 수문을 무너뜨릴 수 있는 절호의 기회예요."

엄마의 목소리가 갈라진다. "저희가 위원회 앞에 나서야 하나요?"

"아마 그럴 필요는 없을 겁니다. 이미 많이 노력하셨잖아요. 이제부터는 우리한테 맡기세요."

아빠가 운을 뗀다. "언론에서 대니얼에게 달려들지는──."

"복지부 직원들이 비명을 지를 거예요." 엄마가 말허리를 자른다. "그 여자가 이대로 포기하지 않을 거예요. 싸우려 들 거예요. 그러리라는 것을 당신도 알잖아요. 승점을 쌓지 못하면 일자리가 위태로워지나 봐요. 그 여자가 지금까지 얼마나 많은 유죄 판결을 받아 냈고, 얼마나 많은 아이들을 위탁 가정으로 보냈는지 아세요? 지금도 우리가 저금을 털어서 하우스보트를 산 뒤에도 저소득층 의료 보장 보험 혜택을 받았다고 난린데."

이건 처음 듣는 소식이다. 하늘이 무너지듯 충격적이다. 나는 지금까지 엄마와 아빠가 나를 온갖 병균들로부터 안전하게 보호한

답시고 빌어먹을 하우스보트를 장만하는 바보짓을 감수한 줄 알았다. 그런데 사실은 제도를 교묘하게 이용한 거였다니. 어쩌면 사기를 친 거였다니.

"대니얼." 아빠는 내 귀에서 뿜어져 나오는 불길을 알아차린 모양이다. "저소득층 의료 보장 보험 이야기는 나중에 하자."

"아뇨, 나중에도 필요 없고, 지금도 필요 없어요." 나는 일어섰다. "어른들은 다 똑같아요. 타협을 하고, 학교와 수혈을 맞바꾸고, 내 인생을 두고 거래하고." 나는 어디 한번 웃어 보라는 듯이 요웰 의원을 도발한다. 아빠를 노려본다.

"어쩌고저쩌고하는 건 이제 그만 사양할게요. 이 문제는 세 분 좋을 대로 해결하시고, 밀실 협상도 마음껏 하세요. 하지만 저는 빼 주세요."

우체국 앞을 달음박질로 지나 메러디스의 집까지 절반쯤 갔을 때 덧문이 문틀을 때리는 소리가 들렸다. 쾅 소리에 이어 셔츠만 걸친 채 현관 앞 계단에 서 있는 아빠가 곁눈으로 보인다. 아빠는 추워서 팔을 때리며 아무 말도 없이 멀어져 가는 나를 지켜만 본다. 좋은 연습이에요, 아빠. 좋은 연습이에요.

16장

1월 혹은 2월 들어 어쩌다 한 번씩 강에서 훅 하고 동풍이 불어 올 때가 있다. 버지니아에 토네이도가 부는 것만큼이나 흔치 않고 기이한 기상 현상이다. 산타클로스를 기다리며 행복해서 어쩔 줄 몰라 하지만 조금은 두려운 마음도 있는 꼬맹이들처럼 동풍도 눈에 띄지 않고 비밀스럽다. 망치 휘두르듯 손을 내젓는 레슬링 심판 같은 북동풍과는 다르다. 남쪽에서 불어오는 오싹하고 간질간질한 7월의 산들바람과도 다르다. 그 남풍은 다정함에 숨이 막혀 피할 때까지 내 팔에 손을 얹고 있는 할머니처럼 나를 괴롭힌다.

동풍은 엄동설한, 즉 북극곰의 계절에 부는 바람인데 버지니아의 이쪽 지역에서는 그런 추위 역시 보기 드문 현상이다. 겨울 내

내 그 정도로 춥지 않을 때도 있다. 하지만 동풍은 일단 불었다 하면 탁 트인 강물 위를 요란하게 으스대며 미끄러진다. 습지 풀밭가에 들러붙어 장난치고 성가시게 군다. 자동차 밑으로 고드름이 달리고, 하수구가 막히다시피 한다. 알록달록한 재킷과 그에 맞춤한 손수건을 하고, "오, 하느님. 그것만은 안 됩니다." 같은 대사에 어울리는 목소리를 내는 방송국 기상 예보관들은 절대 예측하지 못한다. 그래도 동풍이 불면 희미하게 내용이 기억나지만 바람이 다시 불 때까지 잊고 있었던 어릴 적 동화책을 만난 듯한 기분이 든다.

그 바람 밑에 감추어진 낱말들이 등을 어루만지는 메러디스의 손가락처럼 내 안으로 파고들어 나를 단단하게 만들고 서두르라고 말한다. 모든 게 흐릿해서 말로는 설명이 안 된다. 하지만 놓치고 싶지 않다. 가 본 적 없는 어떤 곳과의 접점이다. 속설에 따르면 환경이, 스스로 어쩔 도리가 없는 환경이 사람들을 갈라놓는다고 하지만 그래도 말로 설명할 수 없는 그곳과 내 사이에는 무언가가 있다. 나와 본 적 없는 그곳 간에도. 그 바람 속에서 확실한 것이란 있을 수 없고, 오로지 가능성만 존재한다.

하우스보트 이전에 저넷 드라이브의 여러 셋집을 전전했을 때에도 나는 강가의 여름보다 겨울을 좋아했다. 겨울이 더 날카롭다. 강이 열린다. 강물이 어떤 식으로 땅을 구불구불 관통하는지 볼 수 있다. 수달과 두루미와 왜가리들이 갈대 사이를 누빈다는 것을 안 봐도 알 수 있다. 동풍은 현재보다 미래에 대해 큰 소리로 떠든다.

엄마는 그 신음 소리를 싫어한다. 아빠는 가타부타 말도 없이 고개만 갸우뚱한다. 절대 그 존재를 인정하지 않는다. 닉은 질척질척한 강바닥에서 동면하는 거인이 잠결에 뒤척이고 방귀를 뀌는 소리라고 상상한다.

하지만 그 동풍에 실려서 휙휙 지나가는 겨울 구름을 보고 있노라면 나도 둥실 떠올라 멀리 날아간다. 닉과 형에게서, 엄마와 아빠에게서, 내가 아는 모든 것들로부터 멀리. 어렸을 때는 그 구름을 타고 날면 어른이 됐다. 눈 깜짝할 새. 뭐든 할 수 있었다. 나는 바람을 타고 디즈니월드의 홀로그램 영상처럼 눈앞에 보이는 미래의 나를 지나치곤 했다. 그 병에 걸리기 몇 년 전에는 아빠처럼 빨간 머리를 길게 기른 딸아이의 아버지가 된 내 모습을 본 적도 있었다. 나는 아내의 사진을 지갑에 넣고 다니며 만나는 사람마다 보여 주었다. 또 한번은 내가 노래를 불렀는데, 록 스타처럼 부르는 게 아니라 농부가 씨를 뿌리듯 아니면 가두 행진 때 사탕을 뿌리듯 노래를 던졌다. 사람들은 귀한 물건이라도 되는 양 잽싸게 내 노래들을 낚아챘다. 인파에 깔리지 않도록 뒤로 물러서야 할 만큼 내 인기가 하늘을 찔렀다. 동풍은 에스허르*의 스케치처럼 방 속의 방으로 나를 데려갔다. 흑백이지만 수없이 많은 조그만 요소로 이루어져 있었고, 방 너머에는 언제나 또 다른 방이 있었다. 어찌

---

* 기하학적인 환상을 세밀하게 표현하는 화풍으로 유명한 네덜란드의 판화가.

나 선명하게 내 머릿속에 남아 있는지 단숨에 그릴 수 있을 정도다. 막상 그려 보면 결과물이 변변찮아서 던져 버리지만.

백혈병이 뼈와 근육 사이에서 숨바꼭질하며 내 몸속에서 전쟁을 벌인 올겨울, 나는 기온이 영하로 떨어지는 날이면 뜬눈으로 밤을 지새운다. 동풍이 다시 불어와 나를 데려가 주길 바라며 귀를 기울이고 기다린다. 예전에 보았던 미래를 확인해야겠다. 지금은 자세한 부분들을 기억하는 데 문제가 있기 때문에 내가 제대로 기억하고 있는지, 아직도 그 모습 그대로인지 알고 싶다.

크리스마스 이후에, 엄마가 봄까지 하우스보트를 떠나 있어야겠다고 주장한 이후에, 나는 전전세로 사는 아파트를 몇 번씩 창문으로 빠져나가 '소멸한' 정박지나 다리까지 걸어갔다. 17번 도로의 소음이 바람을 막고 있나 걱정되었기 때문이다. 재킷 위로 담요를 두르고 아프가니스탄의 외로운 산사람처럼 겨울 하늘을 머리에 인 채 강둑 끝에 서서 동풍 소리가, 내 미래에 대한 단서가 들리는지 귀를 기울인다. 아무 소리도 들리지 않고, 모두 다 내 상상이었나 하는 생각이 들기 시작한다.

17장

어느 날 밤, 온 집 안의 불이 꺼지고 한참 지난 시각, 침대에 웅크리고 누운 나는 그날 오후 메러디스네 집 지하실에서 그녀와 사랑을 나눈 기억 때문에 혼미해진 정신을 달래며 뒤척였다. 아파트 밖에서 자동차 한 대가 나지막이 부르릉거리며 공회전하는 소리가 고치 안으로 들어간 내 귓가에 와서 닿는다. 저 멀리서 한참 동안 부드럽게 이어지던 프렌치 호른의 합주를 뚫고 시작되는 오보에 독주처럼, 엔진 소리도 밤과 분리된다. 내 방문은 열려 있고─닉은 친구네 집에서 자고 온다고 했고, 아빠는 일감을 좀 더 얻어서 워커에게 줄 수임료를 해결하려고 출판사 관계자를 만나는 중이다─어둠을 가르는 엄마의 목소리가 들린다.

"대니얼, 일어나. 엄마가 표 준비해 놨어. 가자."

나는 온갖 수수께끼로 이루어진 꿈의 세계가 더 안전하다는 듯이 무릎을 그러모으고 이불 속으로 고개를 묻는다. 엄마가 이불 위로 내 어깨를 붙잡는다.

"깨끗한 걸로 네 옷 싸 놨어. 배낭에 책이랑 시디플레이어만 챙기고 옷 갈아입어."

나는 자진해서 최면에 걸린 마술 공연 관객처럼 뻣뻣하게 침대에서 내려와 의자 위에 쌓아 둔 옷 더미에서 청바지를, 맨 아래 서랍에서 스웨터를 끄집어낸다. 엄마가 깨끗한 양말을 건넨다.

"지금 산타클로스 놀이 하는 거예요?" 나는 아직 비몽사몽이다.

엄마는 쿵쿵거리며 건성으로 웃음을 터뜨린다. "지금은 3월이다, 아가. 얼른 해. 공항 보안 검색이랑 수화물 검사가 어떻다고 했는지 기억이 안 나네."

나는 부츠 끈을 매며 엄마가 한 말을 중얼거렸다. 아빠가 이 사태를 어떻게 생각할지 궁금하다. 아니면 이 사태를 알기나 하는지. 엄마가 고집스럽게 입구를 막고 있는 어두컴컴한 방 안에서 허리를 구부리고 부츠 끈을 매는데, 아빠한테는 말도 없이 엄마 혼자 저지른 일 — 이게 무슨 일인지는 모르겠지만 — 이라는 깨달음이 찾아온다. 그렇지 않고서야 있을 수 없는 일이다.

"서둘러." 엄마가 반발을 용납 않는 목소리로 말한다.

우리는 달리고 또 달린다. 내가 자다 깨다 할 때마다 초록색 펠

트지 위로 글씨가 반짝이는 표지판들이 휙휙 지나갔는데, 꿈속에 등장하는 잠재의식의 언어처럼 해독이 불가능했다. 내 몽롱한 정신이 해석할 수 있도록 그 단어들을 소리 내 읽으려 하지만, 그러기도 전에 속사포처럼 이어지던 문명의 흔적이 사라지고 시커먼 나무 터널이 등장한다. 미치도록 속이 울렁거린다. 엄마는 어깨를 앞으로 숙이고 운전대 위로 거북처럼 고개를 내민 채 열심히 운전에 집중하고 있다. 나는 계기반을 응시하며 우리 앞을 달리는 차량의 네온 미등에 집중하는 묘한 공생 관계를 유지한다. 뒤죽박죽으로 뒤엉킨 이 세상에서 유일하게 한결같은 그 미등에 집중해야 속이 뒤집히는 것을 막을 수 있다. 다시 까무룩 잠이 들었다가 눈을 떠 보니 엄마가 공항 주차장 매표소 앞에서 속력을 늦추고 있다.

"덜레스, 골드로트." 나는 소리 내 읽는다. "장기 주차장. 열과 구역 번호를 기억하시기 바랍니다."

날이 밝기도 전부터 차량의 행렬이 상상을 뛰어넘는 줄을 만들며 질주해 갔지만 정작 공항 터미널은 한산하다. 엄마는 당연히 내가 따라올 거라고 믿는 구석이 있는지 열심히 걸어가서 에스컬레이터에 오른다. 나는 열 계단 뒤에서 따라가며, 낯설고 초현대적인 공간에서도 자신만만한 엄마에게 경외감을 느낀다. 2층에 도착하자 엄마는 컴퓨터 화면 앞에 걸음을 멈추고 건반을 외우는 피아니스트처럼 손가락으로 화면을 두드린다. 여행에 조예가 깊은 우리 엄마. 왜 그걸 지금까지 몰랐을까. 기계가 토해 낸 종이를 받아 든 엄마는 앞에 있는 2차원 화면 속의 단추를 누르더니 둘둘 말려 나오는 두 번째 종이까지 챙긴다. 그러고는 수속 카운터에 있는 공항 직원들을 곁눈질하며 나를 향해 두 장의 종이를 흔들고 유리 벽을 향해, 엄마처럼 결연하고 굳세 보이는 승객의 행렬을 향해 뚜벅뚜벅 걸음을 옮긴다.

보안 검색. 표지판에 미리 여권을 준비해 놓으라고 적혀 있다. 영화에서 보았기 망정이지 안 그랬더라면 단단히 다짐을 받고 나서 험한 꼴을 당했던 홀로코스트 희생자들처럼 되는 건 아닐까 싶어 출국 심사와 승인을 위해 일렬로 줄을 서는 데 불안감을 느꼈을 것이다. 엄마가 내게 여권을 건네그——내 여권이 있는 줄도 몰랐다——우리는 일상다반사인 양 한 사람씩 차례대로 금속 탐지대를 통과한다.

"잘 도착했다고 아빠한테 전화해야 하는 거 아니에요?"

"아니." 엄마의 대답은 날카롭고 군더더기 없다.

"아빠가 걱정하지 않겠어요?"

"아니." 십중팔구 아빠한테 알리지 않은 것이다.

가엾은 우리 아빠는 어른이 된 이라 줄곧 정도를 고집했다. 그런데 아빠의 부인은 이렇게 어둠을 틈타 '아무것도 하지 않는' 헨리 워커의 말마따나 온갖 군법과 주법을 어기면서 도망치고 있다. 엄마가 아빠한테 비밀로 한 것도 무리는 아니다. 아빠를 자신도 전혀 모르는 일의 공범으로 만들 수는 없는 노릇이니까.

아빠는 엄마가 몇 시간 동안, 몇 주 동안 함께 고민하고 내린 결정에 반하는 전혀 엉뚱한 짓을 저질렀다는 데 폭발할 것이다. 워커가 다음 공판 때 나를 참석시켜서 엄마가 아들을 얼마나 사랑하는지 증언하지 않으면 감옥행이 유력하다고 했건만 아빠의 분노까지 무릅써 가며 이런 짓을 저지르다니. 엄마가 멕시코 치료법을 이렇게나 신봉할 줄이야.

메러디스가 말한 대로 기회가 있었을 때 인터넷을 뒤져 볼 걸 그랬다. 앞으로 어떤 일이 기다릴지 알아 놓았더라면 좋았을 텐데. 아직 비행기를 타지도 않았는데 벌써 기진맥진하다. 그래도 엄마가 이렇게 사서 고생하는 것은 그만큼 확신이 있기 때문일 것이다. 총과 엑스레이 기계를 든 제복 경관들이 다음 생일 이후의 삶으로 이어지는 길을 막고 있다. 나는 그들의 눈앞에 일렬로 서며 기꺼이 엄마의 입장에 동조한다.

마지막 안내 방송이 나올 때, 우리는 이미 탑승을 완료하고 짐가방도 선반에 넣었다. 내 인생 최초의 비행기 여행이다. 승무원들의 안내 동작이 어찌나 코미디 공연과 비슷한지 놀라울 정도다. 비행기가 게이트에서 멀어질 무렵, 파란 잉크 같던 동쪽 지평선이 분홍색으로 물들며 새로운 하루의 시작을 알린다. 활주로 사정으로 이륙이 지연되지만 기체가 움직일 테니 안전띠를 착용해 달라는 기장의 안내 방송이 들린다.

"이럴 만한 돈은 충분해요, 엄마?"

"돈이 전부는 아니야."

"하지만 아빠가 엄마더러 허튼돈 쓰지 말라고 하시는 걸 들었는데."

"아빠는 모험을 좋아하는 성격이 아니잖니. 그렇다고 해서 아빠가 널 사랑하지 않는 건 아니지만. 가끔은 그냥 뛰어내려야 할 때도 있는 거야."

막판에 『호밀밭의 파수꾼』을 쑤셔 넣길 다행이다. 몇몇 장면들을 다시 읽어야겠다. 안전띠 매는 법과 영화 보는 법을 터득한 뒤에. 배가 고파서 쓰러질 것 같다.

멕시코시티에 도착하니 로스앤젤레스 다저스 모자를 쓴 땅딸막한 남자가 빨간색으로 '랜던 씨 일행'이라고 적은 표지판을 들고 있다. 우리 이름 밑에는 '매킨타이어 씨 일행'이라고 적혀 있다. 엄마가 웃으며 고등학교 때 배운 구닥다리 스페인어를 시도한다. 남자는 표지판을 머리 위로 높이 들고 예의 바르게 귀 기울여 준다.

"안녕하십니까." 뒤에서 어떤 남자의 우렁찬 목소리가 들린다. "의사 선생님이 얘기한 바로 그 자리에 서 있군요. 마음에 들어요. 아칸소 사람들은 역시 믿음직하다니까." 격자무늬 재킷과 챙 넓은 카우보이모자 때문에 몸집이 실제보다 두 배로 커 보인다.

그 남자의 그림자 속에 내가 지금까지 본 중에서 가장 삐쩍 마른 여자아이가 서 있다. 키는 우리 엄마와 같은데 어깨가 앞으로 굽었고, 스웨터 소매가 손목 아래로 늘어져 있다. 손가락은—몇 개 안 보이기는 하지만—참새 발톱이라고 해도 믿을 만큼 앙상하다. 그녀를 보고 맨 처음 든 생각은 상태가 나보다 심각하다는 것이다. 그러면서 마음이 놓이자 기분이 더러워진다.

"아가씨, 스파이크 매킨타이어라고 합니다. 만나서 반갑습니다." 새로운 등장인물은 엄마의 손을 잡고 위아래로 몇 번 흔들더니 그 두툼한 손을 내 머리 위에 얹는다. 나도 모르는 새 벌어진 일이라 피할 겨를도 없다. "이쪽이 병에 걸린 새끼 곰인가 보죠?" 그가 쩌렁쩌렁한 목소리로 묻는다.

엄마는 웃음이 담긴 눈빛을 나에게로 돌리며 고개를 끄덕인다.

"대니얼, 대니얼 랜던입니다." 나는 대답하면서도 눈을 감은 채 어깨를 부들부들 떨고 있는 그의 딸에게서 시선을 거두지 않았다. 매킨타이어 씨는 딸을 무시한 채 표지판을 들고 있는 남자에게로 다가간다. 내가 어떻게 하면 좋을지 고민하기 시작하니, 내 주변을 맴돌던 사람들의 목소리가 잦아들었다. 나는 저 고통을 안다. 그녀는 지금 언제 쓰러질지 모르는 상황이다. 의자가 있어야 한다. 나는 그녀를 껴안는다. 생각나는 방법이 그것뿐이다. 그녀의 몸이 축 늘어지고, 내가 깃털처럼 가벼운 그녀를 안은 채 내 여행 가방 쪽으로 몸을 돌리자 슬리퍼를 신은 그녀의 발이 바닥에 끌린다. 그녀가 길게 빼 놓은 가방 손잡이에 등을 기대고 내 어깨에 머리를 얹을 수 있도록 천천히 무릎을 구부려서 여행 가방 위에 앉혔다.

"괜찮아." 나는 나지막이 속삭인다. "고개 숙이고 있을래?" 나는
기류 때문에 비행기가 흔들렸고, 술 종류가 몇 가지 안 됐으며, 다
리를 뻗을 수 있는 공간이 좁았다고 투덜거리는 매킨타이어 씨의
목소리 너머로 묻는다.

표지판을 들고 있던 남자가 기침하며 고개를 숙이자, 비로소 돌
아본 매킨타이어 씨가 쏜살같이 달려온다.

"얘야." 걱정한다기보다 놀란 목소리다. "얘야, 남부 여자 특유
의 매력으로 또 사내놈을 쓰러지게 만들었구나." 그가 한 손으로
내 어깨를 붙잡고 밀어낸다. "이제부터 내가 알아서 하마." 그가
나무둥치 같은 두 팔로 둥지에서 떨어진 아기 새라도 되는 양 딸
을 안아 올린다. "우리 여기서 뭘 기다리는 거요?" 그의 목소리가
온 공항에 쩌렁쩌렁 울린다.

엄마와 나는 할 말을 잃었다. 하지만 표지판을 들고 있던 남자는
앞으로 나서서 짐 가방 네 개를 어깨에 짊어졌다. 처음 겪는 일이
아닌 모양이다.

"멕시코 오신 거 환영합니다. 손님들 오니까 날씨 좋네요." 그는
우리의 대꾸를 기다리지도 않고 눈부신 태양이 작열하는 자동문
너머로 앞장선다.

그의 뒤에서 표지판이 추락한 연처럼 펄럭이며 바닥 위로 떨어
진다. 우리는 그를 따라가는 수밖에 없다. 엄마는 미소가 들러붙은
얼굴로 내 팔을 붙잡고 옆에 바짝 붙어서 걷는다. 이제 여기는 캔

자스가 아니다.●

우리를 마중 나온 다저스 팬은 까만색의 낡은 벤츠를 몰고 이판 암과 모래밖에 없는 멕시코의 산비탈을 오르락내리락한다. 도랑에서 자라난 옅은 초록색의 관목들이 드문드문 보이긴 하지만 대부분 광활한 언덕이다. 하늘은 짙은 청록색이다. 거짓말이 아니라 거의 보라색에 가까운 짙은 파란색이다. 장담하건대 멜론 자르듯 잘라 내도 계속 푸른빛일 것이다. 카메라를 들고 왔더라면 좋았을 텐데. 메러디스가 이 색을 보고 정말 좋아했을 텐데. 매킨타이어 씨는 딸의 머리를 자기 무릎에 얹고, 딸의 등을 팔로 감싸 안았다. 그녀는 살짝 코를 골다 이따금 격렬하게 기침을 터뜨렸다. 엄마는 휴지로 눈가를 두드린다. 모래 때문이겠지만, 왜 그러느냐고 묻지는 않았다.

사막 한복판에 있는 병원은 회반죽을 바른 세 개의 건물로 이루어져 있다. 한쪽 숙소에는 'MEN'이라고, 다른 쪽 숙소에는 'OMEN'이라고 적혀 있다. 맥이 봤다면 스템포드헤인스 선생님이 함 직한 말장난이라며 좋아했을 것이다.●● 두 갈래 흙길을 따라가면 길고 낮은 L자 모양 건물이 나온다. 사무실과 치료실과 식당 같은 곳이 있는 건물인 듯한데, 환자와 일반인을 뒤섞어 놓아도

● 『오즈의 마법사』에서 낯선 곳에 떨어진 도로시가 한 말.
●● 여자를 뜻하는 'WOMEN'에서 'W'가 떨어져 나가 불길한 징조를 뜻하는 'OMEN'이 된 것이다.

위생상 별문제가 없을지 잘 모르겠다. 진입로 양쪽의 건조 지대에는 모래밭에서 자라는 선인장과 잡초뿐이다. 나가는 길은 없다.

누추하고 허름한 분위기가 희한하게 한데 뒤엉켜 있지만, 솔직히 말해서 마음에 든다. 장식도, 근사한 라운지도, 여행 잡지도 없이 무뚝뚝하고 정직하다. 진지한 작업이 이루어지는 곳이다. 게다가 이렇게 후줄근한 데서 어마어마한 비용을 청구하지도 않겠지. 엄마는 하도 조용해서 무슨 생각을 하는지 모르겠다. 이보다 세련되고 부드러운 분위기를 상상했던 걸까?

"배고파 죽겠네." 매킨타이어 씨가 기사에게 말한다. "나초 아니면." 그가 팔꿈치로 나를 찌른다. "멕시코 사람들이 만들어 먹는 또 다른 그거, 이름이 뭐더라?"

"케사디야요?" 나는 아는 스페인어가 몇 개 안 된다.

"맞아, 케소디아."

나는 발음이 잘못됐다고 지적하지 않았다. 기사는 뒷좌석을 무시한 채 앞자리에 앉은 엄마한테 이야기한다. "저녁은 4시예요. 헨킨스 선생님 만난 뒤에. 지금은 씻어요. 1시 30분 하얀 건물에서 만나요." 그가 손가락으로 어딘지 알려 준다. 엄마가 트렁크를 열고 우리 짐을 꺼내려 하자 그가 손사래를 치며 쫓아낸다. "내가 방으로 갖다 줘요. 너무 더워요. 안으로 들어가요."

십 분 뒤, 우리는 볼일을 보고 동그랗게 놓인 플라스틱 접이의자에 앉아 서로의 얼굴을 쳐다본다. 어른 일곱에 아이 넷이다. 아픈 어른과 그렇지 않은 어른을 어렵지 않게 구분할 수 있다. 매킨타이어 씨 부녀는 없다. 정각에 다섯 명의 의료진이 군사 훈련이라도 하는 것처럼 행진하며 환영식장으로 입장한다. 첫 번째 사람의 배지에 'DIR. PABLO JENKINS'라고 적혀 있는데, 'I'와 'R'이 어찌나 작은지 멀리서 봤을 때 의사를 의미하는 'DR'로 착각하도록 일부러 그런 건가 하는 의구심이 든다.

의료진 모두 의사라는 직함이 아니라 이름만으로 소개가 된다. 엄마 눈에는 더욱 믿음직스러워 보일 것이다. 하얀 옷에 'MARTINA'라고 적힌 이름표를 단 간호사가 비디오를 보여 주려고 하는데, 테이프가 플레이어 안에서 걸렸다. 관장은 절대 당황하지 않는다. 마르티나가 플레이어를 만져 고칠 때까지, 눈부시도록 하얗고 완벽한 치열을 드러내고 활짝 웃으며 똑같은 소리를 계속 반복한다.

환영 인사가 끝나자 다른 가족들도 환영식장으로 모인다. 하얀색 셔츠와 바지를 맞춰 입은 직원들이 서류철을 들고 다니며 부모들에게 서식을 작성해 달라고 한다. 어른들은 열심히 정보를 교환하고, 정신이 나가서 황량한 여기까지 온 게 아니라며 서로를 안심시킨다. 아이들은 침묵을 지킨다. 나는 닉보다 어린데 벌써 대머리인 남자아이를 외면한다. 자신의 아버지가 관장을 구석에 몰아넣고 애들 말장난 같은 스페인어로 질문을 퍼붓는 동안, 그 애는 무릎 위만 남기고 절단한 한쪽 다리를 빈 의자에 올려놓은 채 쉬고 있다.

"다들 아주 솔직한 것 같던데, 어때?" 수속이 끝나고 관장이 돌아다니며 모든 이와 악수를 마친 뒤 태정받은 방으로 돌아가는데, 엄마가 묻는다.

"아주 간단해 보여요." 내가 말한다. "화학 약품 없이 전부 다 천연으로 치료한다는 걸 알고 오신 거여요?"

"얘, 내가 인터넷에서 출력한 자료 줬잖아."

"공부하느라."

"메러디스 공부나 했겠지."

나는 엄마를 따라 웃는다. 이럴 수 있을 만큼 여유롭다. 이곳은 나를 다시 온전하게 만들어 줄 천국이고, 여기까지 오게 된 것은 엄마의 불굴의 의지 덕분이다.

"집에 돌아갔을 때 네가 두고 온 그대로 식탁 위에 놓여 있겠다." 엄마가 말한다.

공항으로 마중 나온 기사가 이레 연속 남자용 숙소의 내 방으로 찾아왔다. 치료가 끝날 때마다 의료진이 우리가 전염병 보균자라도 되는 것처럼 던져 주는 종이 수영복을 입고 지낸다. 첫날 나온 식사는 소금물 냄새가 나는 초록색의 끈적끈적한 죽이었다. 직원들이 테플론 코팅이 된 숟가락으로 아이에게 하듯 떠먹여 주는데, 실제로 소화하는 양이 얼마나 되는지 기록하기 위해 그러는 듯하다. 내가 보기에는 해초 같다. 소금을 너무 많이 넣고 버터는 전혀 넣지 않은 아스파라거스 맛이 난다. 에식스 군 축제에 초청된 순회 공연단이 연주할 법한 안데스 산맥 풍의 플루트 연주가 치료 차원에서 확성기를 통해 흘러나온다. 우리는 휘발유 냄새가 나는 액체로 목을 축여 가며 죽을 넘긴다. 먹고 나면 머리가 어지러우면서 졸음이 쏟아지는데 치료 도중에 자면 안 된다. 꾸벅꾸벅 졸기 시작하면 직원들이 흔들어 깨운다.

내가 공동 저녁 식사 시간――월풀 목욕, 마사지, 죽 세 접시로 이루어져 있다――에 이런 부분에 대해 설명하려고 하자 엄마가 내 손을 토닥이며 미소 짓는다. "여기서 병을 고친 사람이 수천 명이야." 엄마의 말이다. 엄마의 얼굴은 날이 갈수록 까무잡잡해졌고 다크서클도 사라져 갔다. 엄마는 매킨타이어 씨와 카드 게임을 즐긴다고 한다. 간암에 걸려서 어디든 산소 호흡기를 달고 다니는 젊은 여자의 어머니와 가끔 모래 언덕까지 걸어갔다 오기도 한다.

치료실에는 다섯 개의 침대와 다섯 개의 욕조가 설치되어 있지만, 환자는 나이가 아주 많고 배가 농구공처럼 불룩한 제럴드 호벤펠트 씨와 나뿐이다. 간호사들이 자리를 비우면 우리는 잠깐씩 대화를 나눈다. 호벤펠트 씨는 배에 종양이 있는데, 열흘 사이에 줄어들어서 자꾸 웃음이 난다고 했다. 그는 날마다 나더러 좋아진 것 같으냐고 물었다. 나는 너무 피곤해서 잘 모르겠지만, 그래도 그가 듣고 싶어 하는 대답이라는 걸 알기에 그렇다고 얘기한다.

엄마는 아무것도 묻지 않았다. 헨킨스 관장실에서 아빠와 통화했고, 닉과 형은 잘 지낸다는 말만 전해 줬다. 다들 공항으로 마중 나올 거라고 한다. 메러디스도 부르고 싶지만 우리의 귀향길에 경찰이 동행할까 싶어 두렵다.

"금요일에 떠나는 거죠?" 둘째 주에 내가 묻는다.

"헨킨스 관장이 허락할 때."

"관장이 어떻게 알아요? 우리를 검사한 적도 없는데."

"간호사들이 보고하겠지."

"엄마, 이 사람들 정규 간호사 맞아요? 나를 치료하는 두 남자는 온몸에 문신이 한가득이고, 존경하는 우리 헨킨스 관장님을 바보 취급해요. 관장님 목소리를 흉내 내고, 병원식을 먹여 줄 때 우리가 딴 데 보고 있다 싶으면 서로 쳐다보면서 얼굴을 찡그리고요."

엄마는 내 말에 대해 생각해 본다. "내가 준 자료를 집에서 읽었더라면 여기서 치료받은 사람들의 추천사를 보았을 텐데. 다들 종양이 사라졌대. 정상적인 생활을 하고 있고. 골프를 치고, 춤을 추고, 회사에 다니면서 말이야."

"예, 죽은 사람들이 한 말을 실었을 리는 없겠죠."

"대니얼."

저녁 식사가 끝나면 본관에 남아서 영화를 보거나 게임을 할 수 있다. 매킨타이어 씨와 아직도 꼬챙이 같은 그의 딸 베서니는 보통 식사가 끝나면 곧장 자리에서 일어선다. 그런데 나흘째 되던 날 저녁에 「티파니에서 아침을」이 상영된다고 하자 딸이 아빠한테 보게 해 달라고 한다.

"제가 숙소까지 바래다줄게요, 스파이크." 엄마가 나선다.

"부탁이에요, 아빠." 베서니의 목소리는 간신히 허공을 가르는 수준이다.

매킨타이어 씨가 아무 말 없이 고개를 끄덕이는 것을 보면 딸의 부탁을 거절 못 하는 아빠라는 걸 알 수 있는데, 지금까지 시도한 치료법이 몇 가지나 될지 궁금해졌다.

엄마가 베서니와 나를 나란히 앉히고 자기는 뒷줄에 앉는다. 대부분의 아이들이 남았고 어른들도 몇 명 보이는데, 그래도 거의 텅 비어 있다시피 하다. 어쩌면 헨킨스 관장의 치료 센터는 한물간 곳일지 모른다. 직원들이 영화 상영 설비를 만지작거리며 뷔페 테이블을 치우는 동안, 나는 베서니에게 살던 곳에 대해 물었다.

"친구들은, 특히 남자아이들은 나를 무서워해. 암이 어떤 병인지 모르니까. 독감 비슷해서 자기들한테도 전염될 수도 있다고 생각하거든."

"정말 무식하다. 화학 요법도 받은 적 있어?"

"그래서 이렇게 비쩍 마른 거야. 못 믿겠지만 예전에는 뚱뚱했어. 큰 사이즈를 입어야 할 정도로 정말 뚱뚱했어. 피자, 감자튀김, 더블 초콜릿 퍼지 케이크. 엄마가 떠난 뒤로 아빠가 뭐든 맘껏 먹게 했거든. 죄책감을 느꼈나 봐."

“네가 병에 걸린 것에 대해서?”

“아니, 엄마가 아빠하고 같이 도박하고 자동차 경주 보러 다니던 친구랑 도망친 것에 대해서. 엄마는 아빠랑 맨날 싸웠어. 그리고 와인을 엄청 마셨고.”

“우리 아빠도 알코올 중독자 모임에 다니는데.”

“아, 우리 엄마는 알코올 중독자 아니야. 아빠 때문에 창피할 일이 없어지니까 술을 딱 끊었어. 그러니까 아빠를 진심으로 사랑한 적이 없었던 거지.”

“난 너희 아버지 좋던데. 조금 시끄럽긴 하지만, 너를 정말 사랑하시잖아.”

“나도 알아. 엄마가 아빠랑 결혼한 건 오로지 돈이 많기 때문이었어. 두 분 모두에게 불행한 일이었지.”

“몇 살이니?”

“조금 있으면 열아홉이야.”

“열네 살쯤 된 줄 알았더니.”

“정말 고맙다.”

“기분 나빴다면 미안. 워낙 말라서 그렇게 보이나 봐.”

“암 덕분이라고 할 수 있겠지.”

“남자 친구 있어?”

“있었어. 머리가 빠지기 시작하니까 당장 헤어지자더라.”

“가발이 멋지지는 않으니까.”

베서니가 실눈을 뜨고 재미있어하며 나를 쳐다본다. 내가 가발을 쓰고 있는지 판단하려는 것이다.

"아, 아니야." 나는 웃음을 터뜨린다. "우리 부모님은 화학 요법을 극약이라고 생각하시거든."

그녀는 웃지 않는다. 불이 꺼지고 영화가 시작되자 비디오테이프가 끽끽 소리를 내며 돌아가고, 비가 내리는 듯한 화면이 하얀벽 위로 등장한다. 내가 화학 요법을 비웃는 거라고 생각했다면 기분 상했을 것이다. 내가 화제를 바꿀 방법을 열심히 고민하며 먼저떠오른 예닐곱 가지 안을 폐기 처분하는 동안 벽에 비친 인물들이대사를 읊기 시작한다.

나는 나지막이 묻는다. "이 영화를 왜 그렇게 보고 싶어 했어?"

"별로 안 보고 싶었어. 내가 배정받은 방이 2인실이거든. 산소호흡기를 달고 다니는 여자랑 같이 써."

"그 여자 몇 살이야?"

"스물일곱. 자기 어머니를 어찌나 싫어하는지 입만 열었다 하면그 소리야. 내가 화제를 바꾸거나 대꾸하지 않아도 계속 종알종알, 종알종알."

"나는 행운아네. 방을 혼자 쓰고 있으니. 원하면 방 바꿔 줄게."

"네 방으로 건너가서 남는 침대에서 잘까 보다."

"나야 그래도 상관없는데, 건물에 '남자'라고 적혀 있는걸? 그건 무슨 수로 처리하게?"

그녀는 어깨를 으쓱하더니 화면이 태양이라도 되는 양 그쪽을 향해 고개를 든다.

월요일 저녁에는 너무 심심해서 식사가 끝난 뒤에 식당에서 스크래블을 빌린다. 닉이 알았더라면 노발대발하겠지. 베서니는 저녁 식사가 끝나자 아빠와 같이 나간다. 아빠가 딸을 숙소까지 데려다 주는 모습이 석양을 배경으로 또렷하게 보인다. 그녀가 모래 위로 발을 질질 끌며 걷자 먼지가 일었다가 그들의 발치로 모인다. 나는 엄마에게 안녕히 주무시라고 인사한 다음 내 방에 혼자 앉아서 글자 조각과 놀이판을 펼쳐 놓고 일인이역을 한다. 8시 30분이 되자 자꾸 눈꺼풀이 감긴다. 나는 사각팬티만 입고 시트 위에 누워 『호밀밭의 파수꾼』을 꺼낸다. 이곳에서는 매일 시트를 뜨거운 햇볕에 말려서 바스락거리는 깨끗한 것으로 갈아 준다. 발치에는 파란색 요강이 놓여 있다. 전갈이 있으니 밤에는 공용 화장실을 쓰지 말라고 했다.

술에 취한 홀든은 사과하기 위해 샐리에게 다시 전화를 건다. 웃기려고 벌인 일이었을지도 모르지만 장단을 맞춰 주는 그녀를 보면 슬퍼진다. 그는 또다시 그녀에게 상처를 주고, 모든 걸 망쳐 버린다. 자기는 착한 남자가 아니라는 것을, 그녀의 관심을 받을 자격조차 없는 존재라는 것을 입증하기 위해 작정하고 저지른 일처럼 느껴질 정도다. 나는 두 번 취해 보았는데, 취하면 사고방식이

삐딱해진다.

두 번 다 9학년 때의 일이다. 맨 처음에는 맥과 둘이서 형의 맥주를 슬쩍한 뒤 맥의 카누로 들고 가서 마셨다. 그런 다음 노를 저어 공용 선착장에 배를 대고 집까지 걸어가서 쓰러졌다. 우리 부모님이 집에 돌아왔을 무렵에는 둘 다 자고 있었다. 그 와중에 노가 하나 없어졌고, 맥은 돈을 모아 에이투제트 앤티크의 다락에 있던 중고 노를 살 때까지 한 달 동안 카누를 쓰지 못했다. 두 번째는 맥네 부모님이 로저의 생일을 맞아 샌님 같은 친구들까지 데리고 리치먼드로 볼링을 치러 갔을 때였다. 우리는 세인트마거릿에 다니는 여학생을 세 명 데리고 오겠다기에 요웰도 초대했다. 그런데 두 명밖에 안 나타났다. 여학생들이 찾아오자 우리는 정식 파티인 양 안으로 안내했다. 하지만 맥이 가구에 뭘 쏟으면 어떻게 하느냐고 걱정하는 바람에 녀석의 방으로 들어갔다. 그때는 지하실을 지금처럼 꾸미기 전이었다. 요웰이 맥주는 싫다고 했다. 그러면서 자기 아빠 술 장에서 들고 온 럼주를 가지고 화장실에서 술을 제조했다. 녀석은 술이 없어진 걸 아무도 모르게 깔때기로 술병에 물을 채워 넣었다고 했다. 나라면 절대 생각해 내지 못할 방법인데, 요웰은 그런 쪽으로 머리가 잘 돌아간다.

술기운이 곧장 뇌로 뻗치는 바람에 기억나는 장면이 거의 없다. 그런데 요웰이 여자애들한테 비열하게 굴었던 것만큼은 분명하다. 여자용 술을 더 독하게 타서 여자애들이 속옷 차림으로 침대 위에서 춤추게 만들려고 했다. 맥이 기절하는 바람에 내가 여자애들을 기숙사까지 바래다주어야 했다. 안에서 기다리고 있던 여자애들의 친구가 강 쪽으로 난 옆문을 열어 주었다. 두 시간 동안 럼주와 콜라를 마신 탓에 도저히 조용할 수가 없었으니 위험한 도박이었다. 브루어가 그날 밤에는 깜빡 존 모양이다.

홀든과 그가 드나드는 술집에 대해 짚고 넘어가 보자. 마지막으로 샐리와 전화하고 끊었을 때 홀든은 지금까지 자신이 한심하게 굴었다는 걸 깨닫는다. 그래서 기분이 처음보다 더러워진다. 나도 직접 경험한 더러운 기분을 통해 내가 술을 좋아하지 않는다는 사실을 깨달았다. 아빠한테는 말하지 않을 작정이다. 얼마 안 남은 내 근사한 인생을 망칠 필요도 없고, 술을 멀리하라고 그렇게 열심히 가르쳤던 아버지에게 좌절을 안길 필요도 없지 않은가.

그런데 여기서 이 이야기를 꺼낸 건 전적으로 내 방에 찾아온 베서니 때문이다. 누가 그녀를 들여보냈는지 모르겠지만, 호벤펠트 씨가 일주일 내내 정말 귀엽지 않으냐며 나한테 장난치기는 했다. 그럼요, 애완용 강아지처럼 귀엽고말고요. 그는 해피엔드를 좋아하는 낙천주의자다.

아무튼 그녀가 문을 두드리고 속삭였다. "베서니 매킨타이어야." 멕시코 사막에 베서니라는 이름의 소녀가 넘쳐 나기라도 하는 것처럼.

"어쩐 일이야?" 문을 열어 주자 그녀가 살금살금 들어온다.

"얘기 좀 하고 싶어서."

"무슨 얘기?"

"아무거나. 비슷한 또래끼리 나누는 그런 얘기 있잖아. 음악, 학교 같은 거. 일이나 우리 엄마 얘기는 말고."

"그래, 좋아. 앉아." 나는 책상에서 의자를 꺼낸다. 하지만 그녀는 내 말을 무시하고 내가 쓰지 않아서 깨끗한 여분의 침대에 털썩 주저앉는다. 그녀는 목욕 가운을 입고 있다. 잠옷 위에 걸친 거겠지. 어리석은 내 몸이 광분하려 하고, 나는 잠옷 차림의 여자아이가 바로 옆에 있다고 이런 식으로 메러디스를 배신하는 자신에게 미칠 듯이 화가 났다.

우리는 센터에서 양탄자 삼아 깔아 준 조그맣고 지저분한 욕실용 매트를 사이에 두고 잠깐 동안 말없이 누워 있기만 했다. 매트는 밝은 노란색인데, 사람들이 밟고 지나다닌 몇 년 동안 한 번도 빨지 않았는지 너덜너덜하다. 나는 어떤 사람들이 밟고 다녔을까 생각하지 않으려고 애를 썼다.

"우리 엄마는 내가 여기 있는지 몰라. 아빠가 나를 데리고 섬으로 여행 간 줄 알아."

'섬'이라는 단어가 내가 절대 속할 수 없는 집단에서 통용되는 암호 같기는 하지만, 그것만 제외하면 우리가 이 실험적인 치료를 함께 받는 영혼의 친구처럼 느껴진다. 우리가 같은 시기에 이곳에 들어온 이유가 있을 것이다.

"대니얼, 너 숫총각이니?"

내가 딴생각을 하고 있지 않았더라면 마시고 있던 음료수를 온 사방에 뿜었을 것이다. 나는 이 여자아이를 정말 모르겠다. 치료 센터 밖에서는 누구도 우리의 이름과 우리가 공권력을 피해 숨어 있다는 사실을 모르는 이국에서 이런 식의 혼이 나가는 듯한 경험을 공유한다는 것 자체가 너무나 기이하다. 나는 계속 말을 더듬거리고 있는데, 그녀는 내 대답을 기다리지도 않고 하던 이야기를 계속한다.

"나는 숫처녀야. 그래서 짜증 나. 이제는 환자인 나랑 아무도 자주지 않을 텐데, 이대로 죽으면 그게 어떤 기분인지 모르는 채 눈 감아야 하잖아."

메아리가 머릿속을 두드린다. 만난 지 얼마 되지도 않는 이 여자 아이가 내 가장 은밀한 곳에 숨겨져 있던 생각을 간파하다니. 이 아이가 알 정도라면 메러디스도 알 텐데, 그래서 그냥 나한테 잘해 주려고 했던 걸까.

"충격받았구나?" 베서니가 텔레비전 광고에 나오는 여배우처럼 엉뚱한 단어를 강조해 가며 노래를 부르듯이 묻는다. "여자들은 섹스에 대해서 생각 안 하는 줄 알아?"

"어, 하겠지. 그렇지만 남자들하고는 다르겠지. 우리는 거기에 집착하잖아."

"21세 이하는 누구나 섹스에 집착해. 성인이 되거나 결혼하기 전에는 하면 안 되는 거니까. 베르보텐이니까."

"베르보텐?"

"금기라는 뜻의 독일어야."

"우리 동네에서는 아무도 독일어 안 쓰는데." 이 어두컴컴한 방 안에서 베서니가 전과 다르게 보이기 시작한다.

"아무튼, 나는 죽기 전에 섹스해 보고 싶어."

"여기서 받는 치료가 효과 없니?"

"너는 어떤데?"

"오늘 밤에는 네 상태가 전보다 좋아 보이는데."

"이번 치료는 우리 아빠가 시도한 네 번째 방법이야. 돈에 구애되지 않으면 진실을 한참 동안 가릴 수 있지."

"더 이상 치료를 안 받겠다고 아빠한테 말씀드리지 그래?"

"아빠까지 비참하게 만들 필요 없잖아. 내가 죽으면 어차피 비참해질 텐데." 그녀가 레그 스윙●을 시작해서 맨다리가 위아래로 왔다 갔다 하는 바람에 나는 시선을 돌린다.

"다리 움직이는 거 그만해. 그러다 속 울렁거리겠다. 밤에는 쉬어야 하잖아."

"왜 그래, 대니? 살짝 땀이 나니? 심장이 두근거리니?"

이 애를 방 안으로 들이지 말걸. 나는 증거를 감추기 위해 엎드

───────────

● 댄스 스포츠에서 허리와 엉덩이를 거의 움직이지 않고 다리만 흔드는 동작.

린다. "태도를 바꾸면 모든 게 달라진다고 하잖아. 살고 싶은 마음이 있으면 물리칠 수 있어."

"너는 그 말을 믿어? 정말로? 진심 중의 진심으로? 그렇다면 내가 뉴욕에 있는 다리를 하나 팔 테니 사라고 해도 믿겠네."

아빠가 애용하는 구절이라 집과 하우스보트와 메러디스가 떠오른다. 끔찍한 사태가 벌어지기 전에 이 아이를 방 밖으로 내보낼 묘책을 생각해 내야 한다.

"진짜 피곤하다. 베서니, 너는 안 피곤해?"

"응, 너한테 부탁할 게 하나 있어."

나는 신음을 토한다. 순식간에 손쓸 수 없는 지경으로 치닫고 있다. 맥의 환호성과 내 심장이 쿵쾅거리는 소리가 들리는 듯하다. 어처구니가 없다. 나는 메러디스를 사랑한다. 다른 사람과 자고 나면 우리 관계가 망가질 것이다.

베서니가 다가와 내 등 위에 걸터앉더니 어깨뼈를 문지른다. 손끝이 면도칼 같다. "나랑 같이 자 줄래, 대니? 나도 그게 어떤 기분인지 알고 죽을 수 있게."

요웰이나 맥이라면 수락했을 것이다. 요웰이라면 입원 첫날 밤에 그녀를 불러들여 자기 입으로 같이 자자고 했을 것이다. 홀든. 홀든이라면 어떻게 했을까? 홀든이라면 마음 상하지 않게 거절했을 것이다. 그녀가 퇴짜 맞은 기분을 느끼지 않도록 잘 둘러대서.

"난 그럴 자격이 없는 놈이야. 너에 비하면 너무 어리고, 너무 말

랐고, 너무 경험도 없고. 나보다 훌륭한 남자, 너를 사랑하는 남자
가 네 상대가 되어야지."

"내 짐작대로 경험이 있구나? 무슨 말인지 아는 듯이 얘기하더
라니." 그녀가 손끝에 살짝 힘을 실어 내 어깨뼈를 누른다. "누구
야? 아직도 사랑해?"

"메러디스 릴케, 우리 동네에 사는 아이."

"네가 죽을병에 걸렸다는 거 알아?"

대답하기 어려운 질문이다. 진실을 이런 식으로 대놓고 폭로하
다니 나로서도 조금은 감당하기 버겁다.

"너도 암이지?"

"백혈병. 그게 그거지만."

"메러디스라는 아이는 알면서도 너를 사랑하는구나?"

"그렇대. 응, 맞아."

"그럼 이해할 거야. 네가 날 돕길 바랄 거야. 내가 죽기 전에."

"허튼소리 그만해. 안 죽을 수도 있잖아. 그리고 내가 메러디스
때문에 안 하는 게 아니야. 너는 예쁘고 그리고…… 나도 관심 있
어. 하지만 거의 모르는 사람과의 섹스는 사랑이 있을 때랑 같을
수 없어. 나도 알아. 내가 「오프라 윈프리 쇼」에 출연한 여자들처
럼 말하고 있다는 거. 하지만 진짜야. 섹스는 쉬워. 동물들도 하잖
아. 암컷과 수컷은 궁합이 맞게 마련이야. 아무라도. 하지만 인간
은 그러면 안 되는 거잖아. 그보다 많은 의미를 담아야 하잖아. 너

를 생각해서 아껴 둬, 베서니. 너희 엄마가 너희 아빠를 선택했던
것처럼 나를 선택하면 안 돼. 건강해지고 튼튼해지면 모든 게 한꺼
번에 너를 찾아올 거야. 넌 사랑에 빠질 테고 그 사랑에 보답하는
사람이 생길 거야. 그럴 거라고 믿어야 해."

그녀는 추억의 명화에서 누군가의 죽음을 애도하는 배우처럼
우는 나를 보고 이내 떠났다. 어쩌면 '이런 병신을 봤나.'라고 생각
했을지도 모른다.

다음 날 아침, 매킨타이어 씨와 베서니는 아침을 먹으러 오지 않
는다. 나는 치료를 받으러 가는 길에 여자 숙소 문을 두드린다. 아
무 대답이 없다. 지나가는 간호사를 붙잡고 물어보자 그녀는 "함
부로 발설할 수 없어요."라고 한다.

"걱정돼서 그래요. 좋아지려고 노력하지 않아서요."

"의사 선생님이 그만하면 충분하다고 하셨어요. 환자의 부모님
도 동의하셨고요."

어느 정도는 희소식이다. 그녀의 부모님이 전쟁을 중단하고 베
서니의 말에 귀 기울이기 시작했다는 것 아닌가.

점심시간에 우리 엄마가 매킨타이어 부녀에 대해 묻자 헨킨스
관장은 고개를 젓고 그만이다. "공개할 수 없는 사안이라서요. 집
으로 돌아가는 중이라고만 말씀드릴게요." 그가 활짝 웃자 속이
울렁거린다. 이번만큼은 여느 때와 다르게 백혈병과는 전혀 무관
한 증상이다.

마지막으로 치료를 받는 수요일, 나와 같이 치료를 받던 호벤펠트 씨가 보이지 않는다.

"호벤펠트 씨는 어디 갔어요?" 나는 담당 간호사 토마오에게 묻는다.

"갔어요." 토마오가 말한다. "어제 실려 나갔어요."

"완치돼서요?" 내가 묻는다.

토마오는 어리둥절한 표정을 짓고, 나는 머리를 쥐어짜 가며 스페인어를 생각해 낸다.

"죽었어요." 토마오가 말한다. "평화롭게 죽었어요. 자다가."

이것 역시 멕시코의 뙤약볕 아래서 내가 낫기만을 끈기 있게 기다리는 엄마에게 전할 수 없는 소식이다.

18장

워싱턴 D. C. 공항이 근사하게 느껴진다. 서로 다른 얼굴들이 이렇게 많을 수가. 백인, 흑인, 동양인, 슬라브인. 만약 내가 목숨을 연명한다면 멕시코 땅은 두 번 다시 밟지 않을 것이다.

국제선 입국 게이트 앞, 출입 제한 구역 밖에 마중 나와 기다리고 있던 가족들 틈바구니에서 파란색 외투를 입은 여자아이가 튀어나와 내 휠체어를 향해 곧장 달려든다. 메러디스다. 한 승무원이 '헨킨스 선생님'에게 치료를 받으러 다녀왔다고 하는 엄마의 얘기를 우연히 듣는 바람에 항공사에서 휠체어를 타야 된다고 했다. 정신을 차리고 보니 메러디스가 거의 내 무릎 위에 앉은 자세로 나를 부둥켜안고 있다.

형이 출입 제한선 밖에서 엄지손가락을 들어 보인다. 닉이 휘둥 그레진 눈으로 지켜본다. 아빠가 엄마에게 윙크하지만, 엄마는 메러디스를 멀뚱멀뚱 쳐다보느라 보지 못했을 것이다. 나는 그녀에게 입을 맞추지 않을 수가 없다. 입을 맞추자 온 사방에서 환호를 터뜨린다. 창피해서 죽을 것 같지만, 한편으로는 기분이 괜찮다. 메러디스가 내 귀에 대고 속삭인다. "저 사람들 두 번 다시 볼 일 없잖아. 끊지 마, 이 바보야."

차 안에서 아빠는 엄마의 이야기를 처음부터 끝까지 말허리를 자르지 않고 듣는다. 닉과 형은 엄지손가락 씨름을 하고, 메러디스는 그동안 학교에서 있었던 일들을 들려준다.

"맥은 어떻게 지내?" 프레더릭스버그를 지났을 때 내가 물었다.

아무도 대답이 없고, 내 안의 모든 것이 뻣뻣하게 굳는 게 느껴진다. "여러분? 맥한테 무슨 일이 생겼나요?"

형이 메러디스를 향해 고개를 끄덕인다. 형도 알고 있다는 신호라 짜증 나야 마땅하지만, 그나마 그녀는 전적으로 내 편이다.

"엄마, 아빠. 아무라도 맥한테 무슨 일이 생겼는지 알려 주세요."

메러디스가 나를 본다. "잘 지내. 그런데 사고를 당했어. 자기 아빠 트럭을 몰고 가다."

"무슨 사고?"

"돌담이 형을 덮쳤어." 닉이 말한다.

"맙소사, 다쳤어?"

"팔이 부러졌어." 닉이 답한다.

"그뿐이야?" 내가 묻는다.

"트럭이 박살 났고." 형이 말한다.

"그걸로 끝이야? 다들 누가 죽기라도 한 것처럼 굴고 있잖아."

"DUI•였다." 아빠가 나지막하고 섬뜩한 목소리로 말한다.

"맥은 술 마시고 운전할 애가 아니에요."

"마약에 대해서는 생각이 다른 모양이지." 아빠는 너무 화가 나서 맥의 행동을 얼버무리거나 나를 위해 수위를 낮추려고조차 하지 않는다.

수갑을 차고 브루어의 순찰차 뒷좌석에 앉아 있는 맥의 모습이 선명하게 그려진다.

다시 말을 꺼낸 아빠의 목소리가 단호하다. "맥은 선을 넘었다, 대니얼. 네가 그런 일에 휘말리게 둘 수는 없어."

"제가 도울 수 있을지 몰라요."

"아들아, 그런 식으로 되는 일이 아니라고 내가 몇 번을 말했니. 자기 스스로 정신 차려야 해."

메러디스가 내 곁으로 바짝 다가앉는다. 아무도 말을 하지 않는 가운데, 나는 집에 도착할 때까지 맥 없는 내 인생을 상상한다. 내

• 음주 운전 혹은 약물 복용 운전을 지칭하는 약자.

가 병이라는 족쇄와 메러디스에게 정신이 팔려 있는 동안 녀석은 정반대로 움직였다는 생각이 든다.

만우절에 하우스보트로 돌아가기에 앞서 또다시 엄청난 언쟁이 벌어진다. 엄마는 너무 이르다고 한다. 아빠는 변화가 필요하다고 한다. 하지만 엄마가 점점 약해지고 있는 듯한 느낌이 든다. 거의 완치된 아들의 부모로서 의기양양하기보다 희망을 잃어 가고 있다. 나는 다시 구토하기 시작했고, 예전처럼 하루의 절반을 잠으로 보낸다. 엄마는 날씨로 꼬투리 잡는 걸 그만두고 무승부로 싸움을 끝낸다. 아빠가 짐을 싸기 시작하자 엄마도 따른다.

쥐들이 조리실 찬장과 뱃머리 고무 매트 아래에 똥을 싸 놓았다. 엄마 아빠가 소독약으로 온 사방을 청소하는 동안, 나는 선실에서 찾은 1학기 생물 교과서와 침낭과 리츠 크래커를 들고 상갑판에 숨었다. 요즘 들어 먹어도 속이 울렁거리지 않는 게 리츠 크래커뿐이다. 태양이 두툼한 뭉게구름을 비집고 나오자 나는 사각팬티 차림의 맨다리를 내놓고 침낭 위에 대자로 눕는다. 멕시코의 테라스와 일광욕 의자에 누워 있는 동안 건조해서 땅기던 내 피부와 관장실에서 출력해 준 아빠의 이메일을 큰 소리로 읽던 엄마가 떠오른다. 치유의 힘을 굳게 믿고 착실하게 일상을 반복하며, 우리에게는 시간이 펑펑 남아돌고 어디에도 갈 곳이 없다는 듯이 그 햇살에 살을 태우곤 했는데.

생물 교과서에는 백혈병에 관한 정보도 실려 있다. 라벤더가 효과 있다는 게 전혀 근거 없는 낭설은 아니다. 나는 이 부분을 읽으며 멕시코의 과달라하라에서 간호조무사가 스페인어와 영어를 섞어 가며 설명했던 내용과 연결시켜 본다. 하지만 전문 용어 때문에 잠이 온다. 눈을 떠 보니 속이 울렁거리지 않고, 머리는 맑고, 눈꺼풀 뒤가 묵직하게 지끈거리지도 않는다. 기분이 좋다.

"엄마." 나는 갑판에서 엄마를 부른다.

엄마가 아빠와 같이 쓰는 선실에서 쏜살같이 튀어나와 위태롭게 사다리를 오르다 내 쪽으로 기우뚱한다. 발이 미끄러지는 순간 내가 엄마의 양팔을 붙잡자 엄마는 자이로스코프*처럼 한쪽으로 기울었다가 몸을 똑바로 일으켜 세운다.

"왜?" 엄마는 정색하고 있다. 안 좋은 소식을 예상하고 있는 것이다. 내가 엄마를 이렇게 만들었다.

"효과가 있어요. 머리가 맑아요. 뻐근한 것도 덜하고."

엄마는 미소를 짓지만 억지웃음이다. 엄마가 무슨 생각을 하는지 안다. 아직 속단하기에는 이르다는 거겠지. 병원에서는 일시적으로 고통이 완화될 수도 있지만, 약이 체내에 속속들이 스미면 몸 상태가 안 좋은 날도 있을 거라고 경고한 바 있다.

"수영해도 돼요?"

---

* 공간에서 자유로이 회전하도록 장치된 일종의 팽이로 선박의 안정 장치 등으로 쓰인다.

"대니얼, 4월이잖니. 물이 너무 차가워."

"몇 달 동안 못 했잖아요. 그리고 전보다 기운이 나요. 무리해서 여러 바퀴 돌지 않을게요. 피곤하면 그만할게요. 제발요."

"우리가 회원은 아니지만 레크리에이션 센터에서 널 받아 줄지도 모르겠다. 워낙 흔치 않은 경우니까."

"됐어요."

"수영하고 싶다며."

"지붕에 가려서 파란 하늘도 안 보이고, 모두들 나를 신기한 듯 쳐다보는 염소로 소독한 물이 담긴 탱크에서가 아니라 예전처럼 강물에서 수영하고 싶다고요. 거기에서 사진을 찍어서 회원을 유치할 때 홍보용으로 쓸 수도 있잖아요."

나는 갑판에 엄마를 내버려 둔 채 노와 구명조끼와 소형 보트용 의자 쿠션을 꺼낸다. 보트를 준비하는 동안 뒤쪽 선실 창문 너머에서 엄마의 얼굴이 보이는가 싶더니 금세 사라진다. 보트가 물살을 따라 상류로 미끄러지듯 움직인다. 노를 저어 '소멸된' 정박지를 지날 때, 뒤를 돌아보니 엄마가 상갑판에 서서 한 손으로 햇볕을 가리며 내 쪽을 쳐다보고 있다. 엄마는 손을 흔들지 않는다. 나도 손을 흔들지 않는다.

나인 인치 네일스의 음악이 맥네 집 차고에서 쿵쾅쿵쾅 흘러나오고 있다. 맥의 아버지일 리 없다. 맥일 것이다. 전자식 차고 문

아래로 빼꼼 들여다보니 — 위쪽으로 30센티미터 정도 열고 — 운동복을 입은 맥이 처음 보는 밝은 파란색 닛산 픽업트럭을 광내고 있다. 걸레로 커다랗게 원을 그리며 한쪽 발을 구르는데, 꾀죄죄한 머리가 산발이다.

"어이." 내가 음악 너머로 고함을 지른다. "누구 트럭이냐?"

녀석은 자세를 바로 하고 고개를 모로 꼬아서 누구인지 확인한다. "내 친구 댄이로구만. 들어와라."

나는 손잡이를 잡아서 당기지만 문이 꿈쩍도 하지 않는다. 다시 한 번 시도해 본다. 마찬가지다.

"문이 어디 걸렸어." 나는 나무판 사이로 고함을 지른다.

"그럴 리가."

나는 문을 발로 찬 다음 다시 한 번 손잡이를 위로 당겨 본다. 옴짝달싹도 하지 않는다. 하지만 내가 다시 고함칠 새도 없이 문이 스르르 위로 열리더니 30센티미터 앞에 서 있는 맥이 보인다. 나는 욱신거리는 어깨 위에 한 손을 얹고 형광등 불빛이 비치는 정육면체 차고 안으로 들어간다. 녀석이 팔을 아래로 움직이자 우리 뒤에서 매끄럽게 문이 닫힌다. 내 몸이 좀 나아졌을지 몰라도 근력은 퇴보하고 있다. 플라스틱 슬라이드로 움직이는 차고 문 하나 열지 못하다니. 맥은 아무 말도 하지 않고 광택용 걸레로 다시 트럭을 닦기 시작한다.

"트럭 멋지다. 전에 타던 거 너 때문에 못 쓰게 됐다던데 진짜야?" 내가 묻는다.

"아빠가 쓰레기 매립지에서 이걸 주워 왔어. 변속기를 갈아야 해. 하지만 내가 돈을 벌어서 절반 부담하면 아빠가 나머지를 내주시겠대."

"더블데이트용으로는 별론데." 나는 계속 웃는 표정을 짓는다.

"필요하면 빌려 가. 메러디스가 가장 좋아하는 색이야."

어떻게 아느냐고 묻지 않으려고 인내심을 총동원해야 했다.

우리는 앞자리에 나란히 앉고, 녀석이 그동안 학교에서 있었던 일들을 들려주었다. 비벌리가 이민 노동자 집안 남학생의 아이를 임신했다. 오토바이를 타고 다니던 남자 친구하고는 오래전에 헤어졌다. 소문에 따르면 아이 아빠가 낙태 비용을 열심히 모으고 있다는데 비벌리는 아직 결정을 내리지 못했다. 레너드는 은색 BMW를 몰고 다니는 히스빌 출신의 여자아이와 사랑에 빠졌다. 크리스티는 까마득한 옛날 얘기다. 미식축구부 쿼터백은 코카인을 들고 다니다 적발됐다.

"그 많은 걸 다 누구한테 들었냐?"

"그냥 들은 거야."

"전에는 우리 귀에 그런 소문들이 들어온 적 없잖아. 새로 사귄 친구들이 많나 보다?"

"그럴지도." 녀석이 풀쩍 차에서 내린다.

열어 놓은 보닛이 내 시야를 가리고 있다. 나도 차에서 내려 앞

펜더 쪽으로 돌아간다. 녀석은 눈을 감고 있다. 음악에 맞춰 한 손으로 허벅지를 두드리다 느닷없이 몸을 뱅그르르 돌리더니 작업대에 대고 환상적인 드럼 리프를 선보인다. 고개를 숙이고 머리를 흔들며 리듬에 맞춰 어깨를 들썩인다.

"와우, 드럼 어디서 배운 거야?"

"칼한테."

"7학년 때 밴드 했던 칼 마일스?"

맥은 고개를 끄덕이고 계속 드럼을 친다.

"칼은 마리화나 중독자야, 맥."

"끝내주는 드러머야." 녀석은 어깨를 으쓱하더니 열어 놓은 보닛 저쪽으로 걸어간다.

"너 지금 취했구나?"

"무슨 상관인데?"

내가 앞 범퍼를 돌아서 눈을 들여다보려고 하는데 녀석이 운전석에 올라타더니 문을 닫는다.

"뭐 하는 거야, 맥? 이건 미친 짓이야."

"모든 게 더 선명하게 보여. 지금 처리해야 할 일들이 한두 가지가 아니야."

"그래, 너를 비롯해서 다른 아이들도 마찬가지지. 하지만 그렇다고 모두들 코카인에 달려들진 않잖아."

"칼한테 남은 게 좀 있었어. 나는 남는 돈이 좀 있었고." 차창 너머라서 우물거리는 것처럼 들린다. "말했다시피 나 지금 트럭 만지는 중이다."

"걔가 이제는 공급책이고, 네가 그 자식 호구인 거냐?"

맥이 내 쪽을 향해 주먹을 휘두르다 차창 바로 앞에서 멈춘다. 나더러 꺼지라고 손짓한다.

"야, 맥. 너 진짜 한심하다. 줄리앤은 절대 좋다고 하지 않을 거야. 그리고 아직 모르나 본데, 칼이랑 그 친구들은 돌대가리야."

"함부로 헐뜯지 마. 잘 알지도 못하면서."

"왜 이렇게 된 거야? 너 이렇게 멍청한 녀석 아니었잖아."

하지만 녀석은 반대편으로 내린다. 그러더니 차고 문을 열고 눈을 반쯤 감은 채 염병할 금속제 경마 기수 인형처럼 한쪽 팔을 내밀고 선다. 새가슴 같으니라고.

쌍둥이네 집에는 아무도 없다. 나는 주머니에서 종잇조각을 꺼내 메러디스에게 전화해 달라고 메모를 남긴다. 집까지 반쯤 갔을 때 앉아서 숨을 고른다. 강에서 맥네 집까지 왕복 1.6킬로미터인데, 게다가 메러디스네 집까지 그 먼 길을 갔건만 아무 소득이 없다니. 세인트존 공동묘지의 담벼락이 햇볕에 달구어져서 따뜻하다. 맥에게 욕을 퍼부으며 형이라면 약을 끊게 만들 좋은 방법이 있을까 고민하고 있는데, 요웰이 처음 보는 여자아이를 반짝이는 새 컨버터블의 조수석에 태우고 지나간다. 녀석은 손을 흔들지만 차를 세우지는 않는다.

　내 운동화 옆으로 진흙을 뚫고 고개를 내민 조그맣고 뾰족한 초록색 이파리가 네 장 보인다. 수선화다. 지금쯤 베서니는 봄이 찾아온 걸 알아차렸을까? 호벤펠트 씨는?

19장

환상적인 생각이다. 너무 환상적이라 잠이 안 올 지경이다. 나는 다리에 쥐가 나고 허리가 욱신거리고 눈이 따갑지만, 별빛 하나 없는 시커먼 밤하늘 아래에서 갑판을 서성인다. 이로써 모든 게 해결된다. 튜브도, 기계도, 똑바로 서라며 딱딱거리는 주제넘은 의사들도, 가족 외엔 나가 달라며 톡 쏘아붙이는 간호사들도 필요 없어진다. 엄마가 연극을 할 필요도, 아빠가 내 모습을 잊을까 두려운 듯 뚫어져라 나를 쳐다볼 필요도, 평생 가만히 있어 본 적 없는 닉이 병원 의자에 웅크리고 있을 필요도, 형이 마지막 순간에 내 팔을 손으로 가볍게 쓸고 지나갈 필요도, 메러디스가 숨죽이고 울 필요도 없다. 홀든과 함께 마지막으로 뉴욕에 건너가서, 난생처음 대관

람차를 타고 세상이 얼마나 넓은지 꺼달았을 때처럼 뭐라도 찾고 삶을 물고 늘어질 것이다.

나는 바퀴가 달린 아빠의 조그만 여행 가방에 소지품을 몇 개 챙긴 다음, 안에서 선실 문을 잠그고 책상 서랍에서 낡은 공책을 꺼낸다. 누구라도 알다시피 죽을 때는 유언장을 작성해야 하기 마련이다. 자세히 알아보지는 않았지만 충분히 진지하게 작성하면 어떤 종이에 쓰건 마찬가지일 것이다. 상황을 깔끔하게 정리하는 것이 관건이다. 마음의 준비가 되었음을 사람들에게 알려야 한다. 그래야 위로가 될 것이다.

영화를 보면 항상 온 가족이 방 안에 모여 유언장을 읽는다. 나는 그런 그림이 마음에 든다. 그것도 아주 많이. 유언장에 공신력이 없는 것으로 밝혀지더라도 무슨 상관인가. 어차피 나는 이 세상에 있지도 않을 테고, 닉과 형과 부모님과 메러디스와 맥은 내가 그들을 생각하며 썼다는 걸 알 텐데.

솔직히 답답한 사무실에서 헨리 워커처럼 돼지 같은 변호사가 낭독하는 내 유언장에 귀 기울이는 게러디스의 모습은 떠올리기만 해도 구역질이 인다. 그래서 하마터면 유언장 쓰는 걸 포기할 뻔했다. 하지만 홀든이 계속 내 머릿속에서 종알거린다. 아무 말도 없이, 아무 설명도 없이 떠나면 되겠어? 그러면 남은 사람들이 자책할 텐데, 그러길 바라는 건 아니잖아.

나는 사람들이 잘 알아볼 수 있도록 블록체로 영화에서 들은 법률 용어를 적은 다음, 날짜와 내 이름을 적는다. 이것은 제가 가장 최근에 작성한 유언장입니다. 형부터 시작한다. 형이 가장 쉽다. 내 상태가 점점 악화되는 동안 형은 거의 항상 멀리 있었다. 그러니까 나를 미치도록 그리워하지는 않을 것이다. 나는 형의 안경 가장자리에 남은 지문 비슷할 것이다. 형은 나에 얽힌 추억을 외면하다가 안경을 닦을 때 그러듯이 어쩌다 한 번씩 멍하니 희미하게 나라는 존재가 있었음을 떠올릴 것이다. 나와의 추억이 형의 일이나 사회생활에 걸림돌이 될 일은 없을 것이다.

형은 걱정이 안 된다. 형은 나중에 결혼해서 랜던 집안의 후손이 줄줄이 태어나면 그 아이들에게 동생 대니얼의 이야기를 들려줄지 모른다. 잠자기 전에 아니면 오랜 여행길에. 형이 나를 사랑하지 않는 건 아니다. 그저 다른 관심거리가 많을 따름이다. 당연히 이해한다. 나는 형에게 2인용 텐트를 남긴다. 여자 친구를 데리고 기억에 남을 만한 머나먼 곳으로 여행을 갈 수 있게.

닉은 그보다 힘들다. 우리 선실의 물건들. 자전거. 로우보트. 나는 녀석의 이름 옆에 이렇게 적는다. 어쩌면 목록만으로는 부족할지 모르겠다. 법률상 일종의 명시어 비슷한 게 필요할지도 모른다. 명확하게 알 수 있도록. 그래서 목록과 녀석의 이름 사이에 풍선과 화살표를 그려 넣는다. 그 풍선 안에 이렇게 추가한다. 아무런 조건이나 대가 없이 받을 것. 내가 아는 한 자기 몫의 유산을 받으려면 변호사나 법원에 수수료를 내야 한다. 죽고 나서 내가 알 도리는 없겠지만, 우리 가족이 나 때문에 헨리 워커에게 뜯기는 돈은 더 이상 없을 거라고 믿어 의심치 않는다.

내가 낚시 도구 상자를 남겼다는 말을 들은 맥이 웃음을 터뜨리거나 우리 부모님이 상처받지 않도록 웃음을 참으려고 애를 쓸 모습이 눈앞에 그려지는 듯하다. 녀석은 이 농담을 아주 좋아할 것이다. 나는 벽장 아래에 끝도 없이 쌓여 있는 닉의 축구 장비 틈바구니에서 낚시 도구 상자를 꺼내 여행 가방 옆에 놓는다. 금요일 밤에 쌍둥이와 함께 낚시를 했던 게 머나먼 옛일처럼 느껴진다. 우리 선실의 물건들을 닉에게 남긴다는 말을 곧이곧대로 해석할 수 있으니 이 상자는 다른 데로 옮겨야 한다. 선실에 그대로 두었다가는 논란이 야기될 테고, 맥이 가지지 못할 수도 있다. 맥이 낚시 도구에 녹이 슬지 않게끔 써 주는 것보다 간절히 바라는 게 있다면 논란의 싹을 자르는 것이다.

부모님은 내 유품 중에 원하는 게 없을 것이다. 내 옷과 사진과 빈 침대를 보며 나를 떠올리는 것만으로도 충분히 고통스러울 테니까. 좀 더 철저하게 계획을 세웠더라면 메러디스의 차를 타고 굿윌에 가서 대부분 처분할 수 있었을 텐데. 하지만 오늘 아침까지만 해도 내가 이런 여행을 떠날 줄 몰랐다.

나는 그녀에게 따로 편지를 적어서 봉투에 넣고 봉한 뒤 그 위에 그녀의 이름을 적고, 다리에서 떨어지는 막대기 몸에 웃는 얼굴을 더한 그림을 조그맣게 덧붙인다. 어처구니없도록 바보 같은 그림이지만 그녀에게도 웃음을 선사할 무언가를 남기고 싶다. 그녀에게 뭐라고 썼는지는 밝히지 않겠다. 프라이버시니까. 하지만 홀든이 본다면 나를 자랑스러워할 것이다. 감상적인 문구를 늘어놓지 않고 가장 좋았던 순간들만을 이야기하며 그녀의 행복을 기원했다. 그러고는 "사랑해. 대니얼."이라고 서명했다. 그녀도 이미 내 마음을 알고 있지만, 그녀가 내 손가락이 있었던 곳에 자기 손가락을 대 가며 편지를 잡고 읽을 것이라는 게 내게는 의미 있는 일이다. 그녀에게도 의미 있는 일이었으면 좋겠다.

유언장을 쓰면서 어머니와 아버지를 빠뜨릴 수는 없는 법이다. 특히 부모님보다 먼저 세상을 떠나 자식을 땅에 묻는 아픔을 남기는 경우라면 더욱 그렇다. 그래서 나는 아빠의 이름을 적는다. 아빠가 아니라 스티그 코닐 랜던이라고 적으려니 기분이 정말 이상하다. 나는 아빠에게 열두 번째 생일 선물로 받았던 주머니칼과 아빠가 마르고 닳도록 읊었던 로버트 프로스트의 시집을 남긴다. 앞으로는 그 시들을 읊을 때마다 내가 생각날 것이다. 시집에 내 성적표를 붙인 다음 아빠가 잘 찾을 수 있게 베개 위에 올려놓는다. 그렇게 치열하게 다투었건만 남은 게 없다니. 애초부터 바보 같은 의사들을 믿었더라면 그 많은 시간과 에너지를 아낄 수 있었을지 모르는데. 그래도 그런 식으로 싸우지 않았더라면 몰랐을 아버지의 여러 가지 면모를 알게 되기도 했다.

이렇게 해서 엄마가 남았다. 나의 가장 처음이었고, 물리적으로 함께 있지는 않더라도 나의 가장 마지막일 엄마. 나는 책장을 훑고 책상 서랍을 최대한 앞으로 꺼내서 알맞은 물건을 찾는다. 엄마가 나에게 얼마나 소중한 사람인지 알려야 하는데. 이 일이 있기 전부터 그랬다는 걸. 요 몇 개월 때문에 그렇다는 걸. 내가 저질렀던 온갖 바보 같은 일들에 용서를 구하고 싶다. 식탁에서 태도가 엉망인 것, 3학년 때 주말 내내 엄마에게 지도받았건만 철자 맞추기 경연 대회에서 1등을 하지 못한 것, 할머니 장례식 때 넥타이를 매지 않겠다고 한 것, 워커에 대해서 한심하게 군 것, 엄마를 울게 만든 것. 무엇보다도 멕시코에 다녀온 뒤로 좋아지지 않은 것에 대해 용서를 구하고 싶다.

그런 식으로 기억을 더듬고 났더니 도저히 참을 수가 없어서 빌어먹을 휴지를 찾아 나서야 했다. 이 정도로 심하게 혹사당하면 눈물샘이 말라야 하는 거 아닌가? 내가 얼마나 지질한 인간이 되었는지 맥이 알아차리면 절대 안 된다. 알아차리면 아무리 맥이라도 이제는 새로운 단짝을 찾아 나설 때가 됐다고 생각할지 모른다. 정신을 집중할 수 있게 되었을 때, 지금까지 평생에 걸쳐 수집한 펜들이 7학년 때 버지니아 비치 수족관에서 만든 머그잔에 꽂혀 있는 것이 눈에 들어온다. 나는 수집품을 자세히 살피다 화학 요법 이야기를 맨 처음 꺼낸 리치먼드 진료실에서 슬쩍한 펜에서 시선을 멈춘다. 엄마는 죽은 아들에게 펜을 받고 싶지는 않을 것이다.

스페인어 교재가 멕시코를 추억하는 기념품이 될 수 있을까? 형이 중고 서점에서 사다가 크리스마스 선물로 준 『호밀밭의 파수꾼』은 어떨까? 그러면 엄마는 여기 머물지 않은 나를 이해할 수 있을지도 모른다. 어른이 되느냐 되지 않느냐에 대한 홀든의 생각을 읽고 나면.

　아래 서랍의 저 끝, 오래전에 쓴 실험 보고서와 찌그러진 공룡 입체 모형과 닉이 어느 호텔 방에서 슬쩍해 놓고 내팽개친 기드온 성서의 뒤편에서 쭈글쭈글한 종이로 포장된 조그만 물건이 만져진다. 한번 꺼내 보았다. 포춘 쿠키인데, 엄마와 아빠가 인공 조미료를 끊은 지 몇 년 됐으니 언제 어디서 구한 건지 알 길이 없다. 나는 그 쿠키를 이 손에서 저 손으로 던지며 열어 볼지 아니면 힘이 될 만큼 감동적인 문구가 들어 있을 경우에 대비해 열어 보지 않고 엄마에게 남길지 잠깐 동안 고민한다. 나는 지금까지 "적은 당신을 담금질하는 존재다."와 "사랑은 모든 상처를 치료한다."와 "인내가 결과로 이어진다."를 본 적 있다. 그 세 가지 중에서 지금 상황에 맞는 문구는 없다.

　사실 내 방 안에는, 에식스 군 안에는, 내 반경 6미터 안에는, 십육 년하고도 육 개월을 살아온 내 인생 안에는 충분히 의미 있다고 할 만한 게 하나도 없다. 뉴욕에서 편지를 써야겠다. 조금 거리를 두면 좀 더 쉽게 해야 할 말을 할 수 있겠지. 나는 서랍을 닫고, 문득 느낀 스스로가 나약한 빙충이가 된 듯한 기분을 감추기 위해 유언장 맨 끝에 휘황찬란하게 서명할 준비를 한다. 홀든이 부모님이 돌아오시기 전에 집을 나서려고 했던 것도 이런 이유에서다. 나를 사랑하는 사람들을 실망시켰는데 무슨 수로 얼굴을 맞대고 이야기를 나눌 수 있겠는가.

거의 새것이나 다름없는 빌어먹을 포춘 쿠키가 나를 빤히 올려다본다. 지구 반대편 아니면 뉴저지 즈 세코커스에 있을지도 모르는 공장에서 투명한 비닐 위에다 한자를 한 글자 찍었다. 나는 한자를 모르고, 공부할 생각도 없으며, 관심 한 톨 없으니 무의미하다. 나는 이로 봉지를 뜯은 뒤 쿠키를 책상에 대고 으깬다. 오랫동안 갇혀 있어서 변형된 종이가 돌돌 말린 채로 빠져나온다.

집어서 읽어 봐. 스스로에게 말한다. 그 망할 것을 읽고 치워 버려.

"영원히 변함없는 선물은 사랑뿐이다."

나는 포춘 쿠키 안에 들어 있었던 조그만 직사각형 모양의 종이를 내 서명 위의 빈 공간, '엄마'라고 적은 곳의 옆에 테이프로 붙인다. 그런 다음 유언장을 접어서 메러디스에게 전하는 편지와 함께 펜들이 꽂혀 있는 머그잔에 기대어 세워 놓는다. 파도가 계속 밀려와서 책상 위 불빛이 흔들린다. 침대는 위아래 층 모두 깔끔하게 정리되어 있다. 저기에서 공부하고, 홀든과 함께 고민하고, 닉과 함께 지구 종말론을 주제로 토론을 벌이고, 메러디스와 환상적인 하룻밤을 보냈지만 그 시간들이 남긴 흔적은 없다. 저 침대가 있어서 좋았다. 떠나려니 발걸음이 존처럼 떨어지지 않는다.

벌써 자주색과 갈색이 도는 분홍색으로 멍든 선실 밖 하늘은 오늘 펼쳐질 일들을 보고 싶지 않다는 듯 움츠러들고 있다. 정말로 떠날 작정이라면 지금 떠나야 한다. 눈꺼풀 뒤쪽이 뜨끈하고 따끔거린다. 내일이면 나는 이 아침노을과 다리가 가로지르는 수평선을, 십육 년하고 육 개월 동안 내 삶의 경계선 역할을 했던 저 낯익은 회색 일직선을 보지 못할 것이다. 마지막 소식이 전해졌을 때, 메러디스의 부모님이 그녀에게 우리 가족과 함께 있어도 좋다고 허락해 주었으면 좋겠다. 잠깐 동안만이라도. 닉에게 편지를 보내―엄마에게 보내는 편지와는 별개로―메러디스가 청하면 그 안에서 잘 수 있도록 선실을 내주라고 해야겠다. 이유를 묻거나 호들갑 떨지 말고 그래 달라고. 엄마가 모르는 일들로 심란해할 필요는 없다.

그럴 필요는 없다. 그럴 필요는 없다. 어린아이라도 되는 양 바퀴 달린 여행 가방을 품에 안고 발끝으로 살금살금 보트를 향해 걸어가는데, 그 문구가 내 머릿속에서 메아리친다. 물에 젖지 않도록 가방을 맨 앞쪽 늑재 위에 내려놓고 측연선을 풀어 미니 보트가 하우스보트에서 점점 더 멀어지게 한다. 물속에 노를 담근다. 수면 위로 흩뿌려지는 은빛 물방울들이 대기를 통과한 첫 아침노을을 받아서 잠깐 파랗게 변한다. 내가 강가에 도착했을 무렵, 강물은 다시 갈색으로 변해 있다.

20장

맥이 파란 트럭의 시동과 전조등을 끄고 세인트마거릿 교정 저
쪽 끝에서 기다리기로 했다. 둘이서 이 부분을 몇 번씩 확인했는지
모른다. '소멸한' 정박지에서 보냈던 여름처럼 맥을 다시 공범으
로 삼으니 기분이 좋다. 우리 부모님한테는 비밀이다. 예전에 벌였
던 모험에 비하면 결과가 빤하긴 하지만, 속닥속닥 세부 사항을 의
논하고 준비물을 감추어 두었다. 맥을 제외한 나머지 모두가 보모
로 변해 버렸다. 나는 너무 피곤해서 이렇게든 저렇게든 끝내 버리
고 싶은 마음이 굴뚝같다.

강물과 저녁 드라이브 사이의 언덕길 때문에 시간이 지체되고
있다. 부츠를 선택한 게 패착이다. 이쑤시개 같은 내 다리에 납덩

이가 달려 있는 듯하다. 수영으로 단련한 근육들은 다 어디로 가 버린 걸까? 나는 생물 교과서에서 '흉골'이라고 했던 가슴뼈에 손가락을 대고 눌러 본다. 빌어먹을 폐 결절 하나가 손가락이 닿지 않을 만큼 깊숙한 곳에 끼어서 통증을 부르는 게 분명하다. 나는 지붕이 납작한 세인트마거릿 체육관까지 가지도 못하고, 숨을 헐떡이며 쉬어야 했다. 메러디스에게서 피임약을 먹기 시작했다는 고백을 들은 곳이 저 체육관이었는데. 나는 그녀와 나누었던 사랑과 선실 창문으로 비쳐 드는 달빛을 머금었던 엉덩이와 허리 사이 움푹한 그곳과 챕스틱 맛이 나던 그녀의 따뜻한 입가와 같이 걸으면서 그녀가 슬며시 내 손을 잡을 때면 간격과 손금이 완벽했던 그녀의 손가락을 두 번 다시 느낄 수 없는 것에 대해 생각한다.

행정용 건물 앞으로 길게 펼쳐진 잔디밭 너머에서 한데 엉켜 웃자란 백일홍 가지 사이로 맥이 전조등을 한 번 켰다 끈다. 신호다. 시간이 됐다는 거다. 내 첫 번째이자 마지막 친구가 계획대로 강행해야 한다고 나를 일깨우고 있다.

나는 일어나서 섬광의 흔적을 향해 손을 흔든다. 아무짝에도 쓸모없는 팔이 무겁게 떨어진다. 메러디스를 태우고 호스킨스 강 위로 노를 저어 갔던 게 옛날이야기처럼 느껴진다. 조그만 여행 가방이 덜컹덜컹 노래를 부르며 인도를 따라 굴러가는 소리가 내 주변을 감싼 밤공기 속으로 스며든다. 나는 억지로 쉼 없이 트럭까지 걸어간다. 내가 도착하기도 전에 맥이 차에서 내려 여행 가방을 빼앗아 들더니 유리로 만든 물건 다루듯 작은 픽업트럭 뒤 칸에 싣는다. 그러고는 내가 자기 할머니라도 되는 양 팔꿈치를 받쳐 자리에 앉힌 뒤 문을 닫고 잽싸게 운전석으로 돌아간다. 녀석이 초보 운전자처럼 천천히 조심스럽게 트럭을 몰고 워터 레인을 지나서 인적이 드문 360번 도로에 진입하는 동안 나는 뒤를 한 번 흘끗 돌아보았다. 새벽안개 사이로 다리가 아련하고 흐릿하게 보인다. 360번 도로가 17번 도로와 만나는 모퉁이에서 이십사 시간 영업하는 텍사코 주유소의 눈부신 조명이 보이자 나는 퍼뜩 다시 현실로 돌아온다.

"메러디스하고는 어떻게 했냐?" 녀석이 묻는다.

"숙제가 있다더라."

"작별 인사도 없이 나왔어?"

"메러디스는 이해 못 할 거야. 자기 때문에 그러는 줄 알 거야."

"환장하겠네. 너 진짜 피도 눈물도 없는 개자식이다."

"응, 맞아. 죽을병에 걸리면 이렇게 돼." 녀석은 입을 다문다.

녀석은 라디오를 켜고 도로에 시선을 고정한다. 교회와 골드코스트와 우드사이드 골프장과 1950년대 식 줄무늬 차양이 달린 포트로열의 호른 레스토랑을 지나서 스폿실베이니아 군으로 접어들자 1차선 도로가 펼쳐진다.

"조는 거야?" 내가 묻지만, 단어들이 입 안에 걸려서 크게 숨을 쉬어야 내뱉을 수 있다.

"정신 멀쩡해. 경찰이 차를 세우지만 않았으면 좋겠다. 뉴욕에서 홀든이 너를 기다리고 있는데."

나는 농담이 맞는지 확인하느라 녀석을 두 번이나 쳐다본다. "저기 있잖아, 맥. 너도 다른 차들처럼 제한 속도를 지키면서 운전하면 애초부터 경찰 눈에 띌 가능성이 줄지 않을까?"

"미안." 녀석이 갑자기 속력을 높여서 조그만 트럭이 어두컴컴한 아스팔트 위를 총알처럼 튀어 나가는 바람에 내 골반뼈가 창자 쪽으로 쏠린다.

"열받으라고 한 소리 아닌데."

"열받으라고 한 소리 아니겠지. 열 안 받았어."

녀석은 속도를 제한 속도 이하로 낮추고 랩을 틀어 주는 방송국에 주파수를 맞추더니 나를 보며 씩 웃고 한 손으로 운전대를 두드리기 시작한다. "근사하지 않냐?"

"누가?"

"트럭이지. 누구긴 누구겠냐?" 녀석의 눈이 반짝반짝 빛나고, 두 손은 라디오에서 들리는 베이스 기타를 따라 운전대 위에서 널을 뛴다. 마지막으로 통화했을 때 녀석이 이제는 끊었다고 하기는 했지만, 그래도 불안해진다.

"줄리앤 말한 거 아니고? 네 여자 친구 줄리앤, 기억하지?"

"끝났어. 예전에 끝났어." 하지만 커닝했다고 고백이라도 하는 것처럼 목소리에 힘이 들어갔고 너무 높다.

"어쩌다?"

"누구나 너랑 메러디스처럼 궁합이 잘 맞는 건 아니야. 어차피 줄리앤은 키가 너무 크기도 했고."

"언제부터 키 때문에 완벽한 여자를 포기하게 됐냐?"

"내게는 완벽하지 않았어. 조금 딱딱하게 구는 편이었거든."

나는 그 부분에 대해 잠시 생각해 본다. 내 옆자리에 앉아 있는 맥은, 내가 아는 맥은, 우등생이고 선생님들의 익살꾼이며 아직까지 가족들과 함께 교회에 가고 정규직으로 일해서 번 돈으로 자동차 보험료를 낸다. 착하고 한결같은 그런 녀석인데 여자가 키가 너무 크다며 비아냥거린다? 뭔가가 수상하다. 게다가 메러디스는 맥이 줄리앤을 찬 것에 대해 한마디도 한 적이 없다. 왜 그런 생각을 할까? 왜 그런 말을 할까?

녀석이 운전을 잘하기는 하지만 줄리앤 때문에 열받았고, 별도 없는 밤에 17번 도로의 커브와 어두컴컴한 구간을 시속 95킬로미터로 내달리고 있었다. 17번 도로는 커브가 많아서 죽음의 길로 불리는데 내가 입을 나불거려서 녀석의 주의를 산만하게 만들면 안된다. 녀석은 차로를 지키고 있고, 급회전하거나 급브레이크를 밟지도 않는다. 그래서 조금은 안심이 된다. 약에 취했다면 이렇게 운전을 잘할 수 없다. 마약에 대한 내 입장은 이미 전달했고, 오늘밤은 토론을 재개하기에 알맞은 때가 아니다.

엄마가 자다 깨서 내가 침대에 없는 걸 알아차린다면 어쩐다?

엄마는 뱃머리에서 물 내리는 소리가 들리는지 귀를 기울일 것이다. 밖으로 나와 화장실 앞에 서서 문을 한 번, 어쩌면 두 번 두드리고 아무 대답이 없으면 문을 열 것이다. 내가 거기에도 없는 것이 밝혀지면 갑판을 뒤지고 지붕까지 올라가서 내 이름을 부를 것이다. 처음에는 닉이 깨지 않게 소곤소곤 부르다 녀석이 친구네 집에서 자고 온다는 걸 뒤늦게 기억해 낼 것이다. 그래도 나를 찾지 못하면 고함을 지르기 시작할 것이다. 자다 놀라서 깬 아빠가 씩씩거리며 터벅터벅 밖으로 나올 무렵, 엄마는 보트가 사라졌다는 사실을 알아차릴 것이다. 엄마가 미니 보트를 타고 부두까지 절반쯤 갔을 때 아빠는 엄마가 고함친 이유를 알아차릴 것이다. 아빠는 내가 영영 떠난 것을 당장 알아차리지만, 엄마가 그래야 견딜 수 있다는 걸 알기에 가서 찾아보도록 내버려 둘 것이다. 조치와 언쟁. 그것이야말로 엄마가 자기보다 힘센 무언가로부터 아들을 지키기 위해 지금도 노력 중임을 알리는 방증이다.

"태워다 줘서 고맙다." 나는 쌍둥이 이야기를 두 번 다시 꺼내지 않게 조심하며 맥에게 말한다.

"별말씀을. 열차가 제시간에 출발해야 할 텐데. 너희 엄마가 경찰에 연락하면 열차를 확인할지 모르잖아."

"경찰에 연락하지 않을 거야. 재판 이후로 경찰은 악당이 되었으니까."

"작년만 해도 너 혼자서 뉴욕에 갈 줄 상상이나 했냐?"

"꿈도 못 꾸었지. 너도 차량 등록증에 네 이름이 찍힌 파란색 닛산을 몰게 될 줄 상상이나 했냐?"

우리가 이 게임을 몇 년째 하고 있는지 모른다. 에식스 군의 예산으로 즐기는 할리우드 판타지랄까. 버지니아의 조그만 마을에 처박혀 있어도 상상 속에서는 어디든 갈 수 있기 때문에 언제 해도 재미있었다.

녀석이 라디오를 끄고 진지하게 게임에 임한다. 이 게임을 하면 이 길의 끝과 기차역과 우리 둘 다 원치 않는 작별 인사가 아닌 다른 곳으로 녀석의 관심을 돌릴 수 있을 것이다. 녀석은 작별 인사를 할 마음의 준비가 나보다 훨씬 안 되어 있을 것이다.

녀석이 말한다. "음…… 네가 에식스카운티 고등학교 최초로 래퍼해넉 다리에서 뛰어내리는 학생이 될 줄 상상이나 했냐?"

"네가 대수에서 최고 점수를 받을 줄 상상이나 했냐?"

"메러디스처럼 예쁜 여자애가 너한테 뿅 갈 줄 꿈이나 꾸었냐?"

"지금도 못 믿겠어. 그런데 메러디스는 꿈꾸었던 것보다 훨씬 훌륭해. 반석처럼 단단하거든." 나는 등받이에 몸을 기대고 어슴푸레한 선실에서 보았던 그녀의 모습과 눈과 미소를 생각한다. "어떻게 그런 사람들이 있는 반면에—."

맥이 콧방귀를 뀐다. "어떻게 요웰처럼 뻥이랑 허세 빼면 시체인 애도 있냐 이거지?"

"너랑 요웰이랑 무슨 일 있었어?"

"아무 일 없었어. 녀석을 배신자라고 생각한 사람은 너잖아."

"용서했다."

"상원 의원 때문에?"

"아마도. 입지가 위태로워질 수도 있는데 법을 바꾸려고 했잖아. 우리 부모님을 곤경에서 구했잖아. 하지만 겉만 번드르르한 레너드는? 우리 엄마한테 깍듯하니까 용서하는 거야." 이 시점에서 그런 생각을 하면 안 될지 모르겠지만.

맥은 나를 흘끗 쳐다보더니 얼른 다시 도로 쪽으로 시선을 돌린다. 나를 걱정하는 녀석의 마음을 내가 모른다고 생각하는 걸까? 석양 속으로 영영 사라질 단짝 친구를 기차역까지 바래다주는데 어떻게 걱정하지 않을 수 있을까? 그 친구가 아무도 없는 골목길에서 구역질하다 토사물에 질식해 죽을 수도 있다는 걸 아는 이상 그럴 수는 없다.

포트로열과 프레더릭스버그 골프 연습장 사이쯤부터 리치먼드 라디오 방송국의 주파수가 잡히지 않는다. 나는 다이얼을 돌리며 억지로 시끄러운 음악에 채널을 고정한다. 홀든이 할 수 있는 일이라면 나도 할 수 있다. 게다가 말하는 것도 피곤하다. 생각하는 것도 피곤하다.

조금 전까지만 해도 도로가 어두컴컴하고 우리는 허공을 가르는 총알이었는데, 눈 깜빡할 사이에 새빨간 등이 온 사방에서 깜빡인다. 사이렌 소리. 경찰이다.

"나 속도위반 안 했어." 맥이 거의 고함을 지른다.

"알았어, 알았어. 그러니까 옆으로 차 세워. 그냥 지나가는 걸 수도 있잖아."

"그렇겠지. 반대편에 차들이 우라즈게 많아서 그쪽으로 갈 수가 없으니 여기로 지나가는 거겠지."

"맥, 침착해. 아무 말 하지 말고, 경찰이 하는 말을 듣기만 해."

"너야 그럴 수 있겠지. 면허증이 간당간당하게 생긴 사람은 네가 아니니까."

어찌나 씩씩대는지 단순히 범칙금을 걱정하는 게 아닌 것 같다는 생각이 들기 시작한다. 뒷거울로 확인해 보니 경찰차가 고작 한 대다. 그것도 주 경찰차다.

"맥, 이 안에 마약 있는 거 아니지?"

녀석은 대답이 없다.

"맥?"

"미쳤냐?"

"끊었다고 했으면서 하도 길길이 날뛰니까 그렇지. 혹시—."

"차 안에 코카인을 넣고 다니는 건 자살행위야. 아무리 바보라도 그건 안다. 일상적인 검문에 10대가 걸리면 차 안을 뒤지잖아."

정적이 우리 둘 사이로 드리워진 가운데 사이렌 소리가 꺼진다. 깜빡이는 불빛이 텅 빈 벌판을 가르자 작년에 추수하고 남은 옥수숫대가 반짝이며 시야에 들어왔다 사라지기를 반복한다. 잠시 뒤,

시커멓게 보이는 덩치 큰 경찰이 2미터 뒤에 멈춰 선 순찰차에서 내리는 모습이 사이드 미러로 보인다.

머리가 쿵쾅거린다. 손가락이 축축해진다. "너, 나한테 거짓말 했지? 마리화나밖에 안 피웠다고 했잖아. 끊었다고 했잖아."

"마리화나 끊었다는 거였지."

"코카인 끊었다며."

"마리화나였어."

"이런 망할. 맥, 내가 지금 여기서 ─ ."

"조용, 조용. 경찰 온다."

내가 지금까지 그 많은 영화에서 숱하게 보았다시피 경찰이 차창을 두드린다. 맥이 창문을 내린다.

"너희 둘뿐이니?" 경찰이 묻는다. 허리에 찬 권총집에서 금속제 물건이 반짝인다. 경찰이 손전등으로 트럭 앞자리를 훑는다.

맥이 고개를 끄덕인다. 나도 고개를 끄덕인다.

"새벽 4시에 어딜 가는 거지?" 그의 말투는 딱 부러지고 딱딱하지만 웃고 있다. 웃는 얼굴로 대하면 우리가 긴장을 풀 거라고 생각하는 걸까?

내가 무슨 생각으로 한밤중에 길을 나섰을까? 우리 둘이 프레더릭스버그에 있는 쇼핑몰에 가는 길이라는 식으로 둘러대면 누구든 단번에 알아챌 것이다. 모든 계획이 물거품이 되어 버렸다. 우리는 미성년자다. 프레더릭스버그에는 통금 시간이 있을지 모른다. 경찰이 우리 부모님에게 연락할 것이다. 우리는 돌아가야 할 것이다. 어머니는 절대 나를 혼자 두지 않을 것이다. 나는 절대 뉴욕에 가지 못할 것이다. 뉴욕에 가고 싶은 진짜 이유는 아무한테도 밝힐 수 없다. 심지어 맥도 내가 얼마나 간절하게 버지니아를 빠져나가고 싶어 하는지, 얼마나 간절하지 내 말을 들어 줄 의사를 만나고 싶어 하는지 모른다.

"메리워싱턴에 다니는 친구한테서 전화로 파티 이야기를 들었거든요." 잘한다, 맥. 전형적인 10대의 말실수가 뭔지 보여 주는구나.

"그 학교에서 파티가 열린다고? 너희들이 그런 데 참석할 만한 나이가 된다는 거냐?"

"아, 아니에요, 경관님. 그 파티에 간다는 게 아니에요." 녀석은 열심히 머리를 굴리며 시간을 벌고 있다.

운전석에 앉은 게 녀석이라서 다행이다. 나는 머릿속이 새하얗다. 홀든, 홀든, 나 여기서 끝장나고 있어. 이건 맥의 일이 아니라 내 일인데. 미리 여러 가지 가능성을 고려하고 이런 사태에 대비했어야 했던 사람은 나인데, 녀석이 우리를 구원해야 할 상황이다.

맥은 기름값에 목숨이라도 거는 양 시동을 끈다. 똑똑하기도 하지. "캐리가 속상해해서요. 저희 친구예요. 어떤 녀석한테…… 이용당했대요. 그래서 음, 완전히 만신창이가 됐어요."

"그럼 학교 경찰을 불렀어야지."

"그러니까요. 저희도 그렇게 말했는데, 창피하대요. 조언해 주셔서 감사합니다, 경관님. 거기 도착하면 경관님 말씀대로 해 볼게요. 그 친구가 좀 진정되면요."

경찰이 손전등으로 바닥부터 대시보드까지 다시 한 번 운전석을 훑는다. "그 도시에는 통금 시간이 있는데. 몰랐니?"

"통금 시간요? 예, 이런, 몰랐어요. 넌 알고 있었니, 댄?"

나는 목구멍에 돌멩이가 걸려 있어서 고개만 젓는다.

"너희, 속도위반하지 않은 게 다행인 줄 알아라. 이왕 이렇게 됐으니 면허증 검사나 해야겠다."

맥이 허둥지둥 뒷주머니에서 지갑을 꺼내려고 한다. 안전띠가 거치적거려서 녀석이 버튼을 눌러 그걸 푸는 동안 나는 속으로 되뇌었다. 진정해, 친구. 진정해.

경찰관은 등을 펴고, 아픈 사람처럼 손으로 허리를 짚는다. 보기보다 나이가 많은 모양이다. 우리 부모님 연령대는 허리에 문제가 있기 쉽다. 그는 직업상 차창에 대고 허리를 숙일 일이 많을 것이다. 경찰관이 언성을 높인다.

"내가 너라면 7시가 될 때까지 기다렸다가──." 그는 맥이 창밖으로 내민 면허증을 받아서 손전등에 비춰 본다. "──태퍼해녁으로 돌아가겠다. 7시면 통행금지가 풀리거든."

"고맙습니다, 경관님. 그렇게 할게요. 감사합니다."

"감사합니다." 나도 따라 한다. 바보 같으니라고.

프레더릭스버그의 철길 아래 주차 공간마다 장애인 표시가 있다. 맥은 주차장을 두 번 돌았다. 녀석이 세 번째로 돌려고 할 때 내가 녀석의 팔에 손을 얹었다.

"그냥 여기서 내려 줘."

"너를 친구도 없는 노숙자처럼 여기 혼자 서 있게 할 수는 없어."

"계집애처럼 굴긴. 그럼 주차해라. 인도에서 끌어안고, 보이 스카우트처럼 세 번 악수하고, 등 두드리고, 옛이야기 할 수 있게."

"표시 안 보이냐? 죄다 망할 장애인용이라잖아."

"내가 망할 장애인이잖아."

녀석은 그 말에 웃음을 터뜨린다.

오르막길을 걸은 내가 플랫폼에서 숨을 헉헉대고 있는데 녀석이 지갑을 꺼낸다.

"댄, 고깝게 생각하지는 말아 주라. 보험금 내고 돈이 남았거든." 녀석이 내 주머니에 지폐 뭉치를 찔러 넣는다. "받아. 요즘은 브로드웨이 창녀들이 얼마나 받는지 모르잖아." 녀석은 고개를 숙이고 어두컴컴한 데 서 있다.

"너도 읽었구나. 너도 『호밀밭의 파수꾼』 읽었구나, 이 자식아. 왜 아무 말도 안 했어?"

의도하지는 않았겠지만 녀석 때문에 당황스럽다. 시야가 흐려진다. 젠장. 유언장을 작성한 뒤에 우는 건 이제 끝이라고 했는데. 안 돼. 나는 속으로 중얼거린다. 여기서, 맥 앞에서는 안 돼. 녀석은 『호밀밭의 파수꾼』을 읽었다. 내가 읽으라고 했기 때문에, 가장 친한 친구가 죽을병에 걸렸는데 그것 말고는 해 줄 게 없기 때문에.

녀석이 어깨를 으쓱한다. "Mi casa es su casa."•

"약도 정말 끊었고?"

차마 코카인이라는 단어는 입 밖에 내지 못하겠다. 나는 지금도 몇 번에 불과하다고 믿고 싶다. 하지만 녀석은 대답을 않고 우리는 둘 다 시선을 멀리 돌린다.

"너는 슈퍼 울트라 멍청이야." 내가 말한다.

"너는 잘난 척 박사고."

"나는 그럴 만한 자격이 있지."

"환자니까? 꼭 모든 사람들한테 어떻게 살아야 하는지 가르쳐야겠냐?"

"살날이 얼마 안 남았으니까. 내 말이 옳다는 거 너도 알잖아. 그건 나쁜 습관이야. 위험하고. 약을 하면 네가 잘난 사람이 되는 게 아니라 못난 사람이 돼. 그러다 잡히기라도 하는 날에는 네가 바라던 모든 게 수포로 돌아가고. 오늘 밤만 해도 그래. 왜 인생을 망치려 들어?"

• '내 집이 너희 집이지.'라는 뜻의 스페인어.

"자유 의지를 주창한 사람이 누군데."

"맞아. 그런데 형편없는 선택이 아니라 훌륭한 선택을 하라고 그런 거지."

"그럼 뉴욕에서 사라져서 너희 가족이 이러지도 못하고, 저러지도 못하게 하는 건 훌륭한 선택이냐?"

"난 선택의 여지가 별로 없잖아."

"너는 지금 꽁무니를 빼고 있는 거야. 겁나는데 아무한테도 들키기 싫으니까 도망치는 거라고."

"이제 그만 꺼져 주시지." 나는 플랫폼을 따라 걷는다. 잠시 후 열차 소리가 들리기에 여행 가방을 받으려고 뒤를 돌아보니 가방이 텅 빈 플랫폼 위에 오도카니 놓여 있다. 녀석은 가고 없다.

21장

뉴욕의 지하 정거장에 도착해 열차에서 내리는데 다리가 후들거리고 머리는 천근만근이다. 타이레놀을 챙긴다는 걸 깜빡했다. 여기서는 더 비쌀 텐데, 내 첫 번째 실수다. 게다가 아침도 먹어야 한다. 열차 내에서 파는 음식은 터무니없이 비쌌다. 메러디스가 준 유기농 쿠키를 다 먹어 버렸다. 하루에 한 개씩 먹으려고 했는데 벌써 하나도 없다. 책에서 읽은 곳들을 구경하고 싶었건만, 거의 오는 내내 자고 말았다. 워싱턴의 유니언 역, 필라델피아, 뉴저지……. 안다. 나도 안다. 뉴저지를 꼭 보아야 할 명소로 꼽는 사람은 없다는 것을. 하지만 메이슨·딕슨선˚의 북쪽 아닌가. 남쪽 사람들의 코맹맹이 소리가 워낙 심해서 남들이 남부 억양 어쩌고 하며 호들갑을 떠는 게 적잖이 공감된다. 한참을 자고 일어났더니 몸이 비틀거리고 다리에 힘이 없다. 내가 계단 꼭대기에서 머뭇거리자 차장이 여행 가방 쪽으로 손을 내민다. 내가 그렇게까지 엉망진창으로 보이는지 몰랐다.

펜 역은 사람들로 버글거렸다. 사리를 입은 사람들, 터번을 두른 사람들, 카우보이모자를 쓴 사람들, 오토바이 재킷을 입은 사람들, 발레 슈즈를 신은 사람들, 그리고 까만 양복을 입은 수많은 사람들. 중국인, 인도인, 아프리카계 미국인, 스페인인. 키가 작고 둥글둥글한 사람들, 키가 크고 호리호리한 사람들. 이 정도 규모의 도시라니 아이 하나가 몸을 숨기기에 안성맞춤이다. 홀든이 여기로 온 것도 당연한 선택이었다. 'I LOVE NEW YORK'이라고 적힌 보라색 풍선들을 두 번 목격한 다음에야 내가 역 안에서 뺑뺑 돌고 있다는 사실을 알아차렸다. 그런데 빠져나갈 방법이 요원하다. 촉수가 달린 통로들이 사방으로 뻗어 있다. 내가 가고 싶은 곳이 매디슨 스퀘어 가든인지 아니면 32번 대로인지 어떻게 알 수 있을까?

머리 위로 이어지는 에스컬레이터가 보이기에 즉흥적으로 결정을 내린다. 퀴퀴하고 축축했던 공기가 바람의 터널로 바뀐다. 냄새나고 차가운 각양각색의 진짜 세상. 나는 지금 뉴욕이라는 대도시, 홀든이 앞마당처럼 드나들던 그곳에 와 있다. 여기가 진짜 뉴욕이

● 미국 메릴랜드 주와 펜실베이니아 주의 경계선. 남북 전쟁 때 북부와 남부를 나누는 기준이 되었다.

다. 맥의 목소리가 메아리친다. "상상이나 했냐?"

건물 꼭대기에 달린 유리창과 줄줄이 이어지는 노란색 물결 사이로 손바닥만 하게 보이는 파란 하늘. 택시다. 닉이었다면 이 북적거림을 사랑했을 것이다. 인도를 질주하고 토박이처럼 무단 횡단을 했을 것이다. 하지만 나는 홀든과 함께 있다. 느긋하게 앉아서 정신없는 대도시의 안내를 누군가에게 맡기는 듯한 이 느낌이 좋다.

내가 예상했던 그림과는 다르다. 길거리에 사람도 많고 차도 많다. 물론 홀든은 익숙했기에 이런 광경에 대한 설명을 건너뛰었을 것이다. 연락할 만한 사람들을 생각해 내느라 정신없기도 했고. 메러디스나 형이나 맥과 함께 왔더라면 비교도 할 수 없을 만큼 훨씬 재미있었을 텐데. 생각해 보니 형은 대학 친구들과 함께 여기 온 적이 있었다. 정치학 전공 수업에서 텔레비전 방송국 견학을 갔다 그랬던가? 박물관에 자료 조사를 하러 갔다 그랬던가? 음식값이 비싸고 5번가에 밍크코트를 입고 걸어 다니는 끝내주는 모델들이 많더라며 침을 튀겼던 것 말고는 거의 아무것도 생각이 안 난다. 음식과 여자야말로 형의 인생에서 엄청난 부분을 차지한다. 솔직히 형의 이야기는 홀든의 것에 비해 감흥이 없다. 형한테는 절대 비밀로 하겠지만.

메러디스와 이번 여행에 대해 대화를 나눌 수 있다면 얼마나 좋을까? 나는 그녀에게 미리 뉴욕 이야기를 꺼내지 않았다. 아니, 꺼낼 수가 없었다. 그보다 중요한 다른 이야기만 했다. 그러다 마지막 순간에 이르렀을 때—내가 이제 그녀를 떠날 시점이 되었을 때—는 둘 다 거의 아무 말도 하지 않았다. 그래도 그녀는 호기심 많고 참을성 있는 훌륭한 여행 파트너가 됐을 것이다. 그녀는 사소한 데 관심을 기울일 줄 안다. 그녀라면 내가 못 보고 지나치는 수많은 부분들을 알아차렸을 것이다. 로비에 걸린 벽화, 20층 높이의 I 자 철재 위에 서 있는 사람들, 쓰레기장의 샴고양이들. 나는 그녀에게 편지로 전할 수 있게끔 이 모든 걸 열심히 기억에 담는다. 제대로 된 의사들을 찾아서 화학 요법을 시작하면 시간이 생길 것이다. 그렇게 되면 시간이 아주 많이 생길 것이다. 사람들은 화학 요법을 운운할 때 늘 몇 번째인지를 따진다. 기나긴 장기전이 될 수밖에 없는 것이다.

온 사방이 낯선 사람들인데, 희한하게 외로움이 사무친다. 『호밀밭의 파수꾼』에서 홀든 콜필드가 말한 곳들의 위치를 알 수 있다면 좋을 텐데. 그는 왜 『곰돌이 푸』처럼 표지 안쪽에 에드먼트 호텔, 센트럴 파크 남쪽, 어니네 집의 위치를 그려 넣지 않은 걸까? 그가 찾아가는 길을 정확히 설명해 주는 위인이 아니긴 하다.

기차를 타고 오면서 한참을 잤는데도 기운이 없어 못 걷겠다. 역을 빠져나온 사람들이 새끼 오리처럼 여행 가방을 뒤에 거느린 채 곧장 오른쪽으로 방향을 꺾어 택시 줄을 서는 것을 보고 나도 느릿느릿 그 틈바구니에 합류한다. 가방을 깔고 앉은 사람도 있는데,

아빠의 여행 가방은 너무 작다. 캠핑용 접이의자를 들고 올걸. 그랬으면 내가 촌놈인 게 바로 티가 났겠지만.

내 차례가 됐건만 택시 기사가 내려서 가방을 실어 주지 않는다. 나는 잠깐 기다리다 기사가 꿈쩍도 않고 앉아 있다는 걸 알아차린다. 라디오에서 하렘 음악이 흘러나온다. 점점 재미있어지는군. 내가 뒷좌석 높이까지 여행 가방을 들어 올리느라 끙끙대자 뒤에 서 있던 여자가 들어서 안으로 던져 준다.

"고맙습니다." 내가 말한다.

"다음에는 짐을 줄여." 그녀가 말한다. "너 때문에 뒷사람들이 기다리잖아."

뉴욕에 오신 것을 환영합니다.

에드몬트 호텔은 없어졌다. 최소한 택시 기사는 그런 호텔을 들어 본 적이 없다고 한다.

"혼 앤드 하다트는요?"

기사는 한 손을 들어 보인다. "댄스장이니?"

"간이식당 비슷한 곳인데요."

"배가 고픈 모양이로군. 관광객들은 보통 베니하나를 가지." 기사가 세 차선을 가로질러 전혀 새로운 방향의 좁은 골목길을 향해 운전대를 틀었다.

"아뇨, 아뇨. 배는 안 고파요. 그럼 알공킨 호텔은요?"

"아하, 아하." 그는 좀 전보다 과격하게 유턴하더니 사방에서 울리는 경적을 향해 고함을 지르며 손가락질한다. 그러고 나서 차량의 행렬 속으로 잽싸게 끼어들었는데, 검은색 리무진이 내 쪽 문짝의 몇 센티미터 앞에서 끼익하고 멈추어 서자 그걸 피하느라 브레이크를 세게 밟는 바람에 차체가 오른쪽으로 비틀한다. 리무진 안에 타고 있던 여자가 입을 벌리고 비명을 지르지만 소리가 들리지는 않는다. 내가 웃음을 터뜨리자 기사가 고개를 돌려 나를 빤히 쳐다본다. 굳이 나 같은 처지의 사람에게는 치명적인 교통사고가 상상할 수 있는 가장 끔찍한 일이 아니라서 그렇다고 설명할 필요는 없다.

알공킨 호텔에서는 하룻밤 숙박하는 데 내가 평생 모은 돈보다 많은 금액을 요구한다. 홀든이 자기 아빠가 우라지게 부자라는 걸 깜빡하고 말하지 않은 것이다. 그걸 미루어 짐작하지 못한 나를 한 대 때려 주고 싶다. 사립 학교, 남들이 빌려 입고 싶어 하는 트위드 스포츠 코트, 엘리베이터가 있는 고층의 타운하우스. 내가 프런트 데스크에 더 저렴한 호텔은 어디인지 묻는 동안 택시 기사가 기다리다 지쳐서 가 버린다. 오히려 다행이다. 프런트 데스크의 왜소한 외국인 직원에게 내가 원하는 게 무엇인지 삼십 분에 걸쳐 설명하는 동안에 택시가 계속해서 기다렸다면 요금이 얼마나 나왔을지 상상도 하기 싫으니까.

마침내 전화번호부에서 주 단위로 방을 빌려 주는 숙소들의 광고를 찾아냈을 무렵, 배 속에서 요란한 소리가 났다. 나는 맥에게서 받은 쭈글쭈글한 지폐 세 장을 노점에서 파는 그 유명한 프레첼 한 개와 맞바꾸고, 뭐가 뭔지 다 아는 사람처럼 5번가를 향해 동쪽으로 걷는다. 그늘진 어느 길모퉁이에 다다랐을 때 한 여자가 내 팔꿈치를 잡는다. 내가 지금까지 본 중에서 가장 높은 하이힐과 가장 짧은 치마 차림으로 제자리에서 깡충깡충 뛰고 있다. 나에게 말을 하는 내내 망이라도 보는지 길을 이쪽저쪽으로 흘끗거렸다. 왜 그러는지 모르겠다.

"뉴욕 구경 안 할래?" 그녀가 고음의 쉰 목소리로 묻는다. 불안해서 그런 건지, 겁이 나서 그런 건지는 모르겠다. "한 장이면 내가 재미있게 해 주고 구경시켜 줄 수 있는데. 두 시간에 한 장이야. 생각 있지?"

내가 아는 게 한 가지 있다면 홀든은 이런 여자의 접근을 허락했다가 된통 당했고, 나는 그럴 생각이 없다는 것이다. 홀든은 가장 인기 있는 댄스장과 신분증 검사를 하지 않는 술집이 어딘지 알았겠지만, 나는 술집에 앉아서 노닥거릴 시간이 없다. 맥이 같이 왔더라면, 내가 이렇게 시간이 없지만 않았더라면…….

"다음에." 나는 걸으면서 대답한다.

그녀의 얼굴에 먹구름이 끼고, 그녀가 내 팔을 잡으려고 손을 내민다. 나는 뒤로 물러서다 인도 끝에서 발을 헛디딘다. 쌩하니 지나가는 자동차, 훅 하니 불어오는 불쾌한 배기가스. 나는 버둥거리며 몸을 앞으로 숙였지만 내 몸이 뒤로 넘어가는 게 느껴진다. 그녀가 내 소맷부리를 움켜쥐고 나를 다시 인도로 끌어당긴다.

"얘, 앞으로는 좀 조심해야겠다. 어느 주에서 왔니?"

내가 뭐라고 대꾸하거나 설명하기도 전에 그녀는 상상 속의 인물이기라도 했던 듯이 지나가는 사람들의 팔다리 속으로 사라졌다. 신호등이 바뀌고 내 주변이 눈 깜빡할 순간에 비워졌다. 텅 빈 공간이 다시 채워질 무렵, 그녀는 온데간데없다.

나는 보행자의 물결에 정신없이 떠밀려 가다 드디어 5번가 표지판을 발견한다. 이곳은 인도가 더 넓고, 양복 차림의 사람들과 쇼핑객들이 섞여 있다. 하이힐을 신고 보석을 반짝이며 가죽 서류 가방을 흔드는 여자들도 많다. 나는 아무 생각 없이 인파에 몸을 맡긴 채 반짝이는 단추를 달고 있는 유쾌한 표정의 경비들 앞을 지나쳐서 유리 회전문 안으로 들어간다. '트럼프 타워'라는 단어가 돋을새김으로 벽에 붙어 있다. 들어 본 이름인데, 홀든에게서 들은 건 아니다.

정신을 차려 보니 내가 에스컬레이터를 타고 있었다. 사방이 금빛이고, 인공적인 분위기가 물씬한 가슴에 반짝이는 목걸이를 달고 칵테일 드레스를 입은 얼굴 없는 마네킹들이 전시된 각 층 쇼윈도마다 내 얼굴이 비쳐 보인다. 허름한 배낭을 멘 채 아빠의 조그만 여행 가방을 끌고 다니는 나를 들여보내 줄 가게는 없을 거라는 생각을 하며, 에스컬레이터를 타고 물과 덩굴과 꽃으로 이루어진 멋진 벽을 지나친다. 일요일 자 신문의 여행면에 실리는 하와

이 사진 같다.

아빠는 교정지를 전달하러 뉴욕의 편집자들을 만날 때 이곳에 들를지 모른다. 메러디스는 도시에 있다는 사실을 완전히 잊게 해 주는 이곳을 좋아할 것이다. 그럴듯하게 나를 포장할 방법만 있다면 경비직에 지원해 보겠는데. 이 근처 아파트의 지하에서 살면 메러디스와 맥이 놀러 올 수 있을 텐데.

다리에 힘이 풀리려는 순간, 3층에 도착했다. 나는 에스컬레이터 행렬에서 빠져나와 물이 흘러내리는 벽과 로비가 내려다보이는 카페의 가장자리 빈 테이블에 앉는다. 식은땀이 나고, 버지니아를 떠난 뒤로 섭취한 얼마 안 되는 음식마저 올라올 것 같아서 남자 화장실로 뛰어가려는 찰나 코피가 터졌다. 빳빳하게 풀을 먹인 새하얀 테이블보 위로 분수처럼 쉴 새 없이 코피를 튀기고 있으니 펭귄 같은 옷을 입고 다니는 트럼프 타워의 웨이터들이 나를 보고 달가워하지 않는다. 나를 에워싸고 못해도 네 종류는 되어 보이는 언어로 떠들어 댄다. 그들이 내 얼굴에 얼음주머니를 대고 나를 업무용 승강기에 태워서 뒷골목으로 내친다. 온 사방이 쓰레기통 천지인데, 구석 자리에서 누더기를 입은 세 남자가 종이봉투를 빨고 있다. 홀든, 어디 있는 거니?

내가 비상계단 난간을 끌어안고 코피가 멈추도록 고개를 뒤로 젖히고 있는 동안, 부랑자 두 명이 끙 하고 몸을 일으키더니 내 쪽으로 슬금슬금 다가왔다. 진흙 아니면 그보다 고약한 무언가가 그들의 옷에서 뚝뚝 떨어진다. 셔츠 소맷부리에서 갈색 실 덩어리가 대롱거린다.

"길 잃었냐?" 둘 중에서 덩치가 큰 쪽이 웅얼거리며 가까이 다가와서는 나를 자세히 들여다본다.

세 번째 남자가 앉은 자리에서 끙 소리를 낸다. "건드리지 마. 전염병에 걸렸을지도 모르니까."

"네 지갑 좀 주라. 그럼 우리 지갑을 줄 테니까." 첫 번째 남자가 꽥꽥거린다. 그 말이 침과 세균과 섞여서 내 고막을 때린다. 엄마가 옆에 없는 게 다행이다. 엄마가 보았더라면 움찔했을 것이다.

고개를 들이밀던 남자가 내 얼굴의 몇 센티미터 앞에서 멈췄지만, 그의 눈가를 장식한 야구공 실밥 같은 핏줄이 보일 정도로 가깝다. 얼음주머니 옆으로 피가 뚝뚝 떨어진다. 내 피다. 내 피가 그 늙은이의 운동화 위로 떨어진다. 그는 모르는 눈치지만, 나는 그가 술에 취해서 다행이라고 생각한다. 술에 취한 사람이 나를 해코지한들 얼마나 심각할 수 있겠는가.

정신을 차려 보니 양옆에서 커튼이 펄럭이고, 의자들로 가득한 대기실이 보이는 좁고 하얀 공간 안에 내가 있다. 대기실은 뒷골목에서 만난 그 누더기들과 비슷비슷해 보이는 사람들로 발 디딜 틈이 없다. 간이침대에 누워 있는 내 옆에 하얀 유니폼을 입은 밝은 주황색 머리의 간호사가 서 있는데, 한쪽 귀에 달린 징 모양의 귀

걸이가 형광등 불빛을 받아 반짝인다. 그녀는 내 맥박과 혈압 등 기본적인 사항들을 확인하고 차트에 휙휙 적은 다음 말도 없이 내 손가락을 찌른다.

"아야."

"기절하기 전에 아플 걸 각오했어야지."

그녀와 나는 가느다란 관이 피로 채워지는 것을 아무 말 없이 지켜본다.

"빈혈 걸린 적 있니?" 그녀가 내 소매를 걷고 팔꿈치 안쪽의 팔이 구부러지는 지점을 물끄러미 내려다보며 묻는다.

"없는 것 같은데요."

"깨끗하네?" 그녀가 딱히 누구에게랄 것도 없이 중얼거렸다.

그녀는 나를 이리저리 훑어보고, 나는 그녀가 맨눈으로 내 폐에 결절이 있다는 걸 알아차릴 때까지 기다리기로 한다.

"열여덟 살이니?" 그녀가 묻는다.

"내가 바보인 줄 알아요? 미성년자라고 하면 치료도 못 받을 텐데."

"치료가 필요하다는 생각을 할 정도면 어떻게 된 일인지 밝히는 게 좋을 거다. 차트에 주소가 에드몬트 호텔이라고 적혀 있던데. 내가 알기로는 몇 년 전에 없어진 곳이거든." 그녀는 네가 들어도 재미있지 않으냐는 듯이 고개를 옆으로 까딱이고는 옆 칸에서 철제 의자를 끌고 오더니 커튼을 치고 여자 친구들과 쓸데없는 잡담을 나누려는 사람처럼 의자에 앉는다. "자…… 어떻게 된 거니? 신분증도 없고. 온 사방이 피범벅이고. 임질이야? 코카인이야? 너 지금 얼굴이 산송장 같아."

"와우, 대단한데요? 단박에 알아맞히다니."

그녀는 발로 바닥을 딛고 몸을 앞으로 숙여서 내 눈을 똑바로 쳐다본다. "그래, 말장난 좋아하는 모양인데, 하나도 재미없거든? 너희 부모님은 어디 계시니? 네가 산송장이라면 여기 계셔야 할 거 아냐." 그녀가 손을 들어 커튼을 다시 걷으려고 한다.

"잠깐만요. 설명할게요."

"열심히 듣고 있다. 내가 지금까지 별의별 이야기를 다 들어 봤거든? 그러니까 충격받을 염려는 없어."

"백혈병이에요. 거의 일 년쯤 됐어요."

"어디 보자. 화학 요법이랑 방사선 치료로 진행을 늦추었는데 다시 상태가 안 좋아진 모양이로군. 2라운드에서 땡땡이친 거야."

"화학 요법도 방사선 치료도 안 받았어요. 어머니가 나를 데리고 멕시코에 다녀오셨죠." 이 좁은 공간에서 나를 알지도 못하고 그러거나 말거나 상관없을 여자—사실 학생에 가깝다—에게 이런 말을 봇물 터뜨리듯 와락 쏟아 내다니 믿기지가 않는다.

"하느님 맙소사, 무슨 생각으로?"

"그 당시에는 정말 그럴듯한 방법 같았어요. 나도 동의했고요."

"그래, 뭐 너야 10대니까. 10대는 그렇게 바보 같을 수 있어. 그런데 어른들은 좀 더 현명해야 하는 거 아니니?"

그녀가 기계에 달린 다이얼을 옆으로 돌려서 전원을 끄려고 몸을 돌렸을 때, 나는 간이침대 밖으로 슬그머니 다리를 내놓는다. 여행 가방이 이 근처에 있을 것이다. 내 재킷도. 배낭도. 법안이 개정되면 나에게 스스로 치료법을 선택할 권리가 생긴다고 적힌 요웰 의원의 문건도.

다음번에 눈을 떠 보니 내가 여전히 같은 공간에서 담요를 잔뜩 덮고 누워 있다. 좀 전의 그 간호사는 부스스한 주황색 머리에 전화기를 대고 있다. 아까처럼 날카로운 눈빛으로 전화기를 내려다보며 번호를 누르고 상대방이 응답할 때까지 접수대를 펜으로 두드리다 록 콘서트를 보러 간 소녀 팬처럼 고개를 끄덕이기 시작한다. 대화가 길고도 길게 이어졌는데, 내용을 알아들을 수 있을 만큼 목소리가 크지는 않다. 그마저도 내가 깜빡 조느라 "응급 상황"과 "최대한 빨리" 말고는 듣지 못했다. 그녀가 고개를 돌렸을 때, 나는 애써 미소를 지었다. 내게는 그녀가 필요하고, 그녀도 그 사실을 알고 있다.

"너 거짓말했더라?" 그녀가 말한다.

"뭐 어때요? 우리 부모님은 이해 못 해요. 아무도 이해 못 해요. 그리고 내 인생이잖아요."

"다들 그렇게 말하지. 이제 정신 차렸으니까 좀 더 제대로 설명해 보는 게 어때? 꼼짝 말고 누워 있어."

그녀가 식당에서 쟁반을 들고 온다. 햄버거, 감자튀김, 주스가 담긴 쟁반이다.

"대니얼 솔스티스 랜던, 그게 네 본명 맞아?"

"예, 스웨덴 출신이에요."

"난 졸리, 하지만 프랑스 출신은 아니야."

"저기요, 민폐 끼쳐서 죄송해요. 코피는…… 코피에 대해서는 아무 이야기도 할 수 없어요. 의사 선생님을 만날 수 있을까요?"

"어쩌면, 이거 먹고 난 뒤에. 원기를 보충해야 해. 피를 많이 흘렸거든."

"코피 때문에요?"

"내가 보기에는 누군가가 묵직한 물건으로 네 뒤통수를 내리쳤기 때문인 것 같은데?"

손가락으로 더듬어 보니 뒤통수가 까까머리다. 양쪽 귀 사이에 정사각형의 두툼한 거즈가 붙어 있다. 그러니까 뒷골목에서 만난 남자들이 충분히 제정신이었던 모양이다. 머리가 이렇게 지끈거릴 만도 하다.

"배 별로 안 고파요."

"너 고작 그 정도밖에 안 돼? 오렌지 주스라도 마셔. 혈당치를 생각해야지. 피를 한 번 더 뽑아야 하는데 ─ 이번에는 진짜 많이 ─ 내가 보는 앞에서 벌써 한 번 기절했잖아. 여기로 오기 전에 몇 번이나 그랬는지 알 방법이 없고."

"내가 어떻게 여기로 오게 됐어요?"

"얘, 지금 네 일대기 쓰자는 거 아니잖아. 여긴 응급실이야. 잘 정리된 이력서를 들고 오는 사람이 누가 있겠니?" 그녀는 내 입술에 종이컵을 대 주며 고개를 젓는다. "말도 없이 가출하다니 내 아들이었으면 넌 내 손에 죽었어. 너희 부모님은 네가 여기로 오는 줄 알지도 못하셨겠지."

"전혀요." 나는 주스를 토하지 않으려고 입술을 깨문다.

"얼굴이 파래졌네. 양동이 줄까?"

"고맙습니다."

전혀 다른 용도로 쓰인다는 걸 아는 콩팥 모양의 플라스틱 그릇에 대고 내가 주황색 침을 흘리는 동안 간호사가 내 이마를 덮은 머리카락을 넘겨서 귀 뒤에다 꽂아 준다.

"머리 자를 생각은 해 본 적 없어?"

"우리 아빠하고 똑같은 생각이시네요?"

"첫인상이 중요하잖아. 응급실에 실려 온 아무 종자한테나 약을 줄 수는 없어. 화학 요법은 두말하면 잔소리고. 부모의 동의는 둘째치고 오만 가지 검사를 거쳐서 서류를 작성하고 의사의 소견도 있어야 해. 그리고 돈 아니면 보험도. 아스피린 먹는 거랑 비슷할 줄 알았니?"

"배낭 열어 보면 그 안에 서류가 다 들어 있어요."

"얘, 네가 무슨 바비 인형이야?* 배낭 같은 거 없었어."

"배낭 들고 왔는데, 여행 가방이랑. 여행 가방은 있어요?"

그녀는 주황색 머리카락을 흔든다. "미안."

"법안에 따르면 내가 스스로 결정을 내릴 수 있다고 했다고요."

"미성년자인 경우에는 안 그래." 그녀는 뒤에 법안이 첨부된, 너덜너덜해진 요웰 의원의 편지 복사본을 내민다. "이건 네 재킷 주머니 안에 들어 있더라."

"읽어 봤어요? 미성년자라도 충분히 숙지하고 있으면 동의권이 주어진다고 되어 있어요. 내가 뉴욕에 온 것도 전부 다 그 때문이에요."

그녀는 내 손에 복사본을 쥐어 준다. "너는 읽어 봤어? 네가 모든 치료법을 숙지하고 있다는 부모님의 서면 확인이 있을 경우에 한해서야. 네가 들고 왔다는 배낭 안에 그 확인서가 들어 있었던 모양이지?"

졸리가 간이침대와 휠체어에 실려서 밀려드는 다른 환자들을 처리하고 다시 찾아왔을 때, 나는 처음부터 차근차근 내막을 알린다. 발목을 삔 사건과 메러디스 부분만 빼고 전부 다 얘기했다. 그녀는 요웰 의원의 편지를 반듯하게 펴면서 내 이야기를 들었는데, 나는 두 번째 식사를 알리는 버저 소리에 깜짝 놀란다.

"저녁이야." 그녀가 말한다.

● 바비 인형에는 소품으로 배낭이 딸려 있을 때가 많다.

"좀 전에 내가 먹은 건 뭐였는데요?"

"점심." 그녀는 테이블을 세우고 배식 쟁반을 놓은 다음 나를 일으켜 앉혀서 등에 베개를 대 주더니 불빛을 낮추고 나중에 다시 오겠다고 한다.

"의사하고 같이요? 화학 요법에 대해서 정식으로 논의해야 한다고요. 앞으로 시간이 얼마나 남았는지도 모르는데."

"우리가 다 알아서 하고 있어. 너는 먹을 수 있을 만큼 먹고 쉬기나 해."

"여기 있어 주면 안 돼요?"

"7시면 근무가 끝난단다, 아가야. 내일 오전 중으로 일부 검사 결과가 나오면 의사들이 몇 가지 결정을 내릴 수 있을 거야." 그녀가 쟁반을 향해 고개를 까딱였다. "지금은 먹는 게 네 임무야. 내일 이야기는 내일 하자."

"그럼 다시 만날 수 있는 거죠?"

"그럼, 오전에."

"그냥 말로만 그러는 거 아니죠? 진짜죠?"

그녀는 웃으며 짧게 거수경례를 한다.

나는 커튼이 둘러싼 공간에 혼자 남겨진 채, 버지니아에서는 앞뒤가 딱딱 맞는 것처럼 느껴졌던 계획을 다시 한 번 훑어본다. 내가 이 백혈병이라는 녀석을 물리치겠답시고 저지른 짓들은 창피한 수준을 넘어선다. 닉이 평생 모은 돈을 털어 기차표를 샀고, 메러디스와 통화하며 눈물을 쏟았고, 마약에 중독된 맥을 보고도 확실히 끊을 때까지 곁을 지키지 않았다. 신설 법안과 한층 공정한 제도에 큰 기대를 걸고 있는 정계 친구들을 운운한 요월 의원의 이야기가 사실이었다고 한들, 미성년자한테까지 호락호락할 리 없다는 것을 왜 진작 몰랐을까? 이제는 뉴욕의 의사들을 설득해서 화학 요법을 시작할 수도 없을 것 같다. 게다가 이제 와서 사라질 수도 없다.

몸을 다친 마당에 이것마저 실패하면 타격이 너무 크다. 집과 멀찌감치 거리를 두고 생각해 보니 내가 어떤 잘못을 저질렀는지 선명하게 눈에 들어왔다. 백혈병은 혼자서 해결할 수 없는 문제다. 아빠가 알코올 중독자 모임에서 배워 온 12단계 방법이 점괘판처럼 내 머릿속을 둥둥 떠다니는데, 갑자기 응급실이 일그러지고 하얀 형상들이 침대 이쪽과 저쪽을 번갈아 가며 시야에 들어왔다 사라지는 것처럼 느껴진다.

아빠는 자기 스스로 어쩌지 못하는 문제가 있다고 인정하는 게 맨 첫 단계라고 했다. 그런 다음 나보다 능력 있는 다른 사람의 도움이 필요하다고 인정해야 한다. 나도 어느 정도는 그러고 있는 중이다. 그럼 '회복기로 접어든 백혈병 중독자'일까? 그건 아니다. 거기서 내게 해당하는 단어는 백혈병 하나뿐이다. 응급실이 나를 가운데 두고 빙글빙글 돈다. 눈앞이 아득하고 목이 점점 막힌다. 벽들이 내 쪽으로 기우는 걸 보니 상태가 전보다 심각한 모양이다.

내가 점점 가라앉는다. 점점 죽어 간다. 모든 게 암흑으로 뒤덮이기 직전, 자동문이 열리면서 칠흑처럼 까만 뉴욕의 차가운 밤공기가 철썩 내 뺨을 때리는데 그 사이를 뚫고 귀에 익은 목소리가 들린다.

엄마가 결국 나를 찾아낸 것이다.

내가 어떻게 응급실 간이침대에서 정식 병상으로 옮겨졌는지, 그건 잘 모르겠다. 머리 위에 달린 커튼 봉 너머에서 반짝이는 기계 불빛만 보일 뿐 병실 안은 어두컴컴하다. 병원에서 커튼을 반쯤 쳐서 내 병상을 가려 놓았다. 이번에는 하얀색이 아니라 초록색 커튼이다. 나는 커튼을 보고 어리둥절해졌다. 나처럼 못된 백혈구가 창궐해 상태가 심각한 환자를 다른 환자와 한병실 안에 넣다니 믿기지가 않는다. 하지만 내게 주어진 공간 바로 바깥에서 다른 환자가 길고 천천히 거친 숨을 쉬는 소리가 들린다. 그르렁거리는 그의 숨소리로 미루어 볼 때 우리 둘 사이를 커튼이 막고 있는 게 다행이다.

놀랄 일은 아니지만 암 병동에는 거울이 없다. 전망창 너머에서 뉴욕의 불빛들이 팬텀*의 지하 오르간 위에 놓인 촛불처럼 깜빡인다. 이 병실이 지상 몇 미터 높이일지 궁금해진다. 에식스 군에는 이만큼 높은 건물이 없다.

---

* 뮤지컬 「오페라의 유령」의 주인공. 천재적인 음악가이지만 기형적인 외모 탓에 극장 지하에 숨어 살았다.

"결과가 나오려면 얼마나 걸린대요?" 어두컴컴한 이 공간에서 유일하게 불빛이 보이는 문 앞에서 이렇게 묻는 엄마의 목소리가 들린다.

"길게 보셔야 해요." 수술복을 입은 처음 보는 여자가 손에 끼고 있던 깨끗한 장갑을 벗으며 침대 쪽으로 걸어온다. 고무 밴드가 달린 새하얀 마스크가 장신구처럼 목에 걸려 있다. "검사는 다 끝났어요. 서둘렀죠. 환자의 상태가 워낙…… 그러니까요. 백혈구 수치가 너무 떨어지지 않은 게 다행이에요. 길바닥에 방치된 시간이 그 정도였기 망정이지……. 일단 통상적인 용량의 약 두 배로 특급 조치를 취한 다음, 진정제를 투여하고 헬리콥터에 태워서 버지니아로 이송할 거예요."

엄마가 침대 저쪽에서 고개를 끄덕이자 내 얼굴 위로 살짝 바람이 분다. 나도 모르게 미소가 지어지지만, 알아차린 사람이 있을까 싶다. 내 몸의 다른 부분은 갓난아이처럼 시트로 둘둘 말려 있다. 다시 처음으로 돌아간 것이다. 그러니까…… 독립을 향한 도약에 성공하지는 못한 셈이지만 예상외로 아주 실망스럽지는 않다.

아빠가 등장했는데, 옷깃이 평소 입는 잠옷에 달린 것과 수상할 정도로 비슷하다. "선생님, 우리 애가 그 정도 고도를 견딜 수 있을까요?"

그 말을 듣고 생각난 우스갯소리 때문에 다시 기침이 난다. 철도 회사에서 동원한 총잡이들이 부치 커시디와 선댄스 키드를 추격

하는 장면을 여러분도 기억하는지 모르겠다. 밑으로 거센 강물이 흐르는 낭떠러지에 서서 부치가 말한다. "난 수영 못해." 그 말을 듣고 선댄스가 웃는다. "지금 장난해? 뛰어내리면 곧바로 죽을 수도 있는데."

나를 보고 있던 의사가 아빠 쪽으로 몸을 돌리고 최대한 점잖게 말한다. "그래서 헬기로 이송하는 거예요. 고속으로요. 여기서 화학 요법을 받더라도 내일 오전 6시까지 리치먼드에 도착해야 하거든요. 버지니아 대학 병원 집중 치료실에 자리를 마련해 놓았어요. 그쪽으로 찾아가시면 돼요."

"우리 애 혼자는 못 보내요." 엄마가 죄책감이 뚝뚝 묻어나는 모노톤으로 읊조린다.

"실비." 아빠의 목소리. "이분들한테 맡기자. 대니얼이 받고 싶어 한 치료잖아."

의사가 기계에 달린 버튼을 만지작거렸다. 우리 부모님에게 받아들일 시간을 주기 위해서임을 나조차도 알 수 있을 지경이다. "여기 가만히 계세요. 조만간 치료실로 이동할 테니까요."

바로 앞에서 닉의 풍선껌 냄새가 난다. "어이, 형. 깼어? 우리한 테서 도망칠 수 있을 줄 알았어? 클렘페트 가족,● 뉴욕에 입성하

● 미국 시트콤 「비벌리 힐빌리즈」의 주인공 가족. 산간벽지에서 가난하게 살던 힐빌리 가족이 우연히 유전을 발견한 덕에 부자 동네인 비벌리힐스로 이사하게 되면서 생기는 일들을 다룬 드라마다.

다!"

근사하게 맞받아칠 말이 다 떨어졌다.

닉은 내 옆에서 떠날 줄 모른다. "조 형은 1층에 커피 사러 갔어. 형이 이걸 깜빡했다고 하더라?" 녀석이 내 손가락을 펼치고 무언가를 손바닥에 내려놓는다. 보송보송하고 반질반질하며 자주 써서 가장자리가 너덜너덜해진 물건이다. 내가 보던『호밀밭의 파수꾼』이다. 침침하고 지나치게 따뜻한 야간의 병실이라는 연옥 안에서 어두컴컴한 표지와 햇빛에 반짝이는 글자들의 날카로운 기억이 내 눈꺼풀 뒤로 환하게 떠오른다. 결국 홀든의 말이 옳았다. 뛰어내리면 구경꾼들이 많다.

깜빡 잠들었나 보다. 나는 기침 소리에 잠에서 깨어 보이지 않는 룸메이트가 있는 쪽으로 고개를 돌린다. 그런데 내 기침 소리였다. 하늘은 시뻘건 핏빛이고, 그 위에 검은 매직으로 새긴 듯한 도시의 스카이라인은 지혈하느라 황급히 꿰맨 자국 같다. 기침이 점점 심해진다. 가슴에 묶인 밴드가 조여 온다. 발작적으로 기침을 하는 중간에 숨 쉬려고 할 때마다 갈비뼈가 아프다. 내가 쌕쌕대며 숨을 헐떡일 때마다 엄마는 문 틈새에 손가락이 낀 사람처럼 움찔한다. 침대 위로 허리를 숙이고 중얼중얼 속삭이던 엄마가 침대 난간을 쥐고 있던 내 손이 풀리고 심장 모니터의 삑삑 소리가 느려지다가 멈추자 뒤로 물러나서 비명을 지르기 시작한다.

"도와주세요! 오, 하느님, 간호사, 도와주세요! 스티그—." 엄마는 의자에서 자고 있는 아빠를 흔들어 깨운다. "—가서 아무라도 불러와. 대니얼이 숨 막혀 죽게 생겼어!"

아빠가 문 앞까지 달려가기도 전에 처음 듣는 저음의 목소리와 표백한 유니폼을 입은 넓은 어깨가 위에서 다가왔다. 남자 간호사가 다이얼을 만지더니, 삑삑 소리가 다시 안정을 되찾고 내가 숨을 쉴 수 있게 될 때까지 손바닥으로 내 가슴을 세게 누른다. 몇 분이라는 긴 시간 동안 어느 누구도 말을 하지 않고, 남자 간호사는 모든 판단이 배제된 눈빛으로 훈련받은 대로 상황을 살피는 데 집중하며 나를 물끄러미 쳐다본다.

"어이." 그가 눈썹을 추켜세운다. "정신 돌아왔니?"

나는 고개를 끄덕인다. 고맙다는 말을 하고 싶지만, 입으로 숨을 들이쉬면 다시 기침이 시작될까 두렵다.

"네가 원하는 대로 온갖 초강력 약물을 투입하고 난리 법석을 떨었는데 잘 버텨 줘야지." 그가 시트로 둘둘 말린 나를 안아 올려서 기계식 간이침대에 눕힌다. 그러고는 효율적으로 움직이며 각종 관과 약주머니를 빼고 잡아당긴다. 내 가슴과 팔과 허벅지를 끈으로 고정시킨다. 그러면서 아빠와는 양키스와 다저스를 주제로 잡담을 나눈다. 이렇게 접속을 끊었다 다시 연결했는데도 뼈와 내장이 살짝 흔들린 듯한 느낌 말고는 아무 느낌도 없다. 모든 게 안으로 점점 더 단단하게 쪼그라들고 있다. 속이 뒤틀려서 몸을 동

그렇게 웅크리고 싶은 충동이 인다. 산소를 찾아 헐떡이는 내 몸을 묶어 놓는 게 이치에 안 맞는 것처럼 보일지 몰라도 이런 충동이 있기 때문에 묶은 것이다. 면도칼에 난도질이라도 당한 것처럼 몸속 가장 깊숙한 곳이 욱신거리고 뒤틀린다. 나는 신음 소리를 아무도 들을 수 없게 감추고 싶어서 기를 쓰고 이를 앙다문다.

간호사는 입을 가린 채 터뜨리는 기침 소리와 내 뒤를 따라오는 가족들을 무시한 채 바퀴가 달린 간이침대를 착실하게 민다. 우리가 엘리베이터에 오르자 형이 닫히지 않도록 문을 막고, 그 틈에 엄마 아빠와 닉이 간이침대 주변으로 끼어 탄다. 메러디스가 옆에서 그 완벽한 손가락으로 내 손을 잡아 주고 있지는 않지만, 나는 맥과 줄리앤과 그녀까지 셋이서 맥의 집 지하실 소파에 나란히 앉아 소식을 기다리고 있을 모습을 상상한다. 낚시터 끝에 일렬로 서서 나의 귀환을 축하하는 폭죽을 터뜨릴 그들의 모습이 눈에 선하다. 엘리베이터가 끽끽거린다.

"온 가족 여행이네?" 닉이 말하고, 우리는 출발한다.

작가의 말

1906년 당시 열일곱 살이었던 우리 할머니는 말 대여소에서 경마차를 한 대 훔쳐 타고 메인 가를 질주해서 마을을 탈출했다. 백년 전만 해도 참한 아가씨들은 마차를 몰지 않았다. 장애물과 기대치과 관습에 숨이 막히면 나는 할머니를 생각하며 도박을 감행한다. 쉰일곱의 나이에 10대 남자아이의 이야기를 쓴다는 것은 세 명의 10대를 키운 경험이 있다 해도 위험 부담이 따르는 일이었다.

소설가가 된다는 것은 저자가 된다는 것과 다르다. 출판업계가 합병하고 판매 부수가 소설가로서의 성공을 측정하는 잣대로 여겨지는 요즘은 더욱 그렇다. 그런 의미에서 담당 편집자 알렉스 카와 아마존앙코르가 대니얼의 이야기를 지켜 낸 것은 독자들이 원하는 모든 책의 미래를 비롯해 아마존앙코르가 작가 및 독자들에게 제시하는 비전에 시사하는 바가 크다. 나는 동료 작가와 사서, 작가와 독자를 연결하는 다리 역할을 하는 도서 전시회 기획자들의 변치 않는 응원도 죽을 때까지 잊지 않을 것이다. 그리고 손바닥만 한 버지니아의 마을에 사는 내 친구들과 샬러츠빌에 있는 마서제퍼슨 병원의 의사와 간호사들도 마찬가지다. 나는 그들의 도움으로 암을 치료하면서 대니얼의 병을 이해할 수 있었으니, 그들이 없었더라면 이런 식으로 제롬 데이비드 샐린저와 홀든 콜필드에게 경의를 표하는 기회를 영영 놓쳤을지 모른다.

마지막으로 대니얼 솔스티스 랜던을 초고 첫 장부터 사랑해 주었던 내 인생의 파트너 크리스에게 고맙다는 말을 전해야겠다. 크리스는 대니얼을 우리 아이들처럼 옅심히 걱정했고, 대니얼이 가족의 진정한 의미를 깨달았을 때 나처럼 다행스러워했다.

옮긴이의 말

작가에게 모티브를 제공한 『호밀밭의 파수꾼』(*The Catcher in the Rye*)은 이 책 안에서도 학생들의 필독 도서로 설정되어 있을 만큼 고전 중의 고전이다. 출간되고 육십여 년이 지난 지금까지 전 세계의 독자들에게 사랑받는 이유는 주인공 홀든의 독백에 심장을 때리는 울림이 있기 때문일 것이다. 값비싼 사립 학교로 대변되는 세상에 적응하지 못하고 계속 튕겨져 나오는 홀든의 모습은 젊은 독자들에게 깊은 공감을 불러일으킨다.

여기, 이 책에는 열다섯 살의 주인공 대니얼이 등장한다. 그는 백혈병에 걸려서 살날이 일 년밖에 안 남았다는 진단을 받지만 자기 연민에 빠져 허우적거리지도 않고, 얼마 남지 않은 인생에 대해 투덜거리지도 않는다. 『호밀밭의 파수꾼』의 주인공 홀든처럼 용감하고 솔직하며 반항적인 인물이 되고 싶은 생각에 '홀든이라면 어떻게 할까?'라고 되뇌며 묵묵히 현실을 받아들이고, 남은 일 년을 몇십 년처럼 살겠다고 다짐한다. 그리고 그 와중에 자신에게도 삶의 방향을 결정할 수 있는 선택권이 있음을 깨닫고 자기 목소리를 내기 시작한다. "어른들이 그렇게 똑똑하다면 대수 공식이나 몽골이 세계를 정복하려고 했던 시기가 아니라 식량을 마련하는 법과 요리하는 법과 아파트를 빌리는 법을 학교에서 배울 수 있도록 해야 할 것이다." 이 대목에서 고개를 끄덕일 독자들이 얼마나 많을까.

어른이 된다는 것은 수없이 등장하는 갈림길 중에서 하나의 길을 스스로 선택하고, 선택한 길에 따르는 책임을 지는 것을 의미한다. 남이 정해 준 틀 안에서 살던 기존의 생활 방식에서 벗어나 자의건 타의건 주도적인 삶을 살아야 하는 것을 의미한다. 그러니 성장통이라는 통과 의례가 따를 수밖에 없다.

남한의 중학생들이 무서워서 북한이 쳐들어오지 못한다는 우스갯소리가 생길 정도로 우리나라 청소년들은 호된 성장통을 겪는다. 그들이 유난히 호된 성장통을 겪는 것은 워낙 정형화된 틀 안에서, 워낙 오랜 시간 동안 갇혀 지냈기 때문일지 모른다. 그런 그들에게 무수한 혼란을 거치며 조금씩 성장해 나가는 주인공 대니얼의 모습은 일말의 위로가 되지 않을까.

아무런 고민이나 갈등 없이, 그냥 아무렇지 않게 지나가 버리는 것은 청춘에 대한 예의가 아니라고 생각한다. 하지만 이 땅의 청소년들이 겪는 혹은 겪어야 할 성장통이 자기 소모적이고 자기 파괴적이지는 않았으면 좋겠다. 모쪼록 긍정적이고 '아름다운' 방황이 됐으면 좋겠다.

2013년 12월
이은선

창비청소년문학 57

보트 위의 파수꾼

초판 1쇄 발행 • 2013년 12월 13일
초판 2쇄 발행 • 2014년 7월 23일

지은이 • 세라 콜린스 호넨버거
옮긴이 • 이은선
펴낸이 • 강일우
책임편집 • 김효근
펴낸곳 • (주)창비
등록 • 1986년 8월 5일 제85호
주소 • 413-120 경기도 파주시 회동길 184
전화 • 031-955-3333
팩시밀리 • 영업 031-955-3399 편집 031-955-3400
홈페이지 • www.changbi.com
전자우편 • ya@changbi.com

한국어판 ⓒ (주)창비 2013
ISBN 978-89-364-5657-3 43840